10
18

12, AVENUE D'ITALIE. PARIS XIIIe

Sur l'auteur

Depuis 1964, Roberta Gellis a écrit plus de vingt-cinq romans historiques, pour lesquels elle a reçu de nombreux prix, et est également l'auteur d'œuvres de *fantasy*, de science-fiction et de mystères romantiques. *Magdalaine la Bâtarde* a été le premier titre d'une série prenant pour décor le Londres du XIIe siècle. Roberta Gellis vit aujourd'hui dans l'Indiana.

ROBERTA GELLIS

LE VENT
DE LA TRAHISON

Traduit de l'américain
par Bernard CUCCHI

INÉDIT

10
18

« Grands Détectives »

dirigé par Jean-Claude Zylberstein

Du même auteur
aux Éditions 10/18

MAGDALAINE LA BÂTARDE, n° 3868
LE DIABLE À DEMEURE, n° 3869
► LE VENT DE LA TRAHISON, n° 3953

Titre original :
Bone of Contention

ISBN 2-264-04422-5

À mon frère Roger, avec amour,
qu'il soit particulièrement remercié
pour l'hospitalité chaleureuse
qu'il nous a si souvent témoignée.

Prologue

PRINTEMPS 1134

PRÈS DE CULHAM

Carl Butcherson suivit d'un pas tranquille la servante avec laquelle il venait de copuler. Elle se dirigeait vers la petite clairière herbeuse où l'attendait sa maîtresse. La donzelle était une belle nature, mais l'homme avait du goût pour les chairs plus douces, plus lisses. S'il parvenait à utiliser ce qu'il avait appris sur elle, sa maîtresse devrait sans doute lui céder pour préserver son secret. Puisqu'elle avait un amant, pourquoi pas deux ?

Il entendit la fille crier – de surprise ou de douleur, il n'aurait su le dire. Intrigué, il se faufila vers une cachette d'où l'espionner. Il espérait un petit supplément de plaisir si jamais on la battait à cause du retard dont il était responsable, mais ce qu'il découvrit lui coupa le souffle. Lui ! Il maintenait la fille, dos tourné – et Carl aperçut ce qui gisait aux pieds de la servante.

Il aurait voulu jaillir des buissons, fuir, mais la peur le paralysait et aucun détail de la scène ne lui fut épargné : la main de l'homme se leva et s'abaissa, une longue lame rouge et dégoulinante ressortit de la gorge de la fille dont le sang coula à gros bouillons sur la poitrine, avant que le meurtrier ne repousse sa victime, qui tomba en avant… près de l'autre cadavre. Son visage était si abîmé que Carl aurait eu du mal à le reconnaître s'il n'avait remarqué la qualité des vêtements de la morte. Il étouffa un hurlement de terreur et recula, à plat ventre, cherchant à se dégager du couvert des taillis. Au moment où il y parvint, l'assassin tourna la tête.

Carl bondit sur ses pieds et courut, courut, courut jusqu'à être incapable de mettre un pied devant l'autre. Il trouva où se cacher et demeura immobile, tremblant de peur, avant de comprendre que personne ne le poursuivait ni ne le cherchait. Rasséréné, il redevint capable de raisonner. Toute la nuit, il demeura tapi dans sa cachette. Il ne retourna pas chez lui et, le lendemain, c'est encore en courant qu'il abandonna Culham. Il avait un ami, à Sutton, qui saurait lui enseigner l'art de se défendre.

CINQ ANNÉES PLUS TARD, PRINTEMPS 1139

OXFORD

Une silhouette se découpa devant la niche de la soupente d'où on percevait les bruits provenant du confortable solier, juste au-dessous. L'homme accroupi céans avait par hasard découvert qu'une bizarrerie de construction, ou une fissure apparue dans les soubassements de l'édifice, était à l'origine de ce phénomène. À deux pas de là, on n'aurait rien entendu, mais, où il se tenait, pas une seule parole de son maître ne lui échappait. Ses mots résonnaient, aussi nets que le tintement d'une cloche.

L'homme avait presque oublié le nom de Carl Butcherson qui était le sien quelques années auparavant encore – jusqu'au moment où la voix de celui à qui il devait sa nouvelle existence lui rappela... lui rappela le moindre détail du drame. Quelle chance pour Carl que l'homme réapparaisse en ce lieu, non loin du manoir où un puissant baron portait encore le deuil de sa fille assassinée, dont il cherchait à démasquer le meurtrier !

Pas plus que lorsqu'il avait été témoin de la mort de la servante poignardée devant le cadavre de sa maîtresse, Carl n'éprouva le besoin de dénoncer le coupable. Une seule chose lui importait : en tirer profit. D'ailleurs, songea-t-il avec un sourire sinistre, il n'avait plus rien du simple fils de boucher de naguère ; il était désormais un homme d'armes expérimenté, qui ne craignait pas de se battre.

Il resta de pierre, respirant à peine, tandis que son maître et l'assassin échangeaient des politesses. Ainsi apprit-il où logeait l'homme et de qui il était le vassal. Il saurait le trouver, le moment venu. Dorénavant, il possédait un atout susceptible de lui livrer la riche orpheline dont son maître et le clerc royal s'étaient entretenus quelques jours auparavant.

Ankylosé, Carl serait volontiers parti, mais les deux hommes étaient trop près de l'ouverture par où montaient leurs voix. Ce fut donc malgré lui qu'il entendit la suite de la conversation.

— Nous savons qu'une trahison se prépare, déclara son maître, mais il est trop dangereux d'en attendre la preuve. Il nous faut trouver un prétexte pour les prendre de vitesse.

Le meurtrier fit alors une suggestion qui déclencha le rire du maître de Carl.

— Cela mérite à n'en pas douter qu'on le tente, commenta-t-il. Si nous nous y prenons assez tôt, ils en seront agacés, même si nous ne réussissons pas… et nous aurons encore le loisir de recommencer.

— Oh, cela réussira, sire, affirma le meurtrier, si vous suggérez à l'intendant du roi que le logis fourni à ses gentilshommes est indigne d'eux, sans confort… et très proche de la maison de certain seigneur qui jouit de plus d'espace que nécessaire.

L'insinuation était perceptible.

— Je ne sais point qui… dit le maître de Carl, hésitant, avant d'éclater de rire.

Carl entendit le frottement des pieds d'une chaise qu'on repoussait et la voix faiblit, car son maître s'éloignait.

— Diantre, mais bien sûr que si ! Je sais qui serait la victime idéale !

Carl Butcherson prêta une oreille distraite et il apprit quel était le seigneur dont les deux complices comptaient se servir pour accomplir leurs desseins. Cependant, dès qu'il comprit que leur plan n'impliquerait pas les troupes de son maître, et qu'il ne le concernait donc pas, il se désintéressa de l'affaire. Il était urgent de quitter sa précieuse cachette, avant qu'on ne remarque sa présence. Il savait tout ce qu'il désirait savoir.

I

JEUDI 15 JUIN

OLD PRIORY GUESTHOUSE

Quand elle lui ouvrit la porte, l'homme, un grand brun maigre, aux vêtements d'un luxe inhabituel pour un ecclésiastique, salua d'un bref hochement de tête la tenancière de l'*Old Priory Guesthouse*[1]. Un seul coup d'œil avait suffi à Magdalaine la Bâtarde pour prendre la mesure du visiteur – quelqu'un qui s'était trompé d'adresse. Son visage ne trahissait ni la concupiscence ni le sentiment de culpabilité coutumiers du prêtre venu sonner à sa porte. La surprise causée par son indifférence envers elle, comme si elle n'était pas une inconnue pour lui, et son assurance lorsqu'il passa devant elle avec son cheval la rendirent muette. Elle avait d'ailleurs la vague impression de le connaître.

Et, tandis qu'il conduisait sa bête à l'écurie, dans la lumière des derniers rayons du soleil, la mémoire lui revint. Il s'agissait d'un des clercs de Guillaume d'Ypres, et son comportement signifiait sans aucun doute qu'il n'était pas là pour goûter aux pensionnaires mais pour affaires. Les affaires… Magdalaine se renfrogna, mais elle ne suivit pas le prêtre vers l'écurie. Si elle était concernée, elle le saurait bien assez tôt ; dans

1. Littéralement, l'hostellerie de l'ancien prieuré. *(N.d.T.)*

le cas contraire, mieux valait ne pas se montrer curieuse des agissements de Guillaume.

Magdalaine laissa son visiteur s'occuper de son cheval – habitude qui préservait l'anonymat de la clientèle – et retourna dans la salle commune, sans refermer la porte. Elle s'assura qu'aucun hôte n'avait oublié quelque objet compromettant. La longue table était propre et nette et il en allait de même pour les bancs – un petit à chaque extrémité et un grand de chaque côté.

Sur les étagères, de part et d'autre de la porte d'accès au couloir qui menait plus avant dans la demeure, on ne voyait que les plats, coupes et cruches habituels. Les quatre tabourets autour de l'âtre étaient inoccupés, et les paniers à ouvrage posés sur le sol soigneusement fermés. Seule était visible la pièce de tissu dans le cadre à broder de Magdalaine. Les lèvres de la tenancière se contractèrent. La nappe d'autel qu'elle décorait de divers symboles religieux ne manquerait pas d'amadouer l'ecclésiastique.

Elle se demandait si elle allait s'asseoir devant le cadre à broder, afin d'attirer l'attention du prêtre sur son travail en cours, ou à la table, quand un bruit de pas dans son dos lui épargna une décision.

— Maîtresse Magdalaine, dit le visiteur comme elle se tournait vers lui, nous nous sommes déjà rencontrés, mais ce fut bref, et il se peut que vous ne vous en souveniez point.

— Je ne garde jamais en mémoire le nom ou le visage de mes clients, répondit Magdalaine, impassible. Il en va de même pour mes filles. C'est une règle de notre métier.

Le prêtre se mit à rire.

— Il nous faudra l'ignorer durant quelques semaines, du moins en ce qui me concerne… mais, n'étant pas client, peut-être ne sera-t-il pas nécessaire d'enfreindre votre règle. Je suis le père Étienne de Dreux et j'apporte un message du seigneur Guillaume d'Ypres.

Magdalaine hocha la tête et désigna la table.

— Sire Guillaume est un homme très charitable, dit-elle lorsqu'ils furent installés. Maintes fois, il a tenté d'améliorer ma condition.

Les yeux sombres du père s'agrandirent.

— Je ne crois pas avoir jamais entendu remarque aussi ambiguë. Chaque mot en est vrai mais je doute que quiconque, ignorant de quoi il retourne, puisse s'en apercevoir. Cela dit, je me réjouis de vous entendre reconnaître votre dette. Sire Guillaume a un service à vous demander. Il espère vous voir à Oxford au plus tôt.

Un service à vous demander. Les mots plongèrent Magdalaine dans le passé. Aujourd'hui, elle tenait une maison de plaisir sous le nom de Magdalaine la Bâtarde, mais, jadis, on l'appelait Arabel de Saint-Foi... elle était une dame, peut-être pas de la haute noblesse, en tout cas propriétaire d'un manoir et de fermes. Son époux, mort depuis longtemps lors d'une violente querelle qui les avait opposés, avait été de son vivant l'homme lige d'un vassal du vieux roi Henri, un souverain qui n'admettait aucun manquement chez ceux qui lui avaient prêté serment. Quand il les convoquait, ne pas répondre sur-le-champ c'était s'exposer à être promptement châtié.

Bien que le roi Henri eût quitté ce monde et qu'il fût beaucoup moins risqué d'ignorer les volontés d'Étienne, son successeur, l'éducation qu'elle avait reçue obligeait Magdalaine à se comporter en vassale face à son suzerain : elle devait obéir à Guillaume. Certes, songea-t-elle, le seigneur d'Ypres aurait sans doute eu une crise de fou rire s'il avait deviné de quelle manière elle envisageait leurs relations... mais sait-on jamais ; l'homme était d'une perspicacité redoutable. Et même s'il avait trouvé plaisant de considérer la tenancière – qui lui accordait ses charmes à l'occasion en vassale –, il n'aurait pas tardé à utiliser cette bizarrerie à son avantage.

Face à ce clerc élégant, c'est en fait Guillaume d'Ypres que voyait Magdalaine et non pas son homme de confiance. Guillaume avait l'aspect d'une brute, dont il adoptait souvent le comportement. Le visage large et plat, de petits yeux bleus qui ne cessaient de ciller, il était loin d'approcher la distinction et la finesse de traits du père Étienne, dont la moustache noire bien taillée surmontait une barbe élégante qui aurait rendu ridicule son maître. Guillaume n'était rasé de près que quand il en avait l'occasion, et, en général, ses joues et son menton ajoutaient au plaisant désordre de sa tignasse brune… parsemée de mèches grisonnantes, désormais. Magdalaine cligna des yeux et soupira, le cœur battant. Il vieillissait, son Guillaume.

— Je sais ce que je dois au seigneur Guillaume, se hâta-t-elle de dire, et s'il estime ma présence nécessaire à Oxford, je m'y rendrai.

— Excellent, se réjouit le père Étienne, à l'évidence soulagé.

Il ne fallait pas s'y méprendre : le message de Guillaume n'avait rien d'une invite. Elle devina que le père Étienne avait ordre de la ramener à Oxford par quelque moyen que ce fût. Magdalaine n'ignorait pas que la rudesse de Guillaume lui permettait de cacher son jeu – certes, il se montrait violent et grossier, mais pas seulement. Il était courageux, résolu aussi, et, détail très significatif, doté d'un esprit plus affûté que l'épée qu'il maniait à la tête des mercenaires du roi – épée toujours aiguisée, car souvent utilisée. Si Guillaume disait qu'il avait besoin d'elle, elle devait venir ; par ailleurs, quand il faisait appel à quelqu'un, y compris un proche, Guillaume ne tenait compte que de ses seuls intérêts. Par conséquent, s'il n'y avait pas urgence, un délai ne serait pas de trop.

— Mais qu'entendez-vous par « dès que possible » ? demanda-t-elle. Me faudra-t-il partir cet après-midi ? Je dirige un établissement…

— Certes, certes. Sire Guillaume en est conscient et il lui déplairait de nuire à vos affaires. Il m'a confié…

Le prêtre paraissait quelque peu surpris, mais il répéta mot pour mot les paroles de son maître.

— … que parfois votre maison avait servi ses buts. Et il n'ignore pas que vos filles sont incapables de travailler seules. Il m'a parlé d'une aveugle, d'une muette et d'une simple d'esprit.

Le père Étienne leva la tête, guettant une explication.

Sensible à la sollicitude de son protecteur, Magdalaine sourit.

— Il entendait par là que, afin de mettre mes clients à l'aise, j'ai choisi des filles qui sont incapables, croient-ils, de leur donner un nom. Letice est muette et Ella n'a aucune mémoire. Sabine est aveugle, cependant, elle est mariée maintenant et ne travaille plus pour moi.

Le père Étienne avait ouvert de grands yeux en apprenant de quelles infirmités souffraient les prostituées, mais il ne sembla pas remarquer que Magdalaine avait précisé que ses clients *croyaient* les filles incapables de les identifier. Il se contenta de hocher du chef, montrant ainsi sa satisfaction.

— Ah, je comprends mieux mon rôle. Sire Guillaume désire que je surveille les activités de votre maison, afin que nous soyons sûrs que les clients payent leur dû et ne maltraitent pas les filles en votre absence.

Magdalaine eut l'impression que son cœur s'était arrêté et il ne lui fut pas facile de garder un visage impassible. Était-ce sa manière de se soucier d'elle ? Si Guillaume avait dépêché un prêtre chargé d'accueillir ses clients, pour une raison qui lui échappait, il était déterminé à ruiner son affaire. À moins qu'il n'eût perdu patience devant son insistance à protéger l'incognito de ses hôtes ? Voulait-il que le père Étienne consigne les noms et les activités de ceux qui fréquentaient sa maison ? Magdalaine parvint à maîtriser la colère qui montait en elle.

— Le seigneur Guillaume vous a demandé de vous installer céans et de recevoir ma clientèle ?

Magdalaine tenta vainement de sourire.

— Cela ne manquera pas d'entacher votre réputation, mon père. Sans parler des spéculations qui iront bon train sur l'origine de vos revenus, on ne tardera pas à savoir chez l'évêque de Winchester, propriétaire des murs, que vous…

— Non, en aucun cas. Mon intention n'était pas de m'installer à demeure. Et vous n'ignorez pas que sire Guillaume est logé à la Tour Blanche. C'est là que j'habiterai.

— Et comment surveillerez-vous ma maison ? Les clients viennent à n'importe quelle heure, même si la plupart ont pris rendez-vous.

Elle indiqua la pièce vide.

— Mes filles sont actuellement au travail, mais vous aurez noté que j'ai répondu à la cloche. Viendrez-vous ouvrir à mes hôtes ? Leur demanderez-vous quelle fille ils sont venus voir ? Ou, s'ils n'ont pas de préférence, leur suggérerez-vous la plus apte à les satisfaire, avant de les entretenir d'un ton badin afin qu'ils patientent ?…

Ses craintes s'évanouirent devant son air consterné et elle posa enfin la question qui lui tenait à cœur :

— Dites-moi *exactement* ce que Guillaume attend de vous.

— Que je vous persuade que votre affaire ne souffrira pas si vous répondez à sa convocation. Il espérait, je présume, que je m'occuperais de vos intérêts…

Il fut pris d'un petit rire.

— Mais je crains de ne pas avoir envisagé dans le détail ce que cela supposait… s'agissant d'un bordel. J'avais l'esprit occupé par une autre mission que j'accomplis pour sire Guillaume.

Magdalaine aussi se mit à rire. Son soulagement était tel qu'elle en était comme ivre.

— Je m'inquiétais de savoir s'il cherchait à nous détruire, l'un ou l'autre, avoua-t-elle avant de secouer la tête. Si je peux obtenir une journée de répit, j'aurai le temps de trouver une remplaçante. Il vous suffira de venir chaque soir vérifier les comptes… je vous fournirai les documents nécessaires… et d'être attentif aux plaintes éventuelles de mes filles.

— Pour moi, venir chaque soir…

Désormais conscient du péril qu'il courait en se liant de manière si intime avec une maison de prostitution, le prêtre était embarrassé.

Magdalaine lui sourit.

— Personne n'en saura rien. Cette maison donne sur les terres du prieuré de St Mary Overy. Il y a quelques années, elle en était l'hostellerie. Il existe toujours un portail qui permet, depuis notre jardin, d'accéder aux terres de l'église. Le prieur a l'amabilité de le laisser ouvert pour que les pécheurs, en me quittant, puissent aller se confesser et être absous. Venez à complies, par la grille de l'abbaye. Contournez l'église et entrez par notre portail de derrière. Quand vous en aurez fini, vous repartirez par la grille de l'abbaye.

— Ainsi ne me verra-t-on pas pénétrer chaque nuit dans un bordel et vos clients ignoreront-ils mes visites, approuva le père en hochant la tête. Sire Guillaume parle souvent de votre ingéniosité et de votre efficacité. Je vois qu'il ne s'est pas trompé.

— Il est toujours généreux dans ses jugements, dit Magdalaine d'un ton neutre.

Beaucoup de ses clients les plus inquiets utilisaient ce passage, et l'idée de Magdalaine n'était pas aussi brillante que le croyait le prêtre, mais la tenancière ne se laissait jamais aller à parler de ses hôtes.

— Je dois cependant vous demander une autre faveur, ajouta-t-elle. Sire Guillaume me donne certaine somme mensuelle qui me permet d'accueillir ceux de ses hommes qui sont autorisés à venir chez nous. Je vous prierais donc d'exiger d'eux qu'ils ne fassent pas usage de ce privilège en mon absence.

— Cela, je l'accepte, et très volontiers.

Il se rembrunit.

— Quoi qu'il en soit, je crois que messire Guillaume a battu le rappel du gros de ses troupes. Sire Niall d'Arvagh et ses hommes ont déjà gagné Oxford. Il me semble que le seigneur Guillaume projette d'installer son camp hors les murs… le temps est assez chaud pour leur permettre de coucher sous une tente.

Il haussa les épaules.

— À vrai dire, il y a tant de presse en ville que non seulement les maisons sont occupées, mais aussi les églises et les cimetières attenants.

Il poursuivit, détaillant les problèmes occasionnés par cet empressement inhabituel à servir le roi. Magdalaine écouta dans le seul but d'entendre la confirmation de ce qu'elle savait déjà. Elle avait eu vent de la présence dans la ville de cette multitude par les hommes de Guillaume qui en avaient été éloignés et s'étaient arrêtés à l'*Old Priory Guesthouse.*

La moitié des commerçants de la cité avaient dû la quitter ou loger des hommes chez eux. Où pourrait-elle bien descendre, *elle* ? Ce fut un nouveau sujet d'inquiétude. Guillaume désirait-il l'héberger ? Le principal attrait qu'il lui reconnaissait était de disposer d'une maison sûre où parler politique. N'importe quel homme de n'importe quel camp peut entrer dans un bordel sans éveiller les soupçons. Il arrivait cependant que Guillaume couchât avec elle. Elle l'avait toujours accepté, bien qu'il fût un amant déplorable, ne s'occupant que de se satisfaire de manière expéditive, sans préliminaires ni considération pour sa partenaire.

Cela dit, Guillaume n'était guère exigeant. Bien plus que les plaisirs de la chair, la politique était sa passion, ainsi que l'administration de ses nombreux domaines. Pourtant, s'il ressentait une inquiétude *particulière*, il n'était pas exclu qu'il eût besoin de quelque réconfort physique, pendant un certain temps. Magdalaine déglutit, mal à l'aise. Elle appréciait beaucoup Guillaume, elle l'aimait, en fait, mais… pas de cette façon-là.

Soudain, le nom de l'homme qu'elle aimait *vraiment*… de cette façon-là, lui vint à l'esprit et, une fois encore, sa gorge se serra. Bell. Sire Bellamy d'Itchen, aussi intelligent que Guillaume et tout aussi fier, même s'il était très loin d'en avoir la richesse et le pouvoir et qu'il dût gagner sa vie en mettant son épée au service de l'évêque de Winchester. Bell serait *furieux* quand il saurait qu'elle avait accepté de se rendre chez Guillaume, à Oxford, et, si jamais il apprenait qu'elle partageait sa couche… Magdalaine réussit à réprimer un tremblement.

Le jour où elle l'avait enfin accepté dans son lit, elle avait prévenu Bell que leurs étreintes ne seraient qu'occasionnelles. Dès leur première rencontre, elle avait mis les choses au clair : prostituée elle était et prostituée elle resterait.

Magdalaine, consciente du regard du père, tenta en vain de se retenir de soupirer. Si Bell ne s'était pas opposé à sa mise en garde, ce n'était que pour la forme, et elle craignait que son cœur ne refusât ce que son esprit acceptait. Quoi qu'il en soit, il devrait apprendre à contenir sa jalousie, s'il ne voulait pas risquer une séparation.

Magdalaine se redressa sur son siège, assaillie par l'inquiétude. C'était une erreur, se convainquit-elle ; l'attachement, le désir excessif de plaire, cela menait droit à la catastrophe. Jamais plus elle ne serait la femme d'un seul homme. Trois déjà étaient morts d'avoir voulu la garder pour eux seuls. Et, parce qu'elle se prostituait depuis tant d'années, même si elle était aussi fidèle à son compagnon qu'une nonne au Christ, aucun, dorénavant, n'aurait confiance. Pour tous, quoi qu'elle dise, elle resterait une prostituée.

En fin de compte, c'était une excellente chose que Guillaume l'eût mandée. Elle était en train de devenir trop honnête femme. Il lui fallait s'éloigner de Bell et préserver son indépendance. Encore que, vivre avec Guillaume… Magdalaine commença à passer en revue les amies et connaissances qu'elle avait conservées à Oxford du temps où elle y tenait une maison.

— Le pouvoir du roi est devenu presque absolu, disait le père Étienne, alors même que l'évêque de Salisbury et ses neveux administrent l'essentiel des affaires courantes. Ils s'en sont chargés depuis si longtemps – des années durant, sous le règne de feu Henri, et sans discontinuer depuis l'accession au trône d'Étienne – qu'ils sont obéis sans rechigner par les shérifs et la plupart des barons. Cela ne manque pas d'indisposer le souverain.

Quelque chose dans la voix de l'ecclésiastique tira Magdalaine de ses pensées. Elle étudia le visage du prêtre mais n'apprit rien de son expression. La pièce était trop sombre, maintenant. Elle leva les yeux vers les fenêtres ouvertes. Leur étroitesse ne laissait pas entrer assez de la lumière des longues journées printanières.

— Permettez que j'apporte quelques bougies, dit-elle en se levant. Vous ne refuserez pas une boisson, j'imagine, ou vous plairait-il de manger un morceau ?

Elle s'approcha de la cheminée, dont le feu était couvert, et alluma un morceau de bois.

— J'apprécierais une coupe de vin, admit le père avec un sourire navré. Je crains d'avoir été fort bavard, mais sire Guillaume n'est pas tranquille…

— Détrompez-vous, le rassura la tenancière. Je suis très désireuse de vous entendre, dans la mesure où vous avez le droit de me parler. Plus j'en saurai, plus je me sentirai utile et serai prudente.

— Je vous vois mal trop en dire à *qui que ce soit*, répliqua le père Étienne, amusé, mais je serai heureux de vous confier ce que je sais. Malheureusement, il s'agit surtout de spéculations de ma part. Quoi qu'il en soit, avant de poursuivre, je dois vous demander quel serait le meilleur moment pour rencontrer vos filles. Je crois préférable qu'elles me connaissent.

— Si vous avez le loisir de rester jusqu'aux vêpres, elles dîneront avec nous. Ella est retenue pour la nuit, mais son client est attendu après la tombée du jour. Les autres ne vont pas tarder à reconduire leur hôte.

Comme pour corroborer ses paroles, une porte s'ouvrit dans le couloir et on entendit la voix de petite fille d'Ella.

— Pourquoi repartir déjà ? Regardez, le soleil n'est pas encore couché. Si vous désirez…

Une voix d'homme maugréa sourdement, à quoi répondit un soupir prolongé d'Ella.

— Eh bien, tant pis. Je sais qu'il ne faut pas vous presser de rester quand vous dites devoir vous en aller. Mais n'avons-nous pas occupé notre temps de fort agréable façon ?… Pour ma part, ce fut un grand plaisir ! J'espère ne pas vous avoir déplu…

Elle se tut soudain – peut-être l'homme l'avait-il embrassée –, et le silence fut suivi d'un gloussement.

— Alors, je suis contente !

Il y eut le bruit d'un baiser très sonore, puis un autre rire, étouffé, comme si Ella s'éloignait. Une autre porte s'ouvrit et se referma ; des pas annoncèrent l'arrivée d'une jeune fille et le prêtre fit de nouveau des yeux ronds devant le spectacle qui s'offrait à lui : une femme petite et joliment tournée, les seins hauts et blancs, pointant au-dessus du décolleté très ouvert d'une robe bleu pâle sous laquelle elle était nue. Les boucles de sa chevelure blonde cascadaient jusqu'à ses hanches, les yeux étaient grands et aussi clairs qu'un ciel de printemps… et aussi vides.

Apercevant le père Étienne, Ella s'immobilisa, embarrassée, et fit mine de rebrousser chemin.

— Je suis désolée, Magdalaine, je ne savais pas que tu recevais un client.

— Non, ma chérie…

Magdalaine se leva et rejoignit une Ella rougissante, en qui le prêtre n'aurait vu qu'une innocente intimidée, s'il n'avait surpris ses propos avec l'homme qui avait disparu par la porte de derrière.

— Entre donc, Ella, je te présente le père Étienne.

Le sourire de bienvenue disparut du visage de la fille qui se raidit avant de s'incliner.

— Mon père, fit-elle sans aucun enthousiasme.

Magdalaine glissa un bras autour de la taille d'Ella et l'attira dans la pièce.

— Tu n'as rien à craindre du père Étienne, la rassura-t-elle. Il est au service de Guillaume et est venu pour affaires.

— Oh !

Le sourire réapparut sur les lèvres d'Ella et ses yeux brillèrent. Elle était adorable.

— Un homme de sire Guillaume ! s'exclama-t-elle, heureuse. Il ne me fera pas la morale et ne me menacera point d'être damnée pour l'éternité.

Le sourire s'effaça.

— Mais tu dis qu'il est venu pour affaires ? Est-ce que cela signifie qu'il ne pourra pas venir s'amuser avec moi ?

Les lèvres du père Étienne tremblotèrent.

— J'ai peur que non, jolie Ella. Mes vœux me l'interdisent.

— Mais c'est que…

Avant que Magdalaine puisse intervenir ou esquisser un geste, on entendit une autre porte s'ouvrir.

— Ne soyez donc pas bête, dit une riche voix de contralto. Vous savez combien j'aime à vous faire plaisir, et ce fut certes un plaisir. Vous m'avez appris quelque chose que j'ignorais, ce qui tient du miracle. Serez-vous fâché si je… euh… recommence ?

— Bien sûr que non, répondit une voix mâle, rieuse. C'est pour cela que je te l'ai montré. Ça me plaît.

— Vous avez donc l'intention de revenir ? demanda la voix aux riches intonations, pleine d'espoir.

L'homme rit, d'un rire qui n'avait rien de féminin mais n'était pas non plus celui d'un homme mûr.

— Père m'a conseillé de venir. C'est lui qui paye. À l'entendre, il est important aussi de savoir prendre du bon temps. Il n'est pas idiot, il a raison, et je suis prêt à parier qu'il ne va pas me couper les vivres et me donnera la somme. Je serai de retour dès que je lui aurai parlé du prix.

La porte de derrière s'ouvrit et se referma. Le père Étienne avait tourné un regard intéressé vers le couloir.

Il fut bientôt récompensé par l'apparition d'une femme de taille ordinaire, mais c'était bien tout ce qu'elle avait d'ordinaire. Ses yeux émeraude scintillaient comme les vitraux des églises. Des cheveux auburn lui tombaient jusqu'à la taille en volutes épaisses. Sa peau à l'aspect satiné, très pâle, rappelait le blanc laiteux caractéristique des vraies rousses. Son sourire, enfin, était une invite aux confidences.

— Voici Diot, annonça Magdalaine en donnant une petite tape sur les fesses d'Ella à laquelle elle demanda d'avertir Dulcie, la cuisinière, qu'il y aurait un convive de plus pour le repas du soir. Diot n'est ni simple d'esprit, ni muette, ni aveugle…

Magdalaine hésita. Elle commençait à se rendre compte qu'un grand poids venait de lui être enlevé. Inutile de chercher parmi ses connaissances retirées du métier, prostituées ou tenancières, celle qui la remplacerait. Diot n'était pas là depuis très longtemps et on ne pouvait lui accorder une confiance absolue, mais elle était bien plus fiable qu'une personne ignorante des usages de l'*Old Priory Guesthouse*. Elle aimait son travail et ne risquait pas de nuire aux intérêts de la maison, d'autant que, surveillée par le père Étienne, elle n'aurait pas l'occasion de voler. Non que Magdalaine la soupçonnât d'être une voleuse dans les circonstances ordinaires, mais la tentation de s'octroyer des revenus supplémentaires serait forte, surtout si elle devait travailler davantage. Car il lui faudrait accueillir ses propres clients, et d'autres… Magdalaine chassa ces pensées de son esprit. Demain, il serait temps d'expliquer tout cela à Diot, qui ne manquait certes pas de bon sens.

— … et elle montre la patience d'un saint avec les jeunes fanfarons, poursuivit Magdalaine.

Diot se mit à rire.

— Oh, il n'est guère difficile de laisser croire que les vieilles ficelles sont nouvelles et qu'elles me séduisent. J'apprends ainsi ce qui plaît à ces damoiseaux et j'évite de les choquer, pauvres agneaux ! Et cela m'évite des efforts excessifs pour faire se dresser leur virilité.

— J'imagine mal qu'un homme – moi compris, même si je suis tenu par mes vœux de chasteté – ne réagisse pas sur-le-champ à votre invite, déclara le père Étienne avec un grand sourire.

Diot fronça les sourcils et se tourna vers Magdalaine.

— Je te présente le père Étienne, venu porter un message de Guillaume. Je vais devoir me rendre à Oxford après-demain…

Elle se tourna vers le prêtre.

— Cela conviendra, n'est-ce pas ?

Ce fut au père de froncer les sourcils.

— C'est-à-dire… combien de temps vous faudra-t-il pour atteindre la ville ? Avec un train de bagages…

Magdalaine le détrompa.

— Ce ne sera pas nécessaire. J'irai à cheval et une mule portera mes effets. Si des gens de Guillaume doivent y retourner, je pourrai chevaucher en leur compagnie ou, à défaut, je ferai appel à un ou deux hommes du guet. Quoi qu'il en soit, en partant samedi, je serai à Oxford dimanche au soir ou lundi matin.

— Je vous déconseille d'arriver dimanche soir, vous risqueriez de dormir dans la rue.

— Oxford ! s'écria Diot. Mais n'y a-t-il pas dans cette ville des prostituées que sire Guillaume devrait…

— Aucune de la trempe de maîtresse Magdalaine, intervint le père Étienne.

Magdalaine se tordit les mains et Diot se mordit les lèvres, consciente d'avoir commis un impair. Magdalaine remarqua le regard gêné qu'elle adressa au prêtre, mais celui-ci avait tourné la tête vers le couloir : Letice venait de gratter le mur avec sa pantoufle pour attirer leur attention. Le père haussa les épaules, sensible à une sorte de perfection d'un tour différent. La peau de Letice était sombre, ses yeux presque noirs, et, formant un rideau jusqu'aux genoux, ses cheveux lisses rappelaient le lustre des plumes du corbeau.

La jeune femme avança, sourire aux lèvres, et tendit la main. Bien qu'elle ne dît pas un mot, il était évident que le père était sous le charme. Magdalaine sourit de contentement quand elle fit les présentations. Letice, muette, savait désormais lire et écrire. En deux mois, elle avait accompli des progrès considérables avec l'aide de Magdalaine : ce cadeau précieux la payait des difficultés éprouvées et avait mis un terme à son désespoir quand elle cherchait vainement à se faire comprendre.

Sensible à la séduction exercée par Letice sur le prêtre, Magdalaine oublia les motifs qu'elle avait de s'inquiéter pour la bonne tenue de sa maison en son absence. Letice y travaillait de longue date, et c'est elle qui était venue la trouver. Malgré son nom, elle n'était ni chrétienne ni anglaise. Dans son pays, avait-elle appris à Magdalaine, se prostituer était un état acceptable – certes pas aussi honorable que celui d'épouse, mais non voué au mépris. Letice avait tout intérêt à ce que l'*Old Priory Guesthouse* continuât à prospérer.

Elle n'ignorait rien des petits secrets de la maison, connaissait la plupart des clients et les tarifs. Le père Étienne tiendrait les comptes, mais ne s'apercevrait pas des légères perturbations dans les services fournis ou de certains désagréments qui risquaient d'indisposer les clients quant aux tarifs pratiqués par Magdalaine. Cela n'échapperait pas à Letice, et, capable d'écrire, elle pourrait le consigner. Enfin, puisque Diot était illettrée, elle ignorerait que Letice notait jour après jour le détail de chaque événement qui en valait la peine.

II

VENDREDI 16 JUIN

RÉSIDENCE DE L'ÉVÊQUE DE WINCHESTER

La matinée s'avançait. Magdalaine vérifiait une fois encore si le haut de sa chemise était bien fermé par un nœud ne révélant rien de sa gorge et si sa robe de lin était propre et pas trop serrée à la taille. D'un gris-bleu discret, elle convenait à une chaude journée et était assez modeste pour être portée en temps ordinaire par une femme de négociant. Elle s'enveloppa les cheveux et se dissimula le bas du visage avec un voile de la même couleur que la robe puis, après avoir vérifié que sa lettre était dans la poche nouée à la ceinture, elle se mit en route pour la résidence épiscopale.

Elle s'y était déjà rendue à plusieurs reprises et, une fois admise, elle se contenta d'embrasser d'un coup d'œil la grand-salle aux voûtes de pierre. Ce jour-là, elle semblait plus vaste encore car il s'y trouvait moins de monde que lors de ses visites précédentes. On ne voyait aucun pupitre près des fenêtres, entre les nombreuses arches, et quatre hommes seulement se prélassaient sur les bancs face à la cheminée dressée vers le milieu de la pièce. Les braises avaient été couvertes car il faisait doux, mais on les entretenait : les murs de pierre conservaient la fraîcheur de la nuit.

Elle ne s'étonna pas de la surprise du domestique qui la fit entrer. L'évêque de Winchester menait une existence austère, recevant peu de femmes, et Magdalaine s'était empressée d'annoncer qu'elle était porteuse d'un message pour Monseigneur. L'homme lui désigna le fond de la pièce, où une cloison délimitait un endroit dont l'évêque usait pour ses affaires. Une belle table était dressée devant la cloison. Magdalaine s'approcha du prêtre assis sur un tabouret.

Il parut plus choqué que le domestique de l'entrée.

— L'évêque est absent, maîtresse, dit-il.

— Je sais. Je suis une des locataires de Monseigneur. Sire Bellamy d'Itchen encaisse le loyer…

La crispation du jeune prêtre et son mouvement de recul provoquèrent chez Magdalaine un sourire amer. Sire Bellamy était un des chevaliers de l'évêque, son bras armé pour faire respecter la volonté du prélat quand les admonestations de l'Église ne suffisaient pas. Il n'était pas bailli car il ne s'occupait que de rendre visite aux locataires récalcitrants et dangereux, ce qui était presque la règle dans les maisons de plaisir appartenant à l'Église. La réaction du prêtre, le jeune Phillipe Quelque Chose, s'expliquait assez bien : il venait de comprendre la nature de son activité.

— Je dois quitter Southwark, poursuivit-elle, et je désire informer sire Bellamy qu'il n'y aura personne en charge du loyer pendant plusieurs semaines. Bien entendu, je paierai la totalité de la somme à mon retour. J'administre l'*Old Priory Guesthouse* depuis plus de cinq années et j'ai toujours réglé le terme sans qu'il manque un penny, et au jour dit.

Tout à ses explications, elle avait glissé la main par la fente de sa robe et saisi sa poche. Comme elle l'ouvrait pour y prendre sa lettre, elle remarqua que le prêtre s'était détendu au nom de l'*Old Priory Guesthouse*. Bell avait-il parlé d'elle ou le jeune père Phillipe se souvenait-il du rôle joué par ses filles dans la résolution du meurtre d'un émissaire du pape, au mois d'avril précédent[1] ?

— Si vous voulez avoir l'obligeance de transmettre cette missive à sire Bellamy, à Winchester, je pense qu'il acceptera d'attendre et ne viendra pas effrayer mes filles en exigeant un argent qu'elles n'auront pas.

— Mais sire Bellamy est dans nos murs, répondit le père Phillipe, surpris. Pour l'heure, il est reçu par Monseigneur.

— Ah…

Magdalaine parvint à ne rien trahir de ses sentiments. Bell était à Southwark et il ne le lui avait pas dit !

— Je peux donc lui donner la lettre en main propre.

— Attendez ! s'exclama le prêtre comme elle faisait mine de se détourner. Vous ne sauriez entrer dans le cabinet de l'évêque.

— Certes, admit la tenancière. Je voulais simplement remettre ma poche à sa place, sous ma robe. Patienterai-je ici ou prierez-vous sire Bellamy de venir à l'*Old Priory Guesthouse* ?

En dépit de la peine qu'elle éprouvait d'avoir été abandonnée par le chevalier, elle remarqua avec amusement l'indécision douloureuse qui se lisait sur le visage du jeune prêtre : était-il pire de la laisser attendre, contaminant l'atmosphère par le poids de ses péchés, ou d'envoyer Bell vers ce repaire d'immoralité que représentait un bordel ?

— Attendez ici, finit-il par déclarer. Je vais l'avertir de votre présence et il décidera lui-même s'il veut vous parler ou non.

Il quitta la table et entra dans le cabinet de l'évêque, derrière la cloison. Magdalaine cligna des yeux. Sa vue se brouillait. Rien dans leur dernière rencontre n'avait laissé prévoir que Bell devait se lasser d'elle. D'ailleurs, cela remontait au dimanche précédent, et leur nuit avait été si passionnée qu'ils avaient dormi tard. Au déjeuner,

1. Voir *Magdalaine la Bâtarde*, 10/18, n° 3868. *(N.d.T.)*

il avait pris tout son temps, plaisantant avec les filles et les provoquant, au point de lui avouer qu'il devrait galoper même de nuit pour arriver à l'heure à Winchester, où l'attendait l'évêque.

Avait-il été attaqué par des voleurs ? Aurait-il subi certains désagréments sur la route de Winchester dans lesquels il aurait vu le châtiment de la nuit passée en sa compagnie ? Elle inspira profondément. Si tel était le cas, au moins sa volonté d'obéir à Guillaume ne devrait pas faire l'objet d'une querelle. Peut-être suffisait-il de laisser la lettre… Non, c'était impossible ! Elle débordait de mots affectueux, et d'excuses. Elle devait…

— Magdalaine !

Déjà prête à s'en aller, elle se retourna et se trouva face à Bell, aussi élégant qu'à son habitude : chausses bleu foncé et jambières vert pâle ; verte aussi, la tunique, assez courte, qui mettait en valeur ses cuisses musclées et lui donnait la liberté de mouvement nécessaire dans le combat. Le pourpoint et le col étaient ornés d'un motif compliqué au liseré bleu foncé. Magdalaine serra les lèvres. Cette broderie était son œuvre !

Cependant, elle remarqua quelques détails nouveaux. La large ceinture où était suspendue l'épée était maintenant piquetée de fils d'or, bien que la poignée usée de l'arme fût toujours recouverte de cuir ainsi que le manche de son long poignard, glissé dans un fourreau à la ceinture. Quant au couteau dont il se servait pour manger, il était dorénavant muni d'une poignée en argent ciselé, avec une pierre semi-précieuse sertie dans le pommeau – cadeau on ne peut plus féminin !

— Sire Bellamy.

C'est tout juste si elle inclina la tête.

Si elle avait parlé avec froideur, il ne fit montre d'aucune hésitation quand il s'approcha pour lui prendre la main.

— Comment saviez-vous que j'étais de retour ?

— Le père Phillipe vient de me l'annoncer.

— Mais alors, qu'est-ce qui vous amène ?

Sa perplexité était visible.

— Il se trouve que je dois quitter Southwark pour quelques semaines, aussi voulais-je…

— Quitter Southwark ? Pour aller où ? Et pourquoi ?

Magdalaine ouvrit de grands yeux, à croire que ses questions l'étonnaient. L'insensé ! Un collecteur de loyers n'avait pas à connaître ses allées et venues et les raisons qu'elle avait de voyager. Elle regarda par-dessus son épaule, vers le père Phillipe, qui était sorti du cabinet de l'évêque, puis vers les domestiques et les hommes d'armes près de l'âtre : tous s'intéressaient à leur discussion.

Elle s'abstint de répondre et reprit sa phrase là où elle avait été interrompue.

— Aussi voulais-je vous prévenir qu'il n'y aurait personne à l'hostellerie pour payer le loyer. J'espère que vous me permettrez de régler la totalité de la somme à mon retour. Vous savez que je n'ai jamais été en retard…

D'un geste impatient il lui donna son accord.

— Oui, bien entendu. J'avertirai Monseigneur. Mais où…

Magdalaine secoua la tête, agacée. Bell, en général, n'était pas si lent à comprendre. Après tout, c'était pour son bien à lui qu'elle se comportait comme si leur relation n'était rien d'autre que celle qu'entretiennent un collecteur de loyers et une tenancière. Prostituée connue, elle ne risquait pas sa réputation en étant associée à un homme. Il en allait autrement pour lui, chevalier de l'évêque. Coucher avec une catin n'avait rien de répréhensible, en être l'ami demeurait inacceptable.

C'est alors que Magdalaine remarqua que les beaux cheveux blonds de son amant étaient en désordre. On était loin des ondulations parfaites qu'il entretenait avec soin. La peau autour de ses yeux bleus était sombre, ridée, preuve qu'il manquait de sommeil. L'idée qu'il s'était tenu éloigné d'elle à cause de ses obligations et non par indifférence masqua la triste perspective de ne plus le voir, mais elle écarta cette consolation avec fermeté.

— Vous êtes fatigué, sire Bellamy. Je ne vous retarderai pas davantage.

Elle lui tourna le dos et fit mine de s'en aller.

— Par le diable, Magdalaine ! gronda-t-il. Je suis trop occupé…

Un objet pesant tomba sur le sol. Bell s'était-il heurté au père Phillipe au moment où il tentait de la suivre ? Magdalaine réprima son envie de rire mais ne se retourna pas. Était-ce bien avisé ? Une humble tenancière de maison de plaisir se devait d'obéir au chevalier de l'évêque. Mais s'il s'était contenté d'exprimer son exaspération ? À son grand déplaisir, elle entendit claquer la porte du cabinet privé de l'évêque. Bell ne l'avait pas suivie.

Elle fut tentée de rentrer à l'*Old Priory Guesthouse* et de pleurer tout son soûl, mais sa crise d'apitoiement sur elle-même ne dura pas. Une fois devant la grille de la demeure, dès qu'elle se fut engagée dans la rue, les larmes qui montaient furent remplacées par un petit rire mélancolique. Une prostituée ne pleurait pas à cause d'un homme… et elle avait d'ailleurs des choses plus importantes à régler avant de partir pour Oxford, le lendemain.

Elle devait se procurer quelques objets nécessaires à ce déplacement. Il y avait si longtemps qu'elle n'avait pas quitté la région de Londres que ses paniers de voyage avaient changé de fonction. Il lui en fallait au moins un qui soit assez long pour y ranger des robes sans trop les froisser. Quant au reste – sous-vêtements et objets de toilette –, une solide toile de canevas et quelques lanières de cuir suffiraient. Ensuite, elle s'assurerait que l'*Old Priory Guesthouse* ne manquerait de rien en son absence et, tout d'abord, de draps – dans une maison de plaisir, l'entretien des draps était chose difficile car, lavés souvent et fort malmenés, ils duraient peu.

Plongée dans ce cours de pensées, Magdalaine longea d'un pas vif le mur du prieuré de St Mary Overy, passa devant la grande grille de l'entrée, à une centaine de pas de celle de la maison de l'évêque, et se retrouva près de la rivière. Le chemin se terminait par un appontement qui appartenait au prieuré. Aucune barque n'était à l'attache. Il serait plus long d'attendre une embarcation et de lui faire signe que de traverser le pont de Londres. En outre, celui-ci était bordé par des boutiques où elle trouverait peut-être son bonheur.

Le beau temps avait amené marchands et colporteurs à se déployer en une sorte de large éventail bien avant l'entrée du pont. Magdalaine serra son voile autour de son visage, de peur qu'il lui soit arraché dans la cohue. Quelques regards curieux, car il était fort inhabituel pour les femmes de se voiler – plus encore sur la rive de Southwark où la prostitution avait pignon sur rue –, l'amenèrent à songer avec amertume au désavantage que constituait une beauté parfaite, qui lui aurait valu une attention loin d'être aussi discrète si elle ne l'avait protégée. Combien de fois lui avait-on répété qu'elle était belle à couper le souffle ! Sans doute, mais, sans la protection de son voile, c'est de mains importunes plus que de regards extasiés qu'elle aurait eu à se défendre.

Ces pensées ironiques disparurent devant les plateaux que tendaient les marchands de pâtés, les serpentins multicolores proposés par les vendeurs ambulants – elle prit le temps de regarder car, ses filles et elle, qui pratiquaient les travaux d'aiguille, avaient toujours besoin de rubans, mais ceux qu'elle vit étaient trop grossiers –, les cris destinés à attirer l'attention des chalands. Elle eut beau s'exhorter à ne pas céder, elle avait acheté une poignée de sucreries au moment où elle arriva sur le pont proprement dit.

C'était là le domaine des marchands patentés, propriétaires d'un éventaire sur l'un ou l'autre côté du pont, ce qui n'empêchait pas qu'il fallait se faufiler, jouer des coudes parmi les vendeurs itinérants qui proposaient leurs articles, comestibles parfois, et trouver son chemin dans la foule des acheteurs et des passants désireux d'atteindre l'autre rive. Elle remercia Dieu que le pont ne fût pas couvert, car, même ainsi, le tumulte était assourdissant. Ouvriers et apprentis vantaient à tue-tête les marchandises de leurs maîtres, les colporteurs surenchérissaient, les acheteurs lançaient des offres aux commerçants qui répondaient aussi fort en montant le prix, et ceux qui se contentaient de traverser poussaient leur monde, s'excusaient et finissaient par jurer à tout propos.

En fin de compte, c'est sur le pont que Magdalaine découvrit le panier qu'elle cherchait, ou plutôt les deux : longs et étroits, ils étaient faits pour être placés contre des coussins sur le flanc d'un cheval ou arrimés à un cadre sans embarrasser ses mouvements. Ils contiendraient aisément une robe et l'un tenait dans l'autre. Chacun disposait de poignées et l'on pouvait y passer une corde ou une courroie pour les réunir et les rattacher aux sangles du harnais de la monture. Magdalaine se mit d'accord avec le marchand pour les récupérer à son retour.

Elle eut la force de résister aux tentations qui la guettaient tandis qu'elle gagnait l'autre extrémité où elle prit la direction de l'East Chepe, au nord, dans Gracechurch Street. Fish Street l'aurait rapprochée de sa prochaine halte, la sellerie de maître Mainard, mais elle préférait ne pas être éclaboussée par le sang des entrailles de poisson ou les projections d'eaux sales.

Au Chepe, elle obliqua à droite et s'arrêta presque à l'extrémité de la rue. Henry, qui vendait les pièces fabriquées par Mainard, l'accueillit avec un franc sourire et s'écarta pour lui permettre de contourner le comptoir couvert de rênes, d'étrivières et même de deux selles, et de pénétrer dans la boutique. Codi, l'ouvrier, l'apercevant alors qu'elle franchissait la porte ouverte de l'atelier, appela maître Mainard, qui posa aussitôt ses outils pour la saluer avec un plaisir évident.

En entendant la voix de Magdalaine, Sabine descendit de son logis, au-dessus de la boutique. Plus belle que jamais, elle rayonnait de santé et de joie de vivre. Magdalaine lui annonça qu'elle serait absente pendant quelques semaines, afin de lui éviter de se déplacer pour rien. Elle remarqua l'éclair de bonheur sur le visage du sellier. Il ne protestait pas lorsque Sabine rendait visite à ses « sœurs » en prostitution, mais cela le mettait mal à l'aise. Il lui était impossible d'oublier l'horrible tache de naissance qui le défigurait, et, bien que Sabine fût aveugle, il était taraudé par la crainte qu'elle le quittât pour un homme plus séduisant.

Magdalaine parla ensuite des lanières dont elle avait besoin pour ses paniers de voyage et demanda à Mainard s'il avait quelque chose sous la main. Ce n'était pas le cas, mais, qu'à cela ne tienne, l'ouvrier la pria de patienter. Il s'en occuperait sur-le-champ. Quand elle s'enquit du prix, Mainard et Codi échangèrent des regards offusqués. L'ouvrier balbutia qu'il était hors de question de faire payer quelqu'un qui, il y avait à peine un mois, vous avait sauvé de la pendaison. Mainard approuva du chef et ajouta qu'il était lui aussi son débiteur. Ne lui avait-elle pas évité qu'on l'accuse à tort du meurtre de sa monstrueuse épouse[1] ? Elle n'avait rien à payer. À quoi Magdalaine rétorqua qu'elle refusait d'emporter les lanières gratuitement ; en outre, Guillaume d'Ypres lui rembourserait sans doute ses frais et Mainard n'avait donc pas de raison de se priver d'un bénéfice décent. Le joyeux marchandage se poursuivit ainsi un moment et ils finirent par trouver un compromis : Magdalaine paierait le matériau et le travail et on lui remettrait les lanières à son retour de la boutique du mercier.

Le soleil entamait son périple de l'après-midi lorsque Magdalaine réapparut, les bras chargés de draps, de taies d'oreillers, de chausses et d'une demi-douzaine de

1. Voir *Le Diable à demeure*, 10/18, n° 3869. *(N.d.T.)*

chemises d'une finesse et d'une douceur qui lui étaient inconnues – trois pour elle et une pour chacune de ses filles. Quand elle les eut touchées, Sabine murmura quelque chose à propos de la légèreté du tissu… et Mainard demanda le nom du mercier à Magdalaine, montra la chemise à Codi et l'envoya en acheter trois autres pour sa bien-aimée.

Sabine protesta. Elle avait assez de chemises et Mainard aurait mieux fait de ne pas gaspiller son argent à cause d'elle. À quoi Mainard répliqua qu'il les achetait en pensant à lui, au plaisir qu'il aurait à la voir les porter. Cela eut le don d'imposer silence à Sabine et, pour qu'elle se change les idées, Mainard pressa Magdalaine de rester dîner avec eux. Parfois, l'affection qui liait Sabine et Mainard se manifestait par des effusions si excessives que Magdalaine n'était pas loin de les trouver écœurantes, mais, ce jour-là, pour une raison ou une autre, elles la réconfortaient, aussi accepta-t-elle aussitôt. Elle n'avait pas à vivre avec eux, se raisonna-t-elle, et leur tendresse un peu niaise, la tendance de Mainard à traiter Sabine comme une enfant sans cervelle – ce qu'elle n'était certes pas, car, bien qu'aveugle, elle savait prendre soin d'elle – la divertissait.

Au moment où le repas, acheté dans une cuisine publique, s'achevait, il était presque l'heure des premiers clients à l'*Old Priory Guesthouse*. Magdalaine salua son monde à la hâte et ramassa ses achats en se demandant comment transporter les paniers de voyage, en plus du reste. Le problème fut résolu sur-le-champ. Codi et le plus vieil apprenti la débarrassèrent de ses paquets dès qu'elle fut en bas des marches et proposèrent de l'accompagner.

Une sensation de froid et d'accablement, qu'elle avait réussi à contenir jusque-là, s'insinua en elle alors qu'ils approchaient de l'*Old Priory Guesthouse*, mais les circonstances lui évitèrent de la laisser l'envahir. Codi et l'apprenti déposèrent ses achats et, dès qu'elle vit les paniers de voyage, Ella fondit en larmes. Il fallut du temps pour la convaincre que son petit univers n'allait pas disparaître, que rien ne serait changé, que Diot résoudrait les problèmes et ne la gronderait pas, que Magdalaine, enfin, serait revenue d'ici à quelques semaines.

La distribution des chemises neuves permit de distraire assez longtemps Ella et, avant que ses craintes ne resurgissent, son premier client se présenta, au grand soulagement de la tenancière. Auprès d'un homme, Ella oubliait tout. Puis ce fut au tour du client de Letice, un nouveau, recommandé par maître Buchuinte, qui se montra d'une curiosité insatiable. Il s'agissait d'un important orfèvre, dont la femme était morte depuis plusieurs mois. C'était un habitué potentiel, ainsi qu'une excellente source de profits, et Magdalaine pria Letice d'apporter du bon vin et des gâteaux et fit de son mieux pour répondre aux doutes et aux appréhensions de l'homme.

Cela prit du temps. Letice, comprenant que, lors de sa première visite, un client n'aimait pas être bousculé et devait repartir absolument satisfait, ne se pressa pas de le rejoindre. Comme il avait l'intention de dormir sur place, il n'eut pas l'impression qu'on se moquait de lui, et sut patienter. Magdalaine l'entretint de sujets frivoles et, quand la discussion commença à languir, elle évoqua d'un ton détaché ses obligations familiales, qui la contraignaient à abandonner ses affaires pour gagner Oxford.

— Oxford ! s'exclama l'homme avec un mouvement de tête. Ce n'est certes pas la meilleure époque pour s'y rendre ! N'avez-vous pas ouï dire que tout le royaume avait répondu à l'appel du roi Étienne ? J'espère que votre famille saura où vous loger.

— Cela vaudrait mieux, dit Magdalaine en souriant.

Elle ne croyait pas que Guillaume s'en serait préoccupé, à moins qu'il n'eût l'intention de la garder chez lui. Elle réprima un frisson et se pencha pour servir du vin à son hôte.

— Ils m'ont enjoint de venir. Croyez que si ça ne tenait qu'à moi… Mais pourquoi tant de presse, pour cette cour ? Je n'ai pas souvenir d'une telle affluence, même à Noël, quand elle s'est réunie à Westminster ?

— Ceux qui y étaient venus pouvaient se loger à Londres. Oxford est une ville beaucoup plus petite. Et il se trouve qu'après les victoires du souverain dans l'Ouest et la bataille de l'Étendard[1] qui a vu la déroute des Écossais, au nord, la plupart des barons estiment qu'il est désormais vain de s'opposer à Étienne. Chacun veut donc prouver sa loyauté en se montrant.

— Même si j'en pâtis, cela paraît sensé, soupira Magdalaine.

L'orfèvre afficha un grand sourire.

— Sans doute, mais cela ne traduit pas toute la vérité. C'est en de tels moments que je me félicite d'être artisan plutôt que noble. La méfiance du comte de Gloucester vis-à-vis du roi a rendu Étienne suspicieux et les grands seigneurs essayent de montrer qu'ils ne penchent pas du côté de Gloucester. Ne pas apparaître à la cour pourrait être interprété comme une volonté de réunir des hommes et des fonds afin d'entrer en rébellion dès que Gloucester aura traversé le bras de mer.

— Certainement pas, pourquoi donc ? Étienne ne s'est-il pas montré conciliant ? N'a-t-il pas fait preuve de clémence ?

— Trop conciliant et trop enclin au pardon, qui sait ? J'ai entendu dire que des rebelles échapperaient au châtiment et que, pour ce qui est des raisons… on en trouve toujours…

Un léger bruit de pas lui fit lever la tête et il découvrit Letice qui, debout à l'entrée du couloir, lui souriait. Il lui sourit en retour mais se tourna vers Magdalaine et poursuivit sa conversation.

— Et si rebelles il y a, quel meilleur endroit pour se rencontrer et conspirer que le conseil royal où l'on vous

1. *The battle of the Standard.* Autre nom pour la bataille de Northallerton, le 22 août 1138. *(N.d.T.)*

a requis ainsi que vos complices ? Qui irait prétendre que vous vous réunissez dans un but malveillant ?

Il haussa les épaules et se leva pour rejoindre Letice.

— J'espère que ce ne sont que des craintes infondées. Aucun commerçant n'aime la guerre et moins encore une guerre contre le souverain. Votre famille ne trempe pas dans la politique, n'est-ce pas, Magdalaine ?

— Pas du tout. Ce sont gens sans grande importance.

— Tant mieux, conclut-il. Nous vivons une époque où il est préférable d'être quantité négligeable.

Quand la porte de la chambre de Letice se fut refermée, Magdalaine rangea la cruche de vin et porta les coupes dans la cuisine. La cloche de l'entrée retentit alors qu'elle en revenait. Elle fronça les sourcils. Qui cela pouvait-il être à cette heure-là ? Un nouveau client ? Un habitué n'aurait pas ignoré qu'aucune fille ne serait disponible avant les vêpres et, pour avoir une chance de passer du bon temps sans avoir pris rendez-vous, il fallait se présenter vers ce moment-là de la journée.

Je vais le renvoyer, songea-t-elle en se dirigeant vers l'entrée. *Je lui expliquerai qu'il tombe mal parce que je dois voyager demain*. Mais elle ne se pressa pas, hésitante. Refuser un nouveau client n'était pas bon pour son commerce. Par contre, elle n'avait nulle intention d'occuper les quelques heures suivantes à distraire un homme impatient. Elle tenait à avoir préparé son bagage avant qu'Ella n'ait l'occasion de le remarquer, afin d'éviter une autre crise de larmes.

Le tintement de la cloche se répéta, petit bruit exaspérant, à l'instant où elle arrivait au portail – cela la décida. Elle n'avait pas besoin de nouveaux clients exigeants, incapables de patienter. Elle ouvrit, avec plus de brusquerie qu'elle ne l'eût souhaité.

— Je suis désolée...

Le visage qu'elle reconnut n'avait rien d'aimable.

— Désolée de quoi ? rétorqua Bell.

— Oh, je vous avais pris pour un client de passage et je m'apprêtais à lui expliquer qu'il arrivait au mauvais moment parce que j'étais sur le point de voyager.

— Quelle différence cela ferait-il pour un nouveau client ?... À moins que vous n'ayez recommencé à en prendre ?

Son teint s'empourprait à mesure qu'il haussait le ton.

— Et si c'était le cas, cela ne vous regarde pas ! enragea la tenancière.

Elle ouvrit grand le portail et attira Bell d'un geste brusque à l'intérieur.

Comme il ne s'y attendait pas et que Magdalaine ne manquait pas de force, il franchit le seuil en trébuchant. Elle claqua le portail dans son dos et rentra le cordon de la cloche, afin que personne ne puisse se manifester.

— Il se trouve que je veux préparer mes affaires avant qu'Ella ne sorte de sa chambre, parce qu'elle se met à pleurer dès qu'elle se rappelle mon départ.

— À pleurer ? Pourquoi ? demanda-t-il, quelque peu troublé.

— Qui sait ? répondit Magdalaine, impatientée. Elle est comme une enfant, vous la connaissez. Je suppose qu'elle a peur que je ne revienne pas ou redoute d'être maltraitée. En réalité, elle ne s'apercevra même pas de mon absence si tout se passe en douceur, mais qu'elle me voie occupée à mes préparatifs, elle pleurera et gémira tout le temps que je serai partie.

— Certes pas quand elle sera allongée, remarqua-t-il en souriant.

Magdalaine ferma la porte de la maison et lui désigna les tabourets devant l'âtre.

— Non, sourit-elle à son tour. Copuler est ce qu'elle aime le plus dans l'existence et ses clients ne seront pas privés, mais si elle ne se rend pas compte que j'ai quitté la ville, elle ne leur cassera pas les oreilles en rabâchant ses craintes. Et, à vrai dire, je préférerais que la plupart ignorent que j'ai quitté ma maison.

— Votre maison, répéta Bell d'une voix douce. Vous considérez vraiment un bordel comme votre maison ?

Magdalaine le fixa puis soupira avec force.

— Oui, c'est ainsi, répondit-elle avec une pointe d'exaspération.

Son regard parcourut la grand-salle, belle et ordonnée.

— C'est comme un chez-soi, c'est confortable et j'y suis heureuse.

— Pourtant, vous partez, et pour un certain temps, si j'en juge d'après vos affaires, assez imposantes pour qu'Ella les ait remarquées.

— Plusieurs semaines, je le crains.

— Et vous ne voulez pas me dire quelle est votre destination ?

Il baissa les yeux sur ses mains, serrées entre les genoux.

— Bien sûr que si, pourquoi diable imaginez-vous que je ne le voudrais pas ? Je suis allée chez l'évêque vous porter une lettre dans laquelle je vous expliquais la situation.

— Lettre que vous n'avez pas déposée.

— Il est vrai.

Magdalaine se raidit au souvenir de sa douleur quand elle avait su qu'il se trouvait à Southwark et ne l'avait pas avertie.

— Vous n'avez pas cru bon de me signaler votre présence à Southwark, dès lors pourquoi vous inquiéter de mon départ ?

Il cligna des yeux.

— Vous la signaler ? Quand en aurais-je eu l'occasion ? Je suis arrivé à minuit passé. M'auriez-vous félicité si j'avais réveillé la rue et dérangé vos clients en venant sonner chez vous ? En outre, depuis l'aube, je me suis occupé de la correspondance de Winchester…

Il se tut soudain et se passa la main sur les yeux et le visage.

Magdalaine ne put s'empêcher de sourire.

— J'ai déjà oublié tout ce que vous m'avez dit.

Bell éclata de rire.

— Grâce à Dieu, il ne m'est pas nécessaire de retenir ma respiration en attendant de vous croire. Je virerais au bleu, sans aucun doute.

Elle haussa les sourcils, en manière de confirmation : il savait qu'elle oubliait rarement ce qu'on lui disait et qu'il était fort peu probable qu'elle le répétât ou le laissât échapper par mégarde.

— Vous êtes arrivé la nuit dernière ? se contenta-t-elle pourtant de demander.

— Oui, d'Oxford…

— Oxford ! Mais c'est là que je vais.

— À Oxford ? Dans quel but ?

Il eut un sourire amer.

— Je crains que tout homme assez riche pour payer vos tarifs se soucie davantage des affaires du royaume que de vos services.

Magdalaine se prit à rire.

— Je n'ai nul besoin de chercher le client ! Vous ne l'ignorez pas, nous avons souvent plus de demandes que de corps disponibles. J'ai songé à engager une autre aveugle. Certains réclament toujours Sabine. Il faut croire que ses mains avaient un toucher fort délicat…

— Magdalaine…

Il n'avait pas haussé le ton, mais donnait l'impression de hurler.

— Pourquoi allez-vous à Oxford ?

Elle ne soupira pas, et certes, ce n'était pas l'envie qui lui manquait. Elle avait nourri l'espoir que Bell s'en retournerait chez l'évêque avec l'information qu'il désirait, quelle qu'elle fût, de sorte qu'elle n'aurait pas à lui parler de Guillaume d'Ypres qui la réclamait à Oxford.

— Parce que Guillaume a dépêché un clerc pour me signifier que ma présence était requise. Il est mon… suzerain. Je lui dois ma vie aisée et il m'a débarrassée pour l'essentiel de ceux qui cherchaient à me nuire. S'il a besoin de moi…

— Besoin de vous ?

Cette fois, il avait parlé plus fort et Magdalaine leva la main pour lui intimer le silence. Quand il reprit la parole, cela ressemblait presque à un murmure.

— Comment peut-il avoir besoin de vous ? N'y a-t-il pas assez de prostituées à Oxford ?

— Diot a eu la même réflexion, remarqua la tenancière, amusée. Je couche avec Guillaume s'il me le demande, c'est vrai, mais je doute que ce soit le désir qui l'ait conduit à m'appeler auprès de lui. Toutefois, vous n'avez pas tort dans la mesure où sa demande a pour cause que je suis connue, parmi ceux qui servent le roi, comme la prostituée favorite de Guillaume. Ma présence lui est nécessaire dans un lieu où n'importe quel homme, quel que soit son parti, peut rechercher une compagnie féminine. Avec cette excuse, il pourra parler à qui bon lui semble sans être suspect.

Elle fronça les sourcils.

— Un de mes clients affirme que l'entourage du roi est fort hésitant sur la conduite à tenir face aux prétentions de Robert de Gloucester.

— Hésitant est un euphémisme, dit Bell avec un rictus. Et Waleran de Meulan souffle à l'oreille du roi que l'évêque de Salisbury, son fils et ses neveux, ont rempli leurs donjons de tout ce qu'il faut pour mener une guerre afin de se joindre à Gloucester dès qu'il aura débarqué.

— Bonté divine, êtes-vous sérieux ? murmura Magdalaine. L'évêque de Salisbury a été pendant trente ans comme un autre roi Henri, loyal et inébranlable. Chaque fois que le souverain était à l'étranger, Salisbury régnait en son nom et Henri, qui n'était pas un tendre, en a été satisfait. Salisbury a accepté le couronnement d'Étienne et a juré de le servir, sans pour autant renoncer à ses obligations envers l'Église…

Bell serra les lèvres.

— Ses obligations envers l'Église, oui… cela peut cacher mainte chose. Souvenez-vous… enfin, ces détails ne semblent pas importants pour les femmes… le roi

Henri avait obligé ses barons à prêter serment à sa fille, la reine Mathilde[1].

— Non, je n'ai pas oublié, remarqua Magdalaine avec une certaine amertume. Mon mar… – elle se retint de justesse –… père était dans une telle rage qu'il m'avait battue parce que j'étais une femme et il affirmait inadmissible que des hommes jurent obéissance à une femme et l'acceptent pour reine.

Elle secoua la tête, comme si elle se débarrassait de ses souvenirs.

— Les évêques aussi avaient-ils prêté serment ? demanda-t-elle, l'air soucieux.

Elle espérait que sa question empêcherait Bell de s'interroger sur sa maladresse. De sa vie, il ne savait que ce qu'elle avait bien voulu lui raconter : enfant de l'amour, reconnue par son père et élevée dans sa maison, à sa mort, elle avait été rejetée par son épouse qui la haïssait à cause de sa beauté. C'est ainsi qu'elle avait été amenée à se prostituer. Personne, Bell y compris, ne devait savoir qu'elle avait été mariée. Cela aurait entraîné une série de questions sur ce qui était arrivé à son époux : si sa mort avait été naturelle, n'aurait-on pas pris certaines dispositions en faveur de sa veuve ?

Sa bourde n'avait certainement pas échappé à Bell, pourtant, il se contenta de cette réponse :

— Je ne me rappelle pas si les évêques avaient juré fidélité à Mathilde. Je n'étais point en Angleterre à cette époque-là. J'ai servi plusieurs années comme mercenaire sur des navires marchands avant que mon père ne me trouve cet emploi auprès de l'évêque. Ma mère craignait pour ma vie chaque fois que nous mettions à la voile et elle l'a harcelé jusqu'au jour où, grâce à lui, j'ai pu exercer une activité moins dangereuse.

— Il me faut donc la remercier, sourit Magdalaine, car je suis heureuse que vous ne vous soyez pas noyé.

1. Voir la postface de l'auteur, in *Le Diable à demeure, op. cit.*, et la postface du présent ouvrage. *(N.d.T.)*

— Sans doute parce que je suis destiné à finir au bout d'une corde, plaisanta-t-il avant de secouer la tête. Ou parce que je mourrai sur un champ de bataille. Si Salisbury entre en rébellion, cela va se terminer par une catastrophe.

— Assurément.

Au lieu de saisir son cadre à broder comme elle en avait l'intention, Magdalaine se prit les deux mains.

— Par bonheur, Salisbury a en main tous les leviers du gouvernement. Il a le titre de grand justicier [1], Roger le Poer, son fils, est désormais chancelier, mais il obéit à la lettre à son père. Et son neveu, Nigel, a charge du Trésor.

— Ce qui pourrait expliquer pourquoi Waleran de Meulan insinue qu'on devrait les arrêter avant qu'ils ne basculent dans le camp de Gloucester.

— Les arrêter ? Comment, les arrêter ? Le roi ne va certes pas s'en prendre à un évêque !

— Ouvertement ? Dieu seul le sait, mais je crains que Waleran exhorte Étienne à priver Salisbury de ses fonctions séculières et à se saisir de ses châteaux. Il en a le pouvoir, mais, quand je fais part de ces rumeurs à Winchester…

Il se tut soudain.

— Je dois rentrer demain à Oxford.

— C'est merveilleux ! se réjouit Magdalaine. Moi aussi, c'est demain que je pars. Nous pourrons voyager ensemble, ce qui m'évitera d'avoir à louer des hommes ou à demander au père Étienne de me fournir quelques soldats de Guillaume.

— Qui est le père Étienne ?

Magdalaine lui narra les dispositions prises pour éviter que ses affaires ne périclitent et elle réussit à cacher son envie de rire devant l'expression chagrine du chevalier. Elle savait ce qu'il avait derrière la tête : si elle ne gagnait plus assez d'argent, elle pouvait se retirer et

1. La plus haute autorité politique et judiciaire sous les rois normands et les premiers Plantagenêts. *(N.d.T.)*

devenir son épouse, mais c'était hors de question. Tous les hommes pensaient la même chose : catin d'un jour, catin de toujours. Il ne lui ferait jamais confiance. Inévitablement, la défiance menait aux coups, puis aux menaces, et un jour on retrouvait un corps qui perdait son sang…

Elle se força à revenir au présent.

— Je ne crois pas qu'Oxford soit un endroit sûr pour vous, disait Bell.

— Pourquoi non ? répondit-elle en haussant les épaules. Personne ne viendra chercher noise à une prostituée qui mène sa barque. En quoi se préoccuperait-elle de savoir qui règne ? L'argent n'a pas d'odeur. Elle ne demande que de pouvoir pratiquer son commerce en paix.

— Je ne voulais pas dire que *vous* seriez menacée ; je pressens que cette cour ne se déroulera pas sans violence.

— De la violence ? Le roi aura sans aucun doute pris ses précautions. Tous les hommes ont des sauf-conduits pour aller et venir…

Sa voix faiblit. Un souvenir lui revint : quelque temps auparavant, un groupe de capitaines de l'armée de Guillaume, en route pour Rochester, avait fait halte chez elle. Ils s'étaient plaints qu'on eût chassé leurs hommes d'Oxford sous prétexte qu'on ne pouvait les loger. Un tel ordre, avait-elle fait remarquer, était ridicule. Qui était mieux à même d'assurer la paix que les mercenaires étrangers de Guillaume ? Car ils se moquaient bien des rivalités entre clans du royaume. Mais quelqu'un avait peut-être intérêt à ce que la paix fût rompue, avait alors précisé un des capitaines.

Bell haussa les épaules.

— J'espère que les sauf-conduits suffiront. Le roi Henri était assez fort pour tolérer qu'on le défie lors d'une cour, car il savait pouvoir châtier l'impudent plus tard. Étienne a repoussé ses ennemis mais je doute qu'il s'estime capable d'affronter ceux de son entourage qui ont un réel pouvoir. Voilà pourquoi j'ai peur de certaines manœuvres contre Salisbury... mais j'ignore lesquelles il faut craindre. Salisbury n'a donné aucun prétexte au roi de se dresser contre lui.

Magdalaine soupira.

— Peu importe, en définitive. Je continue à prétendre que, sauf à voir la ville d'Oxford consumée par un incendie, je ne risque pas grand-chose. Et j'ai déjà donné ma parole d'y être lundi matin au plus tard. Me permettrez-vous de vous accompagner ou dois-je prendre d'autres dispositions ?

Le visage de Bell se rembrunit avant de s'éclairer.

— Je devrais savoir qu'il est inutile de chercher à vous faire changer d'avis quand votre décision est prise. Il va de soi que vous êtes la bienvenue !

Il se leva.

— Et dépêchez-vous de préparer vos affaires. À supposer que je passe la nuit ici, comme j'espère que vous me le proposerez, je n'ai pas plus que vous envie d'entendre Ella pleurnicher ou poser mille questions sur les raisons de votre départ et son sort.

III

LUNDI 19 JUIN

OXFORD

Hormis quelques averses, dont l'une assez forte pour les obliger à s'abriter, Bell et Magdalaine firent un voyage sans encombre jusqu'à Oxford. Rien de surprenant à cela, car Bell, qui portait sa cotte de mailles et son heaume, était accompagné de quatre hommes bien armés. Enfin, ils n'étaient pas des proies de choix, leur mule était peu chargée et la femme qui voyageait avec eux était simplement vêtue, sans aucun bijou. Un pauvre chevalier et son épouse, auraient pensé des voleurs, sans rien qui valût la peine d'affronter cinq hommes.

D'ordinaire, la partie la plus dangereuse de la route était la traversée d'une zone très boisée et celle d'un gué, juste au sortir de la ville, mais il s'y trouvait un grand concours de gens, et des escortes plus importantes que la leur n'étaient pas rares, ce matin-là. Comme ils attendaient derrière un chariot lourdement chargé que la voie fût dégagée, un homme à cheval les héla de l'autre côté de la route. Il fit signe à son escorte de le suivre et vint à hauteur de Bell. Magdalaine, étonnée, feignit de ne pas le reconnaître, et lui-même se contenta de lui jeter un bref coup d'œil.

— L'évêque est-il venu ? s'enquit à la hâte cet homme plutôt jeune.

— Non, seigneur Ormerod, répondit Bell, je suis au regret de vous dire qu'il maintient sa décision de demeurer à Winchester. Cependant, le doyen est ici. Il séjourne à Wytham Abbey où il sera heureux de vous accueillir.

Le jeune homme se renfrogna.

— Le doyen ne conviendra pas. C'est à propos de cet ancien litige concernant la ferme achetée par mon père, juste avant son trépas. Vous savez que j'ai une quittance et l'évêque en fut témoin, mais le beau sire prétend maintenant qu'il ne s'agissait que d'un premier versement. J'espérais que Monseigneur prierait le roi de régler cette affaire. Après tout, Winchester est son *frère* et je crois le roi très désireux, ces jours-ci, de le contenter.

— Et il n'y manquerait pas, affirma Bell.

Il laissa passer un moment avant de poursuivre.

— Il y aura tant de monde à l'occasion de cette cour, je doute que le roi ait le temps d'examiner toutes les plaintes, même si en général il essaye de tirer les choses au clair. Il ne serait peut-être pas vain que vous l'approchiez. Cependant, vu le nombre considérable de litiges en suspens, je ne vois pas comment vous parviendrez à attirer son attention.

— Sire Bellamy !

La voix du jeune homme s'éleva, mélange de surprise et de reproche.

— Je n'aurais jamais pensé…

Personne ne sut ce qu'il n'eût jamais pensé, car à ce moment l'appel d'un homme surgi d'un chemin de traverse l'interrompit net.

— Bellamy d'Itchen, est-ce vous ?

Bell se tourna, observa l'individu et leva la main pour le saluer.

— Mais ne voilà-t-il pas sire Ferrau !

Le visage d'Ormerod trahit un léger agacement, tandis que Ferrau s'approchait.

— Vous vous souvenez de moi ? demanda celui-ci. Cela fait plus de dix ans…

Il avait parlé avec un grand sourire engageant et ses dents, observa Magdaleine, étaient en excellent état. Ses cheveux, noirs, comme ses yeux, étaient élégamment coupés, une mèche en travers du front et une petite pointe en bas des oreilles. Sa tunique, ouverte devant et sur les côtés pour chevaucher, était d'un splendide rouge framboise et, sur les épaules, il arborait une petite cape écarlate à laquelle Bell ne fut pas insensible. L'homme était bien bâti, et, sur sa selle, il avait beaucoup de prestance.

— Bien sûr que je me souviens de vous ! répondit Bell. Comment aurais-je oublié la raclée que vous m'avez infligée quand j'ai émis le souhait de devenir chevalier… c'est à peine si je fus capable de marcher pendant une semaine. Mais l'intention était louable, je n'en doute pas.

— Certes, confirma sire Ferrau, qui se remit à rire. Un de vos maîtres – frère Simon, me semble-t-il – m'avait prié de vous démontrer que le métier des armes ne vous apporterait aucune joie. J'aurais pu lui rétorquer qu'il avait tort. Je l'ai vu dans vos yeux dès que vous avez tenu en main l'épée que je vous avais prêtée. Eh bien, ma foi…

Il examina le riche surcot de Bell, la cotte de mailles bien astiquée, remarqua le bouclier dont l'emblème lui était caché, admira enfin le destrier de race.

— … il me semble que vous avez atteint votre but et êtes désormais chevalier.

— J'en conviens. J'ai quitté Abingdon à quinze ans, déclara Bell en souriant de toutes ses dents. Mais je n'ai jamais oublié votre leçon et j'ai dépensé l'argent que m'envoyait mère pour acheter des sucreries et autres douceurs à payer l'entraînement en compagnie des hommes d'armes que le seigneur Sutton entretenait à l'abbaye. Ils n'étaient pas vraiment de la trempe des chevaliers mais ils m'en ont assez appris pour me permettre de louer mon épée au capitaine d'un navire marchand.

Il grimaça.

— Ces années-là ont été fort instructives et, à mon retour chez nous, mon père était résigné à ce que je ne devienne pas prêtre. J'ai donc passé encore une année comme écuyer avant d'être adoubé.

— Et c'est le souci que vous avez de votre bonne fortune qui vous amène à cette cour ?

— Je n'occupe pas encore un rang assez élevé pour me soucier de la faveur royale, répondit Bell, sourire aux lèvres. Je suis en fait au service du doyen de Winchester. Mais je pourrais vous retourner la question : êtes-vous venu plaider quelque affaire pour le seigneur Sutton de Culham ? J'espère qu'il se porte bien. J'ai eu vent de la tragédie qui a frappé sa maison, il y a un certain temps déjà. Sa fille a été battue à mort et la servante qui l'accompagnait assassinée.

Sire Ferrau pâlit.

— Je l'ignorais ! Je suis bouleversé ! J'ai connu la petite, enfant. Quand j'ai quitté le service du seigneur Sutton, nous étions en excellents termes. C'est un homme bon, mais qui se contente d'occuper une position subalterne. Ce n'était pas mon cas. Je suis dorénavant au service d'Alain de Bretagne, comte de Richmond.

Il secoua la tête.

— Il me faudra demander la permission à mon suzerain de rendre visite au seigneur Sutton pour lui présenter mes condoléances. Il aimait beaucoup cette enfant. Le meurtrier a-t-il été arrêté ?

— Pas que je sache.

— Quelle terrible épreuve pour Sutton ! soupira sire Ferrau avant de hausser les épaules. Y avait-il une raison quelconque…

— Je l'ignore.

Bell avait cessé de s'intéresser à cette histoire ancienne, distrait par une idée dont pourrait profiter le seigneur Ormerod.

Il se tourna et lui fit signe d'approcher. Quand elle remarqua son geste, Magdalaine recula pour le laisser passer et sire Ferrau lui lança un regard plein de curiosité.

— Est-ce votre épouse ? demanda-t-il.

Surpris, Bell se força à sourire.

— Hélas, non, répondit-il. Je n'ai pas les moyens de me marier. Cette dame est locataire d'un établissement dépendant du siège épiscopal de Winchester et elle a demandé ma protection jusqu'à Oxford. J'ai été enchanté d'accepter. Elle est de bonne compagnie.

— Son mari ne l'escorte donc pas ?

Sire Ferrau haussa les sourcils jusqu'à toucher la mèche qui lui barrait le front.

— Je ne sais rien, hormis qu'elle est notre locataire.

La voix de Bell était beaucoup moins enjouée et Magdalaine sourit derrière son voile. Elle eut envie de se mêler à la conversation, juste pour le provoquer et le voir devenir aussi rouge que la cape de sire Ferrau, mais elle se retint. Le beau sire risquait de considérer son effronterie comme une invite. Et elle se mettrait dans l'embarras, car elle devrait se refuser… Pourquoi, au fait ? Il avait du charme. Non, il était trop dangereux d'accepter un homme qu'elle ne connaissait pas encore avant de savoir ce que Guillaume attendait d'elle. Pourtant, au moment même où elle se faisait cette réflexion, elle sut qu'elle se mentait. Refusant d'en connaître la raison, elle prêta de nouveau l'oreille à la conversation des deux hommes.

Sire Ferrau avait répondu par un claquement de langue à la remarque de Bell.

— Désolé. Curiosité déplacée. C'est mon grand défaut. J'espère que vous et cette dame trouverez à vous loger. Le comte Alain est fort bien installé, et j'en profite, mais dans la ville on est aussi à l'étroit qu'à l'intérieur d'une caque de harengs.

— Je descendrai à Wytham Abbey, avec le doyen, dit Bell. Monseigneur… – il tapota son cheval – … a besoin d'exercice et je n'ai rien contre une petite chevauchée.

— Elle ne sera point longue, commenta Ferrau.

L'esprit ailleurs, il se retourna pour observer Magdalaine.

Tentée encore de répondre malicieusement, elle se contenta de baisser la tête avec modestie... pour le regretter aussitôt lorsqu'elle vit la réaction de Bell. Il ne lui souriait pas – il n'était pas stupide et devinait sans aucun doute quelle serait sa réaction à une telle manifestation de contentement –, non, il regardait droit devant lui, mais quelque chose dans sa posture trahissait la joie qu'il éprouvait. Magdalaine soupira, il avait probablement raison.

Bell s'adressa à Ormerod.

— Je viens de penser à un moyen d'attirer l'attention du roi. Allez au château et enquérez-vous de Bruno... de... oui, Bruno de Jernave. Confiez-lui votre problème. Il appartient à l'escorte personnelle du roi et saura vous dire si votre requête pourra être entendue.

— Un homme appréciable, ce sire Bruno, intervint Ferrau. Il s'est occupé du logement du comte Alain. Comment l'avez-vous rencontré ?

— J'accompagne souvent mon évêque à la cour, expliqua Bell. J'apprécie sire Bruno, qui, bien que très aimé du roi, ne se donne pas de grands airs pour autant.

Et, comme si ces mots lui rappelaient quelque chose, il ajouta :

— Pardonnez-moi, seigneur Ormerod, j'ai manqué à mes devoirs. Laissez-moi vous présenter sire Ferrau qui est au service d'Alain de Bretagne, comte de Richmond.

Ormerod hocha la tête, l'air soudain vivement intéressé.

— Richmond n'est pas si loin de cette ferme qu'on me conteste. Le comte Alain y séjourne-t-il souvent ? Me serait-il possible de lui présenter ma requête ?

— La plupart du temps, il accompagne le roi, répondit Ferrau, plutôt méfiant. Et il n'est pas enclin à se soucier des problèmes locaux. Mieux vaudrait peut-être vous adresser à son bailli.

Il s'inclina sur sa selle.

— Si vous voulez bien m'excuser, sire Bellamy, seigneur Ormerod, j'aperçois là-bas deux hommes de mon suzerain.

Bell, surpris, ne fit pourtant aucun commentaire sur la décision si soudaine du gentilhomme de les quitter.

— Si jamais vous trouvez le temps de parler à sire Sutton, rappelez-moi à son bon souvenir. Nous nous sommes entretenus une fois ou deux quand il a visité Abingdon Abbey et il s'est même un jour déplacé pour me voir affronter un de ses hommes, et a loué mon... euh... mon énergie.

— Très volontiers, accepta sire Ferrau.

Il lui adressa un sourire par-dessus son épaule.

— J'espère être à Culham avant la fin du conseil.

Bell, qui souriait encore quand il se retourna vers Ormerod, s'étonna du regard dur que lui adressait le jeune homme.

— Vous connaissez donc sire Sutton de Culham, remarqua ce dernier.

— Ma foi, « connaître » est un bien grand mot. Culham est proche d'Abingdon Abbey, où j'ai étudié, et l'abbaye possède de nombreuses fermes dont l'administration a été confiée au seigneur Sutton. Il paye son loyer grâce à une petite troupe qui protège l'abbaye. C'est avec ses hommes, comme je l'ai dit tout à l'heure, que j'ai fait mes premiers pas dans le maniement de l'épée et de la dague.

Bell haussa les sourcils.

— Mais *vous*, comment avez-vous rencontré le seigneur Sutton ?

— J'étais promis à sa fille... celle qui... a été tuée.

— C'est terrible ! s'écria Bell.

Ormerod haussa les épaules.

— Inutile de me plaindre. Je ne l'avais rencontrée qu'une fois et, pour être franc, ça ne s'est pas trop bien passé. J'étais plus jeune, certes, mais je ne crois pas que les terres de sa dot valaient que je partage ma vie avec elle. Elle n'avait pas manqué non plus de me faire comprendre qu'elle en préférait un autre…

Il fronça le nez.

— Mais en quoi ai-je bien pu offenser sire Ferrau ?

Bell demeura un moment silencieux, avant de finir par hausser les épaules.

— Ce n'est pas qu'il ait été offensé. Je dirais qu'il n'a pas assez d'influence sur le comte Alain pour lui suggérer de s'intéresser à votre affaire, et il refuse de l'admettre.

— Ah…

Mais Ormerod s'interrompit car Magdalaine, remarquant que la voie était assez dégagée pour dépasser le chariot qui les empêchait d'avancer, avait mis sa jument au trot. Ormerod la suivit, Bell quant à lui dut se montrer plus prudent avec Monseigneur. On ne pouvait jurer que le destrier ne s'offenserait pas de la présence d'un chariot et de son conducteur, ainsi que de ses mules, qui n'étaient pas à l'abri d'une morsure. Quand Bell rejoignit ses compagnons, ils avaient laissé derrière eux le groupe auquel appartenait le chariot et chevauchaient côte à côte, en grande conversation.

— Avez-vous invité Magdalaine à Oxford ? s'enquit Ormerod, l'air content de lui.

— Vous avez fait connaissance ?

Ormerod ne put se retenir de rire.

— Pas la peine. Je connais Magdalaine depuis belle lurette. Père m'avait emmené à l'*Old Priory Guesthouse*… quand donc ? Il y a cinq ans ? À l'entendre, il ne voulait pas que je prenne goût aux filles de serfs et aux servantes. Il fallait que je sache vraiment ce qu'on entendait par *copuler*. Cette fois-là, j'ai couché avec la muette.

Il émit une sorte de hennissement.

— Elle n'a pas proféré un son, mais elle était experte, oh oui ! Sauf à être trop soûl pour voir ou sentir, je laisse les filles du commun à d'autres. Père avait raison. Enfin, vous savez tout ça, Bell.

— Certes, et je sais aussi que vous avez une épouse fort jolie.

— Je ne le nie pas, admit Ormerod, tout sourire. Et c'est aussi une excellente épouse, mais bon, parfois... ah, cette Ella !

Il soupira et se tourna vers Magdalaine, souriant toujours.

— Ma dernière visite ne date pas d'hier, mais...

Ses yeux s'emplirent de larmes.

— Père est mort.

— Oh, toutes mes condoléances ! s'exclama Magdalaine.

Ni l'un ni l'autre des deux hommes n'aurait pensé à mettre en doute la sincérité de son chagrin.

— Ce n'était pas un habitué, mais il était si gentil et de si heureuse humeur que toutes les filles avaient hâte d'aller avec lui. Sabine sera très chagrinée. Je ne le dirai pas à Ella, si vous en êtes d'accord, seigneur. Elle serait bouleversée. Il est si difficile de lui expliquer certaines choses.

— Non, ne le lui dites pas. Si jamais elle se souvient de ma dernière visite, elle va m'interroger...

Il déglutit, puis parvint à sourire.

— J'ai été si occupé. Presque tout mon temps est consacré au domaine. Dès que je pourrai... je viendrai passer la nuit avec elle.

— Je veillerai à ce qu'on vous réserve un accueil particulier, promit Magdalaine.

— Et vous êtes donc toujours la tenancière de l'endroit ?

— Bien sûr... C'est mon gagne-pain.

— Ah...

Il jeta un regard en coin à Bell.

— Je me disais que, peut-être, puisque vous êtes venue avec Bell, lui et vous...

— Non, en aucune façon. Je l'ai seulement prié de m'escorter. Je voyage pour affaires. Sabine nous a quittées, je pense que vous l'ignoriez. Un de nos clients s'est aperçu qu'il ne pouvait vivre sans elle. Il l'a épousée. J'ai trouvé une autre femme, mais la clientèle est sans cesse plus nombreuse et une fille supplémentaire ne sera pas de trop. J'ai une vieille amie ici qui croit m'avoir trouvé la perle rare.

— Vous avez choisi votre moment pour venir ! fit remarquer Ormerod.

— Certes, soupira Magdalaine, mais la tenancière du *Soft Nest* [1] n'est pas sûre de la retenir longtemps si elle ne travaille pas... surtout avec tout ce beau monde qui afflue. Vous savez que mes filles aiment ce qu'elles font et que ma maison est particulière. Je refuse qu'on les effraie ou les maltraite. Oh, regardez, n'est-ce pas la porte de la ville ? Dieu merci, nous sommes rendus.

— À l'entrée, certes, remarqua Bell d'un ton sec, mais nous ne sommes pas encore en ville. Quelle foule ! Je pense que nous pourrons vous loger à Wytham Abbey, Ormerod, si vous n'avez pas d'autre endroit.

— Je n'arrive pas le nez en l'air. Je demeurerai chez un vieil ami...

Il pouffa.

— Enfin, il est plus jeune de quelques années. J'étais premier écuyer quand il n'était que page, et il m'a demandé de l'aider. Il possède un manoir à Osney. D'habitude, il est plus rapide pour moi de traverser Oxford. Osney est à une demi-lieue ou moins sur la route de l'ouest, en obliquant vers le sud. J'aurais mieux fait aujourd'hui de contourner la ville, maugréa-t-il, je me doutais qu'il y aurait de la presse, mais à ce point...

Pourtant, franchir la porte ne fut pas aussi long qu'ils l'avaient craint. L'encombrement, en fait, était dû pour l'essentiel à une charrette dont une roue s'était brisée et qu'on venait d'écarter de la voie peu avant leur arrivée. Déjà, on circulait mieux et on entrait sans s'attarder, les gardes ne cherchant pas à vous arrêter ou à vous poser de questions.

1. Le Nid douillet. *(N.d.T.)*

Après avoir bien observé les étals des marchands et la lente procession de la foule, Ormerod décida de repartir par la porte sud et de gagner les chemins menant aux fermes. Il leva la main pour saluer et prit à gauche, le long du mur. Magdalaine attendit qu'il fût loin et proposa alors à Bell d'emprunter le même itinéraire.

— Nous atteindrons l'église de St Friedesweide, puis nous tournerons au nord, suivant la route qui mène au Carfax[1]. Le *Soft Nest* est dans Blue Boar Lane. Vous pourrez m'y laisser. Si Florete n'a pas de chambre à me proposer, elle demandera autour d'elle. Je lui laisserai un message à votre intention au cas où je changerais d'adresse.

— Je pourrais attendre…

— Non. J'aurai peut-être besoin des renseignements de Florete et elle sera moins franche en votre présence. Vous pouvez suivre la même route qui vous conduira à la porte nord et de là vous trouverez le chemin de Wytham Abbey.

— Oxford n'a aucun mystère pour vous, remarqua Bell, impassible.

— Bien sûr que je connais la ville ! répondit-elle d'un ton dur, agressif. Mon premier « propriétaire » est mort ici lors d'une dispute avec un autre qui me voulait. Après le meurtre du second, pendant une rixe d'ivrognes dont j'étais l'enjeu, j'ai décidé que le sang avait assez coulé à cause de moi et que je n'appartiendrais plus jamais à un homme. J'ai donc travaillé au *Soft Nest* pour maîtresse Lysette. C'est là que Guillaume m'a découverte et m'a installée dans une maison à moi.

— Voilà ce que vous appelez n'appartenir à aucun homme, ironisa Bell.

— Je n'étais *pas* à lui. Jamais. Il savait que j'accueillais d'autres hommes et il l'approuvait. À dire vrai, lui-même m'en envoyait. Je travaillais comme

1. Le centre historique où se croisaient les quatre voies – Carfax vient de *Quadrifurcus* – passant par les quatre portes de la ville. *(N.d.T.)*

n'importe quelle prostituée, sauf que je pouvais choisir mes clients…

— Hormis parmi ceux que le seigneur Guillaume vous envoyait.

Magdalaine serra les lèvres.

— C'est vrai. Mais j'ai trouvé Ella et le problème a été résolu.

Tandis qu'ils parlaient, ils avaient suivi l'enceinte et Magdalaine pénétra bientôt dans un chemin qui n'était pas vraiment une rue mais qui était plus large qu'une venelle. À son extrémité, il débouchait sur un grand potager avec une maison basse en bordure du champ. Une sente assez large pour une charrette séparait le jardin d'un cimetière au-delà duquel ils aperçurent l'église de St Friedesweide. Ils continuèrent leur route et Magdalaine prit encore à droite sur la grand-rue devant l'église. Ils longèrent alors quelques boutiques de commerçants, dont les éventaires, bien fournis, étaient exposés, même si la foule était beaucoup moins nombreuse que devant la porte est. Enfin, l'entrée d'une ruelle apparut et Magdalaine la désigna du doigt.

— Blue Boar Lane, dit-elle. Voulez-vous entrer, afin que Florete sache à quoi vous ressemblez ? Sinon, je donnerai votre nom… ou celui qu'il vous plaira d'utiliser si vous préférez ne pas être connu d'une tenancière.

— Comme si je n'étais pas déjà assez connu !

— Nous traitons d'affaires et vous êtes le chevalier de l'évêque de Winchester, qui est mon propriétaire. Vous passez… euh… encaisser les loyers, vous répondez aux plaintes, et…

Bell éclata de rire. Il était de nouveau d'excellente humeur.

— Ne vous donnez pas tant de mal pour me rendre mon innocence. Cela fait un certain temps déjà que je l'ai perdue.

Il se rembrunit.

— Est-il vrai que cette Florete a une fille à vous proposer ?

— Non, hélas. J'ai fait courir le bruit que j'aimerais trouver une aveugle qui fût nouvelle dans le métier, mais je n'ai pas eu de réponse. Ce n'était qu'un prétexte pour expliquer ma venue à cette époque de l'année. Je ne peux dire que j'obéis à Guillaume avant d'être certaine qu'il accepte que cela se sache. Je crois deviner que c'est le cas… mais se contenter de devinettes est dangereux quand il s'agit de ses affaires.

— Pourtant, vous avez *besoin* d'une autre fille ?

— Oui… Mais, même si je ne couche plus jamais avec un client, serai-je moins considérée comme une prostituée ?

Elle lui tapota la main juste avant de guider sa jument vers la ruelle. Bell la regarda s'éloigner, l'air désolé, puis finit par la suivre. Ils passèrent devant une taverne. Dans la cour se tenaient des hommes dont certains, désœuvrés, étaient accroupis devant des osselets, tandis que d'autres étaient en train de nettoyer leurs armes ou de vérifier des armures en cuir bouilli. Deux ou trois levèrent les yeux vers eux mais la plupart ne leur accordèrent aucune attention.

Plus loin, Magdalaine franchit une porte qui menait dans une cour où de nombreux chevaux étaient attachés à des barres en bois disposées entre de solides piquets. Derrière ces barres qui empêchaient les montures de trop s'approcher du bâtiment, une porte était grande ouverte. Bell mit pied à terre, attacha Monseigneur au fond de la cour, très loin des autres bêtes, puis vint aider Magdalaine à descendre de sa jument.

— Monseigneur ne risque-t-il rien, ici ? demanda-t-elle, sachant que le destrier valait autant qu'une maison de prix.

Bell soupira.

— J'espère qu'il ne tuera personne qui viendrait lui tourner autour. Non, *lui*, il ne risque rien.

Magdalaine haussa les épaules. Après tout, n'importe qui était capable de reconnaître un destrier ; s'approcher de l'animal aurait relevé de la stupidité ou de la malhonnêteté, et celui qui s'y serait risqué aurait récolté ce qu'il méritait. Elle entra d'un pas vif et demeura immobile quelques instants dans le couloir pauvrement éclairé, le temps de dominer une inquiétude ancienne et un frisson de dégoût.

Le *Soft Nest* était d'un rang supérieur aux bordels les plus sordides. On ne voyait pas de couples en train de forniquer dans le sombre couloir, non plus que dans les recoins de la vaste pièce qui servait de salle de réception à la tenancière. Une belle arche donnait sur le couloir, mais une longue et solide table en bloquait l'accès. Derrière trônait la tenancière, un œil sur les hommes et les femmes occupés dans les différentes chambres. Sur un tabouret, on remarquait un gaillard imposant, à l'évidence chargé de veiller à la tranquillité des lieux.

Le long du mur, à droite de la table, deux bancs, de part et d'autre de la fenêtre qui éclairait la pièce, puis deux encore à droite de l'âtre. À gauche de celui-ci, contre le mur du fond, on apercevait un grand lit à moitié caché par un rideau. Plus loin, dans le même mur, on distinguait une embrasure et une porte ouverte.

Quelques femmes, sur les bancs, étaient occupées à parler ou sommeillaient, attendant qu'un homme se présente. Après avoir réglé la tenancière, il disparaîtrait avec la fille dans un grand dortoir auquel on accédait par la porte située au-delà du lit. Le tarif était de deux farthings[1], plus que dans un bordel ordinaire, mais cela comprenait une paillasse qui n'était pas infestée de bestioles rampantes – la paille était remplacée une fois par mois et la couverture lavée – et on jouissait d'un peu d'espace autour du grabat. Dans certaines maisons, au plus bas de l'échelle, les paillasses n'étaient jamais lavées et s'alignaient côte à côte. Il n'était pas rare que deux couples en train de copuler finissent par rouler l'un sur l'autre.

Il était tôt ce jour-là et la plupart des filles dormaient encore sur les paillasses dont elles se servaient pour leur

1. Un farthing valait le quart d'un penny. *(N.d.T.)*

travail. Magdalaine le devina : un nombre plus élevé que d'ordinaire de ces lits de fortune étaient occupés, car il ne devait pas manquer d'hommes prêts à payer un supplément pour passer la nuit avec un meilleur confort que celui des logements exigus et surpeuplés qu'on leur avait attribués. En temps normal, on ne comptait que quelques femmes à dormir dans l'établissement. La majorité cherchait ailleurs des chambres plus tranquilles et plus sûres, mais, à cause de la convocation de la cour, toutes avaient été contraintes de laisser la place à des locataires plus argentés.

Le siège derrière la table était vide mais la tenancière ne pouvait être loin car le surveillant ne s'était pas levé et n'avait pas appelé. Avant d'approcher, Magdalaine regarda en direction du couloir. Elle sentit comme une brûlure aux yeux et un goût amer dans la bouche. On avait laissé mourir les torches car il entrait assez de lumière par la porte ouverte, et le couloir n'était d'ailleurs jamais très sombre.

Disposées deux par deux, des torches étaient placées de telle sorte que quiconque s'engageait dans cet étroit passage était presque obligé de toucher le rideau suspendu devant les embrasures qui se succédaient. Derrière se tenait une femme, debout, très peu vêtue, à portée de bras, qui souriait, se tortillait, ou se permettait même de toucher l'homme, afin qu'il entre dans sa chambre plutôt que dans celle de la voisine.

Soudain, deux filles soulevèrent un rideau. Voyant Bell, elles prirent des poses en souriant. La gorge de Magdalaine se contracta. Elle-même s'était tenue dans une de ces embrasures quand elle travaillait au *Soft Nest*. Le premier venu était en droit de la pousser à l'intérieur ou de se rendre dans la petite pièce sans fenêtre derrière le rideau. Une fois qu'il était retombé, elle devait se débrouiller seule. Si le client estimait qu'elle demandait trop, il pouvait la frapper et la tenancière n'interviendrait pas. Pour avoir le privilège de veiller à l'entretien de la minuscule alcôve et de ne dépendre de personne quant à la sécurité ou aux gains, elle versait un penny par nuit.

De derrière les rideaux tirés les plus proches, provenaient les bruits habituels, grognements et ahanements, mais aussi les rires d'un homme et d'une femme. Pas de hurlements d'enfants abusés, de râles de souffrance, de voix rageuses d'hommes jouissant de brutaliser une fille…

Magdalaine déglutit et s'approcha de la table.

— Maîtresse Florete est-elle là ?

Elle avait parlé en anglais plutôt qu'en français.

L'homme, qui avait le regard posé sur Bell, s'attendant à ce qu'il demande une chambre ou quelque service, se tourna vers Magdalaine.

— Pas loin derrière. Elle… oh, la voilà !

Une femme robuste, de taille moyenne, venait d'apparaître dans le couloir. Soulagée, Magdalaine nota que sa cotte, nouée avec décence au-dessus du décolleté, et qui tombait assez bas sur la robe courte, était blanche et propre. La robe elle-même, d'un vert clair agréable, ne la déparait en rien, avec ses plis bien lissés. Les cheveux aussi étaient dans un état impeccable, d'un brun brillant, avec deux nattes épaisses retombant sur les épaules.

Comme elle approchait, Magdalaine remarqua avec tristesse que les yeux bruns de Florete étaient devenus inexpressifs ; ses lèvres, fines et pincées, semblaient ne vouloir trahir aucune émotion. Mais, soudain, son visage fut transfiguré : les yeux étincelèrent et s'agrandirent, les lèvres s'adoucirent dans un grand sourire.

— Magdalaine ! cria la femme en se précipitant. Magdalaine ! Quel bon vent t'amène parmi nous ?

— Je ne viens pas te faire concurrence, plaisanta Magdalaine.

— Ni chercher du travail, dit Florete, examinant la robe de voyage de Magdalaine.

De couleur gris-bleu, elle semblait d'une grande simplicité, tant qu'on ne s'attardait pas sur la qualité de l'étoffe et la délicatesse de la broderie autour du cou, aux manches et à l'ourlet.

— Non.

Magdalaine ne put dominer le frisson qui la traversait. Elle se reprit et sourit.

— J'ai une longue histoire à te narrer et une grande faveur à te demander. Mais je ne veux pas éloigner plus longtemps sire Bellamy de son devoir. Je voulais qu'il fasse ta connaissance de sorte que, si je ne peux loger ici, je puisse laisser un message qui lui indiquerait où me trouver.

Florete cligna des yeux, son regard allant de l'homme à la femme, avant de se poser sur Bell.

— Je pense que j'aurais du mal à l'oublier.

Bell lui sourit en retour.

— J'ai nom Bellamy d'Itchen et je suis au service de l'évêque de Winchester. Si des messages, outre ceux que Magdalaine pourrait vous donner, me sont adressés, sachez que vous serez bien récompensée de me les remettre en main propre.

L'anxiété creusa les traits de Florete.

— Pour un ami de Magdalaine, je promets de faire de mon mieux, mais vous devez comprendre… nous ne sommes que des prostituées. Si jamais on nous interroge sans ménagements, nous répondrons avant de provoquer le pire.

— À la bonne heure, déclara Bell, pas mécontent de son honnêteté. Si vous tenez votre langue, je m'en contenterai. Vous saurez où me trouver, dit-il à Magdalaine. Je doute d'avoir l'occasion de revenir à Oxford aujourd'hui. Nous verrons-nous demain ?

— Oui, sauf si Guillaume m'envoie hors la ville. Quoi qu'il en soit, je vous laisserai un mot en cas d'absence.

Bell s'inclina légèrement et se retira. Florete le regarda s'éloigner puis se pencha pour le voir traverser la cour. Quand il saisit les rênes de son destrier et monta en selle, elle se tourna vers Magdalaine.

— Je croyais que tu avais juré de ne plus jamais appartenir à un homme…

— Et j'ai tenu parole. Ce Bell, il ne lui déplairait pas que je change d'avis, mais cela n'a aucun rapport. Il est le bienvenu dans mon lit, du moment qu'il accepte que d'autres le soient aussi.

— Est-il conscient de l'honneur que tu lui fais ? demanda Florete avec un regard malicieux.

Magdalaine éclata de rire.

— Presque. Il a même cessé de pâlir quand je mentionne Guillaume.

Le regard de Florete s'emplit de méfiance.

— Le même Guillaume ?

— Le même.

Florete demeura silencieuse, puis elle alla jusqu'à la porte, traversa la cour et sortit dans la rue où elle regarda des deux côtés. À son retour, elle prévint l'homme assis à la table de ne l'appeler qu'en cas d'urgence. Elle fit signe à Magdalaine de la suivre vers son lit. S'étant glissée derrière le rideau, elle pria Magdalaine d'approcher.

— Je ne peux m'absenter, dit-elle à mi-voix, le travail ne va pas tarder à reprendre. C'est ce que je peux t'offrir de mieux.

— Cela suffira pour le moment, la rassura Magdalaine d'une voix feutrée. Je n'ai pas de grands secrets à préserver ou à trahir. En réalité, j'ai obéi à l'injonction de Guillaume mais je n'en sais pas plus. Son clerc m'a juste précisé qu'il lui fallait une maison sûre.

Elle soupira.

— Bien sûr, il me demande ce service alors que se tient le plus grand rassemblement qu'on ait vu depuis des années. Connaîtrais-tu une maison que tu pourrais vider pour quelques jours ? Mon ancienne ? Je paierai.

— Et ici, qu'en penses-tu ?

— Les chambres sont trop petites, répondit aussitôt Magdalaine. Il recevra sans doute plusieurs hommes et le rideau n'offre pas assez d'intimité.

— Les chambres ? répéta Florete, surprise. Comment peux-tu croire que je te proposerais une alcôve pour que *Guillaume* y traite ses affaires ?

Elle secoua la tête et fut prise d'un petit rire.

— J'ai oublié que tu étais partie quand j'ai ajouté la chambre de derrière.

Magdalaine haussa les sourcils. Florete poursuivit ses explications.

— Bon, tu sais que nous n'utilisons jamais le jardin. Nous sommes mieux que dans un bordel ordinaire mais ce n'est pas comme chez toi, où on reçoit les nobles en leur faisant la conversation et en offrant des sucreries et du vin si la fille n'est pas prête.

Une légère amertume était perceptible dans les propos de la tenancière.

Magdalaine se retint de rire.

— Et, crois-moi, tu te feras un ennemi redoutable si le client estime n'en avoir pas eu pour son argent ou si sa seigneurie n'apprécie pas de se voir rappeler que son épée n'est pas la seule à trouver fourreau à sa convenance. Ne m'envie pas trop.

Le visage de Florete se détendit.

— À chacune ses petits plaisirs. Il n'importe, j'ai fait construire une chambre dans le jardin, où un homme peut jouir d'une véritable tranquillité… s'il y met le prix… Tu m'as appris qu'une maison de prostitution est un lieu idéal pour des réunions discrètes. Cela m'arrive d'en organiser. Et j'ai aussi des soirées… agitées, disons. Je reçois aussi des hommes qui veulent s'habiller en femmes et aiment à se retrouver entre eux, sans filles, ou en cherchent qui accepteront de se livrer à des actes contre nature, et toutes en même temps de préférence, soupira-t-elle. Bref, on voit de tout.

Le visage de Magdalaine s'illumina.

— Oh, montre-moi. Si la pièce convient et que je peux être certaine que personne d'autre ne l'occupera pendant la semaine où je serai en ville…

Elles quittèrent le lit et Florete la mena à l'extrémité du couloir. La lourde porte constituait un rempart efficace contre les intrus venus par l'arrière de la maison. Cependant, au lieu d'ouvrir sur une ruelle ou une cour, elle donnait sur un longue pièce étroite et, chose plus surprenante encore, très agréable. Sur la gauche, un grand lit avec des rideaux écartés. Plus loin, une petite cheminée, dans un angle, et une fenêtre ouverte, assez grande pour donner de la lumière et permettre d'aérer, mais protégée par des barreaux. Il y en avait trois autres, avec des barreaux elles aussi : deux dans le mur du fond et la troisième dans le mur de droite, le long duquel était dressé un lit.

Outre les lits, on pouvait voir un coffre sous la plus grande fenêtre, une chaise à haut dossier avec des bras, et une bonne demi-douzaine de tabourets. Un grand bougeoir, avec une bougie d'un blanc de neige, était posé près de chaque lit et aux murs étaient fixés des supports pour d'éventuelles torches. Magdalaine se rendit compte qu'on pouvait avoir autant de lumière qu'on le désirait, ou rester dans la pénombre.

— Combien ? demanda-t-elle.

— Un shilling par semaine, répondit Florete qui pinça les lèvres quand elle remarqua l'air surpris de son amie.

« Je préférerais l'offrir ou demander moins, mais…

— Moins ? s'exclama Magdalaine. Mais c'est déjà beaucoup trop peu ! Ton tarif devrait être deux fois celui-là pour les locations de jour ou de nuit, en temps ordinaire, et doubler ou tripler encore quand on ne trouve pas où se loger en ville.

Florete grimaça.

— Oui, si j'acceptais une troupe d'hommes en armes… Imagines-tu les conséquences désastreuses, tant pour mes filles que pour mes affaires ? Mes garçons sont rompus à leurs tâches mais ils ne pourraient rien contre des hommes armés. Voilà pourquoi cette chambre est vide.

Elle sembla se souvenir de sa proposition, ferma les yeux et soupira.

— Je regrette, marmonna-t-elle, tu peux l'avoir pour rien, Magdalaine. Je deviens si dure que j'oublie même ce que je te dois.

— Et c'est bien ainsi, lui dit Magdalaine en lui passant un bras autour des épaules. Tu ne me dois rien pour une simple action charitable. Et, si tu estimais m'être redevable, cela ne se paye pas avec de l'argent.

— Je *sais*.

Florete posa la joue contre la main de Magdalaine.

— C'est la vie, la *mienne*, que tu m'as rendue quand tu m'as sortie du caniveau…

— Il se peut, la coupa Magdalaine, mais cela n'a rien à voir avec le loyer que tu dois demander pour cette pièce.

Elle donna une brève accolade à Florete et s'écarta d'elle en riant.

— D'ailleurs, je n'en serai sans doute pas de ma bourse. Je suis à peu près sûre que Guillaume me rendra la somme.

Elle inspecta une fois encore la chambre.

— Trois shillings pour un jour et une nuit, cela me semble raisonnable… Oui, je vais te donner une livre pour la semaine. C'est plus que ton tarif habituel mais, vu l'époque de l'année, cela me paraît juste.

Florete battit des paupières, sentant les larmes la piquer.

— Tu n'as pas changé ! Tu aurais pu accepter mon offre et dire à ton Guillaume que le prix était d'une livre pour une semaine. Il n'en aurait rien su…

Elle se tut et retint son souffle devant l'expression horrifiée de Magdalaine.

— Jamais ! *Jamais*, je ne mentirais à Guillaume, que ce soit un mensonge futile pour une question d'argent ou un mensonge qui me sauverait la vie.

Elle frissonna.

Florete était bouche bée. Elle finit par secouer la tête.

— Ta vie ne doit pas être simple si tu t'es engagée auprès de deux hommes.

— Pourquoi donc ? rit Magdalaine. Je n'ai jamais dit que je ne mentirais pas à Bell. Je lui dis ce qui est mieux pour lui.

Elle adopta un ton plus posé.

— Quant à Guillaume, il n'en sait pas plus que ce qu'il a *besoin* de savoir. Mais jamais je ne lui mens.

IV

LUNDI 19 JUIN

SOFT NEST, OXFORD

Le problème le plus urgent, celui du logement, ayant été résolu, Magdalaine demanda à Florete de lui fournir un messager. Elle lui présenta un jeune et joli garçon, assez propre de sa personne, d'environ douze ans. Fils d'une prostituée décédée, Diccon était loin d'être un nigaud, dit-elle en lui ébouriffant les cheveux avec tendresse, et il avait l'habitude de porter des messages.

Cela semblait très vraisemblable car il hocha la tête dès que Magdalaine eut fait allusion à la maison décrite par le père Étienne, là où la plupart des capitaines de Guillaume étaient logés.

— Dans la ruelle qui part de la route autour du château, précisa-t-il. La boutique de l'armurier ou celle du mercier ?

— L'idiot, soupira Magdalaine, il ne l'a pas précisé, il a seulement dit qu'il s'agissait de la plus grande de la rue.

Le garçon sourit et agita la tête.

— Ce sera celle de l'armurier. Qui dois-je y demander ?

— Le seigneur Guillaume d'Ypres, mais je doute qu'il soit présent. Je crois qu'il loge plutôt au château. Demande sire Niall d'Arvagh ou sire Giles de Milland. Ou bien…

— Tout chevalier au service du seigneur Guillaume ?

Le regard de Diccon parlait pour lui. Ses occupations dans la maison de plaisir avaient aiguisé son esprit ; il savait reconnaître au premier coup d'œil un noble, un marchand ou un paysan. Il ne confondrait pas un homme d'armes avec un chevalier. Magdalaine hocha la tête, lui recommandant une seule chose : s'assurer que les hommes de Guillaume étaient toujours logés dans la maison de l'armurier ou que le père Étienne ne s'était pas trompé quand il avait décrit l'endroit. Donner son mot à la mauvaise personne n'eût pourtant pas été lourd de conséquences, car il était des plus succincts : « Je suis descendue au *Soft Nest*, sur Blue Boar Lane, Magdalaine. »

Elle pria ensuite le garçon d'attendre une réponse mais de filer sur-le-champ si on lui annonçait qu'il n'y en avait pas. Alors qu'il s'apprêtait à la quitter, elle lui toucha l'épaule et lui remit un farthing. Ses yeux écarquillés et son large sourire dirent assez sa surprise et son plaisir. Rares étaient les femmes du bordel qui devaient payer ses courses. Sans doute pensaient-elles trouver un meilleur usage à leur argent puisque le garçon était logé et nourri pour rien, mais Magdalaine estimait qu'un messager reconnaissant et de bonne volonté sur lequel elle pourrait compter n'avait pas de prix.

Ce problème réglé, Magdalaine commença à prendre ses quartiers. Un des hommes de Florete lui apprit qu'elle pouvait mettre son cheval dans la resserre du petit espace en friche – ce qui restait du jardin, derrière la maison. Il y avait de quoi brouter et il lui donnerait à boire. Il proposa aussi de porter ses affaires à l'intérieur.

Magdalaine remarqua son regard insistant. Il détourna les yeux un instant, et ses lèvres firent la moue – celle-ci n'est pas pour moi, semblaient-elles dire. Pourtant, on vit d'espoir et il affirma qu'elle pouvait lui demander ce qu'elle voulait. Magdalaine le remercia mais, pour qu'il comprenne que, au contraire de nombre de filles publiques, elle ne paierait pas ses services en nature, elle lui donna un penny, destiné à acheter du fourrage. Qu'il garde la monnaie.

L'homme hésita, considérant de biais le visage voilé. Il finit par accepter la pièce, en soupirant, et s'éloigna. Peu après, Magdalaine se rendit dans la salle commune pour s'entretenir avec Florete qui trônait à l'entrée. Magdalaine désirait qu'elle installe une table dans sa chambre, car, dit-elle, rien n'était plus efficace contre la propension des hommes à en venir aux mains que de leur donner la possibilité de s'asseoir et d'allonger les jambes sous une table.

Florete en convint. Mais, au même instant, au grand embarras de Magdalaine, deux hommes, l'apercevant alors qu'ils payaient leur dû, jetèrent leur dévolu sur elle, et entreprirent de se quereller pour savoir lequel passerait en premier.

— Ni l'un ni l'autre ! lança-t-elle. Je ne travaille pas ici et ça fait longtemps d'ailleurs que je ne suis plus dans le métier. Je suis venue chercher une fille pour mon établissement londonien.

— Plus dans le métier ? s'étonna un des hommes.

Il rit et tendit la main vers elle.

— Avec le corps que tu as !

Magdalaine s'écarta et Florete intervint.

— Arrière ! ordonna-t-elle.

L'homme qui apportait les affaires de Magdalaine les posa et se saisit de son gourdin posé près de la table. L'autre surveillant se leva. Magdalaine se glissa entre eux et se réfugia dans la pièce du fond, maudissant une fois encore sa beauté.

Par chance, rien de fâcheux ne se produisit ensuite, mais l'incident prouvait qu'elle devrait se priver d'un des plaisirs qu'elle avait envisagés. Il lui serait impossible de s'asseoir avec Florete pour évoquer le bon vieux temps. Elle s'astreignit à enlever la poussière du lit et du coffre tandis que l'homme de peine de Florete descendait de la mansarde une petite table à tréteaux. Une fois celle-ci installée et les tabourets disposés autour, il se retira, non sans adresser à Magdalaine un regard sans équivoque.

Magdalaine jura, puis soupira en prenant les draps propres posés sur le haut de son panier. Elle fit le lit placé le long du mur de gauche, accrocha ses robes à des clous et remplit le coffre de son linge de corps.

Avant qu'elle n'eût terminé ses rangements, Diccon était de retour. Il avait remis le mot de Magdalaine à sire Giles de Milland. Sire Niall d'Arvagh, à qui elle eût préféré que fût confié le message pour Guillaume, ne se trouvait pas dans la maison de l'armurier. Diccon eut un petit rire : sire Niall était occupé à courtiser une fille de la ville.

Intéressée, car elle appréciait sire Niall, qui, outre qu'il avait l'esprit délié, maniait redoutablement l'épée, Magdalaine chercha à en savoir plus. Plusieurs hommes étaient arrivés ensemble, raconta Diccon, et, quand il avait demandé sire Niall, expliquant qu'il portait un message de maîtresse Magdalaine destiné au seigneur Guillaume, sire Giles lui avait donné la raison de l'absence de sire Niall, ajoutant qu'il ignorait l'heure de son retour.

Diccon avait donc donné le message mais il avait eu le temps d'entendre quelques hommes faire des remarques appuyées sur la bonne fortune de sire Niall.

— Est-ce tout ? le pressa Magdalaine.

Le garçon baissa les yeux et admit que les hommes, une fois son message remis, s'étaient désintéressés de lui et avaient entamé une discussion. Puis il se tut. Magdalaine se mit à rire. Il était presque certain que Diccon s'était dissimulé dans un coin pour écouter, et, piquée par la curiosité, elle lui donna un autre farthing. Le visage du garçon s'illumina.

— Elle a nom Loveday d'Otmoor, dit-il. C'est ainsi qu'ils en parlaient. C'est une héritière, pupille du roi.

— Dieu me garde ! murmura Magdalaine. Pourquoi diable sire Niall courtise-t-il une pupille royale ? Étienne la destine sans doute à un de ses barons pauvres.

— Non ! intervint Diccon. Elle n'a pas assez de bien et elle n'est pas d'assez haute naissance.

Magdalaine haussa vivement les sourcils.

— Comment le sais-tu, petit suppôt de Satan ? Parle ! Je t'ai donné deux farthings, c'est maintenant le fouet que tu recevras !

— J'allais vous le dire ! s'indigna-t-il. L'homme a affirmé le tenir d'un clerc au service du seigneur Guillaume. Et un autre… dont j'ignore aussi le nom… a précisé que ce clerc espérait une faveur du seigneur Guillaume et croyait que la fille conviendrait à un de ses hommes car elle n'était pas d'un rang digne des amis du roi. Cet homme semblait plutôt aigri et sire Giles l'a remis à sa place. Il a affirmé que la raison pour laquelle le seigneur Guillaume avait dépêché sire Niall chez cette fille était qu'il se souvenait que son manoir, Murcot, n'était pas éloigné de ses terres.

C'était à croire que Guillaume situait de mémoire tous les manoirs du royaume ! Quoi qu'il en soit, Otmoor n'évoquait rien à Magdalaine.

— Je n'ai rien entendu de plus, vous pouvez m'en croire ! affirma Diccon.

Magdalaine fronça le nez et lui rétorqua qu'elle en doutait.

— Où achètent-elles leurs repas, les filles ?

— À la cuisine publique en haut de la rue, près du Carfax, mais elles mangent tard. Ça n'arrête pas, ici, à l'heure du souper. Les hommes aiment se divertir après leur journée de travail.

— Et combien coûte un repas ? s'enquit Magdalaine avec un sourire charmant qui fit hésiter le garçon. Demain, je m'y rendrai. Si tu mens, je t'écorche vif !

— Deux farthings pour le plat ordinaire, répondit-il, maussade.

— À la bonne heure. Cela me semble correct.

Elle lui tendit un penny.

— Rapporte deux repas, et il y en aura un pour toi.

Les yeux de Diccon étincelèrent.

— Ale ou vin ? demanda-t-il. Je vous ai donné le prix avec la boisson.

— Ale.

Diccon s'esquiva et Magdalaine secoua la tête. Le repas ne devait coûter qu'un farthing et la boisson un de plus, mais il avait espéré s'en tirer en lui donnant le prix le plus élevé pour prétendre ensuite qu'il croyait qu'elle voulait une boisson. Voilà d'ailleurs qui montrait sa débrouillardise. Deux farthings, estima Magdalaine, ce n'était pas cher payé pour tout ce qu'elle espérait apprendre de lui sans pour autant éveiller sa curiosité.

Elle en eut pour son argent, car elle invita Diccon à l'accompagner. Son plaisir fut considérable, autant que son soulagement, et Magdalaine se dit qu'une bonne part de ses repas devait disparaître dans d'autres ventres que le sien, si on le surprenait en train de se restaurer.

Florete lui avait signalé que la ville était surpeuplée. Diccon savait-il quelque chose des nouveaux venus, par hasard ?

Se sentir en sécurité, libre de manger et boire en paix lui délia la langue. Il n'ignorait pas qui se trouvait dans la ville et, comme il servait souvent de messager, il pouvait préciser où logeaient la plupart des grands seigneurs. Mieux, il était au courant des amitiés et des inimitiés entre eux, grâce au comportement de leurs escortes respectives quand elles se croisaient. Enfin, ajouta-t-il, il y en avait qui étaient censés être amis – on se saluait avec courtoisie à chaque rencontre – mais la façon dont on se regardait ne laissait pas place au doute.

Il mentionna Chester, le comte palatin. Était-il vrai que sa puissance égalait celle d'un roi, grâce à ses vastes domaines, à la frontière du pays de Galles, et qu'il se souciait peu d'Étienne ? Il évoqua les logements des escortes des comtes de Surrey et de Warwick, de Pembroke et Leicester. Magdalaine pinça les lèvres. Elle se souvint que le roi avait prié Guillaume de congédier ses hommes pour la raison qu'on ne pouvait les accueillir, mais tous ces comtes étaient parents par le sang ou par le mariage de Waleran de Meulan.

Diccon donna d'autres noms. Cependant, la plupart étaient des créatures du souverain et avaient peu de poids ou d'influence hors de sa sphère. Inquiète du sort qui guettait son ami et protecteur, elle oublia la voix légère du garçon jusqu'au moment où certains mots attirèrent son attention.

— Ils s'interrogent sur les évêques de Salisbury, Lincoln et Ely. Il semblerait qu'on ait gardé une maison vide à leur disposition, sur Castle Street, mais on ne les y a point vus. Certains parient qu'ils se cachent dans leurs propres châteaux et attendent l'arrivée de Robert de Gloucester.

— Qui sont-ils, ceux qui parient là-dessus ? demanda vivement Magdalaine.

— Oh, surtout des hommes du seigneur Waleran, et ceux de Surrey parient contre eux. Ils disent que les évêques sont obligés de venir parce que Gloucester n'est pas encore prêt et qu'ils ont besoin de jouer aux innocents avant de le rejoindre.

— Mais les hommes de Surrey sont-ils tout aussi certains que ceux de Waleran que les évêques ont passé un pacte avec Gloucester ? dit-elle en fronçant le sourcils. Est-ce que tu affabules, Diccon ? Où aurais-tu entendu de tels propos ?

— Dans la salle commune ! protesta le garçon, vexé. Devant les filles et moi, ils parlent comme si nous étions sourds. Quand ils doivent patienter parce qu'ils sont trop nombreux pour les chambres privées ou que leurs favorites ne sont pas libres, Florete leur sert du vin et c'est alors qu'ils discutent. Ils pourraient se satisfaire avec des filles moins chères, mais ils refusent.

Il prit un air entendu.

— Parfois je me demande s'ils ne viendraient pas pour se parler plutôt que pour les filles…

L'hypothèse n'était pas invraisemblable, songea Magdalaine. Guillaume n'était pas le seul à avoir compris qu'une maison de plaisir était un lieu où des hommes avaient l'occasion de se rencontrer. Ils évitaient ainsi d'être reconnus, ce n'était pas comme quand ils entraient ou sortaient des maisons de leurs amis, ou se réunissaient dans la rue. C'était aussi l'endroit rêvé pour lancer des rumeurs. Et Magdalaine n'aimait pas la tournure de celles qu'elle avait entendues. Si le roi privait les évêques de leurs fonctions, par méfiance ou pour quelque autre raison, qui administrait le royaume ? Qui, hormis Salisbury, son fils et ses neveux, était capable de veiller sur le Trésor ? Les shérifs, enfin, étaient tous nommés par Salisbury. À qui d'autre obéiraient-ils ?

Quand Diccon n'eut plus rien à lui apprendre, Magdalaine le laissa partir. Elle se répéta les détails les plus intéressants fournis par le jeune garçon afin de ne pas oublier d'en faire part à Guillaume ; cependant, elle doutait qu'ils lui fussent inconnus, hormis, peut-être, le fait que le *Soft Nest* servait de lieu de rencontres. Mais ne le savait-il pas, cela aussi ? N'était-ce pas la raison pour laquelle il l'avait convoquée ?

Tout occupée à préparer ce qu'elle allait dire, elle se sentait mal à l'aise, nerveuse, comme si elle devait faire plus que rester assise sur une chaise. Elle regarda ses mains, à plat sur la table, inutiles, consciente qu'il lui manquait quelque chose – et elle éclata de rire, laissant échapper un soupir exaspéré. Dans la précipitation du départ, sans parler de la présence de Bell dans son lit, qui requérait son extrême attention lors de sa dernière nuit à Southwark, elle avait oublié sa boîte à couture !

Magdalaine, tentée de sortir acheter ce dont elle avait besoin pour travailler, en fut empêchée par l'arrivée de Florete. On allait connaître une accalmie, expliqua-t-elle, et, si elle pouvait laisser la porte ouverte pour surveiller les allées et venues dans le couloir, elle aimerait évoquer le passé. Magdalaine fut ravie d'accepter et les deux femmes échangèrent des potins et ravivèrent une amitié que le temps et l'éloignement avaient estompée.

En outre, Florete confirma mot pour mot les affirmations de Diccon.

— Que va-t-il arriver ? s'inquiéta-t-elle. J'ai de bons arrangements avec les hommes du shérif à Oxford, et avec ceux de l'évêque. Les choses vont-elles être bouleversées ? Me faudra-t-il offrir deux fois plus de pots-de-vin ?

— Je l'ignore, avoua Magdalaine. Je sais seulement que Guillaume est embarrassé, c'est ce qui l'a incité à faire appel à moi. Mon évêque n'est pas menacé… un frère du roi, un légat du pape !

Elle soupira.

— Écoute, si la situation devient trop difficile pour toi, viens chez moi à Southwark. Il y a de la place pour un endroit comme celui-ci… pas aussi cher que le mien, mais décent et bien tenu.

— Merci, ma chérie, dit Florete en se levant. J'espère ne jamais y être contrainte, mais je m'en souviendrai.

Les ombres de l'après-midi s'étaient allongées et c'était l'heure des clients qui souhaitaient être repartis avant vêpres. Une fois la nuit tombée, il y aurait un autre moment d'affluence quand se présenterait la clientèle qui passait la nuit sur place. Florete retourna à sa place de prédilection, face à l'entrée, et Magdalaine glissa des torches dans les supports fixés aux murs. Elle s'empara d'un des bougeoirs pour le poser sur la table, en attendant de demander à Florete un gros bougeoir, quand il y aurait moins d'hommes dans la pièce. Il lui faudrait beaucoup de lumière si elle achetait de quoi broder le lendemain matin. Elle se contenta de patienter, oisive, espérant que Guillaume avait reçu son message et aurait l'occasion de venir.

Son vœu fut exaucé. Les cloches de St Friedesweide venaient d'annoncer vêpres quand Guillaume d'Ypres entra d'un pas décidé, sans même s'arrêter devant Florete.

— Hé, ma belle, où te caches-tu ? hurla-t-il.

Florete ordonna à ses aides de se tenir cois : six hommes en casque et armure de cuir bouilli entraient sur les pas de leur maître. À son grand soulagement, Magdalaine sortit de la chambre en coup de vent et se précipita vers Guillaume, qui l'étouffa entre ses bras.

— Parfait ! s'exclama-t-il, observant d'un œil méfiant l'intérieur de la chambre.

Puis il la repoussa et claqua la porte d'un coup de talon.

— Je suis contente qu'elle te plaise, répliqua-t-elle avec un soupçon d'ironie, car je ne sais vraiment pas où je pourrais aller, dans le cas contraire.

Il l'écrasa contre elle, en une sorte de baiser qui lui coupa le souffle, puis se recula et lui sourit.

— J'étais soucieux de savoir où tu trouverais à te loger, admit-il d'un ton plus bas, et j'ai même songé à réquisitionner cette maison que tu louais, mais, vu la situation, je n'aurais pu agir avec discrétion. On aurait entendu des vociférations. On aurait su que je m'emparais de la maison, et je ne suis pas certain qu'on aurait cru que tout ce chambardement était motivé par les beaux yeux de ma prostituée favorite.

— Dieu doit t'être favorable. Par chance, Florete craignait de louer cette chambre à quelqu'un d'autre que moi. Elle avait peur de se retrouver avec une troupe d'hommes en armes qui se seraient amusés et n'auraient rien déboursé pour les filles.

Il rit.

— Elle n'avait peut-être pas tort.

Sa gaieté disparut et elle remarqua les cheveux gris, les rides nouvelles de son visage, les marques ternes sous la peau hâlée et sa manière de cligner des yeux, comme pour les nettoyer.

— Tu as l'air fatigué, mon amour, dit-elle. Assieds-toi.

Elle le mena vers la chaise.

— Veux-tu que j'envoie le garçon te chercher de quoi boire et manger ? Je n'ai pas eu l'occasion de sortir aujourd'hui.

Il s'affala sur la chaise, les coudes sur la table, les mains sous le menton.

— Ne te dérange pas. J'ai *encore* un rendez-vous pour le souper.

Il soupira.

— C'est mon esprit qui est fatigué, Magdalaine, pas mon corps. Dieu sait que je n'ai rien fait d'autre que traîner à la cour en m'agitant bêtement.

— Y aurait-il quelque chose que je devrais savoir afin de tenir ma langue ? demanda-t-elle, anxieuse.

Il secoua la tête, impuissant.

— Moi-même, j'ignore s'il y a quelque chose que *je* devrais savoir, maugréa-t-il.

— Si je te dis ce que je sais, cela t'aidera-t-il ?

Et elle lui répéta les propos de Diccon sur les paris tenus entre hommes de Waleran et de Surrey.

— Dans la grande salle d'un bordel, dit Guillaume d'une voix posée.

Il leva la tête.

— Certes, j'étais au courant. Depuis que nous sommes tous rassemblés ici, Waleran n'a eu de cesse de mettre en garde le roi, avec la discrétion qui sied, et le roi a été assez aimable…

Il eut un rictus.

— … pour m'en informer, car, cela va sans dire, c'est moi qui devrais me charger d'expulser les évêques de leurs châteaux. Je m'étonne un peu cependant que les soupçons soient devenus de notoriété publique, en ville et chez les hommes d'armes. Ainsi donc, les hommes de Waleran s'arrangent pour que nul n'en ignore… Pourquoi ?

Magdalaine ne tenta pas de répondre à une interrogation qui ne la concernait pas, mais elle frissonna.

— Guillaume, que deviendra le royaume si Salisbury, son fils et ses neveux sont congédiés ?

Guillaume ne répondit pas tout de suite.

— Pourquoi crois-tu que je ne dors pas la nuit ? demanda-t-il d'une voix tranquille. Je n'en sais rien, ma belle, je n'en sais rien.

Il prit une profonde inspiration, se redressa.

— Sauf qu'il y aura la guerre et que je ferai le nécessaire pour sauver ce qui peut être sauvé.

— Étienne agit comme un idiot !

— Oui, parfois.

— Seras-tu en sécurité ici, Guillaume, si les hommes de Waleran et ceux de son lignage y viennent ?

Il rit et l'attira contre elle, ignorant que ses cuisses étaient pressées douloureusement contre le bras de la chaise.

— Ma toute belle ! Il m'arrive de croire que tu tiens vraiment à moi…

Elle déposa un baiser sur le sommet de son crâne et elle dut se retenir de pleurer. Ses cheveux, outre qu'ils grisonnaient, devenaient plus fins.

— Ma foi, je ne le nie pas, dit-elle d'un ton qu'elle voulut léger, même si tu ne connais pas ta force et risques de me briser les jambes en continuant à me serrer.

Il relâcha son étreinte mais lui donna une tape sur les fesses qui lui arracha un soupir.

— Réponds-moi, Guillaume. Ne risques-tu rien ici ? Je trouverai un autre endroit, si nécessaire.

— Non ! fit-il en souriant. Bien sûr que je serai en sécurité, femme stupide ! Waleran ne se risquerait pas à toucher un seul de mes cheveux, surtout si un affrontement paraît inéluctable. Crois-tu qu'il veuille risquer sa précieuse peau au combat ? Tant que je serai vivant et en état de me battre, c'est à moi que le roi fera appel.

— Un idiot, mais qui sait sur qui il peut compter.

— En temps de guerre…

Guillaume expira longuement, puis il sourit et invita Magdalaine à prendre place sur un tabouret.

— Tu as peut-être eu raison de dire que Dieu nous a porté chance. Que cet endroit ait la réputation d'être un lieu de rencontre pour les hommes de Waleran tombe à pic. Te souviens-tu de Raoul de Samur ?

Magdalaine fronça le nez, ce qui déclencha un nouveau rire de son amant.

— Oui, oui, continua-t-il, il ne vaut pas cher, mais il m'a été utile. Une maison où il sait que tous ses amis se réunissent lui donnera le sentiment de ne rien avoir à craindre. Il cherchera plus souvent à te dire ce qu'il sait des faits et gestes de Waleran et viendra même me trouver dans ta chambre… auquel cas je ne doute pas de lui arracher plus qu'il ne croit.

— Il se peut, admit Magdalaine avec une grimace. De là à ce qu'il me considère d'un œil *favorable*… Je lui ai jeté un broc d'eaux sales au visage, Sabine l'a frappé avec son bâton et Dulcie l'a assommé avec une poêle [1] !

Guillaume éclata de rire.

— Est-ce ainsi que tu l'as subjugué ? Pauvre de lui ! Je me félicite que nous soyons en si bons termes.

Il haussa les épaules.

— Il n'osera pas te toucher ou médire de toi. Il sait l'importance que tu as pour moi.

Il me faut prévenir Bell, songea Magdalaine. *Raoul ignorera que la protection de Guillaume s'étend à Bell – si tel est le cas.* Guillaume n'avait jamais montré la moindre jalousie, mais il semblait se rendre compte que Bell était plus qu'un autre corps dans son lit. Douterait-il de sa loyauté quand il apprendrait que Bell était aussi à Oxford, ou cela le rendrait-il possessif ?

Inconscient de sa préoccupation, Guillaume poursuivit :

— Ce que tu m'as confié sur ces paris ne manque pas d'intérêt. Peux-tu en savoir plus ou découvrir ce que se racontent les hommes qui se réunissent ici ?

— Je crois que oui. Je l'ai appris par le garçon qui porte les messages et va chercher la nourriture et la boisson pour les femmes et les clients. Il est intelligent et je lui ai donné de bonnes raisons de m'aimer…

Elle ne put s'empêcher de rire devant la mine étonnée de Guillaume.

— Mais non, esprit du mal que tu es ! Il a à peine douze ans. Je lui ai offert deux farthings et un repas. Il se fera un plaisir d'espionner pour moi et de me rapporter ce qu'il aura entendu.

1. Voir *Magdalaine la Bâtarde, op. cit. (N.d.T.)*

— Je ne crois pas avoir eu beaucoup plus que douze ans quand j'ai connu ma première femme, se rappela Guillaume d'un ton badin. Bah, j'imagine que je devais être plus séduisant que le bâtard d'une prostituée mourant à moitié de faim. Au moins, avec toi, il sera nourri. C'est vrai que tu as le don pour recueillir les éclopés et les abandonnés…

— Et je sais leur donner leur chance, rétorqua Magdalaine avant de lever la tête. Ce qui me rappelle, mon ami… Pourrais-je demander à tes hommes de me trouver une jolie petite aveugle ? J'ai besoin de remplacer Sabine.

— Je pensais que cette catin aux yeux verts faisait l'affaire.

Magdalaine rit.

— Pourquoi Diot mériterait-elle plus que moi ce qualificatif ?

Guillaume la dévisagea et cligna des yeux pour mieux la voir.

— Tu as fait ce que tu devais… finit-il par dire. Comme cela m'arrive aussi, d'agir par devoir… Diot est libre de ses actes.

Magdalaine soutint son regard.

— Tu es très perspicace, murmura-t-elle.

— C'est pour cela que je suis encore en vie.

Il détourna les yeux, sans rien regarder en particulier, puis, au bout d'un long moment, repoussa sa chaise et se leva. Magdalaine l'imita, posant la main sur le lacet de sa chemise, au-dessus du col de sa robe.

— Avec toi, dit-elle, il ne s'agit pas seulement de « devoir ».

Il baissa les yeux vers elle et l'attira avec douceur, une fois n'est pas coutume.

— J'aimerais… avoua-t-il, posant la joue contre ses cheveux, mais je suis censé souper avec le seigneur Hervey, dans la maison d'Alain de Bretagne. Maudit sire, qui nous regarde de haut comme des punaises tout juste dignes d'être écrasées ! D'ordinaire, Étienne manque de patience devant ces grands airs et je ne comprends pas pourquoi il me faut être aux petits soins pour ce personnage.

Ce commentaire ne semblait pas lui être destiné et Magdalaine changea de sujet.

— Donne-moi le temps d'enfiler une chemise de nuit, proposa-t-elle. Inutile que Florete ou quiconque s'interroge sur ce que nous avons fait.

Il acquiesça d'un signe de tête, la libéra et continua à rognonner pendant qu'elle ôtait ses vêtements et passait une chemise en lin, brodée et plissée.

— Ce Hervey n'est pas même un Normand digne de ce nom ! Il est français, de ses ondulations ridicules à la pointe interminable de ses chaussures !

Qu'il persistât dans son propos suggérait qu'il attendait son avis.

— Il doit donc être bien en cour chez Louis de France, dont Étienne attend quelque chose.

— Comme si je ne le savais pas ! bougonna Guillaume.

— Une femme pour Eustache[1] ? risqua Magdalaine, ce qui n'eut pas pour effet de calmer Guillaume.

— Une autre raison qu'aurait le roi de se montrer fort et maître absolu de son royaume… L'héritier pourrait devenir adulte, enfin, mûrir…

Il soupira.

— … mais je ne vois rien qui l'annonce.

Il gagna la porte.

— C'est toujours un plaisir de te voir, Magdalaine, dit-il quand elle lui emboîta le pas. J'espère être de retour le plus tôt possible.

Au son de sa voix, les six hommes d'armes quittèrent la grande salle où ils s'amusaient à provoquer les filles. Ils se regroupèrent dehors tandis que Guillaume s'arrêtait devant la table de Florete. Magdalaine resserra le lacet de sa chemise, comme s'il était trop lâche. Guillaume lui tapota le bout du nez.

1. Eustache IV (1127-1153), fils d'Étienne de Blois ; le roi de France était alors Louis VII le Jeune, qui mourut en 1180. *(N.d.T.)*

— Sois sage, ma belle !

Il s'écarta au moment où un homme corpulent, au visage couvert d'ecchymoses, avec un œil poché, le nez contusionné, les lèvres fendues, apparaissait près de la table de Florete et manquait heurter Magdalaine. Qu'ajouter à son portrait ? Il avait les cheveux noirs, rêches et plutôt emmêlés, l'œil sombre – celui qui était poché était clos –, et aurait eu besoin de se raser.

— Un penny pour ce genre de filles ?

La tête à moitié tournée, il zézayait, sans doute lui manquait-il des dents.

— C'est que des rien du tout, qui valent pas plus d'un farthing.

Florete se raidit et Magdalaine recula, cherchant à contourner le mauvais coucheur afin de rejoindre Guillaume à la porte, mais l'homme devina son intention et lui saisit le bras.

— Ma parole, mais où la cachais-tu donc, celle-là ?

Déjà guère compréhensible à cause de la perte de ses dents, il avait la voix empâtée par la boisson et postillonnait.

— En voilà une qui va me faire oublier l'espèce de mollassonne au teint blafard que je dois épouser demain.

— Laissez-moi, se défendit Magdalaine d'un ton froid, je ne travaille pas ici.

— Si tu te promènes en chemise de nuit dans cette maison, c'est que tu y travailles, répliqua l'homme, hargneux. Et mon argent vaut le sien…

De la tête, il désigna Guillaume qui franchissait la porte.

— Vous me faites mal ! s'écria Magdalaine. Laissez-moi !

— Sire ! intervint Florete en quittant son siège. Laissez-la tranquille ! Elle dit vrai. Elle ne travaille pas ici. Elle est en visite pour affaires.

Tandis qu'elle parlait, un autre homme s'était approché de la table.

— Aimery, dit-il, c'est une maison bien tenue. Si la femme n'a pas envie…

Sa voix faiblit, l'homme était embarrassé par Magdalaine, qu'il regardait avec attention.

Magdalaine avait tenté de sortir de son étui le couteau dont elle se servait pour des usages domestiques, mais, une fois la main sur la poignée, elle hésita et tourna la tête vers le nouveau venu. Sa voix lui était familière. Si l'ami de l'importun l'obligeait à se retirer, cela valait mieux que de devoir le poignarder dans la maison de Florete. Soudain, la mémoire lui revint.

— Messire Ferrau ! s'écria-t-elle. Dites à cet individu de me lâcher !

L'expression de Ferrau changea : il avait reconnu Magdalaine, mais un doute commençait à s'insinuer en lui. Elle comprit qu'il n'arrivait pas à se décider. Comment répondre à l'appel d'une femme que lui avait présentée un chevalier respectable quand il la retrouvait dans un bordel ? Il hésitait toujours lorsqu'une grande main s'abattit sur l'épaule du dénommé Aimery.

— Tu la lâches ! Tout de suite !

Ce fut lancé d'une voix tonitruante qui aurait réveillé les morts et plusieurs rideaux s'écartèrent dans le couloir. Sire Ferrau demeura bouche bée, les yeux exorbités.

— Aimery !

Il se précipita et essaya de desserrer l'étreinte de l'ivrogne qui ne lâchait pas le bras de Magdalaine.

— Par Dieu, laisse cette femme tranquille. C'est Guillaume d'Ypres !

— Et moi, mon maître s'appelle Waleran de Meulan ! grogna l'homme d'une voix avinée et menaçante. Je n'ai rien à craindre d'Ypres.

C'est alors que le couteau de Magdalaine glissa hors de son étui et frappa la main qui la maintenait. C'était un petit couteau, mais pointu et très affûté, qui lui servait à nettoyer et à éplucher les fruits. La lame traversa la main de l'homme et Magdalaine, furieuse, imprima un mouvement de torsion quand elle la retira. À peine

Aimery eut-il commencé à hurler que les mains de Guillaume lui serraient la gorge et l'étouffaient.

— Guillaume, non ! haleta Magdalaine en retenant son bras. Il ne vaut pas une querelle avec Waleran.

Guillaume considéra son visage bouleversé et, peu à peu, ses mains se relâchèrent.

Sire Ferrau en profita pour plaider la cause du trouble-fête.

— Je vous en prie, seigneur, ne le tuez pas. Il est ivre.

Dès que Guillaume avait ordonné à Aimery de lâcher Magdalaine, les hommes de Florete, abandonnant leurs tabourets, avaient saisi leurs gourdins, sans pouvoir se décider à agir, dans la crainte de se mêler d'une dispute concernant Magdalaine et Guillaume d'Ypres. Mais lorsque Guillaume se désintéressa de son adversaire, à moitié inconscient, ils bondirent, s'en emparèrent et le traînèrent vers la porte. Sire Ferrau s'écarta, tâchant de se mettre hors de vue de Guillaume.

— Ça ira, ma belle ? demanda celui-ci avec rudesse.

— Oui, oui…

Magdalaine, qui nettoyait son couteau, leva les yeux vers lui.

— J'aurai un bleu… dit-elle, souriante, mais, parfois, quand tu me manifestes ton affection, c'est pire. Allez, Guillaume, tu vas être en retard.

Il eut un rictus.

— C'est hors de question.

Il sortit aussitôt et allongea le pas dès que ses hommes l'entourèrent.

Sire Ferrau s'avança alors vers Magdalaine et la complimenta.

— Quelle femme magnifique vous êtes ! Vous étiez voilée quand je vous ai croisée sur la route en compagnie de sire Bellamy et je n'avais pas imaginé que…

— Qu'êtes-vous donc venu faire ici avec ce… cet animal ? répliqua Magdalaine.

Ferrau eut un rire désapprobateur.

— Je n'étais pas *avec* lui. Je l'ai rencontré devant St Friedesweide et il m'a demandé où j'allais. J'ai eu la stupidité de le lui dire. Je ne m'étais pas rendu compte de son état quand il a proposé de m'accompagner. Mais, si nous en sommes aux questions, il me plairait de savoir comment vous en êtes venue à voyager avec sire Bellamy.

Magdalaine lui renvoya son plus doux sourire.

— Pour la raison exacte que je vous ai dite. Je suis la tenancière de l'*Old Priory Guesthouse*, à Southwark, et l'évêque de Winchester est mon propriétaire. Sire Bellamy collecte les loyers – certaines maisons rechignent à payer, mais il n'en est rien chez moi – et l'évêque estime préférable de prévenir les différends, chose à laquelle sire Bellamy excelle, plutôt que d'attendre que la situation s'envenime. Quoi qu'il en soit, quand il a su que j'avais besoin de lui pour me rendre à Oxford, il m'a dit y être attendu et a proposé de m'escorter.

— Vous le connaissez bien ?

Elle haussa les épaules.

— Cela fait plusieurs années qu'il vient chercher mes loyers, et je paie en pièces d'argent… chaque penny. Il nous arrive d'échanger quelques mots. Les tarifs de l'*Old Priory Guesthouse* sont hors de portée d'un simple chevalier.

— Diriez-vous qu'ils le sont aussi pour moi ?

Sa réponse fut catégorique :

— Si j'ai du prix pour quelqu'un, ce ne peut être que Guillaume d'Ypres.

Et c'était aussi la stricte vérité car Bell ne lui donnait pas un farthing.

V

MARDI 20 JUIN

MARCHÉ AUX GRAINS, OXFORD

Magdalaine retourna dans sa chambre et se jura de ne plus paraître dans les pièces communes de la maison autrement que vêtue. Elle espérait n'avoir pas attiré d'ennuis à Florete, aussi fut-elle soulagée quand, plus tard, la tenancière entra avec quelques friandises et du vin que Diccon était allé chercher et s'excusa pour l'échauffourée.

— C'est à moi de m'excuser, protesta Magdalaine. Pourvu que ce malotru n'ameute pas la clientèle contre ta maison.

— N'aie crainte, la rassura Florete en buvant son vin. Mes gars l'auront traîné jusqu'au Carfax et abandonné derrière un chariot ou un tas de cageots. Il est probable que demain il ne se souviendra de rien et croira être ressorti ivre d'une taverne avant de s'écrouler par terre. Si la mémoire lui revient, il tiendra sa langue. Le *Soft Nest* est apprécié. Il déplairait à ce beau sire de devoir avouer qu'on l'a jeté dehors.

La conversation se poursuivit un moment, puis Florete fut appelée pour régler une querelle entre deux hommes qui désiraient la même fille. Ivres, ils étaient cependant de bonne humeur et Florete sut les calmer et trouver une autre fille « qui ressemblait comme deux gouttes d'eau », selon ses termes, à celle qu'ils se disputaient. En outre, elle réussit à leur faire accepter de tirer chaque fille à la courte paille. Dès qu'elle fut certaine que la situation ne dégénérerait pas, Magdalaine enveloppa les gâteaux restants, couvrit la cruche qui contenait encore du vin, verrouilla sa porte et se mit au lit.

Elle se leva tôt. Fort heureusement, la maison était calme et la journée douce. Les feuilles et l'herbe mouillées qu'elle vit par la fenêtre lui apprirent qu'il avait plu. Le soleil brillait entre les nuages. Magdalaine avait l'intention de faire provision de friandises, au cas où Guillaume ne voudrait pas d'un vrai repas, ainsi que de bon vin ; quant à elle, deux aiguilles, du fil à broder et quelques rubans combleraient ses moments d'oisiveté.

Les derniers gâteaux et le fond de vin suffirent à son déjeuner. Puis, vêtue de sa modeste robe de voyage et de son voile, elle sortit. Il lui fallut soulever sa robe au-dessus des flaques de Blue Boar Lane ; ce n'était la plupart du temps que de l'eau mêlée à de troubles liquides – comme la taverne du coin de la rue et le *Soft Nest* avaient pour clientèle de respectables marchands, ils avaient passé un arrangement pour que les déjections solides fussent ramassées.

Magdalaine appréhendait la réaction des hommes d'armes logés dans la taverne car elle n'avait aucun moyen de cacher qu'elle sortait du *Soft Nest*. Cependant, elle ne fut l'objet que deux ou trois invites lorsqu'elle passa devant la cour de la taverne. Les hommes avaient été prévenus qu'ils seraient expulsés s'ils se montraient trop impudents, et ils n'en doutaient pas ; chaque jour, des capitaines venaient s'enquérir de places pour loger leurs troupes.

Une fois loin du *Soft Nest*, rassurée, Magdalaine accéléra le pas. Bien qu'on fût de bon matin, d'innombrables soldats encombraient la rue et Magdalaine s'efforçait de garder la tête basse tout en veillant à ne heurter personne. Cependant, quand elle eut traversé le

Carfax et pénétré dans le marché aux grains, le nombre de gens en armes diminua. En outre, les bandes de soldats se déplaçaient d'est en ouest, et inversement, sans quitter Castle Street, alors qu'elle-même se dirigeait vers le nord. Certains hommes d'armes se mêlaient aux chalands, par petits groupes de deux ou trois, intéressés par les étals, et sans se montrer menaçants.

Malgré son nom, le marché aux grains proposait bien plus que diverses céréales. On y voyait presque tous les commerces imaginables et, à peine arrivée, Magdalaine trouva un panier très rustique qui lui servirait à transporter ses achats. Il était si peu cher qu'elle pourrait l'abandonner sur place quand elle regagnerait Londres. À quelques pas de là, un épicier proposait des fruits secs ainsi que des petits gâteaux plats à la violette ou aux boutons de rose confits, enveloppés dans une feuille.

Magdalaine secoua la tête, hésitante. Valait-il la peine de dépenser beaucoup plus que la somme engagée par Dulcie quand elle préparait des confiseries ? Cela dit, elle n'avait pas de cuisinière, sans même parler d'une cuisine ou d'un jardin, mais deux bouches à nourrir. Pourtant, le prix l'obligea à renoncer à une petite corbeille d'herbes tissées contenant des fraises, qui la tentait fort. C'était un fruit très fragile et elle ignorait quand Guillaume serait de retour. Hélas, aucun autre fruit n'était en vente à cette époque de l'année.

Elle décida de ne pas céder et traversa la route. Elle remarqua des gâteaux faits par un boulanger dont elle se souvenait. Sa boutique était à deux pas. Alors qu'elle se penchait pour examiner une longue miche de pain noir, son voile se décrocha, et l'homme manifesta sa surprise. Il la salua avec empressement, voulant savoir où elle vivait et la raison de sa présence à Oxford, mais elle n'eut qu'à se féliciter de sa curiosité. Pour une vieille amie, le boulanger coupa la miche en quatre morceaux, puis chacun en deux moitiés sur lesquelles il étendit une bonne couche de beurre.

Une fois qu'il eut rangé avec soin ses tartines dans son panier, Magdalaine ressortit et regarda en direction de la boutique du mercier qui lui avait fourni tout son matériel de broderie, et avait aussi vendu ses travaux, pendant la plus grande partie de son séjour à Oxford. À peine avait-elle avancé dans sa direction qu'elle fit volte-face et retourna chez l'épicier. Guillaume n'était pas le seul à avoir les moyens de s'acheter des fraises ; elle aussi pouvait s'accorder un petit plaisir ! Elle poussa un soupir, comme si elle regrettait sa folie, et acheta ces petits fruits rouges qui déjà lui mettaient l'eau à la bouche.

Partagée entre la culpabilité et le sentiment que son bon plaisir avait ses droits, Magdalaine rabattit son voile et glissa une fraise entre ses lèvres, prenant le temps d'apprécier son goût à la fois sucré et légèrement acide. C'est en soupirant d'aise cette fois qu'elle repartit en direction de la boutique de maître Redding, le mercier.

Deux autres fraises, parmi les plus rouges et très sucrées, connurent le sort de la première. Magdalaine mâcha lentement la seconde tout en examinant les rubans les plus larges sur le comptoir du mercier. Ayant léché jusqu'à la dernière trace de fraise sur ses doigts, elle désigna deux rubans, un bleu cendré et un vert éclatant. Elle s'intéressa ensuite aux fins écheveaux de fils à broder suspendus à trois supports en bois attachés au comptoir ; elle demanda le prix, marchanda puis, satisfaite, commença à détacher les écheveaux qu'elle désirait – inutile de se limiter car, tôt ou tard, elle aurait l'usage de tout le fil qu'elle achèterait.

Tandis que l'apprenti rangeait l'argent et repliait le fil dans le plus large des rubans, qu'il serra ensuite et attacha, Magdalaine se remit à examiner les fraises de la petite corbeille. Elle cherchait la plus mûre quand une main lui saisit le bras. Elle ouvrit la bouche pour crier et s'agrippa à son panier tout en essayant de ramener son voile sur le visage, tournée vers maître Redding afin qu'il intervienne. Mais son cri mourut sur ses lèvres.

— Sire Niall ! s'exclama-t-elle. Espèce d'idiot ! Vous m'avez fait une peur bleue !

— Pourquoi diable vous effrayer quand je vous prends le bras ? s'étonna-t-il avant de secouer la tête, impatient. Peu importe, entrez.

Il la mena de l'autre côté du comptoir, vers l'entrée de la boutique.

— Je crois que vous êtes la réponse à toutes mes prières.

— Je crois que vous avez bu !

Néanmoins, Magdalaine se laissa conduire à l'intérieur. Il n'avait pas l'air ivre, et elle était à peu près certaine que maître Redding ne permettrait pas qu'on l'agresse dans son échoppe.

— Je vous présente Loveday d'Otmoor, dit Niall en entraînant Magdalaine vers l'extrémité du comptoir intérieur, où une jeune fille, soucieuse, conversait avec le mercier.

Magdalaine s'immobilisa et leva les yeux vers Niall.

— Avez-vous perdu la raison ? murmura-t-elle. On ne présente pas une prostituée à…

Loveday d'Otmoor, songea-t-elle. *Où ai-je entendu ce nom ?* Et cela lui revint : d'après Diccon, c'était celui de l'héritière courtisée par sire Niall. Elle écarquilla les yeux.

— On ne présente pas une prostituée à de jeunes dames qu'on espère épouser ! bougonna-t-elle d'un ton sévère.

Elle se libéra.

— Comment le savez-vous ? dit-il, estomaqué.

Magdalaine s'était réfugiée à l'autre bout du magasin, où Niall l'avait suivie.

— Partez ! ordonna-t-elle. Je ne crois pas qu'elle m'ait vue. Prétendez ne pas me connaître !

— Non, écoutez… Loveday sera plus en sécurité avec vous que seule dans son manoir, et je ne peux m'attarder…

Il inspira longuement.

— Vous ignorez la situation.

À ce moment, il était trop tard pour espérer passer inaperçue. Loveday avait quitté le mercier et se dirigeait vers Niall et Magdalaine. Si elle remarqua la présence de cette dernière, elle n'en montra rien et lança un regard implorant à sire Niall.

— Edmee est partie à Londres. Maître Redding avait peur de la garder, à cause de tous ces hommes armés dans les rues, sans oublier qu'il s'attend à voir sa maison réquisitionnée d'un jour à l'autre. Il m'a proposé de demeurer céans, mais je refuse si Edmee n'est pas avec moi.

C'est alors que le mercier intervint.

— Ah, on dirait que vous avez trouvé un chaperon pour Loveday… Pourquoi ne pas monter dans le solier où vous serez mieux pour converser à votre aise ? Je ne doute pas que vous parveniez à un arrangement.

Lui au moins ne semblait pas l'avoir reconnue et Magdalaine voulut refuser, mais, déjà, Loveday remerciait maître Redding et Niall lui avait repris le bras et l'entraînait vers l'escalier raide, tout proche, qui s'élevait le long du mur. Magdalaine désespéra de pouvoir s'expliquer en termes choisis et épargner à Niall la colère de Loveday. Dès que la jeune fille s'avança dans la pièce pour s'asseoir avec eux sur les bancs près de l'âtre, elle retira son voile.

— Maîtresse Loveday, je ne sais ce que prépare Niall, mais il est hors de question que je serve de chaperon à une jeune femme honnête. J'ai nom Magdalaine la Bâtarde et je suis tenancière d'une maison de plaisir. Certes, je suis persuadée que Niall ne cherche pas à vous vendre, non que j'aie jamais acheté une fille qui ne fût pas du métier…

— Au moins ne tenterez-vous pas de me marier et de vous emparer de mon patrimoine, répondit Loveday d'un ton amer.

— Croyez-vous que Niall ait l'intention de vous dépouiller de votre bien ? se récria Magdalaine, fort surprise. Pourquoi êtes-vous avec lui, dans ce cas ? J'estime qu'il ferait un bon mari, mais je suppose qu'il *voudra* administrer le manoir…

— Non, pas du tout ! démentit Niall. Loveday est plus capable que moi dans ce domaine. Mon intention est de rester au service de Guillaume quelques années puis, si je trouve une pâture, d'élever des chevaux. Mon père me fournira quelques bonnes juments et nous laissera utiliser son étalon.

— C'est une excellente idée, Niall ! s'enthousiasma Loveday. Pour ce qui est des chevaux, veux-je dire. Parce que je ne suis pas certaine qu'il me plairait de vous voir risquer votre vie au service du seigneur Guillaume…

Magdalaine se toucha le front.

— Avez-vous perdu la tête, tous les deux ? Mais qu'est-ce que je fais ici ? Niall, m'avez-vous priée de monter afin que je vous serve de gage de moralité ? D'ailleurs, que vous me connaissiez ne parle pas en votre faveur et prouve que vous menez une vie dissolue.

Elle se tourna vers la jeune fille.

— Quelle sorte de réputation peut-on acquérir auprès d'une tenancière de bordel ? Je vais vous dire une chose : il n'essaye pas de lever la main sur mes filles et il est gentil avec celle qui a un caractère d'enfant et qui, souvent, impatiente la clientèle. Quand il doit attendre, il sait garder sa bonne humeur…

Niall, Irlandais au teint blanc, était rouge jusqu'aux oreilles et Loveday ne se priva pas de rire.

— N'est-ce pas là une très bonne recommandation ? dit-elle. Vu l'état de Niall, je ne l'ai jamais pris pour un saint voué à la chasteté.

Ses traits se figèrent soudain et elle frémit.

— Je suis fondée à croire qu'il existe des hommes pires que Niall d'Arvagh.

— Vous n'êtes pas là pour défendre ma réputation, déclara Niall. Loveday a besoin d'un endroit sûr où se cacher.

— Un endroit sûr ? répéta Magdalaine. Un bordel ?

Niall et Loveday, remarqua-t-elle, hochaient la tête et échangeaient des regards entendus.

— Quelle est cette menace horrible qui vous fait croire qu'il vaudrait mieux vous cacher dans une maison de plaisir ? demanda-t-elle.

— Avant-hier, répondit Loveday en pâlissant, un homme s'est présenté aux grilles du manoir de Noke, dans l'intention de me parler. Nous gardions les grilles fermées à cause de l'affluence d'hommes en armes, mais un seul homme… je suppose que nous n'aurions pas dû lui ouvrir, quoiqu'il portât le blason d'une grande maison. Ce n'était pas un de ces parasites dépenaillés…

— Il arborait les armes de Waleran de Meulan, précisa Niall, indigné. Bien sûr, Loveday l'ignorait quand le régisseur lui a ouvert.

Son visage s'empourpra, de colère cette fois.

— Ce clerc qui est allé prévenir Guillaume de ce qui se tramait dans le dos de Loveday et est reparti avec une pièce d'or… ce traître méprisable, c'est à Waleran qu'il a d'abord dû parler !

Loveday lui posa la main sur le bras et il se calma.

— Quand je suis descendue du solier dans la grande salle, ce… cet individu… m'a saisi la main en affirmant que nous devions nous marier, sur ordre du seigneur Waleran de Meulan. Il examinait la pièce, la vaisselle sur les dressoirs et les pots à bière. Il n'a plus jeté un seul regard sur moi. Au début, j'étais trop effrayée pour parler, mais j'ai réussi à me libérer et je me suis réfugiée derrière un banc. Je me suis alors souvenue des raisons pour lesquelles je n'étais pas encore mariée. Je lui ai dit que j'étais pupille royale et que seul Étienne pouvait m'ordonner de prendre un époux.

Niall commença à bougonner mais Loveday leva la main et il se tut.

— Il a été décontenancé, puis il a ri et a affirmé que tel était l'ordre du roi, que le clerc royal était venu prier le seigneur Waleran de me trouver un mari.

— Ce clerc félon ! éructa Niall.

Magdalaine devint perplexe.

— Je sais que le clerc a dit que Loveday n'était pas d'assez haute naissance, ou riche, pour être proposée à un des nobles pauvres de l'entourage du roi…

— Dieu merci ! se réjouit Loveday. L'homme ne manquerait pas de vider Noke et Otmoor en une seule année pour payer ses beaux atours et ses dettes de jeu.

— J'en conviens, dit Magdalaine, toujours soucieuse, mais je suis très surprise que Waleran ait dépêché un vulgaire homme d'armes. J'aurais cru qu'il aurait choisi, à l'instar de Guillaume, un de ses capitaines, chevalier qui plus est, noble et de famille honorable.

— Il semblerait que je ne méritais pas tant de considération, décréta Loveday d'un ton glacial et pincé. Mais cela a fini par tourner à mon avantage. J'ai compris qu'il n'avait aucune idée de ce qu'on entendait par une pupille royale. Je me suis ressaisie et je lui ai annoncé que, s'agissant d'une affaire aussi importante que mon mariage, je ne me fierais à personne. Avant d'accepter, j'ai exigé de voir l'ordre écrit, avec le sceau royal. Il s'est mis en colère, mais mon régisseur était présent, et il est parti en affirmant que j'étais stupide de résister, que notre relation commençait fort mal et qu'il reviendrait avec le document.

Elle frissonna.

— Plutôt mourir qu'épouser cet homme, me suis-je dit. Il puait !

— Je ne sens pas toujours les fleurs fraîches, intervint timidement Niall.

Il lui toucha la joue.

Magdalaine songea que, ces jours-là, d'agréables senteurs devaient émaner de son corps. Il était propre comme un sou neuf, rasé de près, les cheveux lavés… mais non peignés. Pourquoi ? Elle remarqua alors une déchirure à une manche de sa tunique, comme si on l'avait attaqué avec un couteau, et, sur les phalanges de la main qui avait touché Loveday, la peau était à vif et gonflée.

— Certes, lui retourna Loveday en souriant, et ce n'était pas non plus le cas de mes frères et de mon père. Comme eux, vous sentez le cheval et la sueur honnête.

Elle regarda Magdalaine et sa voix se durcit.

— Le rustre empestait la vieille bière, la vinasse, l'urine et le vomi ! dit-elle en se remettant à frissonner. Je me suis demandé que faire s'il réapparaissait avec l'ordre écrit. D'abord, j'ai pensé lui interdire d'entrer, mais à quoi cela servirait-il ? Le roi enverrait des hommes en nombre pour forcer ma porte. J'ai donc décidé de lui ouvrir et d'examiner le document. S'il était effectivement du roi… j'aurais demandé au régisseur et aux valets de le tuer !

Magdalaine se retint de sourire.

— C'est toujours mieux qu'une vie… brève, j'imagine… auprès de lui. J'espère cependant que vous aviez envisagé un moyen de dissimuler votre acte.

Loveday soupira.

— Nous n'en sommes pas arrivés jusque-là, mais il s'en est fallu de peu. Il est revenu avec un document… qui n'était pas du roi et ne comportait les signatures que de deux témoins. Il n'y avait pas de sceau. C'était une promesse de fiançailles lui cédant tout mon bien sans aucune contrepartie. Elle portait déjà ma signature… lança-t-elle avec mépris. Un X avec ces mots à côté : « pour Loveday d'Otmoor ». Le malotru ignorait même que je sais lire et écrire.

— Ah bon ? s'étonna Magdalaine, car cela était chose tout à fait exceptionnelle chez une femme.

— Oui, père m'a appris après la mort de maman. Il voyageait beaucoup et voulait que je connaisse en détail ce qui concerne l'administration d'un domaine, et, en particulier, que je puisse surveiller le prêtre. Les années précédentes, nous avions été victimes des malhonnêtetés de son prédécesseur. Celui que nous avons aujourd'hui est nouveau, mais c'est un brave homme.

J'ignore de quoi s'était rendu coupable l'ancien prêtre, mais père ne l'avait jamais oublié et il ne voulait pas que je dépende de lui pour rédiger mes lettres. Cela m'aura été très profitable.

— À moi aussi, sourit Magdalaine. Vous saviez donc que le document était un faux et vous en aviez la preuve.

— C'est en ce sens que je lui ai répondu, dit Loveday d'un ton sec, et je l'ai prié de se retirer, mais il s'est moqué de moi et a affirmé que son document suffisait et que je devais être ravie du choix de Waleran car il m'avait donné un homme fort, capable de défendre ma propriété. Tout en parlant, il s'est approché, m'a saisie et a prétendu consommer notre union sur-le-champ, mais je lui ai frappé le nez et il m'a lâchée. Puis je lui ai lancé un banc et j'ai appelé mes domestiques à l'aide. C'est vrai qu'il est fort. Il a renversé mon régisseur et il a fallu trois hommes pour le jeter à terre et le repousser au-delà des grilles.

Niall maugréa.

— Fort ? Il se peut, mais incapable de se battre. Quelques instants m'ont suffi pour l'assommer, et c'est bien parce que vous m'avez crié de ne pas le tuer, Loveday.

Magdalaine ouvrit de grands yeux.

— Vous êtes en train de me dire que tout cela s'est déroulé sous les yeux de Niall ? demanda-t-elle, dans la plus extrême confusion.

— Non, expliqua Loveday en fronçant les sourcils à l'intention de Niall. À cause de vous, mon récit devient incompréhensible. Niall est venu le lendemain du jour où Aimery Saint…

— Aimery ? répéta Magdalaine.

Était-il possible que ce fût le même qui avait essayé de coucher avec elle la veille au soir au *Soft Nest* ? Pourquoi pas ? Ce nom, Aimery, n'était pas rare, mais un Aimery qui, à l'évidence, avait reçu des coups ? La coïncidence était troublante.

— Il a dit s'appeler Aimery Saint-Cyr, mais il ne connaissait pas un mot de français[1]. Peu importe. Tandis que mes serviteurs le traînaient vers la porte, il a hurlé qu'il leur ferait regretter d'être nés et que, avant qu'il en ait fini avec moi, je serais heureuse de l'accueillir par tous les orifices de mon corps, ajoutant que son maître lui fournirait une troupe pour prendre d'assaut le manoir et l'incendier...

— Rustre stupide ! grinça Magdalaine.

— Je ne vous le fais pas dire, approuva Niall, mais comment saviez-vous ?

— Hier soir, il a tenté de me forcer, au *Soft Nest*, expliqua-t-elle, la bouche serrée de dégoût. Vous avez raison, Loveday, il puait ! C'est alors que j'ai ouï son nom et que je me suis aperçue qu'on l'avait battu. Je suppose donc qu'il s'agit du même homme.

Elle secoua la tête.

— C'est sans importance, et je suppose qu'il n'a pas incendié le manoir. Qu'avez-vous fait ?

— Pour être franche, j'étais dans tous mes états, mais je n'avais jamais entendu le nom de ses témoins et j'en ai conclu qu'ils étaient gens de rien. J'ai décidé d'aller plaider ma cause auprès du roi.

— Vous auriez été mieux avisée de chercher de l'aide chez vos voisins, lui reprocha Niall. Le roi n'a pas un instant à lui.

— Vous n'avez donc reçu nulle réponse du roi ? en conclut Magdalaine.

— Je n'ai pas même eu l'occasion d'envoyer ma requête. La nuit commençait à tomber et Niall s'est présenté à la grille le lendemain matin. J'ai failli ne pas lui ouvrir jusqu'au moment où il a crié mon nom. Je l'ai vu et, bien sûr, je l'ai reconnu. Sa sœur lui ressemblait beaucoup, les mêmes cheveux roux et cette peau laiteuse. C'était une douce créature. J'ai été si peinée

1. Rappelons que le français, héritage de la conquête normande (1066), est la langue de la cour, de la noblesse et des gens éduqués. *(N.d.T.)*

d'apprendre sa mort… et celle de mon frère aussi, bien sûr.

Les traits de Loveday parurent soudain vieillir et s'affaisser à l'évocation de ce chagrin. Magdalaine se dit qu'elle n'était pas ce qu'on appelle une beauté, mais elle ne méritait certes pas la description qu'en avait donnée Saint-Cyr, la « mollassonne au teint blafard ». Ses cheveux étaient d'un brun indéterminé, comme ses yeux, mais son regard brillait d'intelligence et elle avait un teint adorable, autant que la forme de sa bouche. Son corps n'était nullement informe, car les seins, hauts et ronds, saillaient sous la robe et sa taille et ses hanches étaient faites comme il sied à une femme.

— Bien sûr, je me suis inquiété de voir la grille fermée et d'être menacé par des hommes brandissant des fourches, expliqua Niall, et c'est alors qu'elle m'a tout raconté. Pour ne rien vous cacher… j'étais embarrassé.

Loveday gloussa.

— Il écumait de rage. Il était si rouge, j'ai cru que sa tête allait s'enflammer.

Elle lui adressa un regard langoureux.

— Mais il n'a pas crié et ne m'a pas frappée.

— Pourquoi aurais-je dû vous frapper, *vous* ? s'étouffa Niall. Je n'avais rien contre vous.

— Certes, soupira Magdalaine. Cependant, il est certains hommes pour qui l'innocence de leur épouse compte moins que l'occasion de passer leur colère sur quelqu'un.

Niall grommela.

— C'est aussi bien que ce Saint-Cyr ait choisi ce moment pour pointer le nez. Le régisseur nous a avertis que quatre hommes armés approchaient et je me suis précipité…

— Sans armes ? s'inquiéta Magdalaine.

— Oh, non ! Il y avait eu tant de récriminations et de mécontentement que je portais ma cotte de mailles sous mon surcot, mon heaume et mon bouclier se trouvaient sur mon cheval. J'étais assez furieux pour les affronter tous les quatre mais je n'ai pas été capitaine de sire Guillaume pendant si longtemps sans apprendre à contenir ma bile. J'ai demandé aux hommes du manoir de prendre de longs bâtons ou des fourches et d'empêcher les compagnons de Saint-Cyr de m'attaquer à revers. Puis j'ai ordonné au régisseur d'ouvrir la grille. Comme je vous l'ai dit, j'aurais pu le couper en deux, mais Loveday m'a crié de ne pas le tuer, aussi me suis-je contenté de le mettre à bas de son cheval d'un coup du plat de mon épée.

— Et les autres ?

— Deux ont décampé dès qu'ils ont vu que Saint-Cyr avait lâché son épée et compris que les hommes avec les fourches ne reculeraient pas. Avec leur fronde, deux de nos jeunes avaient pris pour cible le troisième larron, l'obligeant à repasser la grille. J'ai mis pied à terre, décidé à m'emparer du faux document de fiançailles, et c'est alors que Saint-Cyr a tiré une dague, ce qui m'a obligé à l'assommer à coups de poing, avant de le jeter sur son cheval, en travers de sa selle, et de le mener hors de la propriété.

— Pourquoi diable avez-vous conseillé à Niall de ne pas tuer cet homme ? demanda Magdalaine à Loveday. Désormais, il risque de chercher à se venger et pourrait revenir en force avec l'intention de brûler le manoir et de tuer les domestiques.

— J'avais peur que Niall ne s'attire de graves ennuis, admit-elle. Si cet homme était effectivement venu à Noke sur l'ordre de sire Waleran, comme il l'avait prétendu – et comment, sinon, aurait-il appris mon existence ? –, et que Niall l'avait tué, les hommes qui se sont enfuis en auraient informé leur maître. Qui sait quelle vengeance aurait ourdie Waleran, dépité qu'on ait tué un de ses hommes ?

— Oui, renchérit Niall d'une voix exaspérée, et voilà pourquoi je n'ose mettre Loveday à l'abri chez mon père. Sire Waleran pourrait écraser mon pauvre père comme une punaise. Et il n'est pas question non plus de la confier au seigneur Guillaume. Pour l'heure, il ne doit en aucun cas être mêlé à une querelle impliquant Waleran. En outre, que ferait-il de Loveday ?

Il hésita, avant d'ajouter, dubitatif :

— Pourrait-il demander à la reine de l'héberger ?

— Elle est pupille du roi, après tout, remarqua Magdalaine, mais elle ne paraissait pas convaincue.

Si le roi désirait que la reine prenne Loveday comme dame de compagnie, cela ne se ferait pas en quelques heures.

Magdalaine n'eut pas le temps d'émettre ses doutes.

— Non, dit Loveday. D'après Niall, sire Waleran est si bien en cour auprès du roi qu'il lui suffirait de se plaindre que Niall ait pris ma défense, et je serais menée chez Saint-Cyr.

— Il vous faut donc l'héberger et la protéger jusqu'au jour où nous pourrons apporter publiquement la preuve que cette promesse de fiançailles était un faux.

Magdalaine considéra Niall, éberluée.

— Êtes-vous sérieux ? parvint-elle enfin à dire. Non, vous êtes fou ! Je suis une tenancière de bordel. Il est *impossible* de me confier une jeune fille.

— Et vous êtes aussi la femme la plus honnête que je connaisse, maîtresse Magdalaine, répondit Niall. Si vous dites que Loveday sera protégée chez vous, elle le sera.

— Niall, recouvrez vos esprits ! Je vis dans une maison de plaisir. La nuit dernière, moi-même, j'ai failli être violée par un client ivre. Je ne peux absolument pas garantir la sécurité de Loveday.

— Mais, en fait, vous avez échappé à l'ivrogne, dit Loveday d'un ton posé qui signifiait qu'elle pesait chacun de ses mots. Et vous ne vous attendiez pas à ce que cela arrive, ce qui prouve que d'habitude vous n'êtes pas menacée par ce genre de violences. Autrement dit, quand on vous a agressée, vous vous trouviez dans une pièce commune, pour quelque raison…

— Je raccompagnais un client, tint à préciser Magdalaine qui désirait ne laisser aucun doute sur sa situation.

— Oui, bien sûr…

Loveday parvint à sourire.

— … mais moi, je n'aurais pas à me trouver dans une pièce commune pour cette raison. Et je doute que vos clients envahissent vos appartements privés, même ivres.

Elle réfléchit.

— En fait, ajouta-t-elle, très calme, je crois, maîtresse Magdalaine, que moi aussi je vais me joindre à Niall pour vous demander de m'héberger.

Magdalaine poussa un long soupir d'exaspération.

— Mais enfin, même si vous étiez sauve, votre réputation en pâtirait dès qu'on découvrirait que vous avez habité dans un bordel. Et la clientèle du *Soft Nest* est constituée de gens que vous connaissez… des négociants et de riches yeomen[1].

— Je préfère encore cela plutôt que de tomber sous la coupe de Saint-Cyr.

— Mais on jasera… Et, plus tard, votre mari en aura vent et il risque de s'interroger sur votre vertu, ce qui pourrait conduire à de pénibles malentendus.

— Comment donc ? intervint Niall. Ce sera moi, son mari, et, toute l'affaire étant sous ma responsabilité, pourquoi en viendrais-je à douter ?

— D'ailleurs, qui sera informé que j'habite avec vous ? demanda Loveday. Personne, hormis maître Redding, ne sait que je me trouve à Oxford. Si je me voile de manière à passer inaperçue… Maîtresse Magdalaine, je doute de pouvoir survivre plus longtemps que la cérémonie du mariage si Saint-Cyr met la main sur moi…

— Quant à moi, je dois à tout prix prévenir sire Guillaume de la trahison de ce clerc.

Niall s'agitait.

1. Pluriel de *yeoman*. Dans l'Angleterre médiévale, propriétaire terrien qui jouissait de certains privilèges. *(N.d.T.)*

— Bon sang, Magdalaine, supposez que le but de ce clerc ait été d'impliquer sire Guillaume dans un litige avec le seigneur Waleran ? Il me faut l'avertir, je dois m'en aller, maintenant !

C'était peut-être la véritable raison, songea Magdalaine. Waleran aurait choisi un parti inacceptable pour la jeune fille, persuadé que Loveday le refuserait et, quel que soit l'homme envoyé par Guillaume – n'importe lequel de ses capitaines aurait été plus au goût de celle-ci –, il l'aurait défendue et aurait impliqué ce dernier.

— Très bien, dit-elle. Allez dire à Guillaume ce qui est arrivé et, pour l'amour du ciel, précisez que vous avez laissé une jeune fille innocente au *Soft Nest* et qu'il doit trouver pour elle un autre logement dès que possible.

— Soyez bénie, Magdalaine ! s'exclama Niall.

Il lui appliqua un baiser sonore sur la joue avant de dévaler l'escalier.

— Je ne suis pas si innocente, protesta Loveday en souriant. J'ai passé la moitié de mes journées à choisir le bon cheval pour la bonne jument ou le meilleur taureau pour telle ou telle vache, en outre je devais m'assurer d'en avoir pour mon argent si l'étalon n'appartenait pas à ma ferme, alors j'aurais du mal à ignorer en quoi consiste l'accouplement entre mâle et femelle.

— Certes… et si je vous disais que, moi aussi, j'ai travaillé dans une ferme ?

Magdalaine avait répondu en riant, sans réfléchir, avant de se mordre la lèvre, embarrassée par un tel aveu.

Elle se rattrapa aussitôt.

— Mais c'est un peu différent, quand il ne s'agit plus de chevaux et de juments. J'espère que vous ne serez pas choquée.

Loveday haussa les sourcils.

— J'ai aussi des domestiques et ils ne sont pas toujours irréprochables. Non, je ne serai pas choquée, s'amusa-t-elle, mais saurez-vous expliquer ma soudaine apparition ?

Magdalaine aussi prit la chose à la légère.

— Il se trouve que j'ai une explication. En vérité, je suis à Oxford pour une affaire d'ordre privé et j'ai dû raconter autour de moi que je cherchais une fille pour mon établissement de Southwark... comme si Londres en manquait ! Quoi qu'il en soit, c'est une excuse qui m'arrange. Vous pourriez être cette fille. Je vous appellerai... Maeve. Je crains cependant de devoir être franche avec la tenancière du *Soft Nest*, car elle risquerait de se laisser acheter et déciderait de vous faire travailler...

Loveday accepta aussitôt. Magdalaine ramassa ses achats et indiqua l'escalier à la jeune fille. Par chance, malgré les appréhensions de Magdalaine, l'installation de Loveday dans la maison de plaisir se déroula sans encombre. Maître Redding, qui savait, depuis qu'elle avait cherché refuge chez sa femme, que Loveday risquait d'être mariée de force, offrit sans tarder un voile et un manteau afin qu'elle change d'apparence. Magdalaine fut surprise de tant de bonne volonté puis comprit que l'artisan désirait se débarrasser de Loveday avant que Waleran de Meulan n'apprenne qu'elle était venue lui demander son aide.

Redding envoya même un apprenti pour mener le hongre de Loveday, encore chargé de son panier de voyage, jusqu'à Blue Boar Lane. Magdalaine fit alors appel à Diccon afin qu'il conduise le cheval auprès de sa jument et l'apprenti put s'en retourner à la boutique de maître Redding. Enfin, Magdalaine précéda Loveday vers sa chambre. « Viens dès que tu en auras le temps », marmonna-t-elle au passage à Florete.

Quand elles entrèrent dans le bordel, remarqua Magdalaine, Loveday se raidit devant le spectacle des femmes en chemise et en robe légère qui patientaient dans la grande salle et devant les alcôves du couloir. Cependant, elle se détendit dès qu'elles furent dans la pièce du fond et c'est d'un ton joyeux qu'elle demanda à Magdalaine si elle pouvait l'aider à ranger ses achats. Magdalaine désigna une étagère au-dessus du lit de gauche, sans doute destinée à accueillir la bourse d'un homme ou ses objets de valeur. Loveday y porta le panier et en sortit la longue miche de pain beurrée, enveloppée dans une serviette. Elle eut un cri de surprise en apercevant sur l'étagère un fin parchemin enroulé autour d'une bouteille d'encre fermée et de nombreuses plumes d'oie.

— Est-ce que je…

Elle s'interrompit en découvrant les fraises.

— Où dois-je les mettre ?

Magdalaine regarda et rit.

— Dans votre bouche… et dans la mienne.

Elle indiqua à la jeune fille de les disposer sur la table et elles s'assirent pour leur faire un sort.

Niall fut de retour alors qu'il restait quelques fraises. Il eut juste le temps d'en avaler une ou deux et d'annoncer que Guillaume priait Magdalaine de garder Loveday pour la nuit, ou au moins jusqu'à ce qu'il ait réussi à savoir de quoi il retournait. Niall rassura aussi sa promise : il retournait au manoir de Noke avec dix hommes pour être certain que rien n'arriverait, ni aux bâtiments ni aux domestiques.

Quand elle le raccompagna, Magdalaine s'arrêta près de la table de Florete. Elle lui demanda à louer des draps propres pour le second lit. Puis, devant la perplexité de la tenancière, elle lui offrit une version abrégée des derniers événements – qui était Loveday et pourquoi il lui fallait échapper à un soupirant. Afin de gagner la sympathie de Florete envers Loveday, elle précisa que l'individu qui réclamait la jeune fille était celui que ses hommes avaient expulsé la veille.

— La jolie petite chérie, murmura Florete. Elle n'aura pas à suivre notre voie. Elle a de la terre. Oui, je garderai le secret et je ferai de mon mieux pour la protéger.

Rassurée, Magdalaine regagna la chambre. Elle et Loveday préparèrent le second lit puis Loveday demanda à Magdalaine si elle pouvait utiliser les plumes, l'encre et le parchemin.

— Je vous les remplacerai volontiers ou je vous paierai. Je désire écrire au roi pour m'élever contre cette fausse promesse de fiançailles.

Elle soupira, déterminée.

— Non seulement je lui apprendrai que je suis capable de signer de mon nom et que je n'ai pas besoin d'inscrire un X, mais aussi qu'il était hors de question d'accepter une telle proposition puisque je suis déjà fiancée à Niall d'Arvagh de Murcot.

VI

MARDI 20 JUIN

SOFT NEST, OXFORD

— Mais qui…

Magdalaine n'eut pas le temps d'en dire plus. La porte s'ouvrit à la volée et Guillaume d'Ypres apparut, regardant tour à tour les deux femmes. Puis il examina avec plus d'attention Loveday, s'approchant et tournant autour d'elle, comme s'il avait affaire à une jument, reculant et avançant. Aucun détail ne lui échappa.

— Très bien, décréta-t-il, ce n'est donc pas à cause de votre visage, mais de vos terres. Que valent-elles, ma fille ? Le savez-vous ?

— Au penny près, sire Guillaume, rétorqua-t-elle, tout aussi directe que lui, une lueur d'agacement dans les yeux.

Magdalaine se mordit la lèvre et ferma la porte.

— Eh bien, de quoi s'agit-il, en définitive ? demanda Guillaume.

Loveday le lui apprit, d'une voix dure.

Il secoua la tête.

— Parfait, dit-il, exactement ce qu'il faut à Niall, mais pas de quoi intéresser Waleran. Moi non plus, sauf… qui est ce Saint-Cyr ?

— Je l'ignore. Avant qu'il ne se montre au manoir, je ne le connaissais ni d'Ève ni d'Adam.

— Vous l'avez donc vu, ma fille, bougonna Guillaume. Il menaçait de vous épouser. Vous avez refusé. Pourquoi ?

— Il puait !

Magdalaine dut se retenir de pouffer quand elle vit Guillaume lever les yeux au ciel.

— Elle ne comprend pas ce que tu veux, dit-elle. Loveday, le seigneur Guillaume désire savoir pourquoi Waleran de Meulan prendrait assez d'intérêt à Saint-Cyr pour mettre une riche orpheline dans son lit. Est-il français, cet homme ? Est-ce quelqu'un de haute naissance qui a perdu son bien ? Qu'avez-vous remarqué qui pourrait nous aider à comprendre pourquoi sire Waleran l'a choisi ?

— Il n'est pas français, répondit aussitôt Loveday, sans montrer aucun signe d'irritation.

La curiosité avait pris le dessus, maintenant qu'elle savait ce que cherchait Guillaume.

— Quand j'ai demandé à mon régisseur, en français, d'appeler à la rescousse des domestiques pour le jeter dehors, il n'a pas compris. Est-il un noble déchu ?… Je ne peux affirmer que non, mais je ne le crois pas.

Elle secoua la tête.

— Il y avait quelque chose en lui qui trahissait l'homme de basse condition. Certaines manières ne s'oublient jamais, peu importe qu'on soit ivre ou maltraité par le sort. Son anglais était grossier. Il ne l'a certes pas appris dans un manoir. Et sa façon d'agiter les mains en parlant…

Guillaume hocha soudain la tête, interrompant la description.

— Très bien, c'était donc un rien du tout et Waleran n'a apparemment pas la moindre raison de lui faire un cadeau. Il me faut dès lors prendre en compte l'avertissement de Niall selon lequel les agissements de ce clerc et toute cette maudite affaire auraient pour but de me forcer à contrecarrer Waleran, aussi innocentes que soient ses intentions. Il est hors de question que j'intervienne en personne.

— Mais si Niall se réclame de toi ? demanda Magdalaine. Pourrais-tu porter au roi une lettre de protestation, au nom de Loveday ?

— Protestation contre quoi ? Niall a évoqué une promesse de fiançailles…

— Un faux ! s'écria la jeune fille. Je sais lire et écrire. Je n'aurais pas signé avec un X. En outre, comment pourrais-je accepter de nouvelles fiançailles alors que je suis déjà fiancée ?

— Quoi ? hurla Guillaume. Avec qui ?

— Avec Niall.

C'était la seconde fois que Magdalaine entendait cette affirmation et elle ne la crut pas davantage. Pourtant, elle éprouvait beaucoup de sympathie pour Loveday d'Otmoor. Rares étaient les jeunes femmes, elle comprise, capables de tenir tête à Guillaume d'Ypres comme Loveday l'avait fait. Magdalaine essaya donc de garder une expression neutre qui laissât entendre que la nouvelle était déjà ancienne et avérée.

Cependant, les yeux de Guillaume cillèrent puis il secoua la tête, médusé.

— Non. Niall me l'aurait confié. Femme, à quoi joues-tu ?

Loveday soutint son regard.

— C'est une très longue histoire, qui remonte bien avant la mort de mon père. Maintenant, Niall semble pressé, mais jusqu'ici il estimait qu'il n'était pas nécessaire de divulguer l'annonce de nos fiançailles. Il a patienté plus de quatre ans et nous n'en sommes pas à quelques jours près.

— Mais, quand je lui ai demandé de vous courtiser…

— A-t-il dit ne pas me connaître ?

— Non. Non, pas que je sache. Il a dit « Loveday », puis il a souri, répondit Guillaume qui se mit à rire. J'ai cru que c'était à cause du nom, mais le rusé renard se moquait de moi.

— Il ne se moquait pas, seigneur, corrigea Loveday, souriant elle aussi. Il voulait vous impressionner avec son charme et ses talents. Il se voyait revenir à cheval pour vous annoncer que tout était prêt, alors, vous et vos compagnons auriez admiré son habileté auprès des femmes…

— Pfff ! s'exclama Guillaume. Cette promesse, quand donc en avez-vous décidé ?

— Je ne suis pas très sûre de la date, mais cela a dû se passer il y a environ quatre années. Voilà six ans, ma sœur et le frère de Niall s'étaient mariés. Moins de neuf mois plus tard, ils ont tous deux été tués dans un accident stupide. Au début, nous étions trop choqués et chagrinés pour penser à autre chose que porter le deuil, mais, au bout d'une année, ou peu s'en faut, père s'est rétabli. Il était toujours favorable à une union entre nos familles. C'est en ce sens qu'il a parlé à sire Brian. Il souhaitait renouer les liens en me mariant à Niall. Il leur a fallu un certain temps pour s'entendre. Sire Brian était de plus haute naissance mais mon père pouvait offrir une dot qui n'était pas à négliger. J'ai donné mon accord. À vrai dire, je ne sais même pas si Niall se trouvait dans le comté à cette époque.

— Du moment que vous avez le document…

— Hélas, il n'existe pas. Ce fut un engagement sur l'honneur. Le prêtre était censé rédiger le texte, mais, à une ou deux semaines de l'accord entre nos parents, alors sans doute qu'un messager était à la recherche de Niall, la peste a frappé. Mon père et mes deux autres frères ont trépassé.

Sa voix hésita et des larmes emplirent ses yeux.

— Le prêtre aussi a succombé.

— Cela rend les choses difficiles. Je n'ai que votre parole…

— Sire Brian d'Arvagh s'en souviendra, dès que Niall pourra se rendre à Murcot et lui en parler.

— Je n'en doute pas, convint Guillaume avec beaucoup de solennité, mais les pattes-d'oie de ses yeux montraient qu'il n'en pensait pas moins.

— Je me propose donc d'écrire au roi – de ma main – pour contester cette fausse promesse. J'expliquerai toute l'affaire. Mon régisseur et les autres vieux domestiques témoigneront. Puis-je vous remettre ma missive, seigneur ? Où et quand ? La porterez-vous au roi ?

Il lui lança un regard dur, puis accepta d'un signe de tête.

— Écrivez-la. Demain matin, j'enverrai quelqu'un la prendre.

Il se tourna vers Magdalaine, silencieuse près de la porte.

— Viens avec moi. J'ai à te parler.

Une fois qu'ils eurent quitté la pièce, Guillaume expulsa de son alcôve la première femme qu'il aperçut debout près d'un rideau.

— Dehors, Magdalaine te paiera.

Il poussa alors celle-ci à l'intérieur, puis la rejoignit, la main sur la poignée de sa dague.

— Que se passe-t-il ? s'inquiéta Magdalaine. Ai-je si mal agi en voulant protéger Loveday ?

Pour une fois, Guillaume s'exprima si bas qu'il eût fallu presser l'oreille contre le rideau pour l'entendre.

— À cela, il est trop tôt pour que je réponde, mais toi, tu sais quelque chose que j'ignore à propos de ces fiançailles. Je l'ai vu à l'expression de ton visage, lorsque Loveday a affirmé être promise à Niall.

Magdalaine sourit, sans pouvoir éviter un certain embarras. Elle avait échoué à duper Guillaume. Une fois encore, la franchise de ses manières lui avait fait oublier l'acuité de son esprit… il la connaissait au moins aussi bien qu'elle le connaissait, sinon mieux. Il n'avait jamais cessé de l'observer du coin de l'œil au cours de ces années, toujours dubitatif : quelle confiance pouvait-on accorder à une prostituée ?

— Oh, ça… fit-elle. À mon sens, elle n'est pas plus que moi fiancée à Niall, mais je ne suis pas intervenue parce que c'est sans importance. Elle est décidée à l'avoir et je soupçonne Loveday d'Otmoor de parvenir le plus souvent à ses fins. Tous ses domestiques jureront ce qu'elle leur demandera de jurer – même que le ciel était vert et la lune bleue, si elle l'exige.

Guillaume en convint.

— Et sire Brian ne trouvera rien à redire… à moins qu'il n'ait perdu la raison. D'après Niall, les d'Arvagh sont très démunis. Je vois mal sire Brian ergoter à cause de l'origine de la fiancée ou parce qu'il douterait de cette promesse de fiançailles vieille de quatre ans, alors qu'elle lui apporte des terres aussi riches.

— En outre, c'est une fille digne d'affection. Te souviens-tu de l'homme que tu voulais étrangler, hier soir ?

— Cet ivrogne répugnant !

— C'est l'homme que Waleran destinait à Loveday.

Guillaume la regarda, clignant des yeux.

— Comment le sais-tu ?

— Sire Ferrau – celui qui s'est précipité pour te demander de ne pas le tuer –, au moment où il a ordonné à cet ivrogne de me lâcher, l'a appelé Aimery. Niall dit avoir assommé un certain Saint-Cyr et Loveday affirme que le Saint-Cyr en question lui a dit s'appeler Aimery. Combien y a-t-il d'Aimery au visage tuméfié qui se promènent aujourd'hui en ville ?

— Je comprends. Je demanderai à Giles de vérifier si Waleran a une relation de parenté avec la fille ou désire plutôt s'emparer de ses terres. Elles sont admirablement situées, je l'admets, et il ne me déplairait pas de disposer d'un homme loyal qui tiendrait une position élevée, un peu à l'écart de la grand-route, mais assez près d'Oxford pour me venir en aide si besoin était. C'est pour cela que, très tôt, j'avais envoyé Niall se présenter à la fille. Serait-il possible que Waleran se soit mis à la haïr ? Non. Qui était son père ?

— Joseph d'Otmoor. Un éleveur de moutons qui vendait aussi leur laine. Cela dit, il est mort depuis quatre ans, à peu près.

Guillaume secoua la tête, perplexe.

— Cette histoire confine au ridicule. J'ai beaucoup de mal à croire qu'elle est réelle, mais Niall n'est pas enclin à inventer des batailles et les blessures à l'arme blanche qu'il portait ne sont pas le fruit de son imagination. Toutefois, avant de présenter la requête de Loveday, il me faut savoir si oui ou non Waleran cherche à se venger d'elle. Si tel n'est pas le cas…

Sa bouche eut un pli dur et amer.

— Ce lourdaud malodorant de Saint-Cyr a été choisi à dessein pour m'obliger à intervenir.

Il haussa les épaules et écarta le rideau. Magdalaine se glissa devant lui dans le couloir pour l'inspecter. Il n'y avait personne.

— Sois prudent, Guillaume, lui souffla-t-elle en se retournant.

— Tu n'oublies jamais ta petite recommandation, dit-il en riant. Ce qui me donne l'agréable impression d'être un jeune imbécile.

Il se pencha pour l'embrasser à pleine bouche.

— Te verrai-je ce soir ? s'enquit-elle.

C'est alors qu'une ombre se profila devant l'embrasure de la porte. Guillaume s'avança, la main sur la poignée de son épée, incapable de voir qui se tenait à contre-jour. Mais, déjà, alertés par son rire, ses gardes sortaient de la salle commune. Guillaume se rapprocha de Magdalaine.

— Non, je m'attarderai à la cour, en citant le nom de Saint-Cyr au gré de mes rencontres. J'espère qu'il ne s'agit que d'un malentendu…

Il fit demi-tour pour rejoindre le monde incertain du dehors et franchit la porte d'un pas résolu. Quel que fût celui qui était passé devant celle-ci, il avait eu la présence d'esprit de se réfugier dans la salle commune. Magdalaine, soucieuse, suivit Guillaume du regard. Cette affaire devenait invraisemblable. De grands seigneurs tels que Waleran de Meulan ou Guillaume d'Ypres ne s'affrontaient pas à cause d'une fille, simple propriétaire de quelques fermes et de troupeaux de moutons.

— Je remarque que vous ne manquez pas de compagnie en mon absence, dit une voix pincée, presque dans son oreille.

Magdalaine sursauta.

— Oh, Bell ! Je suis si heureuse de vous voir, dit-elle, n'accordant aucune attention au ton de reproche non plus qu'aux lèvres serrées du chevalier. Il est arrivé des événements insensés. Venez dans ma chambre…

— J'aurais cru que vous sortiez à l'instant de celle-ci.

— D'une alcôve ?

Sa voix s'était faite plus aiguë.

— Emmener Guillaume dans une alcôve ? Êtes-vous fou ? D'ailleurs, cela fait bien dix ans que je n'ai pas couché avec un homme dans une telle chambre.

— La ville est *vraiment* surpeuplée. Si jamais vous succombez au désir…

— Une prostituée ne succombe *jamais* au désir, rétorqua Magdalaine avant de le regarder en face avec un rire. Vous avez failli me duper. Un de ces jours, vous taquinerez la mauvaise personne et vous y perdrez la tête.

Bell ne releva pas.

— Bref, que faisiez-vous avec Guillaume dans cette chambre ?

Son expression n'avait pas varié mais il n'y avait plus trace de moquerie dans ses yeux et dans sa voix. Magdalaine se rendit compte qu'elle avait dit la vérité… mais parce qu'elle s'était trompée. Il l'avait *vraiment* presque dupée. C'est tout juste si elle n'avait pas été convaincue qu'il arrivait à se moquer de sa propre jalousie… et peut-être qu'il y parviendrait, mais il se tenait là, aussi imposant, et désobligeant, qu'à l'accoutumée. Elle refusait d'avoir la mort d'un autre homme, lui moins que quiconque, sur la conscience.

— Cela ne vous regarde en rien, répliqua-t-elle, acerbe, mais je veux bien tout vous raconter, car c'est en rapport avec cette histoire insensée que j'ai évoquée.

Elle s'assura qu'ils étaient seuls dans le couloir et baissa la voix, afin qu'on ne puisse l'entendre derrière les autres rideaux tirés.

— Nous nous trouvions dans cette alcôve, Guillaume et moi, parce que Loveday d'Otmoor occupe ma chambre et Guillaume désirait me parler en toute tranquillité.

— Qui diable est cette Loveday d'Otmoor ?

Magdalaine poussa un soupir exaspéré.

— Dieu merci, vous au moins ne cherchez pas à l'épouser ! Il me semble que chaque homme en ville et hors les murs est dans ce cas.

— Une de vos rivales ? s'amusa Bell.

— Une riche orpheline.

— Ah !

Ses yeux cillèrent et il se rembrunit.

— Une riche orpheline ? Que fait-elle dans un bordel ?

— Maintenant, c'est *vous* qui feriez mieux de me rejoindre dans l'alcôve.

— Ma foi... euh... très volontiers, dit-il en se fendant d'un sourire. Vous m'avez manqué, hier soir.

Magdalaine souleva le rideau et entra dans la pièce. Elle s'assit sur le coffre, contre le mur du fond ; Bell s'installa à ses côtés. Une fois encore, elle soupira.

— Et je vous manquerai pour quelques autres nuits car Loveday dormira dans le deuxième lit de ma chambre.

Elle lui raconta alors la suite des événements, ce qui ne manqua pas de le laisser dubitatif.

— Bien sûr, vous avez raison, dit-il, et j'admets que les détails troublants abondent. Que quelqu'un comme moi, qui n'ai aucun revenu, hormis ce que me donne l'évêque, en vienne à se disputer avec un homme de la même condition, dans le but de s'emparer de ses terres, je l'admets, mais la fille est pupille royale. Personne ne peut songer à l'épouser sans l'autorisation d'Étienne. Il est indubitable que le seigneur Waleran pourrait l'obtenir, ou sire Guillaume – les revenus de la fille ne sont pas assez élevés pour que le roi s'y oppose –, sauf que ni l'un ni l'autre n'en viendrait à un affrontement.

— Guillaume, certes pas, mais il se trouve que Niall est déjà beaucoup trop impliqué. Waleran, c'est possible, par orgueil. Il ne supporte pas que Guillaume l'emporte sur lui, en quelque domaine que ce soit.

Mais Bell n'écoutait plus, attentif à son propre raisonnement.

— Qui était-il, ce clerc ? Il me plairait de le savoir. Vous avez peut-être raison de dire qu'il cherchait d'abord une récompense, tant de Waleran que de Guillaume. Mais, supposez que son intention fût autre ? Un membre de l'Église ne tirerait-il pas avantage d'une querelle violente entre ces deux hommes ? Ne détournerait-elle pas l'attention du roi ?

— Mon Dieu, marmonna Magdalaine. N'allons pas mêler l'Église à cette affaire idiote du mariage de Loveday !

Bell haussa les épaules.

— Il est probable que cela ne la concerne en rien, pourtant, si le clerc avait l'intention de créer un litige entre nos deux seigneurs, l'Église est impliquée.

— Mais pourquoi ?

— Le doyen est fort embarrassé par l'état d'esprit qui règne à la cour. Je sais qu'il a écrit, parmi d'autres, à l'évêque de Salisbury pour le prier de se rendre au conseil du roi. Il craint que son absence ne soit interprétée comme une marque de défiance. Un affrontement entre Meulan et Ypres n'amenuiserait-il pas la portée de l'événement ?

— Pour le roi, il se peut, mais pas aux yeux de tous. Les hommes d'armes parient sur la venue ou l'absence de Salisbury, certains affirmant qu'il ne doit pas se donner des allures de traître, d'autres préférant croire qu'il s'enfermera dans un de ses châteaux, déjà approvisionné et prêt à la guerre, quand Robert de Gloucester débarquera, et peu lui chaut que sa trahison s'étale au grand jour. Il semblerait que personne ne veuille miser un farthing sur la fidélité de Salisbury au roi.

Bell la regarda dans les yeux.

— Pardon ?

Elle répéta ce qu'elle avait appris de Diccon et le chevalier retint son souffle, serrant les lèvres.

— Il me faut donc demeurer à Oxford aujourd'hui et cette nuit, plutôt que de rester confiné à Wytham Abbey avec une bande de moines qui parlent mais ne savent rien. Je visiterai les tavernes et tendrai l'oreille. En outre, un petit moment dans la salle commune de cet établissement ne serait pas inutile.

Il sourit.

— Jamais le devoir et le plaisir n'auront fait si bon ménage.

— Je crains qu'il ne vous faille renoncer au plaisir. Souvenez-vous que Loveday occupe l'autre lit de ma chambre. C'est une jeune fille innocente et vous êtes un amant vigoureux et bruyant… et fort agréable, ma foi.

— Elle apprendra donc quelque chose. Si vous ne m'offrez pas le lit cette nuit, je serai à la rue.

— Oh, je vous l'offrirai. Je voulais juste vous prévenir que nous ne serons pas seuls. Vous êtes parfois si timoré… quand il s'agit des usages… à la campagne.

Il grimaça.

— Est-elle aussi innocente qu'elle le paraît ?

— Je la crois encore pucelle, mais *elle* prétend ne plus rien ignorer après avoir passé quatre années au manoir à s'occuper des bêtes. Venez, que je vous présente.

Bell ne fut pas mécontent de la suivre, cependant, en sortant de l'alcôve, ils furent arrêtés par une femme certes jolie, mais dont le regard ne prêtait pas à sourire.

— Tu me dois de l'argent ! lança-t-elle à Magdalaine. L'homme a dit que tu me paierais pour avoir utilisé ma chambre.

— Bien sûr, répondit Magdalaine. Donnez-lui un penny, je vous en prie, demanda-t-elle au chevalier. Je n'ai pas ma bourse.

Sans poser de questions, Bell fouilla dans la sienne et en tira une pièce d'argent qu'il tendit à la fille, laquelle lui répondit par un beau sourire.

— Je m'appelle Geneva, dit-elle, si votre dame est trop occupée avec le seigneur Guillaume, je serai ravie de vous recevoir.

— Je pense que cela ne sera pas nécessaire, répliqua Bell d'un ton froid.

— Qui sait ? insista la fille en souriant de plus belle. Souvenez-vous, Geneva.

Magdalaine en fut agacée, non pas parce que Geneva avait rappelé à Bell que Guillaume avait la préséance – tant mieux, d'ailleurs, car il avait besoin qu'on lui rafraîchisse la mémoire –, mais parce que les yeux de la fille trahissaient un intérêt qui n'était pas seulement d'ordre financier. Pour qu'un homme plaise à une prostituée, il se devait d'être *très* séduisant. Bell l'était, à son sens, mais Magdalaine n'aurait pas imaginé que d'autres eussent partagé son sentiment. Cela lui fit l'effet d'un bain glacé. Jalouse, *elle* ? La réponse à cette question lui fut épargnée car ils découvrirent Loveday en train de relire le texte à l'écriture serrée qu'elle venait de rédiger. Elle se mordait une lèvre, dans le doute.

— J'espère qu'on ne trouve pas de mensonges trop évidents dans votre missive, lança Magdalaine en haussant les sourcils.

Le regard de la jeune fille vola de la tenancière au chevalier. Elle parut mécontente.

— Ah non, je ne veux pas d'autre prétendant ! s'exclama-t-elle.

Magdalaine rit de bon cœur.

— Allons. Ne vous gâchez pas la vie. Celui-là est à moi… me semble-t-il. Il s'appelle sire Bellamy d'Itchen.

— Et je ne suis pas à la recherche d'une épouse, précisa le chevalier. Étiez-vous vraiment en train de lire ? s'étonna-t-il ensuite.

— Oui, d'autant que c'est moi qui l'ai écrit, répliqua Loveday. Je me plains auprès du roi d'avoir été menacée au moyen d'une fausse promesse de fiançailles, alors que je suis déjà fiancée. Je lui demande de me pardonner pour m'être abstenue de prévenir le clerc qui a fait de moi une pupille royale. Personne ne m'en avait priée, alors, et j'étais si bouleversée par la mort de mon père et de mes frères que je n'y ai point songé. Par la suite, Niall a rejoint sire Guillaume et je n'avais plus un instant à moi, car je devais apprendre à m'occuper d'une ferme, et cela m'est sorti de l'esprit.

— Tout cela est-il exprimé de manière cohérente ? demanda Magdalaine.

Loveday lui tendit les deux feuilles.

— Voyez vous-même. Je devrai vous en acheter d'autres, car j'ai tout utilisé.

Bell s'assit sur le tabouret en face de la jeune femme et lui demanda où se trouvaient ses terres par rapport à Oxford. Magdalaine choisit aussi un tabouret et commença sa lecture. Le texte ne manquait pas de tenue et il était même émouvant quand Loveday rappelait la douleur qui avait été la sienne à la mort des membres de sa famille, et quels moments de confusion et de perplexité elle avait connus quand elle s'était battue pour empêcher la ruine de son bien. Elle remerciait le roi, avec beaucoup d'humilité, d'avoir donné une suite favorable à la requête de l'ami de son père, Reinhart Hardel, le négociant en laine de Londres, qui lui demandait de la reconnaître comme seule héritière et de la prendre sous sa protection. Elle expliquait le choc que cela avait été et la terreur éprouvée en apprenant de la bouche d'Aimery Saint-Cyr qu'il avait l'autorisation de l'épouser. C'est alors qu'elle avait mesuré combien elle avait été négligente en ne prévenant pas le clerc du roi que sa main était déjà promise à sire Niall d'Arvagh de Murcot.

Déjà, Bell se levait quand Magdalaine reposa le document sur la table. Il avait l'intention d'aller leur chercher à manger. Magdalaine lui suggéra d'emmener Diccon et de lui offrir un repas. Le garçon était une mine d'informations et il pourrait sans doute lui dire quelles tavernes fréquentaient les escortes des différents seigneurs. Après son départ, elle se tourna vers Loveday et lui sourit.

— Si je ne savais pas à quoi m'en tenir, je vous aurais crue, dit-elle. Il nous suffira désormais de raconter à Niall qu'il est fiancé depuis au moins quatre années et de nous assurer qu'il aura le loisir de galoper jusqu'à Murcot pour en prévenir son père.

Elles envisagèrent la possibilité de se rendre elles-mêmes à Noke, sous la protection éventuelle de Bell, mais Loveday craignait d'aviver la colère de Saint-Cyr et de ses hommes. Au moment où elle en parlait, Magdalaine eut la vision de Bell essayant de contenir une troupe armée et elle perdit toute envie de quitter la ville.

Quand Bell s'en revint, les deux femmes avaient décidé de se rendre à St Friedesweide pour acheter du parchemin ou tout au moins pour apprendre où s'en procurer – plus de deux feuilles, car des copies étaient nécessaires. À l'époque où Magdalaine tenait une maison à Oxford, l'archidiacre qui lui avait appris à lire et à écrire lui en avait fourni, gratuitement.

Bell fit parler Diccon tant et plus et le garçon eut à peine le temps de manger, et pas la moindre occasion de savoir qui était Loveday – il n'apprit que ce que Magdalaine daigna lui confier : elle avait nom Maeve, elle n'était pas une fille publique mais, pour des raisons personnelles, elle avait accepté de se rendre avec Magdalaine à l'*Old Priory Guesthouse*, à Southwark. Là-bas, elle serait déniaisée par certain client qui avait payé une forte somme pour jouir de ce privilège.

Diccon ne trouva pas là matière à s'étonner. Il savait qu'il est des hommes pour lesquels coucher avec une vierge est un plaisir rare, et ils sont prêts à payer bien plus que le tarif ordinaire. Il n'ignorait pas non plus que la même « vierge » pouvait vendre sa virginité plusieurs fois et que ces « déniaisements » étaient parfois plus coûteux et plus « solennels » que le premier. Quoi qu'il en soit, cela ne le concernait pas et il s'attacha à répondre aux questions de l'ami de maîtresse Magdalaine, d'autant qu'il lui avait promis moult repas et quelques pièces pour le récompenser de sa bonne volonté.

À la fin du repas, alors que le garçon n'avait plus rien à leur apprendre, Magdalaine et Loveday se voilèrent et tout le monde quitta la maison. Les moines de St Friedesweide n'avaient aucun parchemin à vendre, mais le sacristain les envoya chez l'archiviste qui leur parla d'un artisan travaillant le cuir dont la boutique était située près de l'église St Michael, non loin de la porte nord. Cet homme disposait souvent de petites quantités à vendre.

En quittant St Friedesweide, Magdalaine et Loveday ôtèrent leur voile. Magdalaine ne ressemblait en rien à une prostituée et Loveday ne courait donc aucun risque de voir sa réputation compromise. Elle espérait presque rencontrer Saint-Cyr. Il n'oserait pas l'enlever dans la rue et, s'il en était capable… quelque chose lui disait qu'avec Bell, Aimery aurait moins de chances qu'il n'en avait eu avec Niall.

Quant à Magdalaine, la même raison lui commandait de ne pas craindre que sa présence nuise à la réputation de Loveday – accompagnée d'une autre femme et d'un homme fort et armé, il était improbable qu'on l'accoste. Cependant, une fois parvenus au marché aux grains, Bell les quitta rapidement. Dans une rue appelée par certains Market Street, il s'apprêta à pénétrer dans une taverne, *The Broached Barrel*.

— Je ne sais quand je reviendrai, dit-il à Magdalaine.

— Peu importe, répondit-elle, une maison de plaisir est toujours ouverte. Mais ne vous soûlez pas au point de vomir.

Il rit et entra d'un pas décidé. Magdalaine et Loveday continuèrent vers l'église St Michael, dans la direction de la porte nord. La boutique de l'artisan recommandé par l'archiviste se nichait près du mur de l'église. Le maître s'avança avec force courbettes et sourires, prêt à leur montrer des échantillons destinés à des chaussures, des bourses, des ceintures ou des gants, mais il écarquilla les yeux quand Magdalaine lui demanda quels parchemins il tenait en réserve.

Afin de s'épargner une longue discussion sur l'inutilité de ce précieux bien pour une femme, elle prétendit vouloir faire un cadeau à son frère. Le doute s'effaça du visage de l'homme qui leur apporta plusieurs boîtes contenant diverses variétés de parchemin. Il se troubla de nouveau quand les deux femmes se mirent à parler de ce qu'elles voyaient d'une manière un peu trop précise, se permettant même de refuser certains parchemins qu'il conseillait. Cependant, dès qu'à ses yeux brilla l'argent de leurs pièces, il se montra très compréhensif et les achats, roulés et liés, furent placés dans le panier de Magdalaine.

Elles continuèrent sans but, dans le marché, devisant et s'intéressant parfois aux produits exposés. Bien que Magdalaine eût presque dix années de plus que Loveday, les années que celle-ci avait consacrées à administrer son domaine et l'habitude acquise de commander à un grand nombre de domestiques l'avaient mûrie. Elles arrivèrent devant une autre taverne, *The Wheat Sheaf*, et, deux échoppes plus loin, elles trouvèrent la mercerie de Perry Redding. Elles s'arrêtèrent pour regarder les rubans et le fil à broder, Magdalaine, par habitude, afin de voir s'il y avait du nouveau, Loveday avec grand intérêt.

— Est-ce que ce bleu ou ce vert conviendraient à Niall ? demanda-t-elle. À cause de ses cheveux… jamais je n'utiliserais du rouge.

— Le vert est plus proche de la couleur de ses yeux, dit Magdalaine. Vous avez raison, bien sûr, d'éviter le rouge, mais si votre intention est de faire des tuniques bleues ou vertes, des rubans bruns ou ambre pour le cou et les manches, et des broderies dans les bleus et les verts…

— Loveday ! cria un jeune homme en se précipitant depuis l'entrée de la taverne.

Il saisit le bras de la jeune fille.

— Lâchez-la, sire ! intervint Magdalaine qui porta la main à son couteau.

Alors que ses doigts se resserraient sur le manche, elle se rendit compte qu'elles n'avaient pas affaire à Aimery Saint-Cyr, non plus qu'à un de ses amis. Bien qu'un peu plus grand que Loveday, l'homme était très jeune et très élancé. Il avait une abondante chevelure bouclée – dont la propreté laissait à désirer –, de grands yeux marron injectés de sang, une grosse bouche qui trahissait sa colère.

— Oh, Jules, lâchez-moi donc ! cria la jeune fille, exaspérée. Espèce d'idiot, vous me faites mal !

Les doigts de Magdalaine se détendirent. Loveday connaissait le gaillard et ne le craignait pas.

— Où étiez-vous passée ? demanda-t-il d'une voix à la fois exigeante et excitée. Que devenez-vous ? J'ai eu vent d'une histoire horrible à propos d'un homme prétendant que vous étiez sa fiancée, et qui aurait tenté de vous violenter. Quand je pense que vos domestiques ont refusé de m'ouvrir !

— Il aurait été vain de vous laisser entrer, répondit-elle avec calme, puisque vous veniez pour moi, je n'en doute point, et que j'étais absente. On ne vous a pas menti, sauf que cette promesse de fiançailles est un faux. Néanmoins, quand mon beau-frère…

— Quel beau-frère ? hurla Jules.

Alors que Loveday rappelait au jeune homme que son frère aîné s'était marié peu avant de décéder, Magdalaine prit conscience de la présence d'un autre homme, debout à quelques pas derrière Jules. Il détourna les yeux vers Loveday, car tout ce temps, c'est Magdalaine qu'il avait regardée. Sous l'effet de la surprise, il avait gardé la bouche entrouverte, et semblait perplexe. Magdalaine eut un serrement de cœur quand elle reconnut sire Ormerod. Elle se hâta de le rejoindre.

— Elle sait qui je suis et ce que je fais, déclara-t-elle. Le beau-frère dont elle parle est un des capitaines de Guillaume d'Ypres et c'est lui qui a placé cette jeune femme sous ma protection afin de lui éviter d'être enlevée et mariée de force. Du statut de beau-frère, il espère passer bientôt à celui de mari, de sorte que les rumeurs ne sauraient atteindre Loveday.

Ormerod plissa le front.

— L'épouser ? Encore un prétendant ? Jules affirme qu'elle lui est promise.

Magdalaine pouffa.

— Par qui ? À voir comme elle lui parle, j'en doute. Pourtant, vous devriez lui dire qui je suis et le prévenir que Loveday est logée au *Soft Nest* avec moi. Cela va le refroidir aussitôt.

— Je n'en suis pas certain, objecta sire Ormerod avec un rictus. Je le soupçonne de s'intéresser plus aux terres qu'à la demoiselle. Il a été bouleversé d'apprendre que Saint-Cyr détenait une promesse de fiançailles. Il m'a avoué avoir jeté l'argent par les fenêtres, escomptant bien se marier avec elle pour pouvoir rembourser ses dettes.

— Envers vous aussi ? demanda Magdalaine.

Ormerod eut un geste de dédain.

— Elles sont négligeables. Quelques livres. Cela date de l'époque où il s'est rendu au conseil de Westminster pour voir confirmer son titre d'héritier du domaine paternel. Le vieil homme a trépassé au début de l'année. La vie est chère à Londres et Jules s'est trouvé dans la gêne.

Magdalaine eut l'impression que Jules devait une somme bien plus importante que ces quelques livres dont sire Ormerod parlait avec tant d'insouciance. Elle se demanda si, en fait, cette dette n'expliquait pas la présence d'Ormerod à Oxford pendant que le roi y tenait sa cour. C'était l'occasion rêvée de réclamer au souverain les terres de Jules en paiement des créances.

— Si l'on considère qu'il a hérité au début de l'année, la rapidité avec laquelle il s'est ruiné ne manque pas d'étonner, remarqua Magdalaine.

— Son père n'était pas différent.

L'amertume du ton laissa penser à Magdalaine que la dette était peut-être due par le père, mais cela ne la regardait en rien. C'est alors que les récriminations de Jules détournèrent son attention.

— Quoi ? Il a osé vous insulter ? Pourquoi ne pas lui avoir dit que vous m'étiez destinée, à moi, Jules d'Osney ?...

Loveday soupira.

— Enfin, Julcs, parce que ce n'est pas la vérité ! Vous avez demandé ma main mais vous n'ignorez pas que j'ai refusé et que je ne changerai pas d'avis.

— J'estime être un meilleur parti que cet... Aimery Saint-Cyr.

Loveday répondit par un rire.

— Même un bouc grimaçant est un meilleur parti que cet individu, mais vous devez cesser de parler comme si j'allais devenir votre femme, Jules. Enfants, nous étions amis, certes, mais cette époque est révolue. Peut-être que nos parents nous considéraient faits l'un pour l'autre, mais, depuis, mon frère et son épouse sont morts et père à pensé à d'autres arrangements...

— Je n'en crois rien ! Quelle raison aurait-il eue ?

La voix de Loveday se durcit.

— Il n'est pas impossible qu'il ait eu vent de certaines rumeurs à propos de certaines dettes et que cela lui ait déplu. Ou peut-être ai-je souligné que nous étions un peu trop, vous et moi, comme frère et sœur. À l'époque je me refusais à vous épouser et je m'y refuse toujours.

— Absurde ! Bien sûr que vous désirez m'épouser !

Il la regarda secouer la tête, puis, remarquant qu'elle le prenait en pitié, il insista.

— Oh, je comprends, vous dites cela parce que vous vous inquiétez pour moi. C'est inutile. D'ailleurs, vous devriez m'envoyer chercher sur-le-champ si ce rustre se remet à vous harceler. Je vous protégerai.

— Ne dites pas de bêtises ! protesta Loveday d'un ton encore plus ferme. Saint-Cyr est un homme habitué à se battre. Il vous tuera. J'ai assez de protecteurs. N'approchez pas de Saint-Cyr !

Le jeune homme rougit.

— Me prenez-vous pour un freluquet ? Détrompez-vous. J'ai des amis…

Il lança un regard furtif vers Ormerod.

— … qui ont hâte de nous voir mariés et me soutiendront contre les prétentions de Saint-Cyr.

— Jules ! se récria Loveday, mais il était trop tard.

Le jeune homme avait fait volte-face et s'était précipité vers la taverne. Loveday regarda Magdalaine.

— J'espère qu'il ne boira pas à l'excès. Il s'enivre assez vite.

Magdalaine leva les yeux vers Ormerod, qui soupira.

— Je veillerai à ce qu'il ne soit pas imprudent.

Il eut un grand sourire.

— S'il lui arrivait quelque chose et que la couronne héritait de son bien, je ne récupérerais jamais mon argent.

VII

MERCREDI 21 JUIN

SOFT NEST, OXFORD

Leur rencontre avec Jules d'Osney avait ôté aux deux femmes l'envie de se baguenauder encore le long du marché aux grains et elles regagnèrent le *Soft Nest*. Pendant que Magdalaine dessinait des motifs à broder destinés aux rubans achetés la veille, Loveday fit deux copies de sa requête. L'une, espérait-elle, serait présentée au roi par Guillaume ; elle garderait la deuxième et l'original serait confié à Niall, à Noke, afin qu'il sache quelle était la nature précise de sa réclamation.

Elles passèrent la fin de l'après-midi dans ce qui restait de l'arrière-cour, brodant patiemment les motifs créés par Magdalaine. Quand la lumière commença à décroître, elles emportèrent à l'intérieur leurs tabourets et admirèrent leur travail.

Diccon leur servit le repas du soir. Il leur apprit qu'il avait eu l'occasion, lors d'une course, de voir, au *Wheat Sheaf*, Bell en grande conversation avec des sires dont le vêtement était plus riche que celui des hommes d'armes.

— Soûl ? demanda Magdalaine.

Le garçon haussa les épaules.

— Il avait le visage rouge, mais ses yeux… non, pas soûl. Pas encore, du moins. Il est censé revenir ici plus tard. Est-ce qu'il devient violent, quand il a bu ?

— Pas avec moi, en tout cas, répondit Magdalaine en souriant. Mais je ne jurerais pas de sa réaction si un homme lui cherchait noise. Fais en sorte qu'il regagne la pièce du fond le plus tôt possible.

— Sire Bellamy dormira ici ? s'enquit Loveday.

— Il n'a pas d'autre endroit où aller. Ne vous inquiétez pas. Ivre ou pas, il ne vous dérangera point.

C'était la vérité. Il ne sembla même pas se souvenir que Loveday occupait l'autre lit – elle s'y était allongée peu après la tombée de la nuit, en bâillant à se décrocher la mâchoire, car elle était habituée aux rythmes de la campagne. Magdalaine, qui brodait tranquillement à la lumière des chandelles, activité dont elle était coutumière à l'*Old Priory Guesthouse*, était encore debout pour l'accueillir. Il n'était pas ivre, non, mais il avait assez bu et elle dut l'aider à défaire ses boucles et ses courroies. Cependant, il ne rit ni ne se moqua de sa propre maladresse comme il en avait l'habitude quand elle l'aidait. Il semblait de méchante humeur et c'est presque sans dire un mot qu'il se coucha.

Magdalaine espérait qu'il serait endormi quand elle aurait fini sa tâche et se dévêtirait, mais il la prit dans ses bras dès qu'elle se glissa sous la couverture et la serra fort.

— Les nouvelles ne sont pas bonnes ? susurra-t-elle.

Il ne répondit pas tout de suite.

— Vous m'avez assez dit que les prostituées n'aiment pas la fornication, le plus souvent. C'est la même chose pour les soldats. Ils détestent la guerre.

Il l'embrassa avant qu'elle ne puisse poser une autre question, puis commença à lui caresser le corps, s'attardant sur les seins. Magdalaine se donna à lui en jouant d'abord de son expérience car, une fois n'est pas coutume, ses soucis avaient pris le dessus sur le besoin de contenter la chair. Bell était dans les mêmes dispositions, soit parce qu'il s'était souvenu de la présence de Loveday, soit parce qu'il était trop abattu – il ne fut pas aussi vigoureux qu'à l'ordinaire et se retint de toute manifestation bruyante. Cependant, ils succombèrent à leur passion et, quand les vagues du plaisir se furent retirées, chacun se sentit rasséréné.

Détendu, Bell bâilla et murmura quelques explications.

— Je dois aller chez le doyen demain à l'aube. Il se pourrait même que je sois forcé de galoper jusqu'à Winchester pour m'entretenir avec l'évêque.

Soudain, il fut pris d'un petit rire.

— « Racontez tout à Magdalaine et vous vous en trouverez mieux[1] », dit-il, au souvenir d'une maxime d'Ella.

Il narra alors dans le détail ce qu'il avait glané au cours de ses conversations avec divers capitaines au service de Warenne, Chester, Alain de Bretagne et autres seigneurs.

— Je ne sais si nous en aurons le temps, conclut-il, mais il faudrait prévenir Salisbury de ne pas faire entrer trop de ses hommes dans la ville.

— Trop de ses hommes ? Sera-t-il plus en sécurité s'ils sont moins nombreux à le défendre ?

— Ne m'avez-vous pas entendu ? Personne ne s'attaquera frontalement à l'évêque. C'est inimaginable, même pour Waleran de Meulan. Mais on se servira de la présence de ses troupes pour donner l'impression que Salisbury a offensé le roi. Quelque chose se prépare – mais quoi, c'est ce que je n'ai pu découvrir, car les hommes auxquels je me suis adressé l'ignoraient, selon moi. La paix sera rompue, d'une manière ou d'une autre, et Salisbury en sera blâmé. S'il ne dispose pas dans la ville de plus d'hommes que ceux de sa garde habituelle, ils ne pourront créer des troubles et il ne sera pas accusé.

— Peut-être serait-il préférable qu'il invoque la maladie – il n'est plus tout jeune, après tout – et ne vienne pas.

1. Voir *Le Diable à demeure, op. cit. (N.d.T.)*

— Auquel cas, j'ai peur que le roi ne lui envoie un « visiteur » fort inquiet de sa santé… et soucieux d'inspecter ses donjons.

— Guillaume… murmura Magdalaine.

Bell se raidit et s'écarta d'elle.

— Vous me l'avez répété à satiété… Je ne serai jamais votre seul amant, mais j'aimerais que vous ne vous languissiez pas d'un autre entre mes bras.

— Ne soyez pas stupide ! rétorqua Magdalaine. J'entendais par là que Guillaume serait chargé d'aller trouver Salisbury, soit pour l'extraire de son donjon, soit pour en évaluer l'état et les approvisionnements. Puis-je le mettre au courant de ce que vous avez appris ? Ses hommes campent hors les murs, mais il lui serait possible d'en envoyer certains surveiller le marché et, qui sait, s'attabler dans les tavernes pour prévenir des incidents…

Un silence prolongé s'ensuivit. Bell finit par soupirer et attira vers lui Magdalaine, afin qu'elle pose la tête sur son épaule.

— Vous pouvez lui en parler, bien sûr, quoique je ne pense pas…

Il ne termina pas sa phrase et ne dit plus rien. La bière, la fatigue consécutive à leurs moments d'amour avaient eu raison de lui.

Bell était parti quand Magdalaine s'éveilla. Loveday, levée avec l'aurore, comme il seyait à la maîtresse d'un manoir bien tenu, dit à Magdalaine qu'elle était en train de déjeuner quand le chevalier était sorti du lit. Elle lui avait proposé de la bière et du pain, dont ils étaient dorénavant abondamment fournis, et il avait accepté.

— Il nous rapportera, ou nous fera parvenir, s'il doit se rendre à Winchester, des nouvelles de Noke.

Magdalaine sourit en secouant la tête.

— Vous êtes une femme selon mon cœur. Vous savez comment parler aux hommes, dit-elle. Mais quel stratagème avez-vous employé avec lui, qui connaît un peu les femmes, pour le transformer en messager ?

Loveday lui retourna son sourire et expliqua que, par politesse, elle s'était enquise de sa destination. Bien sûr, apprenant qu'il se rendait à Wytham, il lui était venu à l'esprit qu'il passerait non loin du chemin de Noke. Elle haussa les épaules. Puisqu'il savait déjà tout de l'histoire, elle lui avait expliqué que Niall gardait le manoir et qu'elle était morte d'angoisse. Qu'était-il donc arrivé, là-bas ? En outre, Niall devait être informé de sa requête.

— C'est un homme affable, et très gentil, ajouta Loveday. Il m'a spontanément offert de faire le détour par Noke et de remettre l'original à Niall. Je n'ai rien demandé d'autre à sire Bellamy. Je ne doute pas que Niall comprendra qu'il faut envoyer la missive à Murcot, chez son père, ou la porter lui-même.

Tout en s'amusant de la détermination de Loveday – et de son art de manœuvrer autrui –, Magdalaine se sentit soulagée. Le problème de la jeune fille était devenu secondaire – elle s'inquiétait d'abord du sort réservé à Salisbury. *Fais confiance à Loveday*, se dit-elle, *mais n'oublie pas quels desseins elle poursuit.* C'est avec un grand sourire qu'elle sortit et se rendit aux latrines.

En chemin, elle rencontra Diccon et lui demanda de lui apporter de l'eau pour sa toilette. Une fois habillée, Loveday et elle discutèrent de l'emploi de cette longue journée qui les attendait. Toutes deux avaient l'habitude de s'affairer mais, avant que leur oisiveté forcée les eût poussées dehors, malgré la peur d'être reconnues, comme la veille, Diccon réapparut.

— Un homme veut vous voir, maîtresse Magdalaine. Il dit vous avoir déjà rencontrée. Il est désolé de vous importuner de si bon matin, mais il a une faveur à vous demander.

— Il n'a pas donné son nom ?

— Non, il pense être connu de Florete. Il est déjà venu.

— Très bien, qu'il entre. Loveday, mieux vaudrait retourner dans le lit et tirer les rideaux. Trop de gens vous connaissent par ici.

La jeune fille fit disparaître de la table tout ce qui aurait pu indiquer la venue d'un convive, et se dissimula derrière les rideaux de son lit. Diccon ouvrit après avoir gratté à la porte. Magdalaine ne fut pas peu surprise de découvrir sire Ferrau.

— Messire ? demanda-t-elle.

— Puis-je entrer ?

Comme Magdalaine hésitait, il ajouta ces mots :

— Je promets que vous n'aurez à souffrir aucune offense.

Magdalaine hocha la tête.

— Eh bien, soit.

Il ferma derrière lui, s'éclaircit la gorge, mal à l'aise.

— La raison de ma venue n'est pas des plus plaisantes, avoua-t-il. Je suis sûr que vous n'avez pas oublié ce rustre stupide que le seigneur Guillaume a failli étrangler ?

— Oh, que nenni !

— Il s'est pris de querelle avec un des hommes de Guillaume d'Ypres, le matin du jour où il vous a insultée, et il a reçu une sévère correction, ce qui expliquait les contusions sur son visage. Il prétend maintenant que, pendant qu'il était inconscient, l'homme de sire Guillaume a coupé sa bourse.

— Un des hommes de Guillaume a coupé la bourse d'un soldat de Waleran de Meulan ? répéta Magdalaine, ébahie.

Elle secoua la tête, incrédule.

— Pardonnez-moi, dit-elle, mais qu'aurait donc eu un tel homme dans sa bourse qui valût qu'on la lui dérobât ? Cela me paraît très improbable, à moins… à moins qu'elle ne contînt certain objet particulier ?

Ferrau émit un long soupir.

— Il s'y trouvait une grosse somme d'argent. À l'entendre, Saint-Cyr a été dépouillé d'une livre en argent, ou peu s'en faut, et si grande est sa colère qu'il a l'intention d'en appeler au seigneur Waleran. Il affirme qu'un homme l'a accompagné dans le manoir et qu'il est prêt à témoigner de la véracité de ses dires.

— Mais en quoi cela me concerne-t-il ? Ou vous-même ?

Il se remit à soupirer.

— C'est bien ma chance d'avoir croisé cet individu dans la rue et de l'avoir invité céans… Vous vous souvenez dans quelles circonstances il en fut expulsé. Il semblerait qu'après avoir recouvré ses esprits, il était assez perplexe et ce ne serait qu'hier, tard dans l'après-midi, que la mémoire lui serait revenue. Il s'est rendu chez le comte Alain de Bretagne, insistant à grands cris pour que je l'accompagne chez le seigneur Waleran et témoigne du moment où il s'était rendu compte de la disparition de sa bourse, et dans quelles circonstances. J'ai préféré l'emmener au *Lively Hop* pour tenter de le calmer. Il en est ressorti rasséréné, mais, de retour à mon logis, j'ai découvert que mon seigneur, le comte Alain, était au courant de l'affaire.

— J'espère que vous avez laissé entendre à cet idiot de Saint-Cyr que le seigneur Waleran se moque bien de ce qu'il est advenu de la bourse d'un vulgaire homme d'armes ?

— Certes, mais qu'en sera-t-il si l'on soupçonne un homme de Guillaume d'Ypres d'être l'auteur du larcin ? fit remarquer sire Ferrau avec pertinence.

— Je vois, admit Magdalaine à contrecœur.

Ferrau hocha la tête.

— Les tensions sont si vives… Je ne vous importunerai pas en vous en expliquant les raisons – je ne doute pas que cela vous indiffère –, mais le seigneur Waleran et le seigneur Guillaume sont déjà à couteaux tirés, quant à lui le comte Alain s'est fait un point d'honneur de garantir la bonne tenue du conseil royal. Bien qu'il sache que je ne suis en rien responsable de cet incident, il m'a enjoint de retrouver cette bourse afin d'éviter un autre motif de colère et de ressentiment, aussi insignifiant soit-il.

— Votre mission est d'importance, acquiesça Magdalaine, mais je ne comprends pas pourquoi c'est à moi que vous vous adressez.

Elle écarquilla les yeux.

— Vous ne me suspectez quand même pas de receler des objets volés ?

— Seigneur, certes non ! La femme de sire Guillaume n'en aurait nul besoin… Non, c'est de vos bons offices qu'aimerait profiter le comte Alain. En réalité, il ne sait rien de vous, mais il m'a demandé d'être discret. Voyez-vous, rencontrer le seigneur Guillaume tête à tête… cela s'avérerait pour moi… enfin…

— Je comprends mieux !

Magdalaine décocha à son visiteur son sourire le plus innocent – et elle s'y entendait.

— Vous désirez que j'intercède auprès de sire Guillaume afin qu'il ordonne à son homme de rendre la bourse. Oui, mais de qui s'agit-il ?

— Mieux vaudrait ne pas impliquer le seigneur Guillaume, rectifia sire Ferrau. Non plus que ma personne ou celle du comte Alain. Saint-Cyr dit que l'homme était Niall d'Arvagh. J'espère qu'il vous est connu, et que vous parviendrez à lui faire comprendre l'ampleur du discrédit qui sera le sien si le seigneur Guillaume a vent de ce qui s'est passé. D'ailleurs, il déplairait au comte Alain que Guillaume ou Waleran soient mis au courant.

— Je suppose donc que vous ne désirez pas que Niall d'Arvagh vous rapporte l'argent… à condition qu'il l'ait et désire le rendre.

— Non, pas à moi. Il refuserait d'admettre devant un chevalier qu'il a coupé la bourse d'un homme. Il serait encore moins enclin à la rendre. Qu'il vous la remettre, à vous.

— Je pense pouvoir retrouver Niall d'Arvagh – ce nom n'est pas si commun –, mais je crains que, s'il a pris la bourse pour s'emparer de l'argent, elle soit vide à l'heure présente.

Sire Ferrau la regarda, un peu trop longtemps. Il acquiesça enfin d'un signe de tête.

— J'estime aussi que l'argent aura disparu et j'ignore quelle sera la réaction du comte. Peut-être le remplacera-t-il pour apaiser Saint-Cyr – l'argent n'est rien pour lui. Je pourrai m'en laver les mains. Dieu sait que j'eusse préféré ne jamais croiser ce Saint-Cyr ou m'apitoyer sur lui à cause de sa querelle. Il n'en reste pas moins vrai qu'il ignorait que sa bourse avait disparu avant de devoir payer madame Florete – j'ai été alors estomaqué par le prix de la ribaude…

Il se mordit la lèvre.

— Pardonnez-moi.

— Inutile. Une ribaude, c'est ce que je suis, dit Magdalaine avec un fin sourire. Mais rares à mon avis sont ceux qui pourraient accepter mes tarifs.

Elle fronça les sourcils.

— J'agirai au mieux. Il est certain qu'il me déplairait que cette affaire nuise à Guillaume et je connais nombre de ses capitaines. Je passerai le mot. On saura qu'une bourse a « disparu ». Et si jamais elle me revient…

Ferrau haussa les épaules.

— Gardez-la, ou, si l'argent n'y est plus, confiez-la à Florete. J'ai du mal à imaginer qu'elle contiendrait quoi que ce soit d'intéressant pour quiconque. Je reviendrai ce soir et demain. J'ignore s'il est possible de convaincre Saint-Cyr de patienter plus longtemps.

— Si le comte veut bien lui avancer quelques pennies, dit Magdalaine, Saint-Cyr, une fois ivre, oubliera l'affront et ne sera certes pas en état d'aller se plaindre auprès du seigneur Waleran.

Sire Ferrau se mit à rire.

— Suggestion fort sensée. Félicitations.

Il hésita, avant d'ajouter d'une voix timide, comme s'il craignait de l'offenser :

— Puisque mon maître me sera reconnaissant d'avoir réglé ce problème en douceur, si vous nous aidez vous recevrez plus que de simples remerciements.

Bien qu'elle ne trahît rien de ses pensées, Magdalaine trouva la promesse plaisante. Il était évident que Ferrau s'interrogeait sur sa véritable position. Si Guillaume était son seul bienfaiteur, et qu'elle n'était en rien son épouse, la protection sans faille qu'il lui accordait impliquait de la considérer presque comme une dame et de la traiter en conséquence. Pourtant, elle habitait dans un bordel et non dans des appartements privés. Dès lors, à supposer qu'elle ne fût que la favorite parmi d'autres prostituées, elle s'attendait à être payée pour tout service rendu.

— J'essaierai, dit Magdalaine avec un calme absolu, car elle n'avait pas l'intention d'éclairer sa lanterne.

Ce disant, elle avait gagné la porte. Elle ouvrit. Sire Ferrau la salua et s'en fut. Magdalaine referma. Elle entendit un petit bruit et, d'un signe de tête, demanda à Loveday de ne pas quitter sa cachette. Quelques instants plus tard, elle ouvrit, comme si elle désirait sortir. Le couloir était vide. Il n'y avait personne devant la table de Florete et la porte de devant était fermée. Elle guetta encore un moment, puis referma.

Loveday repoussa les rideaux du lit, un pli mauvais à la bouche.

— Pourquoi avoir répondu comme si Niall était susceptible de voler l'argent de ce triste sire ?

— Chut ! Je voulais savoir si Ferrau était au courant de la fausse promesse qui se trouvait aussi dans la bourse.

— Et alors ?

Magdalaine soupira.

— Non… Rien sur son visage ou dans sa réaction ne l'a trahi. En outre, sa volonté de confier la bourse à Florete implique qu'il est persuadé qu'elle n'aura aucune valeur sans l'argent qui s'y trouvait. Contenait-elle vraiment une livre en argent ?

— Qu'en sais-je ? J'étais morte de peur. Je tremblais. Je ne me souviens même pas d'avoir reçu la bourse des mains de Niall, mais je n'ai pas regardé à l'intérieur. Une seule idée m'habitait : fuir avant que ce monstre revienne avec une troupe, tue Niall, me viole ou m'assassine. Je l'ai jetée… où donc l'ai-je jetée ?

Elle se tordit les mains, qui tremblaient sous l'effet du souvenir.

— Oui, je l'ai jetée dans le coffre quand j'ai pris de l'argent pour venir à Oxford.

— Elle est donc plutôt en lieu sûr.

Pourtant, Magdalaine continuait à regarder dans le vide.

— Ce document, dit-elle enfin, vous l'avez de vos yeux vu, n'est-ce pas ?

— Oui. Saint-Cyr me l'a montré la seconde fois qu'il est venu, quand il a tenté de me violenter. Pourquoi ?

— Je me demandais simplement qui l'avait légalisé.

Elle haussa les sourcils.

— Est-il possible que le comte Alain, cette âme si grande, si pieuse et si honnête, ait apposé son sceau et signé…

— Il n'y avait pas le moindre sceau ! Je l'ai remarqué car je cherchais celui du roi. Mais pourquoi, bonté divine, le comte Alain légaliserait-il mes fiançailles ? Je ne le connais pas et je suis prête à jurer que mon père ne l'a jamais rencontré.

Magdalaine fit la moue.

— Il ne serait pas le premier grand personnage à donner son sceau et sa signature contre argent. Saint-Cyr n'aurait-il pas apporté au comte une livre en argent dans ce but ? C'est vrai, il n'y avait pas de sceau, m'avez-vous dit. Il se peut que le rustre n'ait pas eu le temps de payer pour l'obtenir et qu'il ait cru vous posséder en couchant avec vous, ce qui lui aurait évité une dépense. Qui étaient les témoins ?

Loveday secoua la tête, l'air navré.

— Je ne m'en souviens plus. Je ne connaissais pas leurs noms et ne m'y suis pas attardée. J'ai lu le passage dans lequel il était notifié que je remettais à mon futur époux mes biens, dans leur totalité, y compris mes domestiques, et que je ne faisais l'objet d'aucune disposition. Découvrant l'absence du sceau royal, je lui ai jeté le document à la figure en refusant de signer. Il a ri et a prétendu que tout était déjà arrangé, que j'avais déjà signé.

— Bon, peu importe, dit Magdalaine. Ce sera juste une histoire qui amusera Guillaume. Il a en horreur ces gens dont les manières sont celles de la cour de France, qui viennent fourrer leur nez dans ses affaires. S'il apprend qu'Alain vend son sceau et sa signature… oh, je sais ! Quand Niall rapportera la bourse pour qu'on la remette à Saint-Cyr, il pourra aussi y joindre le faux et je vérifierai les noms des témoins avant que nous ne le détruisions.

— Allons-nous également rendre l'argent ? Une livre !

— Loveday ! s'exclama Magdalaine, choquée, les lèvres tremblantes. Avez-vous l'intention de voler cet homme ?

— Où un malappris comme Saint-Cyr a-t-il pu trouver une telle somme en argent ? Et qui sait à quoi il la destinait ? Acheter une demande de sceau royal pour me contraindre ?

Elle grimaça de colère.

— Il nous faudra la restituer, sinon, il prétendra que Niall l'a volée. Mais comment prévenir Niall de rapporter la bourse et le document ?

— Je demanderai à Florete de m'avertir si un des hommes de Guillaume s'arrête chez elle. Il pourra trouver un messager, à moins que Florete n'y pourvoie. Je suis convaincue que nous ne devons pas nous rendre à Noke. En réalité, je n'ai nulle envie de sortir aujourd'hui, pas même jusqu'au marché. À Oxford, moins on nous verra ensemble, ou séparément, mieux nous nous en porterons.

Bien que Magdalaine se rendît compte que Loveday n'était pas enchantée de sa décision, la jeune fille reconnut qu'elle était raisonnable et elle acquiesça. Elles passèrent la matinée à broder et eurent la compagnie de Diccon lors du repas – il n'avait pas grand-chose de nouveau à leur apprendre. Vers le début de l'après-midi, aucun des hommes de Guillaume ne s'était montré et Magdalaine s'apprêtait à quitter la chambre pour demander à Florete de lui trouver un messager quand Bell devança son intention. Il s'annonça derrière la porte et entra sans attendre de réponse. Ce manque d'égards fit battre le cœur de Magdalaine – il venait de lui donner une marque de confiance, dont il n'était pas même conscient. S'il craignait encore de la voir se prostituer, il ne se serait jamais permis d'entrer en prenant le risque de la trouver avec un homme.

Magdalaine ne tarda pas à comprendre qu'elle se racontait des bêtises. Il était évident qu'il s'était renseigné auprès de Florete. Elle tempéra donc la chaleur de son accueil, et estima que c'était aussi bien. Une joie trop apparente l'aurait rendu soupçonneux, d'autant qu'il n'était pas vraiment d'une humeur excellente. Il venait d'être trempé jusqu'aux os et le doyen n'avait pas estimé que les rumeurs rapportées par Bell en sortant des tavernes justifiaient qu'il se rende à Winchester.

Il leur dit sa manière de penser à ce sujet, tout en se débarrassant de son manteau humide et en s'essuyant le visage et les cheveux avec une serviette donnée par Magdalaine. Il s'assit pour se déchausser, et termina sa diatribe par ces mots :

— À l'entendre, une lettre suffira à l'évêque pour prendre la mesure des rumeurs. Mais comment une lettre pourrait-elle décrire la fébrilité à peine contenue ou l'inquiétude des uns et des autres ? Certes, j'ai rédigé un mot, néanmoins, je précise à Winchester qu'il comprendrait mieux de vive voix.

— Sans doute, admit Magdalaine, mais à quoi bon ? Salisbury sera en ville demain s'il ne veut pas qu'on jase sur ses atermoiements. Et si Winchester écrivait à Salisbury, sa lettre ne lui parviendrait jamais à temps.

— C'est certain, approuva Loveday. Il y a près de vingt lieues d'ici à Winchester et cela vous prendrait une journée entière, si vous changiez de chevaux – une journée et demie sinon. Salisbury aura quitté Malmesbury avant que vous ne soyez à Winchester. Et si l'évêque de Winchester envoie sa lettre ici, à Salisbury…

— Ce ne serait pas judicieux, remarqua Magdalaine d'un ton égal. Et, à supposer que vous parliez à Winchester et qu'il mesure autant que vous la gravité de la situation, il lui faudrait encore deux ou trois jours avant d'être là. Pour ne rien arranger, il serait peut-être plus dangereux pour lui de se déplacer que d'envoyer un messager. L'évêque est un homme honorable et sensé, mais si vous considérez l'animosité qui règne entre lui et le roi…

— Oh, Dieu ! soupira le chevalier. Il est évident qu'il défendra Salisbury, au risque de tomber lui-même dans le piège.

— En revanche, s'il demeure à Winchester, tout en étant au fait des événements et de ce qui se dit parmi les participants du conseil, n'aura-t-il pas la possibilité d'arranger les choses ou d'apaiser les esprits ?

— Si le roi pouvait en être convaincu…

Bell hocha la tête et Magdalaine devina qu'il se détendait.

— Le conseil du doyen de rester sur place pour observer n'était donc point aussi sot que je l'aurais cru. Oui, il a vu juste.

Il se mit brusquement à rire.

— « Racontez tout à Magdalaine et vous vous en trouverez mieux », dit-il une fois encore en riant de plus belle. Oui, la vérité sort de la bouche des enfants.

— Avez-vous un enfant, Magdalaine ? demanda Loveday.

Ce fut au tour de Magdalaine de rire.

— D'une certaine façon, oui. Une des filles qui travaillent dans ma maison est… simplette. Non pas qu'elle ait le visage trop rond, les yeux étroits et la lèvre qui bave… Si elle était normale à sa naissance, comme vous et moi, il est possible que son esprit ait cessé de se développer à la suite d'un accident ou d'une maladie. Elle est comme une enfant de cinq ans – Magdalaine se fendit d'un grand sourire –, sauf qu'elle adore copuler. Elle y met autant de vigueur et de passion que certains hommes à s'enivrer.

Bell secoua la tête pour manifester son incrédulité.

— À toute heure du jour ou de la nuit, avec n'importe qui. Mais, un jour où je me sentais plutôt malheureux – sa voix devint légèrement heurtée au souvenir du meunier fou dont il avait dû trancher la gorge –, elle m'a conseillé d'en parler à Magdalaine, m'assurant qu'après je me sentirais mieux.

Loveday sourit, puis soupira en se tournant vers Magdalaine.

— Je regrette d'avoir un nouveau problème à vous soumettre. Je viens à peine de me souvenir qu'il est impossible de dépêcher un messager pour demander à Niall de restituer la bourse. Il ne pourra la sortir du coffre, car la clef est en ma possession.

— Quelle bourse ? s'étonna Bell.

Une fois qu'on lui eut expliqué les tenants et les aboutissants de l'affaire, il regarda par la fenêtre et déclara :

— J'irai, mais pas maintenant. Il ferait nuit avant que je ne sois arrivé, et – il jeta un coup d'œil vers Magdalaine et sourit – je préfère un lit douillet à une paillasse sur le sol du manoir de Noke. L'heure à laquelle vous récupérerez le document n'est d'ailleurs pas si importante, Niall ne peut venir ici de nuit. Si vous avez confiance en moi, je prendrai la clef et, en fonction de la situation à Noke, l'un de nous deux rapportera la bourse et le document.

— Merci, dit Loveday, souriante.

Très, très bien joué, pensa Magdalaine, cynique. Elle était à peu près certaine que Loveday s'était souvenue de la clef plus tôt, quand elles avaient évoqué pour la première fois l'envoi d'un messager, mais elle avait attendu pour en parler d'avoir sous la main quelqu'un en qui elle avait confiance, et assez distrait par une autre femme pour accepter l'idée de son mariage sans se soucier de ce qu'on trouverait dans son coffre. Magdalaine en vint alors à se demander ce que contenait en réalité celui-ci, quelle était l'importance des sommes prélevées en secret sur les dons très substantiels du roi et si le mariage de Niall ne constituait pas une affaire encore plus fructueuse qu'il ne le croyait.

Le plaisir que lui procura cette perspective fut de courte durée. Si Niall n'avait plus besoin de rester au service de Guillaume, ne le quitterait-il pas ? Guillaume n'y perdrait-il pas un capitaine loyal, intelligent, vaillant, alors qu'il traversait une passe critique ? Magdalaine se remémora avec quelle ardeur Niall évoquait la politique et la guerre, quel feu émanait de son visage alors, et comme il savait se montrer un franc et chaleureux compagnon avec les autres capitaines. Elle regarda Loveday, très consciente du soin qu'elle apportait à ses propres affaires, de sa dévotion au manoir.

Non, décida-t-elle, Niall demeurerait fidèle à Guillaume tant que l'ivresse de l'action propre aux périodes troublées et la présence de ses amis pèseraient plus lourd dans le plateau de la balance. Loveday n'était d'ailleurs pas de ces femmes à gémir et à se plaindre de la solitude et de l'absence d'un homme qui aurait administré leurs affaires à leur place.

Afin que Bell ne se rendît pas compte qu'il avait été mené par le bout du nez et, aussi, pour dissimuler son sourire, Magdalaine se leva et se dirigea vers les étagères sur lesquelles elle avait rangé quelques-uns de ses achats. Elle ramena du vin et trois coupes, puis un tissu épais qu'elle déroula, révélant un autre tissu, un jeu d'échecs, et quatre séries de ronds en bois poli. Sur le second tissu, on avait tracé des cases sombres ou claires permettant de jouer aux échecs, l'autre face était occupée par les carrés du jeu des mérelles[1].

Ces dérivatifs à l'ennui et aux soucis furent accueillis avec enthousiasme et, comme il était possible de jouer à trois, ce qui rendait les parties plus difficiles et plus intéressantes, on choisit les mérelles. Tandis que Magdalaine versait le vin, Loveday apporta un assortiment de fruits secs et de gâteaux et Bell sortit les pions en bois.

D'un coup d'œil, Magdalaine s'assura de la complicité de Loveday en désignant Bell comme leur victime. Elles jouèrent donc contre lui mais il parut enchanté d'être battu à plate couture, au point que Magdalaine ne put continuer à feindre. Comme il allait perdre un des trois derniers pions qui lui restaient, et être déclaré définitivement « battu », elle lui glissa un des meilleurs gâteaux dans la bouche, l'embrassa et avoua leur tricherie.

Bell rit de bon cœur et admit qu'il s'était douté de quelque chose, affirmant ne pas leur avoir reproché leur rouerie dans l'espoir d'exiger une récompense. Mais, avant qu'il ait le temps de préciser ce qu'il attendait d'elles, la poignée d'une épée heurta avec violence la porte. Tous trois demeurèrent interdits.

— Qui est là ? demanda Magdalaine.

Loveday débarrassa de ses pions la table de jeu, afin qu'on ne sache pas combien il y avait de joueurs, et se réfugia près du lit.

Bell se leva, la main sur la poignée de son épée. Il aurait tiré son arme avant que quiconque pénétrant dans

1. Jeu populaire très ancien. La table de jeu, comprenant au moins vingt-quatre carrés, était gravée à même le bois ou dessinée à la craie. Les pions (*mérelles*) – qu'il s'agissait d'aligner par trois pour marquer un point – pouvaient être des pièces de monnaie ou des cailloux. *(N.d.T.)*

la pièce l'eût touché – et il savait Magdalaine capable de se défendre.

Cependant, quand on répondit, chacun fut soulagé.

— C'est Giles de Milland, Magdalaine. Désolé, je dois entrer.

— Entrez ! dit Magdalaine en se précipitant pour ouvrir. Que se passe-t-il ? Cela concerne-t-il Guillaume ?

— Non, il ne s'agit pas de mon seigneur. Niall est-il avec vous ?

— Non. Il se trouve au manoir de sa dame…

Magdalaine désigna Loveday.

— … pour le défendre contre…

— Il n'y est pas ! l'interrompit Giles. Je m'y suis rendu avant midi, et vos gens ne m'ont pas laissé entrer, précisa-t-il en lançant un regard courroucé à Loveday. Par contre, ils ont juré que Niall d'Arvagh était absent, qu'il était parti.

— C'est probable, oui, répondit Loveday, plutôt étonnée. J'imagine qu'il a pris la direction de Murcot pour… pour voir son père.

— Non, en aucun cas. Le seigneur Guillaume y a dépêché Leon, peu après prime.

— Guillaume a envoyé un homme chez le père de Niall ? répéta Magdalaine. Mais pourquoi devrions-nous savoir où il se trouve ? Pourquoi voulez-vous lui parler avec tant d'insistance ?

— Parce que Aimery Saint-Cyr a été assassiné la nuit dernière et que Manville d'Arras a accusé Niall du crime.

VIII

MERCREDI 21 JUIN

SOFT NEST ET MARCHÉ AUX GRAINS, OXFORD

— Assassiné ? répéta Magdalaine, effarée. Vous voulez plutôt dire que Niall a tué Saint-Cyr en voulant protéger Noke ?

— Assassiné, insista Giles. Saint-Cyr a été retrouvé derrière une remise, près du *Broached Barrel*. Poignardé dans le dos.

— Non ! protesta Magdalaine, indignée. Niall ne poignarderait personne dans le dos !

— Pas dans des circonstances ordinaires, admit Giles, mais il avait déjà montré qu'il ne craignait pas Saint-Cyr et pouvait le vaincre dans un combat loyal. Si l'homme a refusé de l'affronter et s'enfuyait... il avait juré qu'il tuerait Saint-Cyr si jamais il harcelait encore une fois maîtresse Loveday. – Son regard se porta sur celle-ci avant de revenir vers Magdalaine. – Supposons qu'il ait croisé Saint-Cyr et lui ait ordonné de se tenir coi, l'homme a pu prendre la mouche... Niall a un caractère aussi vif que la couleur de ses cheveux.

— Pas avec moi, assura Loveday. J'affirme qu'il n'est pas coléreux et je suis sûre qu'il ne frapperait personne de cette manière-là, par réflexe ou sans prévenir. Même au plus fort du combat, à Noke, comme je l'avais supplié de ne pas tuer Saint-Cyr, il s'est contenté de le frapper du plat de son épée.

— Peut-être a-t-il regretté sa clémence ? se demanda Giles, embarrassé. En fait, le seigneur Guillaume était de l'avis de Magdalaine. Niall ne frapperait pas un homme dans le dos et c'est pour cela qu'il nous a dépêchés, moi à Noke et Leon à Murcot. Il voulait que Niall lui explique ce qui s'était passé.

— Certes, mais, tout d'abord, comment sire Guillaume a-t-il appris la mort de Saint-Cyr ?

— Un homme du shérif est venu demander Niall à notre logis, chez l'armurier. Le cadavre d'Aimery Saint-Cyr avait été identifié par un certain Manville d'Arras qui accusait Niall du meurtre, car il l'avait entendu menacer la victime.

— Entrez donc vous asseoir, mon ami, proposa Bell et il lui désigna les bancs devant la table.

Giles prit place et laissa échapper un gros soupir.

— Je suis en selle ou je cours d'un endroit à l'autre depuis l'aurore.

Magdalaine lui servit une coupe de vin et poussa les restes de gâteaux et de fruits secs à portée de sa main.

— Vous n'aurez pas manqué de dire au shérif que Niall n'était pas le meurtrier, suggéra-t-elle.

— Bien sûr. En fait, j'ai avancé l'idée que tuer Saint-Cyr un cours d'un combat loyal n'était pas un meurtre. C'est alors que l'homme du shérif nous a appris qu'un couteau planté dans le dos ne relevait pas d'un combat loyal. J'ai aussitôt affirmé que Niall était incapable de poignarder quelqu'un dans le dos et j'ai exigé des détails.

— Eh bien ? demanda Magdalaine.

— Il apparaît que le guet avait trouvé le corps d'un homme mort d'une blessure à l'arme blanche portée dans le dos, derrière une remise dépendant de la taverne du *Broached Barrel*. Les clients ont reconnu Aimery Saint-Cyr, qui était au service du seigneur Waleran. Quand le shérif a dépêché quelqu'un chez les hommes d'armes de Waleran, Manville d'Arras s'est présenté comme l'ami du défunt. Il a reconnu le cadavre avant de raconter l'histoire de la promesse de fiançailles entre Saint-Cyr et maîtresse Loveday. Il a également mentionné le refus de Niall d'en tenir compte quand il a expulsé Saint-Cyr de Noke, le menaçant de mort s'il revenait à la charge.

— Ce contrat était un faux ! s'exclama Loveday, furibonde.

— Il semblerait que Saint-Cyr ne soit pas revenu à Noke, remarqua Bell, sourcils levés. Il a été tué à Oxford.

— S'est-on inquiété de savoir où se trouvait ce Manville d'Arras quand Saint-Cyr est mort ? demanda Magdalaine.

— Pas encore, je pense. L'homme du shérif a dit qu'Arras était vraiment bouleversé et avait pleuré devant le cadavre de son ami.

Ce détail provoqua le rire de Magdalaine.

— Si j'avais tué un homme, moi aussi j'aurais l'air bouleversée et je serais en larmes.

Bell lui glissa un regard en coin et réprima un frisson : ses yeux mi-clos étaient froids et un pli dur, cruel, déformait le dessin si doux de ses lèvres.

— J'avoue ne pas m'être interrogé plus avant, admit Giles. J'estimais que Niall ne pouvait être l'auteur d'un tel acte. Quand, de retour au château, j'ai prévenu le seigneur Guillaume, il m'a conseillé de ramener Niall pour qu'il se défende de ces accusations stupides. C'est alors qu'il s'est souvenu que Niall devait être parti pour le manoir de son père, à Murcot. Je me suis rendu à Noke et Leon à Murcot. Mais Niall est resté introuvable, et il n'est pas non plus en ville. Nous devons donc considérer qu'il s'est enfui.

— Pour aller où ? s'écria Loveday.

— À Londres ou à Rochester, j'imagine, où il ne sera pas sous la menace du shérif d'Oxford.

— Et il m'aurait laissée seule à la merci du premier venu ?

Loveday était stupéfaite.

— Vous n'êtes plus en danger, protesta Giles, Saint-Cyr est mort.

— Et qu'en est-il des hommes du seigneur Guillaume qui ont accompagné Niall au manoir de Noke ? Les a-t-il aussi entraînés à Londres ou quelque part ailleurs ? Le manoir est-il sous la seule protection des domestiques ? demanda Magdalaine.

Sire Giles de Milland en resta bouche bée et écarquilla les yeux.

— Des hommes ? Du seigneur Guillaume ? Des hommes du seigneur Guillaume sont allés à Noke ?

— Oui, confirma Magdalaine. Niall devait en choisir une dizaine de sa propre troupe afin de protéger le manoir.

Le visage de Milland s'assombrit.

— Il a dû partir avec ses hommes, sinon, ils m'auraient laissé entrer, et peu importe les récriminations des domestiques, soupira-t-il. Tout cela est inquiétant.

— Je veux rentrer chez moi, dit Loveday. Je dois savoir de quoi il retourne.

— C'est trop tard, remarqua Bell. Il ferait nuit noire avant que vous n'arriviez et le manoir était tranquille ce matin quand sire Giles s'est mis en route pour Oxford. Puisque Saint-Cyr est trépassé, il n'y aura pas d'autre menace contre Noke.

— Bell a raison, ma chère, intervint Magdalaine d'une voix apaisante. Pourquoi ne pas nous rendre au marché, puisque vous ne courez plus de danger, et trouver de quoi manger dans une cuisine publique ? Quitter cette maison et marcher un peu ne vous fera pas de mal.

— Oui, approuva Bell avec enthousiasme. Pour ma part, je vais de ce pas au *Broached Barrel*. Toutes les tavernes se valent. Je poserai des questions sur Saint-Cyr et tendrai l'oreille du côté de ceux qui parient sur les intentions de Salisbury.

— Quant à moi, dit Giles, je ferais mieux de retourner chez le seigneur Guillaume.

Il sourit à Magdalaine.

— Dois-je lui dire que vous ne croyez pas Niall capable de ce crime et avez décidé d'en chercher le coupable ?

— Deux fois déjà, cela suffit, répondit-elle en regardant Bell qui ramassait ses bottes pour les enfiler. Je ne suis pas pressée de rencontrer des assassins. Quand mes femmes et moi-même avons été menacées, j'ai agi comme je le devais. Bien sûr, si Bell trouve une réponse, j'en avertirai le seigneur Guillaume, mais je crois que l'innocence de Niall sera reconnue, ou qu'il y a une bonne raison à son geste.

Tous quatre cheminèrent vers le Carfax où sire Giles prit à gauche, en direction de Castle Street, quittant Bell, Magdalaine et Loveday. Le soleil était sur le point de disparaître derrière les collines, à l'ouest, mais le marché n'avait rien perdu de son animation. Les longs jours de juin permettaient un surcroît d'activité.

Ils avaient parcouru la moitié de la rue et se trouvaient en face de la mercerie de Redding quand Loveday indiqua une cuisine publique.

— Entrons là, Magdalaine. Edmee et moi y avons souvent mangé, car c'était proche de la boutique. C'est un peu plus cher que celle du bout de la rue, mais c'est moins bruyant. Et je la crois plus propre.

— Détail qui me séduit, approuva Magdalaine. Plus une cuisine est propre, moins on risque de douleurs d'estomac, si j'en juge par mon expérience.

Magdalaine apprécia la solidité des bancs et des tables, sur lesquelles n'apparaissaient que des restes de nourriture très récents. Elle pria Loveday de commander ce qu'elle estimait bon puisque elle était familière du lieu. C'est alors que Bell lui toucha le bras.

— Je présumais, tout à l'heure, que vous m'accueilleriez dans votre lit, cette nuit. Ai-je vu juste ?

— Voulez-vous toujours de moi ? J'ai remarqué votre réaction, quand j'ai évoqué le meurtre.

— Ce n'était pas à cause de vos paroles, mais de votre expression, expliqua Bell. Je crois que, au contraire de la plupart, vous savez intimement ce que signifie donner la mort.

Il planta son regard dans le bleu embrumé de ses yeux et il y mit tant d'affection que Magdalaine sentit s'accélérer les battements de son cœur.

— Cela ne me regarde pas, finit-il par dire. Si vous me laissez venir, je vous en saurai gré.

— N'oubliez pas que Loveday sera présente, sourit-elle.

Bell fronça le nez.

— En voilà une qui connaît les hommes et sait l'art d'en user à sa guise. Elle n'a rien d'une gentille pucelle. Elle se bouchera les oreilles, s'il lui déplaît de nous entendre. Il se peut, ou non, qu'elle soit encore fille, mais je doute que quoi que ce soit puisse la choquer.

— Je crains que vous n'ayez raison, admit Magdalaine avec un petit rire.

Sa main recouvrit celle de Bell, posée sur son bras.

— Merci de vous efforcer d'en savoir plus sur la mort de Saint-Cyr. Guillaume vous en sera reconnaissant si vous pouvez innocenter son homme.

Cette réflexion ne lui valut rien d'autre qu'un grognement de Bell qui se libéra de sa main et la quitta pour se rendre au *Broached Barrel*. Magdalaine soupira. Parfois, Bell semblait prêt à accepter sa relation avec Guillaume, et parfois il se comportait comme un paon susceptible. À Dieu ne plaise, c'était à lui de gagner ce combat. Elle lui avait expliqué ses conditions sans ambiguïté.

Elle se tourna et ne tarda pas à découvrir Loveday, sur un banc aussi éloigné que possible de l'endroit où elle avait parlé avec Bell. Elle la rejoignit. Comme

Loveday l'avait promis, la nourriture était copieuse et très bonne. Les deux femmes, qui ne s'étaient pas quittées de la journée, n'avaient plus envie d'échanger des propos de circonstance et elles mangèrent dans un silence complice. Pourtant, Magdalaine s'étonna de l'appétit de sa compagne. Elle-même, si Bell avait été accusé d'un acte aussi vil que d'avoir poignardé quelqu'un dans le dos, aurait été cruellement troublée. L'attitude de la jeune femme s'expliquait-elle parce qu'elle était d'une famille de yeomen et non pas d'ascendance noble ? Valait-il mieux avoir été élevé dans le respect de l'honneur ou non ?

— Et si j'allais chez le boulanger chercher un dessert pour couronner ce repas ? demanda Loveday, interrompant les réflexions de Magdalaine.

— Pourquoi pas ? répondit-elle. Et j'en profiterai pour acheter de l'ale en face, au *Lively Hop*.

Elles furent de retour à peu près au même moment et se rassirent, mettant de côté les reliefs du repas pour savourer leurs beignets sucrés et boire la bière. Elles n'avaient pas partagé les beignets qu'un homme d'un certain âge mais encore fort et vif se précipita, venant de la rue, et saisit Loveday par le bras.

— Quittez ce lieu ! s'exclama-t-il. Vous ne savez pas avec qui vous mangez et buvez !

— Maître Reinhart ! répondit Loveday en souriant. Quelle surprise de vous voir !

Le sourire disparut et les yeux de la jeune femme s'agrandirent, signe de son désarroi.

— Ne me dites pas que vous m'avez fait annoncer votre venue et que j'aurais oublié ? Oh, c'est terrible ! Et, à Noke, on ne vous aura pas ouvert. Je suis absolument désolée.

— En effet, on ne m'a pas laissé entrer à Noke, mais vous n'avez aucune raison d'être désolée. Je n'avais pas prévenu. Ce fut une décision soudaine. Quand j'ai su que le roi se rendait à Oxford, je me suis dit qu'il désirerait peut-être reconsidérer votre tutelle ou même y mettre un terme…

Il regarda Magdalaine, serra les lèvres et se mit à tirer sur le bras de Loveday.

— Éloignez-vous de cette personne. Vous devez me suivre.

Magdalaine ne savait pas s'il fallait rire ou jurer. Il semblait que Loveday connût trop de monde non seulement à Oxford et dans le voisinage, mais aussi jusqu'à Londres. L'homme qui s'épouvantait de la voir en sa compagnie était maître Reinhart Hardel, un riche lainier disposant d'un certain pouvoir, un Londonien habitué de l'*Old Priory Guesthouse*. Ancien client de Sabine, il avait eu la bonne fortune de devenir celui de Diot.

— Mon bon sire, intervint Magdalaine, comme si elle ne l'avait jamais vu de sa vie, je vous promets que, nonobstant ce que je suis, je n'ai aucune mauvaise intention vis-à-vis de cette jeune dame.

D'abord surpris, l'homme parut satisfait. Néanmoins, il ignora Magdalaine et insista auprès de Loveday.

— Venez, mon enfant. Même si elle n'a pas l'intention de vous nuire, être vu en sa compagnie suffit. Partez.

— Non, en aucune façon, protesta la jeune femme, qui dégagea son bras. Vous ne comprenez pas…

— Et c'est aussi bien, la coupa Magdalaine en adressant un regard d'avertissement et de reproche à Loveday qui, espérait-elle, en saisirait le sens.

Tant que le rôle de Niall dans la mort de Saint-Cyr ne serait pas éclairci, il était préférable de ne pas trop se confier. Magdalaine se leva, emportant deux beignets et une chope de bière.

— Je change de table, afin que vous puissiez parler à votre aise avec cet homme, dit-elle. Souvenez-vous : vous devez rester libre de faire ce qui vous semblera le mieux.

— Oh, mon Dieu ! s'exclama maître Reinhart dès que Magdalaine eut rejoint une table libre. De quoi avez-vous convenu avec elle ?

— De rien du tout, répliqua Loveday.

— Dieu soit loué ! Je regrette de parler cru, mon enfant, mais cette femme…

Il hésita, cherchant sans doute le moyen d'être compris sans effrayer ou choquer la jeune dame, n'y parvint pas et poursuivit :

— Cette créature est une tenancière de maison. Elle est belle, bien vêtue et parle avec grâce, mais c'est une tenancière, et il est fort probable qu'elle aura tenté de vous recruter pour son établissement de Southwark.

Loveday éclata de rire.

— Mais non, maître Reinhart ! Je vous jure que telle n'est pas son intention et, dès que nous nous sommes rencontrées, il y a quelques jours, elle m'a avoué la nature de sa profession, précisant qu'on ne devait pas me voir en sa compagnie. Elle était beaucoup plus choquée que moi quand un ami commun nous a présentées…

— Commun, oui, c'est le mot, s'il vous a présentée à Magdalaine, remarqua Reinhart avec une moue de dégoût.

Loveday haussa les sourcils.

— Je vois que vous la connaissez aussi bien que cet ami « commun ».

Reinhart parut scandalisé.

— Loveday ! Les agissements d'un homme ne concernent que lui et son confesseur. Cela ne regarde pas les femmes.

— Bien sûr, admit Loveday, avant de baisser les paupières.

Elle n'avait pas envie de se quereller avec maître Reinhart. Après la mort de son père et de ses frères, alors que, accablée de chagrin, elle distinguait à peine le jour de la nuit, c'était lui qui avait soumis une requête au roi Étienne afin qu'il la reconnaisse seule héritière des terres paternelles et du manoir et qu'il l'accepte comme pupille. Une tutelle occasionne beaucoup de frais et le roi était censé percevoir tous les bénéfices de la propriété. Mais il était trop occupé et le patrimoine de Loveday ne représentait pas grand-chose par rapport à la plupart des autres domaines sous tutelle royale. En outre, le souverain n'avait nommé personne pour protéger ses intérêts, de sorte que Loveday s'était occupée de tout elle-même, envoyant au Trésor, chaque trimestre, une somme rondelette… qui était loin d'approcher le revenu d'Otmoor. Enfin, maître Reinhart lui achetait de grandes quantités de laine et elle pouvait compter sur son honnêteté.

— Je voulais juste vous dire que j'étais prévenue à propos du… ah… des activités de maîtresse Magdalaine… continua Loveday d'une voix douce. On ne m'a pas jetée dans ses bras sans crier gare et d'ailleurs j'avais peu le choix. C'est la seule qui pouvait m'héberger, et qui a accepté, quand Saint-Cyr s'est présenté avec sa fausse promesse de fiançailles.

— J'ai entendu parler de ce document truqué. Je vous cherche dans la ville depuis deux jours.

— Deux jours ? Depuis que j'ai quitté Noke !

— Oui. Je vous ai ratée de peu sans doute. Quand je me suis présenté, votre intendant m'a affirmé qu'il avait ordre de ne permettre à personne, homme ou femme, d'entrer. Il s'est beaucoup excusé, déclarant qu'il était certain qu'on aurait fait une exception pour moi, mais que mon arrivée n'avait pas été annoncée. Après quoi, il m'a dit que vous étiez à Oxford avec votre beau-frère et a évoqué l'irruption de Saint-Cyr et ses menaces.

Loveday ne demanda pas pourquoi maître Reinhart ne s'était pas rendu chez maître Redding. Il n'était sans doute pas au courant de son amitié avec Edmee. Les relations étaient tendues entre les deux hommes car maître Redding avait épousé Edmee plutôt que la fille de Reinhart, aussi Loveday n'avait-elle jamais mentionné l'épouse de Redding.

— J'ai eu la peur de ma vie, avoua Loveday. Croyez-moi, vivre dans un bordel, ce n'est pas cher payé pour éviter de tomber entre les mains de Saint-Cyr. Et Magdalaine a eu grand soin que je ne sois pas reconnue. Je suis sortie voilée et, la plupart du temps, je n'ai pas quitté une chambre privée, de sorte que personne ne sait… hormis Guillaume d'Ypres…

— Guillaume d'Ypres ! se récria le lainier.

— Il est le… protecteur de Magdalaine… commença à expliquer Loveday mais elle fut interrompue par un jeune homme qui lui adressa un signe de tête avant de s'éloigner, suivi de Reinhart.

Loveday avait chaleureusement souri à Tirell Hardel, le fils du négociant en laine. Dans son enfance, Tirell accompagnait parfois son père lors de ses tournées pour acheter la laine et il jouait avec Loveday. Plus récemment, quand elle s'était rendue à Londres, elle avait habité chez les Hardel et revu Tirell, qu'elle avait trouvé amusant et fraternel. Elle savait qu'il n'éprouvait pas d'autres sentiments envers elle. Sa façon de lui dire qu'elle avait une marque sur le nez ou que son voile était posé de travers, son ourlet mal fait, ne trahissait certes pas l'admiration qu'un homme peut témoigner à une femme.

Soudain, elle se renfrogna et regarda le beignet qui lui restait. Quelle raison Tirell avait-il d'être à Oxford avec son père ? N'aurait-il pas dû se trouver à Londres pour veiller aux affaires de la famille pendant le déplacement de Reinhart ? On n'était pas à la saison des achats. Il était trop tard, et maître Reinhart avait dit être venu à Oxford parce que, à son avis, le roi mettrait peut-être fin à sa tutelle. La coutume voulait qu'une tutelle s'achevât quand un jeune homme atteignait sa majorité ou quand une jeune femme… se mariait. Après avoir réussi à plaider sa cause auprès du roi, avait-il l'intention de demander la permission de la marier à Tirell ?

Non ! Ce fut un véritable cri du cœur. Il n'était pas question d'épouser Tirell ! Rien qu'à l'idée de coucher avec lui, elle en avait la nausée. Non qu'il rappelât le moins du monde Saint-Cyr. C'était un beau jeune homme, délicat, éduqué et propre, et il serait plein d'égards pour elle – mais elle aurait l'impression de coucher avec son frère.

Par ailleurs, elle savait qu'il n'avait pas pour elle le désir qu'un homme éprouve pour une femme qu'il aime ; il la considérait comme une sœur, et dépenserait son argent avec des filles publiques. Pis, il s'était formé aux affaires et au commerce de la laine et il viendrait fourrer son nez dans l'administration de son domaine. Quand il ne voudrait pas s'occuper de ses terres comme bon lui semblerait…

Oh que non ! Elle avait trouvé un homme selon son cœur. Chevelure rousse, yeux clairs, larges épaules et jambes musclées, habileté au combat, puissance, comme il l'avait montré quand il avait expulsé Saint-Cyr – Niall avait tout ce qu'elle désirait. Et s'il l'avait débarrassée définitivement de la brute en lui plantant un couteau dans le dos ? C'était une manière bien plus expéditive que des requêtes au roi, dont on n'était jamais certain qu'il en tiendrait compte.

En outre, il n'avait pas agi pour se protéger, mais pour une excellente raison. Ni par appât du gain ni par couardise. D'ailleurs, elle s'en moquait. Elle voulait Niall d'Arvagh. Lui élèverait ses chevaux, et leurs enfants, sans s'occuper de son commerce de laine ou de sa propriété. Il avait ri quand elle avait laissé entendre qu'elle saurait mieux que lui prendre soin du manoir parce que cette bâtisse représentait si peu à ses yeux. Oui, qu'il ait ou non poignardé Saint-Cyr dans le dos, c'était Niall d'Arvagh qu'elle voulait.

Pendant qu'elle réfléchissait aux intentions de maître Reinhart, elle avait surveillé Tirell et son père du coin de l'œil et un geste brusque de ce dernier éveilla son attention. Elle faillit sourire en remarquant l'air chagrin du fils – pas plus qu'elle, il n'appréciait les desseins de son père. Son amusement se fit bientôt irrépressible et elle leva sa chope pour le dissimuler. Très soucieux de jouer à celui qui ne connaissait pas Magdalaine, Reinhart n'avait pas remarqué à quel endroit son fils l'avait conduit, et il s'était assis presque à la table de la tenancière. À coup sûr, elle avait pu entendre leur conversation.

Loveday avait raison : Magdalaine n'avait rien perdu de leur dialogue. Quand maître Reinhart s'assit, il s'en fallut de peu que son dos ne la touchât et elle fut sur le point de lui faire une remarque. Mais, dès les premières paroles du jeune homme, elle remonta son voile sur la tête et fit celle qui s'intéressait aux miettes de beignet sur la table.

— Hier soir, je me suis mis en tête de trouver Saint-Cyr, venait de dire Tirell Hardel, et j'ai réussi.

— Dans quel but ? demanda alors maître Reinhart d'une voix dure.

— Parce que, comme je vous l'ai déjà dit, père, je refuse d'épouser Loveday, dit-il avec un frémissement dans la voix. J'aurais l'impression de coucher avec ma sœur.

— Absurde, répliqua le père. La nuit, tous les chats sont gris. Au lit, elle se montrera douce et chaleureuse comme n'importe quelle femme.

— Il se peut, mais si Saint-Cyr n'avait pas été une bête sale et ignominieuse, j'aurais accepté qu'il l'épousât. Pourtant, après ce que je l'ai entendu dire d'elle…

Sa voix s'altéra.

— Dieu seul sait ce que cette brute lui aurait infligé et même combien de temps elle aurait survécu.

Il soupira.

— Tirell, où étais-tu la nuit dernière ? demanda le père avec une inquiétude perceptible.

— Vous le savez, répondit le fils, amer. Je ne pouvais supporter l'idée que cette… créature… torture la pauvre Loveday, et donc… j'ai agi en fonction de ce dont nous avions parlé. C'est fait. Terminé.

— J'en suis désolé, dit Reinhart en posant la main sur l'épaule du fils. Je ne sais pas ce que j'aurais pu envisager de mieux.

Il inspira longuement.

— Bon, tu l'as dit, c'est fini. Maintenant, tu dois parler à Loveday.

— Non, refusa Tirell d'une voix émue. J'ai le cœur encore trop lourd, je ne peux pas. Demain, ou après-demain, j'irai à Noke et... je lui parlerai. Mais pas maintenant.

Sur ces mots, il se libéra et s'engagea dans la rue, en direction du nord. Magdalaine serra les lèvres. Qu'est-ce que Tirell Hardel avait bien pu faire la nuit précédente ? Avait-il tué Saint-Cyr ? Mais, s'il savait qu'il était mort et ne menaçait plus Loveday, pourquoi était-il encore nécessaire qu'il l'épouse ?

Magdalaine était si impatiente d'en savoir plus qu'elle aurait volontiers poursuivi le jeune garçon pour l'entraîner dans une taverne et, moyennant quelques chopes, lui tirer les vers du nez. Cependant, il lui était impossible de se lever sans attirer l'attention de maître Reinhart et, s'il la remarquait, elle n'oserait pas suivre Tirell. Elle patienta. Quelques instants plus tard, Reinhart haussa les épaules, se leva et se dirigea d'un pas décidé vers la table de Loveday.

À peine s'était-il déplacé que Magdalaine se dressait, sa chope vide à la main. Elle commença à traverser la rue, comme pour aller rendre la chope, mais s'éclipsa dans l'intention de se lancer à la poursuite de Tirell. Un simple coup d'œil vers le haut de la rue la convainquit qu'il n'était visible nulle part et, bientôt, elle entendit Loveday qui l'appelait.

Elle hésita, puis fit volte-face pour la rejoindre. Tirell s'était volatilisé – dans la première taverne pour noyer son chagrin ou dans l'église la plus proche par besoin de confesser un péché mortel. Bref, il lui avait glissé entre les doigts, mais Bell n'aurait aucun mal à lui mettre la main dessus et à l'interroger. Entre-temps, elle pouvait tenter de savoir ce que maître Reinhart et son fils entendaient par « ce dont nous avions parlé ».

Loveday sourit à Magdalaine quand elle la vit se diriger vers leur table. Elle leva ensuite les yeux vers maître Reinhart, le regard à la fois déterminé et implorant.

— Je vous en prie, ne m'en voulez pas, maître Reinhart… Vous savez qu'il m'était impossible d'atteindre Noke avant la nuit et, avec tous ces hommes d'armes appartenant à tant d'escortes différentes, il aurait été dangereux de voyager de nuit, même en votre compagnie. Je vous assure que je serai plus tranquille au *Soft Nest*, avec maîtresse Magdalaine. Pourquoi ne pas venir avec nous et vous rendre compte du calme et de l'intimité dont je profite ? Je vous promets de rentrer à Noke demain matin.

— J'aimerais beaucoup mieux que vous veniez à Londres avec moi, mon enfant. Si un homme a tenté de vous enlever, un autre y réussira. Vous ne serez en sécurité que mariée, mais à Londres, où peu de gens vous connaissent, vous serez vraiment plus tranquille.

— C'est très gentil à vous, maître Reinhart, répondit-elle, mais je ne saurais quitter Noke aussi longtemps. C'est une époque de l'année où il faut surveiller avec soin les troupeaux, de crainte qu'ils n'attrapent des maladies ; les premiers foins approchent, que nous devons sécher, lier et entreposer. Il m'est impossible de m'éloigner de mes terres maintenant.

Magdalaine les avait rejoints et se tenait près de Loveday, très calme. Elle jeta un seul coup d'œil indifférent vers maître Reinhart et prit la parole quand Loveday eut fini de parler.

— Comme vous l'avez dit, Loveday, la lumière décline. Je crois que nous ferions mieux de regagner notre logis avant qu'il ne fasse plus sombre.

— Très bien, je suis prête, mais j'aimerais vous présenter maître Reinhart, un excellent ami de mon père et qui m'est cher. C'est lui qui a eu la judicieuse idée d'une requête au roi pour que je jouisse de mon droit sur Otmoor après le décès si soudain de mon père et de mes frères. Dieu sait ce qui serait advenu de ma personne s'il n'avait pas décidé de m'aider !

— Ce fut sage et gentil de votre part, maître Reinhart, le félicita Magdalaine, et je comprends que vous vous fassiez du souci pour Loveday. Je ne suis pas sûre de savoir comment vous avez entendu parler de moi, mais je regrette que vous ne me connaissiez pas mieux. Auquel cas, vous sauriez que j'ai la réputation d'être honnête en affaires, et vous comprendriez que jamais je ne forcerais une femme à travailler pour moi – surtout une jeune femme pure qui possède un beau patrimoine et n'a nul besoin d'entrer dans la vie que mènent mes filles.

Maître Reinhart eut l'élégance de rougir. Magdalaine fit comme si de rien n'était, mais cette réaction révélait qu'il était au courant, en fait, de sa réputation et n'ignorait pas que ses filles étaient bien payées, bien traitées et libres de la quitter. Elle n'aurait pas pris la peine de se défendre, devinant qu'il avait réagi dans la surprise de voir Loveday en sa compagnie plutôt qu'avec un doute véritable sur ses motivations – et elle ne désirait pas que Loveday sût quel bon client il était…

Profitant de ce que Reinhart regardait Magdalaine, Loveday fit une grimace joyeuse dans son dos et Magdalaine eut du mal à ne pas rire. Loveday semblait en savoir plus à propos de Reinhart qu'il ne le croyait. Il émit une sorte de grognement qui pouvait signifier qu'il acceptait de les voir partir.

Magdalaine continua donc dans cette veine sans attendre une réponse plus assurée.

— Et, comme Loveday vous l'a dit, vous êtes le bienvenu si vous désirez voir par vous-même comment nous sommes installées.

— Non, non, se hâta-t-il de répliquer. Je ne doute pas que Loveday est en sécurité. Toutefois, j'espère qu'elle vous quittera pour regagner Noke demain matin.

— Je l'accompagnerai à la sortie de la ville dès qu'elle aura déjeuné, je vous le jure.

— Bien, bien. Je serai déjà parti. Loveday, n'oubliez pas de vous voiler.

— N'ayez crainte, le rassura-t-elle en remontant son voile.

Magdalaine fit de même et attendit que maître Reinhart se soit engagé dans la rue qui menait vers l'église St Martin. Loveday agita la main jusqu'au moment où il se fondit dans la foule de ceux qui profitaient des affaires de dernière minute ou rentraient à grands pas chez eux.

— Mais je croyais que vous et Bell m'accompagneriez au manoir… se plaignit-elle quand le négociant fut hors de vue.

— Oui, c'est notre intention… si vous voulez de nous. Je ne voulais pas le dire devant maître Reinhart, qui aurait pu s'alarmer.

— Oh, mon Dieu, j'espère que vous l'oublierez… et moi aussi, Magdalaine. Il vous connaît. Je le sais. Comment a-t-il pu parler et se comporter comme si vous alliez… vous… vous… faire je ne sais trop quoi ? Et me prend-il pour une telle idiote que je resterais prisonnière de vos griffes ? Quel appât imagine-t-il que vous possédez qui me donnerait envie de quitter ma terre pour aller me prostituer à Londres ?

— Southwark, corrigea Magdalaine en riant.

Elle serra un peu plus son voile.

— Je n'ai même pas à vous offrir l'attrait de la grande ville de Londres, à la vie si animée.

Loveday soupira.

— Je suis heureuse que vous ne vous soyez pas vexée.

— Je crois qu'il a simplement été choqué de vous voir en ma compagnie. N'oubliez pas qu'il a dit vous chercher depuis deux jours. Et soudain, vous surgissez, flanquée d'une infâme tenancière de maison ! Il en a conclu, je suppose, que je vous avais enlevée.

— Oui, d'autant que nous étions assises à une table en train de nous régaler de beignets, vous la ravisseuse et moi la victime, dit Loveday en secouant la tête. Oh, partons. Il me faudra l'affronter, un jour ou l'autre, car je le crois décidé à me marier à Tirell…

— Oui, je les ai entendus en parler.

Loveday eut un geste de refus.

— C'est hors de question. D'abord, Tirell est comme un frère pour moi et ensuite il voudra administrer Noke et Otmoor à sa manière, ce que je refuse. J'aimerais que nous soyons demain. Je dois savoir ce qui est arrivé à Niall.

— Hmm… oui.

Elles traversèrent la rue pour rendre les chopes à la taverne et se mirent en route vers le *Soft Nest*. Après avoir marché en silence jusqu'à St Friedesweide, Loveday, inquiète, posa une question.

— Vous viendrez avec moi à Noke, n'est-ce pas ?

— Certes ! répondit Magdalaine de manière beaucoup plus affirmative que quelques instants auparavant. J'aimerais avoir la réponse à certaines questions. Qu'est-il arrivé aux hommes de Guillaume, par exemple ? Pourquoi n'ont-ils pas insisté auprès des domestiques pour qu'ils laissent entrer Giles de Milland ? Je ne vois que deux hypothèses. Le première est qu'ils sont vraiment partis avec Niall – mais j'ai peine à l'imaginer prendre cette décision sans l'accord de Guillaume –, ou bien… Niall est caché dans le manoir et a demandé à ses hommes de ne pas le dénoncer à Giles.

— Y croyez-vous ? voulut aussitôt savoir la jeune femme.

— Pourquoi ? Êtes-vous donc si impatiente de retrouver un homme qui en a poignardé un autre dans le dos ?

— Ah, bah… protesta Loveday avec mépris. Il l'a fait pour moi. Il ne pouvait avoir une autre raison.

Elle se tut.

— Je me demande si je parviendrais à convaincre le père Herveus de nous marier sans tarder, ajouta-t-elle bientôt. Puis, si Niall est obligé de se cacher dans un endroit plus sûr en attendant que cette stupide affaire soit résolue – une fois que le roi et tous ses nobles inutiles auront quitté la ville, je ne doute pas de trouver un arrangement avec le shérif d'Oxford –, je n'aurai plus à me soucier de…

— Loveday ! l'admonesta Magdalaine. Avez-vous oublié qu'il vous faut la permission du roi pour convoler ?

En outre, Magdalaine se disait que si Loveday épousait Niall après le meurtre de Saint-Cyr – et pourquoi donc Waleran de Meulan aurait-il vu d'un bon œil une union entre un individu aussi veule que Saint-Cyr et un fruit aussi séduisant que Loveday, cela restait un mystère –, Waleran risquait de le prendre très mal. Il ne manquerait pas d'accuser Guillaume d'être complice du meurtre et du mariage. Magdalaine se souvint alors de la dernière chose que lui avait confiée Guillaume avant de la quitter : à la cour, il se renseignerait sur Saint-Cyr. Un froid soudain se forma au creux de son ventre.

— Il va de soi que le roi m'infligera une amende, dit Loveday, un petit sourire aux lèvres. Mais j'ai de quoi payer. L'important est que je sois mariée… et ne risque plus rien.

Le froid envahit la poitrine de Magdalaine et remonta depuis le creux des reins. C'était elle qui avait offert un asile à Loveday pour la protéger de Saint-Cyr. Guillaume serait blanc de rage…

IX

JEUDI 22 JUIN, VENDREDI 23 JUIN

SOFT NEST ET MANOIR DE NOKE

Usant de divers arguments, Magdalaine avait tenté de détourner Loveday de son idée d'un mariage immédiat. Avant que la jeune fille ne se couche, elle avait réussi à lui faire admettre qu'elle devait patienter, mais Magdalaine n'était pas pour autant satisfaite. Ce lui fut un immense soulagement d'entendre Bell frapper à la porte. Dès qu'il fut dans la chambre, elle lui raconta à mi-voix le fruit de ses déductions et lui expliqua la nature du problème. Pendant qu'elle fermait et plaçait la barre en travers de la porte, il l'observa et, quand elle se tourna vers lui, il lui décocha un grand sourire.

— On cherche à me dissuader ?

Son débit était quelque peu difficile et il sentait la bière, mais, comme elle, il avait pris garde de ne pas élever la voix. Magdalaine vit aussitôt que, parole heurtée ou non, il avait l'œil clair et concentré. Elle secoua la tête et se blottit dans ses bras. Le sourire de Bell devint radieux.

— Je crois que c'est la vérité, dit-il en la conduisant de l'autre côté du lit, afin qu'il les dissimule si jamais Loveday écartait ses rideaux pour les espionner. Si vous jouiez avec moi, vous auriez imaginé une énigme plus difficile. Et vous avez raison. Il est presque certain que

Niall est resté à Noke plutôt que de filer à Londres ou à Rochester. Quant à prévenir le mariage, ce n'est pas difficile. Vous m'avez dit que Niall était un homme bon et dévoué à Guillaume. Il vous suffira de lui faire prendre la mesure des ennuis suscités par cette union et il renoncera.

Magdalaine soupira et tourna le dos à Bell qui commença à délacer sa robe, comme si cela allait de soi.

— J'y ai déjà songé, mais vous ne connaissez pas Loveday comme moi. Vaincre ses réticences risque d'exiger plus de persuasion et de finesse que n'en possède Niall. Cette fille est redoutable.

Elle ôta la robe et défit les nœuds de sa tunique autour du cou et des poignets. Entre-temps, Bell avait débouclé la ceinture de son épée et l'avait jetée non loin du lit. Il commença alors à se déshabiller, sans assistance, mais pas aussi vite qu'elle, car il s'interrompait souvent pour la caresser ou lui murmurer des mots doux. Il sembla oublier qu'il avait encore sa chemise alors qu'elle était nue et il ne l'aurait pas enlevée, transporté qu'il était de désir après avoir retiré ses chausses, mais elle lui échappa et monta sur le lit.

Magdalaine avait souhaité lui demander ce qu'il avait découvert dans la taverne, las, il se montra plus malin qu'elle… Ses baisers et ses mignardises, ses murmures d'amour et de désir alors qu'elle n'était qu'en partie dévêtue avaient fait leur œuvre. Quand il se débarrassa de sa chemise et se tint debout devant elle, sa verge lui apparut en complète érection, l'extrémité rouge, luisante et moite à la lumière de la chandelle, et Magdalaine écarta la fine couverture et lui ouvrit les bras.

Plus tard, elle se prit à espérer que Loveday n'avait pas été réveillée par leurs ébats, car ils avaient bel et bien oublié sa présence, et les halètements de Bell, qui, au moment de la jouissance, avaient une certaine ressemblance avec une mélopée, ne furent en rien modérés. Magdalaine se mit à rire en sourdine et frotta la tête contre l'épaule du chevalier. Inutile de le blâmer. Si

Loveday avait été réveillée, ses cris à elle y étaient aussi pour quelque chose.

— Pouvez-vous parler, susurra-t-elle, ou attendrons-nous le matin ?

Bell bâilla à se décrocher la mâchoire.

— Pas la peine. J'ai peu à vous dire. Au *Broached Barrel*, j'ai perdu mon temps. Personne n'a aperçu Saint-Cyr cette nuit-là et ce n'est pas qu'on l'ait ignoré. Il y était très connu... mais guère apprécié. L'ivresse semblait le rendre querelleur.

— Et Niall ? Vous êtes-vous renseigné ?

— Certes. Lui non plus n'y est pas passé. Le propriétaire et son épouse le connaissent, mais cela fait plusieurs jours qu'on ne l'a pas vu.

— Si le meurtrier et la victime n'ont pas été vus au *Broached Barrel*, pourquoi y a-t-on trouvé le cadavre de Saint-Cyr ?

— Peut-être parce que *aucun* des deux n'y est venu ? s'interrogea Bell, dubitatif. Je suis même allé examiner l'endroit où était le cadavre – j'ai prétexté la curiosité et un des serveurs me l'a montré. J'espérais que la cour avait quelque particularité propice à un meurtre, mais elle ressemblait à toutes les cours de toutes les tavernes ou auberges. En fait, elle convenait même peu à un acte criminel, car elle était encombrée de tables et de bancs et n'importe qui pouvait sortir de la taverne sans prévenir...

Sa voix faiblit et il bâilla encore.

— Peu importe, ma mie.

Magdalaine, qui laissait reposer sa main sur sa cuisse, la tapota, mais, quand elle sentit son membre reprendre force entre ses doigts, elle la retira aussitôt. Aussi loin que remontaient ses souvenirs, elle aimait coucher avec Bell plus qu'avec aucun homme, mais il fallait savoir se modérer. Elle avait besoin de réfléchir. Pourtant, si elle l'avait épuisé, il n'avait pas été en reste, et elle serra les mâchoires pour ne pas bâiller.

Ses pensées lui firent d'abord entrevoir que des tables et des bancs pouvaient être à l'origine d'une interruption, mais aussi désigner un endroit où se retrouver sans risque de se tromper. « À une table derrière le *Broached Barrel* », c'était une adresse assez explicite. Elle ne sut s'expliquer pourquoi cette idée lui paraissait si déplaisante, car elle s'endormit alors qu'elle réfléchissait.

Comme cela arrive souvent, dès son réveil, Magdalaine eut la réponse à sa question de la veille : pourquoi un rendez-vous derrière le *Broached Barrel* avait-il un côté déplaisant ? La voix de Loveday, outre qu'elle la tira du sommeil, lui fit penser à Niall et l'idée surgit que, si celui-ci avait organisé une rencontre avec Saint-Cyr dans l'arrière-cour de la taverne, son meurtre n'était pas la conséquence d'un acte de fureur mais relevait de la préméditation. Bell, lui aussi, avait aussitôt réagi à la voix de Loveday et sans doute s'était-il même réveillé avant elle. Il reposait son épée quand Magdalaine lui lança un coup d'œil à la dérobée.

— Oui ? Que voulez-vous, Loveday ? demanda-t-elle.

— Il fait jour, c'est l'aube. Quand partirons-nous pour Noke ?

Bell ronchonna et Magdalaine rit sous cape.

— Je vous ai préparé du pain, du fromage et de la bière, dit Loveday. Dois-je courir chez le boulanger pour ramener des beignets ou prendre une part de gâteau dans une cuisine ?

Elle semblait quelque peu contrariée car ces petites friandises, elle les aurait trouvées dans la cuisine de son manoir.

— Non, non, l'assura Magdalaine. Le pain et le fromage suffiront.

Elle secoua Bell qui, enfoncé dans l'oreiller, les yeux fermés, fronçait les sourcils.

— Vous feriez mieux de vous lever, lui souffla-t-elle à l'oreille. Elle vous harcèlera tant que vous resterez couché. Je vous l'ai dit, c'est une fille redoutable.

— Une fâcheuse, assurément, marmonna-t-il. Si Niall est à Noke, il ne s'évaporera pas comme la rosée et, s'il n'y est pas, peu importe à quelle heure nous y arriverons.

— N'avez-vous jamais été jeune et impatient ?

— Pas avec un tel mal de crâne.

— Levez-vous et je vous donnerai un remède, promit Magdalaine avant de quitter le lit.

Elle trouva du linge de corps propre dans le coffre et se promit de laver celui qu'elle venait de porter. Très peu auraient fait de même, mais c'était une habitude qu'elle gardait de l'époque où elle demandait plusieurs fois le tarif d'une prostituée ordinaire. Le contact du tissu propre, auquel s'ajoutait le parfum des roses et de la lavande dont il s'était imprégné dans le coffre, aidait au mieux les clients à oublier que son corps avait déjà servi. La fraîcheur leur donnait l'illusion d'une nouvelle partenaire innocente, ils se convainquaient d'en avoir pour leur argent.

La robe qu'elle avait portée lors du trajet jusqu'à Oxford était tachée mais elle en avait brossé la poussière et elle suffirait. Dans son dos, elle entendait Bell débiter des jurons tandis qu'il s'extrayait du lit et commençait à s'habiller. Elle enfila prestement sa robe et se rendit près de l'étagère sur laquelle elle avait disposé un baluchon rempli de remèdes. Peu versée en médecine, elle savait néanmoins quelles herbes employer dans certaines occasions, pour désinfecter la matrice, par exemple. La potion la plus utilisée était celle qui calmait les migraines des hommes qui avaient trop bu. Elle avait amené de quoi en préparer au cas où Guillaume en aurait eu besoin.

Elle effectua le mélange et Bell l'avala, intimant du geste à Loveday l'ordre de se taire quand elle demanda si elle pourrait disposer d'un des hommes de Florete pour seller les chevaux. Grimaçant de douleur, les yeux mi-clos, Bell la pria de ne pas se montrer stupide. Il lui expliqua que, dans une maison de plaisir, l'aube était un des rares moments où profiter du calme, et les hommes dormaient.

— Eh bien, je peux seller ma jument et aussi le hongre de Magdalaine, mais votre destrier, c'est au-dessus de…

— Asseyez-vous et qu'on ne vous entende plus ! maugréa Bell, la tête entre les mains, les coudes sur la table.

— Pourquoi boit-il autant s'il sait qu'il en sera malade ? murmura Loveday, agacée.

Magdalaine, qui mangeait son pain et son fromage en dégustant sa bière, prit un air de reproche.

— Il accomplissait son devoir, dit-elle.

Elle se voulait aussi calme que possible, mais sa voix tremblait un peu.

— Dans une taverne, les clients ne vont pas vous parler librement si vous ne leur offrez pas une chope. Si vous ne buvez pas avec eux, ils seront méfiants et ne diront rien.

Loveday ne parut pas convaincue. Elle attendit que Magdalaine eût fini son déjeuner pour quitter le banc.

— Je vais seller ma jument et votre hongre, dit-elle, une fois debout. Nous gagnerons du temps.

— N'oubliez pas votre voile, lui recommanda Magdalaine. Vous croiserez des hommes qui sortent de la maison, à cette heure de la journée. Souvenez-vous d'emprunter la porte de devant puis de faire le tour par le passage qui longe la maison jusqu'à l'arrière.

Loveday acquiesça d'un signe de tête et s'en fut. Bell, dont les gémissements redoublaient, s'assit.

— Si Niall a vraiment tué Saint-Cyr, nous devrions le laisser épouser cette donzelle. Il en sera assez puni.

Magdalaine eut un franc sourire mais s'abstint de répondre. Elle savait au bout de combien de temps les épices qu'elle avait mélangées à la bière calmaient les maux d'estomac et la décoction d'écorce de saule une migraine. Sans attendre, avant que Loveday ait fini de seller les deux bêtes, et soit revenue manifester son impatience, Bell tendit la main vers la cruche de bière, remplit sa coupe, la vida, ouvrit et ferma les yeux plusieurs fois, soupira et se mit debout.

— Je pense que ça ira si nous partons maintenant, déclara-t-il.

Au cours de la première partie du trajet, ils ne parlèrent presque pas. À une lieue et demie d'Oxford, le soleil disparut, des nuages s'amoncelèrent et la pluie se mit à tomber. Par bonheur, Loveday connaissait chaque pouce du chemin, et ils la suivirent pour s'abriter dans une grange. Une fois que la pluie eut cessé, la jeune femme se montra plus impatiente que jamais et elle se plaça en tête, comme si elle voulait tirer ses compagnons et les obliger à accélérer l'allure.

Au départ, Bell gémissait parfois quand il était trop secoué par Monseigneur. Cependant, l'effort lui avait fait du bien et, pendant qu'ils attendaient la fin de l'averse, il confia à Magdalaine que ceux qui avaient parié sur l'absence de Salisbury au conseil jubilaient déjà à l'idée des grains qu'ils allaient récolter. Ce n'était pas une bonne nouvelle mais Magdalaine se contenta de hocher la tête. Pour l'instant, elle s'inquiétait surtout de la manière dont elle allait tirer avantage de ce problème.

Ils avaient quitté la grand-route pour prendre au nord le chemin de traverse qui menait à Noke quand elle mit fin à un long silence.

— Que conseillerons-nous à Niall si nous le découvrons ?

— De se trouver une bonne raison d'avoir commis son geste, répondit Bell d'un ton sec. Quoique je ne puisse croire qu'il en existe une de poignarder un homme dans le dos.

— Je craignais cette réponse, concéda-t-elle. Dès lors, s'il n'est rien qui explique son acte, et si Niall est vraiment parti pour Londres ou Rochester, ne croyez-vous pas que tout le tintamarre provoqué par le refus de

Salisbury de répondre à la convocation du roi pourrait éclipser le meurtre d'un homme aussi insignifiant ?

Bell tourna la tête vers elle.

— Vous avez grande envie d'éloigner Niall d'Oxford et vous semblez très agacée par l'empressement de Loveday à se marier. Auriez-vous une raison personnelle de vous opposer à cette union ?

Le regard de Magdalaine, qui ne quittait pas la jeune fille, se porta sur Bell. Il commença par la défier, mais pas longtemps.

— Cela ne vous regarde pas, si j'en ai une, répliqua-t-elle avec une fureur contenue. Je suis une catin. C'est ainsi qu'on me désigne. Qui partage mon lit quand vous n'y êtes pas, c'est mon affaire. Mais si jamais votre insinuation mensongère parvient aux oreilles de Loveday, vous pourrez chercher un autre logis à Oxford… et à Southwark, par la même occasion.

Bell ouvrit la bouche, puis la referma, gardant pour lui sa joie et son immense soulagement. Si Magdalaine ne voulait pas que Loveday apprenne de sa bouche qu'il la soupçonnait de coucher avec Niall, elle désirait donc vraiment que les tourtereaux convolent et se moquait de toute façon de Niall. Pourtant, l'idée que ce corps jeune et vigoureux ait pu se mêler à celui de son amante, comme le sien, quelques heures auparavant, lui tordit le ventre de jalousie.

— Cela me déplaît que vous exerciez ce métier, dit-il, maussade.

— Ma foi, voilà bien une douzaine d'années qu'il est trop tard pour revenir là-dessus, rétorqua Magdalaine d'un ton enjoué, car son humeur était de nouveau au beau fixe. Ribaude j'ai été longtemps avant de vous connaître et rien n'y changera.

— Si vous juriez…

— Il n'y aurait aucune différence.

— Moi, je vous croirais.

Elle le fixa droit dans les yeux, et sourit.

— Jusqu'au jour où j'achèterais une nouvelle robe ou porterais une paire de boucles d'oreilles que vous ne reconnaîtriez pas. Vous exigeriez alors de savoir pour qui je m'apprête ou quel beau sire m'aurait offert ces boucles. Non pas que vous m'accuseriez, sans doute, d'infidélité, mais vous vous rongeriez les sangs… comme en cet instant.

Elle soupira et secoua la tête, mais Bell sentit sa colère sous sa résignation.

— Je ne suis pas différente. Je ne le serai jamais. Peu importe l'homme que je distrairai avant ou après vous, ce que je vous donne vous appartient en propre, rien n'en est souillé par ce que je donne aux autres… si tant est qu'ils existent. Quand je suis avec vous, je ne pense qu'à vous. Les tourments que vous choisissez de vous infliger sont de votre fait, pas du mien.

C'était la pure vérité, songea Bell, furieux contre elle et contre lui-même. Cela dit, elle l'avait accueilli avec tant d'affection, et ils avaient partagé un tel moment de bonheur, une telle intimité sur l'oreiller… Mais ces joies, il les voulait pour lui seul ! Quand ils dormaient ensemble à l'*Old Priory Guesthouse*, il savait que Magdalaine – hormis, peut-être, quand le plaisir l'emportait – gardait toujours une oreille tendue vers les moindres bruits de la maison. C'était avec celle-ci, et non pas avec un autre homme, qu'elle le partageait. Ici, par contre, elle n'était responsable de personne et elle s'était donnée à lui sans retenue.

Il lui jeta un regard en coin. Son visage lui offrit son masque habituel, d'une beauté rieuse et amicale, aux traits vifs. Il baissa les yeux, se concentrant sur un point entre les oreilles de Monseigneur, se demandant comment il avait pu être assez insensé pour continuer à croire qu'il parviendrait à rompre le contrat tacite qui existait entre eux.

Il ne prenait pas à la légère l'idée de briser le lien avec Magdalaine, de la quitter et de trouver une autre femme. Il était payé pour savoir ce qu'il en était de vivre sans elle, quand il demeurait chez Winchester ou était en mission ailleurs. Avec ou sans une autre femme, il ne faisait que se languir de Magdalaine, se demandant à quoi elle occupait ses jours, la comparant – et elle avait toujours la meilleure part – à celle qui l'accompagnait, et sans relâche souffrait des affres de la jalousie. Il ne recouvrait sa tranquillité d'esprit qu'à ses côtés – même leurs disputes étaient source de joie.

Soudain, il ne vit plus *rien* entre les oreilles de Monseigneur, et cela le tira de sa rêverie.

— Loveday ! hurla-t-il avant d'éperonner son destrier.

Le cheval se propulsa en avant et le tonnerre de ses sabots martela le chemin. Un virage à droite et un autre, plus marqué, à gauche… Loveday était là, entourée de quatre hommes peu engageants, une hache à la main. Bell tira son épée et cria à Loveday de se mettre à l'abri.

— Non ! hurla-t-elle d'une voix aiguë. Ce sont mes gens !

Bell ne remit pas son arme au fourreau ni ne tira sur les rênes de son cheval. Loveday avait pu dire la vérité, ou mentir, poussée par la peur. Cependant, bien que les hommes l'aient entourée et que leurs haches se soient levées, personne ne le frappa et, quand il arrêta son cheval et fit volte-face, Loveday s'adressa à eux, en anglais et avec autorité. Ils s'égaillèrent aussitôt dans les bois au bord du chemin.

— Vous n'auriez pas dû prendre tant d'avance, lui reprocha-t-il.

Il se souvint soudain de Magdalaine et de nouveau éperonna Monseigneur pour revenir à son point de départ.

Il avait eu tort de s'inquiéter. Magdalaine aurait eu tout le temps nécessaire pour appeler à l'aide si besoin était, et son animal était rapide. Il la trouva qui attendait, à un endroit de la route où elle était invisible et ne constituait pas une cible. Ils chevauchèrent de concert vers Loveday qui, loin de s'être assagie, arborait un air suffisant.

— C'est aussi bien que j'aie pris les devants, se rengorgea-t-elle dès qu'ils furent à portée de voix. C'étaient mes forestiers. Quand ils ont vu Bell, ils ont craint que je n'aie été enlevée par l'homme qui me menaçait et ont décidé d'essayer de le capturer.

— Oh, vraiment ? Et comment donc ?

— Ils n'auraient pas hésité à tuer Monseigneur, j'en ai peur, avoua-t-elle avec un sourire contraint.

Bell se figea, puis se détendit.

— J'espère que vous leur avez ôté cette idée de la tête. À nous trois, avec père et mère, nous avons dû le payer sept livres. Il me faudrait vendre comme esclaves ces quatre bonshommes et leur famille pour me rembourser. En outre, je suis très attaché à Monseigneur.

— Sept livres ! s'écria Loveday, horrifiée. Mais ce n'est qu'un cheval ! L'étalon que nous avons pour les saillies m'a coûté moins d'une livre !

— Mais il n'est pas préparé pour la guerre, comme mon destrier, qui ne s'effraie pas des appels de trompe et du craquement des machines de siège ou de l'odeur du sang, et qui, au commandement, charge droit devant lui une ligne d'hommes ou de chevaux. Non, il vaut son prix.

Loveday soupira, puis sembla soudain inquiète.

— Est-ce que Niall devra acheter un tel cheval s'il quitte le service du seigneur Guillaume ?

— Que vous répondre ? dit Bell en riant. Posez-lui la question.

— Je n'y manquerai pas, affirma-t-elle et, lançant sa jument, elle repartit de l'avant.

— Elle calcule déjà comment elle va réunir la somme, souffla Magdalaine.

Sensible à son expression amusée et complice, Bell retint son souffle, espérant qu'elle lui avait pardonné.

— Peut-être que le mariage est un châtiment excessif, même pour un homme qui en a poignardé un autre dans le dos, murmura-t-il.

Magdalaine parut interloquée, puis elle pinça les lèvres, désapprobatrice, et tous deux éclatèrent de rire. Ils avaient à peine eu le loisir d'échanger quelques plaisanteries aux dépens de la jeune femme qu'ils atteignaient les grilles de Noke. Elles étaient fermées et, quand Bell inspecta le mur du regard, il distingua, sur une tour de guet, une silhouette qui pouvait être celle d'un serf brandissant une fourche. Rien ne laissait deviner qu'il y avait des hommes armés.

Déjà, on s'était rendu compte de leur présence, car, sans que Bell ait eu le temps de voir qui se trouvait derrière les palissades, les grilles s'ouvrirent et le régisseur accourut en leur lançant des paroles de bienvenue. Et, à sa droite, sa chevelure rousse étincelant sous le soleil qui brillait désormais dans le ciel, un sourire presque aussi lumineux aux lèvres, Niall d'Arvagh.

Loveday glissa au bas de sa jument et se jeta dans les bras de son promis.

— Niall ! s'écria-t-elle. Et si jamais on vous voyait ?

— Eh bien, quelle importance ? répondit-il en la pressant contre lui d'un bras, l'autre attrapant avec dextérité les rênes du cheval.

Le régisseur l'en débarrassa et s'écarta, courtois, pour laisser passer Bell et Magdalaine. Ils mirent pied à terre dans la petite cour intérieure, tandis que des valets se précipitaient des étables pour s'occuper de leurs montures. Bell secoua la tête en direction du garçon qui cherchait à attraper les rênes de Monseigneur.

— Emmenez ces deux benêts à l'intérieur, où nous serons plus à l'aise pour parler, et je m'occuperai de Monseigneur.

Bell n'était pas le seul à avoir compris les avantages de l'intimité. Déjà, Loveday entraînait Niall vers le manoir et Magdalaine n'eut donc qu'à la suivre. Une fois entrée, comme le vestibule était désert, hormis quelques domestiques, elle s'approcha. Loveday avait passé les bras autour du cou de Niall et le remerciait avec force transports de l'avoir protégée contre Saint-Cyr.

Niall fronça les sourcils.

— Sauf que je n'ai rien fait, Loveday... Et vous savez que les hommes de Guillaume ne peuvent s'éterniser ici.

— Mais... commença Loveday.

Magdalaine ne voulait pas entamer une dispute sur les tenants et les aboutissants d'un meurtre hors de la présence de Bell. Niall pouvait négliger les appréhensions qu'elle nourrissait, elle, quant aux risques encourus par Guillaume. En revanche, il serait sensible aux arguments du chevalier. Elle se permit donc d'interrompre les effusions de Loveday.

— Niall, demanda-t-elle d'un ton tranchant, où *sont* les hommes de Guillaume ?

— Je ne tenais pas à ce qu'ils se fassent remarquer en restant sur les palissades. Tout le voisinage serait venu aux nouvelles. Aussi ai-je ordonné qu'un des serfs de Loveday guette l'arrivée de Saint-Cyr.

— Bien, mais où sont les hommes ? insista Magdalaine.

Son regard parcourut le vestibule où, en général, les soldats viennent se prélasser quand ils sont désœuvrés.

Niall se fendit d'un sourire jusqu'aux oreilles.

— Ils se rendent utiles. Selon le régisseur, il n'est pas dans les habitudes de maîtresse Loveday d'héberger des oisifs au manoir.

Magdalaine, très étonnée, le vit alors regarder sa promise avec une intense admiration.

— Trois sont occupés à réparer des harnais, deux s'affairent à l'écurie, deux autres...

— Peu importe. Je vous crois, mais je reste perplexe devant leur docilité, remarqua Magdalaine.

— Ce sont mes hommes, répondit Niall, d'un ton nouveau. Enfin, précisa-t-il en retrouvant le sourire, ils s'ennuyaient aussi. Ils ont passé la première journée allongés derrière les palissades, prêts à affronter quiconque attaquerait le manoir, mais rien n'est arrivé. Après s'être rendu compte de l'exiguïté de l'endroit, en comparaison avec les donjons où nous sommes en général affectés, ils se sont plaints de devoir monter la garde sur les palissades. J'ai admis que ce n'était guère confortable alors qu'ils pouvaient les rejoindre en un rien de temps au premier signal. Aussi, quand le régisseur nous a prévenus que, s'ils ne surveillaient pas le manoir, ils devraient travailler, voyant qu'ils y étaient favorables…

Il haussa les épaules.

— Parfait. Vous avez agi au mieux, s'enthousiasma Loveday.

— Un meurtre de cette sorte, je n'appelle pas ça agir au mieux !

Venant de l'entrée, la voix de Bell était ferme et exaspérée.

— Un meurtre ? répéta Niall qui se tourna vers Bell. Oh, Bell, je vous remercie d'avoir raccompagné Loveday chez elle. Certes, on ne peut se féliciter d'un meurtre… s'il s'agissait bien d'un meurtre.

Les lèvres de Bell frémirent.

— Un homme poignardé dans le dos, ce n'est pas exactement une plaisanterie futile.

Niall cilla.

— Non, dit-il, cela s'appelle un meurtre.

— Tout dépend des circonstances, affirma Loveday, sûre d'elle.

— Loveday ?

La voix de Niall trahit son incertitude, et son malaise. Quand il se tourna vers la jeune femme, son anxiété était patente.

Magdalaine dut réprimer une envie de rire. Niall, semblait-il, n'entretenait aucune illusion sur le caractère de l'élue de son cœur. C'est alors que la scène prit une tournure regrettable. Magdalaine savait que Loveday n'avait pas tué Saint-Cyr. Niall cherchait-il à la rendre responsable du crime ?

— Hmm… fit Bell pour montrer qu'il avait des doutes. Je n'avais pas imaginé que l'assassin pût être une femme. Un couteau planté dans le dos, cela s'explique sans difficulté aucune. Une femme n'aurait pas pris le risque de l'affronter et d'avoir le dessous.

— L'affronter ? Mais qui ? demanda Niall.

— Saint-Cyr, expliqua Bell, surpris. Qui d'autre, sinon ?

— Ce n'était pas Loveday, intervint aussitôt Magdalaine. Elle était sous ma protection et je peux jurer qu'elle n'a jamais quitté notre chambre. Vous ne l'ignorez pas, Bell. Vous étiez présent.

— La bière m'était montée à la tête et… euh… j'étais épuisé. Je ne suis pas sûr qu'une armée franchissant la porte au pas de charge aurait réussi à me tirer du sommeil.

Magdalaine savait qu'il n'y avait rien de vrai là-dedans. Au premier bruit suspect, Bell se serait réveillé, l'épée à la main. Mais il ne voyait nulle menace dans le craquement des lanières en cuir du lit. Loveday aurait pu quitter sa couche… oui, mais pas la chambre. Bell aurait aussitôt réagi quand elle aurait soulevé la barre de porte ou tiré le verrou. D'ailleurs elle-même eût été alertée par une tentative de fuite de la jeune femme, ce n'aurait pas été très finaud de la part de cette dernière qu'elle l'envisage.

— Loveday ? Bien sûr que non ! protesta Niall.

Son visage s'empourpra.

— Comment osez-vous l'accuser ? Si le mort est Saint-Cyr, il est probable que la moitié d'Oxford avait une raison de s'en débarrasser.

— Il y a quelques instants, vous sembliez quelque peu mettre en doute l'innocence de Loveday, remarqua Magdalaine, acerbe.

— Personne n'accuse Loveday de meurtre, déclara Bell d'un ton apaisant. Mais Manville d'Arras a porté une accusation contre vous devant le shérif, Niall.

— Moi ?

Il avait crié d'une petite voix aiguë.

— Peu importe ! s'écria Loveday.

Elle se rapprocha de Niall et lui passa un bras autour de la taille.

— Vous l'avez fait pour moi et je trouverai le moyen de…

— Je n'ai rien fait du tout ! hurla Niall. Par le diable ! Qui est donc ce Manville d'Arras qui prétend m'avoir vu poignarder Saint-Cyr dans le dos ? Je n'irai même pas le tuer à coups de couteau, je l'étoufferai de mes propres mains !

— Il n'a pas dit vous avoir vu poignarder Saint-Cyr, précisa Magdalaine pour calmer sa colère. Il a dit vous avoir entendu menacer de tuer Saint-Cyr si jamais il remettait les pieds à Noke.

— Certes !

Les yeux gris-vert de Niall étincelèrent.

— Et je l'aurais tué le premier jour si Loveday ne me l'avait interdit !

— Et vous auriez eu raison, approuva la jeune femme. Je regrette beaucoup de vous en avoir empêché. J'avais peur que vous ne vous attiriez des ennuis mais, désormais, je vous ai placé dans une situation encore plus difficile.

— Loveday ! s'exclama Niall.

Il la saisit par les épaules et la secoua sans brutalité.

— Êtes-vous en train de dire que vous me croyez capable de planter un couteau dans le dos d'un homme… même un individu comme Saint-Cyr ?

— Ma foi, c'était pour me…

— Je tuerai n'importe qui si vous me le demandez, Loveday, et c'est la vérité, mais pas en traître.

Il se dressa de toute sa hauteur, indigné.

— Dieu sait que j'ai presque tué Saint-Cyr avec le plat de mon épée. Quel besoin aurais-je eu de me glisser dans son dos pour le poignarder ?

— C'est un détail que je ne m'expliquais pas, admit Bell. Je vous connais depuis peu, certes, mais j'avais du mal à croire que vous agiriez ainsi.

— Dès lors, pourquoi l'avez-vous *cru* ?

Niall était si furibond qu'il foudroya Bell du regard et Magdalaine sentit qu'il était temps d'intervenir.

— Nous ne l'avons d'abord pas cru quand Giles nous l'a raconté. Mais il a dit s'être présenté à Noke hier pour vous demander de vous justifier des accusations d'Arras devant Guillaume, et les domestiques ont refusé de le laisser entrer, affirmant que vous n'étiez pas céans… Nous avons pensé que vous aviez fui, avec les hommes de Guillaume.

— Partir avec les hommes de mon seigneur ? Sans son autorisation ? Il m'est arrivé d'agir stupidement dans mon existence, mais jamais à ce point !

— Oui, j'en ai convenu par la suite. C'est alors que j'ai aussi compris que vous deviez toujours être au manoir, et que vos hommes n'avaient pas obligé les domestiques à laisser entrer Giles parce qu'ils vous aidaient à vous cacher…

— Je ne me cachais pas ! vociféra Niall. Je n'avais aucune raison de me cacher, simplement il ne fallait pas que Waleran apprenne que Guillaume avait envoyé des hommes pour protéger ce domaine.

Il reprit son souffle.

— Oui, j'ai averti mes hommes que personne ne devait savoir où me trouver. Bien sûr, ils auraient dû prévenir le régisseur de Loveday… afin qu'il laisse entrer Giles, mais vous savez comme ces soldats obéissent les yeux fermés…

Bell hocha la tête, ce qui n'empêcha pas Magdalaine de poser une autre question.

— Mais où étiez-vous donc quand Giles s'est présenté ?

— En route pour Murcot, j'imagine. Dès que le père Herveus m'a lu la requête de Loveday, j'ai compris que mon père devait être au courant de tous les détails, de sorte qu'il puisse défendre…

Il se tut, évitant de conclure : « les mensonges de Loveday ». Magdalaine l'encouragea à poursuivre d'un signe de tête et il improvisa tant bien que mal.

— C'était il y a quatre ans. Mon père aurait pu oublier quelles dispositions avaient été prises.

— Mais Giles nous a dit que Leon Blound s'était rendu à Murcot et que vous n'y étiez pas non plus, remarqua Bell.

— Sans doute n'étais-je pas arrivé. Quoi qu'il en soit, ce qui importe est l'endroit où je me trouvais… à moins que Saint-Cyr n'ait été tué entre prime et sexte, hier ?

— Non, dit Bell. Cela s'est passé dans la nuit de mercredi, mais son corps n'a été retrouvé que le lendemain matin.

— Dès lors, aucune importance si je prétends qu'hier j'étais à la cime d'un arbre en train d'essayer de voler. Je n'aurais pu tuer Saint-Cyr le mercredi puisque j'étais ici, dans le vestibule de Loveday, et tous les domestiques peuvent en témoigner… ainsi que le père Herveus. Il avait ouï la rumeur à propos de Saint-Cyr et il est venu me voir dans le but d'apporter son aide à Loveday. Quand j'ai eu fini d'expliquer ce qui était arrivé et où vous vous trouviez – mais non, Loveday, je ne lui ai pas dit que vous habitiez dans une maison de plaisir, je ne suis pas idiot –, il faisait nuit et je lui ai donc offert un lit. Le père Herveus a partagé mon souper et nous avons joué aux échecs assez tard.

— La chance est avec vous, mon ami ! s'exclama Bell.

Il lui tapota l'épaule.

— J'en suis très heureuse, ajouta Magdalaine.

Une fois de plus, Loveday se jeta au cou de son fiancé.

— Je vous avais pardonné tout ce que vous aviez fait pour moi, mon cœur, mais c'est encore mieux. Je n'aurai pas à soudoyer le shérif ou…

— Loveday ! l'interrompit Niall. Nous savons tous ce qu'il en est, mais je préférerais que vous n'en parliez plus en public.

Loveday sourit à son promis, puis à Magdalaine et à Bell.

— Oh, ce n'est pas mon habitude, mais nous sommes entre amis, se défendit-elle.

Bell parut un peu agacé, mais lui aussi fut contraint de rire, car il dut se l'avouer, aucun d'eux n'avait eu l'intention d'accepter que Niall fût châtié si jamais il avait assassiné Saint-Cyr.

X

VENDREDI 23 JUIN

MANOIR DE NOKE ET SOFT NEST, OXFORD

— Mais si Niall n'est pas l'assassin, qui est-ce ? demanda Magdalaine un peu plus tard.

C'est avec un grand naturel que Loveday avait abandonné son personnage de fugitive pour reprendre son rôle de maîtresse de maison. Elle ordonna qu'on prépare un repas et résolut en douceur les problèmes d'organisation domestique entraînés par son absence. L'innocence de Niall établie, les hommes n'avaient pas tardé à aborder les questions d'ordre politique et, tout en se restaurant, avaient envisagé le pour et le contre en ce qui concernait la conduite de Salisbury.

L'attention de Magdalaine s'était relâchée. Bien qu'elle ne fût pas indifférente à un désaccord possible entre le roi et ses principaux instruments, une période de troubles aurait peu d'incidences sur son établissement – sauf si Guillaume perdait la vie au cours d'un affrontement. Elle frissonna et chassa cette pensée de son esprit. Elle s'exhorta à ne pas être ridicule. Guillaume avait l'expérience des champs de bataille depuis l'âge de quinze ou seize ans. Pourtant, elle se souvint de ses mèches grises, de sa manière de cligner des yeux pour mieux voir. Il n'était plus si jeune, si vif… C'est par désir de se changer les idées qu'elle avait posé sa question sur l'identité du meurtrier de Saint-Cyr.

— Je l'ignore et peu me chaut, déclara Bell avec énergie. L'homme a mérité son sort et je me sens très peu enclin à chercher le coupable.

— Oui, j'imagine, soupira Magdalaine. C'est ma curiosité, sans doute, qui me fait parler.

— Notre curiosité, des choses plus intéressantes la requièrent, déclara-t-il d'un ton sec.

— Ce fut sans doute la conséquence d'une rixe d'ivrognes, hasarda Loveday dans une tentative de conciliation. Je ne serais guère surprise que le meurtre ait eu lieu dans une autre taverne et que les assassins aient abandonné le cadavre au *Broached Barrel* dans le but de s'innocenter et de créer des ennuis à un concurrent. Mieux vaut oublier.

— Oublier me semble difficile, remarqua Niall, soucieux. Il me faut galoper jusqu'à Oxford pour me laver de l'accusation d'Arras.

— Non ! s'insurgea Loveday. Les hommes du shérif pourraient s'emparer de vous et vous savez quel comportement est le leur quand ils pensent tenir un coupable. Ils restent sourds à tout ce qui ne va pas dans leur sens.

Magdalaine hocha la tête, convaincue.

— Il y a du vrai dans ce que dit Loveday. Je crois qu'il vaudrait mieux prévenir Guillaume que vous êtes innocent, et avez le moyen de le prouver. Nous lui demanderons de quelle manière il souhaite nous voir procéder. J'entends par là que si le shérif s'empare de vous et que Guillaume ordonne votre remise en liberté, même s'il apporte la preuve de votre innocence, des rumeurs lui reprocheront d'avoir usé de son pouvoir. En revanche, si votre innocence est démontrée avant qu'on ne vous arrête, le shérif n'osera pas intervenir.

— Oui, ce qui signifie que la preuve doit être écrite, intervint Bell. Le seigneur Guillaume ne peut se rendre chez le shérif avec le père Herveus et les domestiques de Noke sur les talons. Magdalaine et moi, nous irons à Oxford pendant que vous et Loveday veillerez à ce que le père Herveus écrive son témoignage et consigne sous serment les déclarations des domestiques.

Niall parut troublé.

— Êtes-vous vraiment certain que je ne doive pas retourner à Oxford sur-le-champ pour m'expliquer devant Guillaume ?

Après un court silence, Magdalaine confirma de la tête.

— Oui, en toute honnêteté, je crois que cela évitera un plus grand désagrément. Une fois à Oxford, j'enverrai aussitôt un message à Guillaume. Il sera donc au courant aussi rapidement que si vous vous déplaciez. S'il désire toujours vous rencontrer en ville, il vous le fera savoir.

— J'espère bien que non, rétorqua Loveday, si Niall s'en va, qui me protégera ?

— Saint-Cyr est mort. De qui faudrait-il vous protéger ? demanda Bell, s'efforçant de ne pas sourire.

— Si un homme a essayé de me forcer, d'autres pourraient l'imiter, répondit la jeune femme, qui n'avait pas envie de rire. Le seigneur Waleran est désormais informé que sa tentative de me marier n'a pas réussi. Ne va-t-il pas envoyer quelqu'un d'autre ?

— Ce n'est pas exclu, admit Niall. Dès lors, si vous estimez, Bell, que l'honneur ne m'impose pas de retourner à Oxford, je resterai ici pour protéger Loveday.

Il se tourna vers Magdalaine.

— Je vous remercie de servir d'intermédiaire. Ne manquez pas de demander au seigneur Guillaume ce que je suis censé faire avec les hommes. Ils n'ont plus de raison de demeurer céans et de donner à Waleran motif à se plaindre, s'il en a vent.

Magdalaine et Bell furent très vite prêts à partir mais ils durent laisser passer une forte averse. Une troisième les surprit sur la route et les poussa à se réfugier dans un hameau. La pluie dura si longtemps qu'ils n'arrivèrent pas au *Soft Nest* avant la fin de l'après-midi. Magdalaine alla aussitôt chercher Diccon et lui confia son message ; Bell conduisit leurs montures à l'arrière afin de les desseller et de les nettoyer des plaques de boue séchée.

C'est d'un pas décidé que Diccon entra dans la chambre de Magdalaine où, comme il s'y attendait à coup sûr, elle lui offrit une poignée de sucreries à grignoter pendant qu'elle écrivait. En fin de compte, elle lui remit deux brefs messages. « Vous me manquez, mon amour. Venez me voir dès que possible », disait le premier. « Nous avons l'assurance que Niall est innocent de la mort de Saint-Cyr. Si vous venez, je vous l'expliquerai en détail », pouvait-on lire sur le second.

— Personne ne doit voir ce message, dit-elle à Diccon en le lui tendant. Celui-là, par contre…

Elle attendit qu'il cache le petit parchemin replié sous son habit.

— … tu peux le garder à la main. Si on t'arrête et qu'on te questionne, donne-le, en faisant mine de rechigner, mais ne parle pas de celui qui est sur toi, sauf si on te menace. Inutile de jouer au héros. Rien de ce qui est écrit ne risque de me porter tort. Simplement, cela avertissait une personne qui nous est peut-être hostile que l'un de ses plans a échoué.

— Au même endroit ? demanda le garçon. La maison de l'armurier ?

— Oui, et essaie de les donner, ensemble, au même homme que la dernière fois, sire Giles de Milland. En son absence, demande sire Leon Blound.

D'un signe, Diccon montra qu'il avait compris, et Magdalaine l'accompagna à la porte. Elle y demeura un moment, et s'amusa de la réponse du garçon à une fille qui lui demandait de lui rapporter de la bière. « J'ai d'autres harengs à saler ! », rétorqua-t-il, hautain. Néanmoins, elle secoua la tête, espérant que le toupet du garçon ne lui vaudrait pas quelques désagréments quand elle ne serait plus là.

Un moment, elle envisagea de le ramener à l'*Old Priory Guesthouse*, mais l'idée ne la retint pas. Diccon connaissait chaque coin de rue, chaque passage de cette ville d'Oxford, et les adresses de presque tous les gens de bien ou de pouvoir. À Southwark, à Londres, il serait perdu et, partant, inutile, il aurait peur, il se sentirait honteux. Il aurait été cruel de le couper de sa ville natale – en outre, elle craignait qu'il ne fût déjà un voleur confirmé, en qui on ne pouvait mettre toute sa confiance.

Elle recula pour fermer la porte quand Bell entra par celle de devant. Il s'immobilisa et hocha la tête en direction des surveillants de Florete. À ce moment précis, le rideau devant l'alcôve de Geneva s'ouvrit et un homme connu de Magdalaine sortit. Il était occupé à renouer un lacet et ne la remarqua pas, non plus que Bell. Magdalaine demeura indécise, puis, quand l'homme leva la tête, il était trop tard.

Raoul de Samur, un des capitaines de Waleran de Meulan, se redressa – l'homme que Sabine et Magdalaine avaient assommé et que Bell, introduit par celle-ci, avait remis aux soins attentionnés de Guillaume d'Ypres. Bell et lui s'aperçurent simultanément. Bell porta la main à sa dague et les deux hommes de Florete saisirent aussitôt leur gourdin et se mirent debout. Raoul de Samur leva ses mains vides, paumes tournées vers Bell.

— Paix ! dit-il. Je ne suis pas venu en ennemi, Bell d'Itchen. Il se peut que vous ayez cherché à me nuire, mais, quant à moi, je l'ai pris comme un bon tour, et c'est du passé.

Magdalaine se souvint alors que Guillaume lui avait confié que les hommes de Waleran, eux aussi, fréquentaient le *Soft Nest*. Elle recula et, par gestes, demanda à Bell de la rejoindre, avec Samur si possible. Elle n'était pas sûre qu'il l'avait vue et comprise, bien que sa main ne serrât plus sa dague, et que les hommes de Florete se fussent rassis.

— J'en suis heureux, répondit Bell, toujours méfiant. En fait, je n'avais pas l'intention de vous nuire. Je voulais m'assurer que vous ne causeriez plus de troubles à l'*Old Priory Guesthouse.*

Samur rit très fort.

— Pour l'heure, les filles n'ont aucun souci de cet ordre. Elles sont heureuses de m'y voir. Je paye, comme n'importe quel client. Je m'y arrête à chacun de mes passages à Londres et je ne suis pas mécontent de vous rencontrer car j'ai un conseil à transmettre à une de nos connaissances communes. Vous m'épargnerez ainsi la peine de la chercher.

— Ravi de vous être utile.

Trois hommes apparurent soudain à la porte, occupant le couloir derrière Bell. Il regarda vers la grande salle, puis avança d'un pas mesuré vers Raoul, les mains loin de ses armes.

— Pour nous entretenir de ce conseil, il serait préférable de jouir d'un peu d'intimité. Mon amie loue la chambre du fond. Nous y serons à l'aise pour parler.

Magdalaine s'était écartée de la porte de la chambre, et, quand Samur entra, suivi de Bell, il lui adressa un signe de tête à peine courtois. Il est vrai que Samur était venu à l'*Old Priory Guesthouse* – une fois, il avait couché avec Ella, une autre, avec Letice. En fait, il devait déposer des messages pour Guillaume – Magdalaine y ajoutait un symbole qui permettait au seul Guillaume de connaître l'identité du messager. Il était ensuite transmis au premier homme de Guillaume qui se présentait, de sorte que Guillaume ne rencontrait jamais son espion.

— Je n'ai qu'une chose à dire à propos du seigneur Waleran, déclara Raoul. Le seigneur Guillaume a, plus que moi, eu maintes occasions de le voir la semaine dernière. Pour le reste… le seigneur Waleran est plongé jusqu'au cou dans une affaire avec le comte de Bretagne. Ne me demandez pas de quoi il s'agit… Il est nerveux, très embarrassé, oui, à cause de Salisbury. Ce qui se prépare aura des répercussions d'importance, et j'aimerais que vous préveniez le seigneur Guillaume : le moment est mal choisi pour venir chatouiller le nez de sire Waleran.

— Qu'entendez-vous par « chatouiller le nez » ? demanda Bell.

— La fille ne valait pas la peine qu'on assassine l'homme de Waleran. Ne croyez pas qu'il soit déjà au courant, mais quand il apprendra que c'est un homme de Guillaume qui a…

— En aucune façon ! intervint Magdalaine. Niall d'Arvagh, celui qui est accusé par Arras, dispose de sept ou huit témoins, dont un prêtre, qui jureront qu'il se trouvait à plusieurs lieues d'Oxford quand le crime a eu lieu. Que cherchait-on, Raoul ? Waleran aurait-il demandé à l'individu le plus bas et le plus sale qu'il avait sous la main d'épouser Loveday, dans le seul but d'outrager l'homme de Guillaume et de le forcer à repousser Saint-Cyr ?

Samur plissa le front, surpris.

— N'en croyez rien. Waleran a peu évoqué le seigneur Guillaume depuis notre arrivée à Oxford. D'habitude, il le maudit dès qu'il pressent que le roi est moins réceptif à ses conseils, mais, semble-t-il, le souci qui l'occupe a pris le pas sur celui qu'il a d'ordinaire du seigneur Guillaume.

— Mais, dans ce cas, comment avez-vous su pour Loveday et Saint-Cyr ?

— Par cet idiot de Manville d'Arras, bien sûr ! Lui et Saint-Cyr étaient dans ma troupe. D'ailleurs, Arras en fait toujours partie… C'est l'homme le moins capable de tenir sa langue que je connaisse. Tout lui est bon. Cette fois-ci, j'ai eu un doute, aussi ai-je interrogé Saint-Cyr. Je ne parvenais pas à y croire…

Il haussa les épaules.

— Je suppose que Waleran avait ses raisons.

— Certes, mais *lesquelles* ? demanda Magdalaine. Quelles raisons aurait-il eues de donner un individu tel que Saint-Cyr à une si douce et désirable donzelle ?

— Je n'en ai pas la moindre idée, mais Saint-Cyr avait d'autres amis de haut rang. Peut-être sont-ils intervenus en sa faveur. L'affaire n'a pas traîné. Quand, au début, je l'ai interrogé sur la fille, il m'a confié qu'elle serait ravie d'avoir un bel homme comme lui pour s'occuper de son domaine. Mais, après qu'elle l'eut rejeté – il s'était vanté de sa bonne fortune et chacun se moquait de lui –, il a ri et affirmé que, avant la nuit, il aurait une promesse de fiançailles et l'épouserait le lendemain. Comment il s'y est pris pour la faire signer alors qu'elle venait de l'expulser du manoir, je l'ignore.

— Elle n'avait pas signé, précisa Magdalaine. Le document était un faux, et sans valeur au demeurant, car Loveday était déjà fiancée à Niall d'Arvagh de Murcot. Murcot se trouve à quelques lieues de Noke et le contrat remonte à plusieurs années.

À l'évidence, Raoul n'était pas intéressé par les fiançailles de Loveday. Il émit un petit sifflement.

— Ainsi donc, il avait un faux document ? Et un ami de haut lignage capable d'avancer l'argent ? Saint-Cyr en était incapable, je le sais. Cela a dû lui coûter un grand service… ou il aura beaucoup insisté.

Il hésita, les yeux dans le vague.

— Si l'homme du seigneur Guillaume ne l'a pas tué, ajouta-t-il, je me demande si ce n'est pas son riche ami le coupable. Je ne le crois pas homme à se laisser imposer sa loi.

— Qui était-il ? demanda aussitôt Magdalaine.

Samur se renfrogna.

— Je ne sais trop… j'hésite… cela ne m'intéressait pas. Comment aurais-je deviné que Saint-Cyr serait assassiné ?

Bell se mit à rire.

— J'ai du mal à imaginer quelqu'un qui le méritait plus que lui ! Réfléchissez, mon ami, vous avez remarqué qu'il avait un ami bien né. Quel détail a attiré votre attention ?

— Cela s'est passé au *Wheat Sheaf*. Je ne l'aurais jamais remarqué parce que lui et son « ami » se tenaient dans un coin, du côté du mur près de la porte, mais un jeune ivrogne – Osney, Jules d'Osney, un braillard que j'avais aperçu en ville – était entraîné par un de ses compagnons hors de la taverne, et il hurlait en se dirigeant vers eux, aussi ai-je regardé. Sans essayer néanmoins de mettre un nom sur son visage. Je vous l'ai dit, n'est-ce pas, je ne pensais pas que Saint-Cyr serait occis.

Il ferma à demi les yeux.

— Cheveux noirs, coupés à la manière des chevaliers, mais plus longs que les vôtres… c'est tout ce dont j'ai souvenance.

— Le reconnaîtriez-vous si vous le revoyiez ? s'enquit Magdalaine.

Samur fit la moue.

— Je ne l'affirmerais pas, mais, le lendemain, quand le comte de Bretagne est venu s'entretenir avec le seigneur Waleran, non loin, un de ses hommes discutait avec Saint-Cyr.

— Un des hommes d'Alain de Bretagne ? répéta Bell, incrédule. Ces gens-là n'auraient-ils pas plutôt traité avec mépris un être aussi vil ? Le connaissiez-vous ?

— Non, mais je pense pouvoir m'en souvenir. Il avait une étrange façon de se tenir et de se déplacer… mais peut-être que la présence de Saint-Cyr l'embarrassait.

Magdalaine soupira.

— Eh bien, surveillez-les de près, ces deux-là. Le seigneur Guillaume se montrera généreux avec quiconque l'aidera à démasquer le meurtrier, éteignant les rumeurs et les ragots qui l'impliquent dans la mort de Saint-Cyr.

— Qui l'impliquent, *lui* ?

Le regard de Raoul brilla d'un vif éclat.

Magdalaine sentit son cœur défaillir. Qu'elle était stupide ! Il était impossible d'avoir confiance en Raoul de Samur. Elle s'efforça de sourire et secoua la tête.

— Vous devriez vous douter que le seigneur Guillaume n'est en rien concerné par ce genre de meurtre. Mais il se trouve que c'est un bon seigneur et, à cause de ce que lui a dit Niall, il a voulu en savoir plus sur Saint-Cyr et s'est renseigné à son propos à la cour, voilà tout.

Samur, une fois encore, sifflota.

— Cela pourrait suffire.

Mais il hocha aussitôt la tête.

— Soyez certaine que j'ouvrirai l'œil.

Il fit tourner une bague en or massif à un doigt de sa main gauche et Magdalaine se rappela que la plupart des mercenaires aimaient posséder des bijoux, car ils pouvaient les emporter au cours de leurs pérégrinations et les vendre si besoin était. Les paroles de Samur confirmèrent sa pensée.

— Les présents du seigneur Guillaume sont fort utiles, dit-il.

— Il sait récompenser ceux qui l'ont bien servi, confirma Magdalaine.

Elle alla lui ouvrir la porte, et attendit qu'il se fût éloigné.

— Je n'ai pas pour habitude de parler ainsi, dit-elle alors à Bell.

Un grand sourire lui répondit.

— Si j'avais eu un doute sur l'innocence de Guillaume, je l'aurais perdu. Qu'il fût impliqué le moins du monde, jamais ces mots n'auraient franchi vos lèvres. Ne vous inquiétez pas, Magdalaine. Si Samur tente de suivre cette piste, elle ne le conduira pas loin.

— Il est capable de propager une rumeur très défavorable.

— Pire que celles qu'on entend depuis l'accusation portée contre Niall ? En outre, je suis à peu près certain que Samur évite comme la peste d'évoquer un lien quelconque avec Guillaume. Ce n'est peut-être pas le cerveau le plus brillant du royaume – bien que je le croie beaucoup plus intelligent qu'il n'y paraît, assez pour que Waleran lui confie une mission dans votre établissement et pour que Guillaume l'ait *choisi* comme espion –, mais, sot ou non, il ne commettra pas la bêtise de laisser associer son nom à celui de Guillaume d'Ypres.

Magdalaine soupira.

— Je crois que vous essayez de me réconforter, et j'y suis sensible. Il se peut que le malaise que je ressens provienne de l'insistance de mon estomac à réclamer ce que ma bouche a oublié de lui donner. Voilà fort longtemps que nous n'avons rien avalé.

— Sortons nous sustenter. Cette cuisine où nous a menés Loveday, hier, était excellente.

— Certes, mais je ne peux vous accompagner… j'ai l'impression que Guillaume ne va pas tarder, à moins qu'il n'envoie un homme prendre connaissance des preuves qui innocentent Niall. Mieux vaut me trouver sur place pour répondre. Vous pouvez nous rapporter deux repas ou, si vous préférez tendre l'oreille dans les tavernes, y aller avec Diccon, qui me rapportera les mets.

Bell se raidit.

— Vous attendez Guillaume ?

Magdalaine haussa les épaules.

— Cela dépendra de ses obligations et de l'importance qu'il accorde au meurtre de Saint-Cyr.

Elle hésita, avant d'ajouter :

— Vous rencontrer ne dérange pas Guillaume. Si vous en êtes embarrassé, cela ne regarde que vous, pas moi.

— Certes ! rétorqua Bell. Je demanderai à Diccon de vous porter un repas.

Après son départ – Magdalaine se félicita qu'il n'ait pas claqué la porte –, elle s'assit devant la table et posa la tête entre ses mains. Elle le savait : il lui fallait rompre avec Bell. Son emprise sur elle devenait trop forte et lui ne semblait pas mieux accepter ce qu'elle était, sans parler de sa relation avec Guillaume. C'était dangereux.

Magdalaine frémit. La jalousie de Bell constituait un danger pour les deux hommes ! En dépit de ce qu'elle avait dit à Samur, Guillaume n'aurait eu aucun mal à faire tuer Bell. Par ailleurs, Guillaume ne s'attendrait pas à être frappé par Bell, et…

Absurde ! Bell n'était pas du genre à se glisser derrière un homme pour le poignarder. Si sa jalousie devenait trop forte, il se contenterait de la quitter. Ce n'était pas comme si elle s'était engagée, à la manière d'une épouse. Pouvoir compter sur la fidélité d'une femme relevait autant de la fierté que du désir. Et Bell n'était pas un rustre, comme cet idiot dont Samur avait parlé, qui avait fait un esclandre dans la rue, lorsqu'il avait rencontré Loveday… Jules d'Osney. Bell s'en irait en quête d'une autre femme, qu'il pourrait modeler à sa guise.

La pensée lui fut pénible mais, chose étrange, moins qu'elle ne l'aurait cru. Il semblait qu'une autre idée voilât la tristesse qu'elle ressentait d'habitude quand elle envisageait la vie sans le chevalier. Parce que, au même instant, elle songeait à quelqu'un qui ne pourrait pas trouver une autre femme… oh, quelle sottise ! Jules d'Osney avait davantage besoin du domaine de Loveday que de son amour. Qui le lui avait dit ? Loveday ?

On frappa et Diccon répondit à la voix de Magdalaine. Elle ouvrit et ne put se retenir de rire en voyant le garçon chanceler sous le poids des victuailles qu'il apportait. Il les posa sur la table et reprit bruyamment son souffle, soulagé de n'avoir rien renversé.

— Qu'est-ce donc que tout cela ? s'étonna Magdalaine. Même toi tu ne pourras pas en venir à bout… À quoi pensait Bell ?

Elle connaissait déjà la réponse et elle se remit à rire, partagée entre le plaisir et le soulagement. Bell était… comment dire ? Il voulait se faire pardonner son accès d'humeur en fournissant aussi le repas de Guillaume, et peut-être même celui de certains de ses hommes ? Était-ce une façon de suggérer qu'il reviendrait partager le repas qu'elle prendrait avec Guillaume ? Cette dernière hypothèse ne la séduisait pas. La présence simultanée des deux hommes l'oppressait toujours, au point qu'elle avait peine à respirer. Guillaume n'était pas jaloux de ce qu'elle faisait de son corps, mais on ne pouvait jurer de sa réaction s'il devinait en Bell plus qu'un amant éphémère ; quant à Bell, il ressemblait à un chien prêt à mordre, le poil hérissé, attendant l'ordre d'attaquer.

— Il a dit que la plupart des plats seraient aussi bons froids, lui apprit Diccon. J'espère que vous avez des écuelles, parce que, celles-là, je dois les rapporter sans tarder.

Magdalaine fut heureuse d'être interrompue dans ses pensées.

— Oui, bien sûr, répondit-elle, l'esprit ailleurs.

Elle se rendit compte alors qu'elle n'était pas chez elle et ne disposait d'à peu près aucun ustensile.

— Ah, non, ajouta-t-elle aussitôt. Cours demander à Florete si elle peut m'en prêter.

Profitant de l'absence du garçon, Magdalaine mit sur la table la moitié de miche qui restait de la veille et la coupa en trois pour obtenir des tranchoirs. Elle y posa des tranches de porc rôti et des morceaux du poulet découpé par ses soins. Elle était en train de couvrir les tranchoirs avec une serviette quand Diccon entra avec deux écuelles et un pot de chambre propre. Magdalaine rit de bon cœur quand elle aperçut ces objets, mais elle prit soin de les renifler et de les essuyer encore avant de les remplir de grosses portions de ragoût. Dans une des écuelles, elle mit les légumes verts bouillis et dans l'autre le gâteau.

— Mange, ordonna-t-elle enfin à Diccon, mais presse-toi. Dès que tu auras fini, tu iras laver la vaisselle de la cuisine publique avant de la rapporter.

Diccon hocha du chef et fila, mais il fut de retour avant même que Magdalaine ait eu le temps de s'asseoir. Il avait apporté sa propre écuelle et une cuiller. Magdalaine lui fit signe de se servir. Il s'exécuta et commença à manger. Magdalaine s'assit près de lui et transvasa une partie du ragoût dans un récipient plus petit. Elle partagea le pain restant et elle lui en tendait un morceau au moment où la porte s'ouvrit.

— Comment peux-tu dire que Niall n'a pas tué Saint-Cyr ? D'où le sais-tu ? Où est-il ?

Diccon avait bondi sur ses pieds au bruit de la porte. Il saisit son écuelle et son pain, et, les pressant contre sa poitrine, se faufila vers la porte. Magdalaine l'approuva de la tête.

— N'aimerais-tu pas manger quelque chose, Guillaume ? demanda-t-elle d'une voix calme. Je peux te donner un bref résumé ou m'étendre sur tous les détails, ce qui te permettra d'avaler un vrai repas.

— Il est donc innocent ? insista Guillaume. Aucun doute n'est permis ?

— Aucun. Il se trouvait à Noke la nuit du meurtre, et outre les domestiques et tes hommes d'armes, le père Herveus, le prêtre de l'endroit, en témoignera sous serment. Il était venu réconforter Loveday et il est resté à jouer aux échecs avec Niall, a dîné sur place et y a passé la nuit.

Les petits yeux bleus de Guillaume se rétrécirent, preuve qu'il réfléchissait intensément. Puis il tira la chaise et s'installa. Magdalaine s'empressa de placer un tranchoir devant lui. Il choisit une cuisse de poulet dans laquelle il mordit à belles dents. Magdalaine se leva et posa sur la table l'écuelle et la cuiller qu'elle avait mises de côté. Elle lui servit du ragoût et poussa l'écuelle près du tranchoir.

— Bon… raconte-moi tout depuis le début, dit Guillaume entre deux bouchées.

Elle n'oublia rien : chaque geste, chaque attitude, chaque conversation furent évoqués, en commençant par la venue de Giles de Milland, la veille. Guillaume leva la tête quand elle lui rapporta la conversation de Reinhart Hardel avec son fils, Tirell, mais il ne cessa pas pour autant de mâcher. Il s'interrompit deux fois

te porter mon message. Il m'a avoué que, m'ayant vue, il n'était plus besoin de te chercher. En fait, il n'avait pas vraiment grand-chose à te faire savoir. Il m'a donné un conseil qui t'est destiné : « Ne pas chatouiller le nez de Waleran. » À l'entendre, Waleran est trop préoccupé par une affaire dans laquelle est impliqué le comte de Bretagne pour avoir le temps de se soucier de toi…

— Oui, je sais ! Par ailleurs, Étienne aurait aussi tendance à se montrer favorable au comte. Cela dit, j'ignore pour qui et pour quoi Waleran est si affairé.

— Samur non plus. Cela expliquerait qu'il n'ait pas voulu laisser un message direct. Il a affirmé ne pouvoir approcher Waleran, ajoutant que tu avais eu plus que lui l'occasion de le croiser la semaine dernière.

— Ce qui n'est pas faux. Meulan passe son temps à la cour, il n'a que Salisbury à la bouche et distille ses insinuations auprès de tous ceux qu'il croise.

Guillaume durcit le ton.

— Si, demain, l'évêque ne se montre pas, j'entrerai moi aussi dans la danse. Mais tout cela n'explique pas pourquoi Raoul t'a parlé des amis de Saint-Cyr.

— La raison en est simple : je lui ai appris que le contrat de fiançailles était un faux, que Niall n'avait rien à voir avec la mort de Saint-Cyr et disposait de nombreux témoins à même de prouver qu'il n'était pas à Oxford cette nuit-là. À ce moment, Samur a dit que Saint-Cyr n'avait pas les moyens de payer pour obtenir un faux. Il s'est demandé si un de ses amis nobles n'aurait pas avancé l'argent. Je me suis aussitôt enquise de l'identité de ces amis.

— Bien joué.

Guillaume posa l'écuelle et la repoussa sur la table.

— Voudrais-tu du vin ? J'ai…

— Pouah ! Surtout pas de la piquette qu'ils servent ici ! Envoie le garçon acheter quelque chose de buvable chez le marchand. En attendant, je me contenterai de bière.

Magdalaine alla prendre deux pots à bière et la grosse cruche.

— Tu disais donc… à propos des amis de Saint-Cyr ?

Elle remplit les pots.

— Samur a prétendu ignorer leurs noms, répondit-elle en riant. Il a paru *très* embarrassé. Il ne leur aurait prêté aucune attention, ne pouvant deviner que Saint-Cyr serait assassiné. Logique, non ? Il dit avoir aperçu une vague silhouette, à deux reprises ; la première fois dans un coin du *Wheat Sheaf*, et la seconde, le jour où le comte Alain a rendu visite à Waleran. Il a remarqué que Saint-Cyr s'entretenait avec un des hommes du comte.

— Ils n'ont pas la réputation de se mêler aux troupes des autres seigneurs, remarqua Guillaume, songeur.

— Je crois que c'est ce qui a attiré le regard de Samur. Quoi qu'il en soit, je lui ai recommandé d'ouvrir l'œil. Je me suis permis de dire que tu saurais le récompenser s'il reconnaissait l'un des hommes et parvenait à découvrir son identité.

Guillaume lui décocha un grand sourire par-dessus sa bière.

— En somme, tu mènes déjà l'enquête de main de maître.

— L'enquête ? Pas du tout. Je n'avais pas l'intention de démasquer le meurtrier de Saint-Cyr.

— Non ? Giles m'a avoué que ton Bell posait des questions dans les tavernes. Qu'avait-on vu, qu'avait-on entendu ?…

— Oui, mais, alors, nous pensions que Niall était coupable et que c'était *toi* qu'on risquait d'accuser.

Guillaume reposa sa bière, toujours souriant.

— Je doute que messire Bellamy se soucie beaucoup qu'on m'accuse de ceci ou de cela.

Magdalaine ne put s'empêcher de rire.

— Lui, certes non. Moi, si.

— Et sire Bellamy est donc si entiché de ta personne qu'il accède à tes désirs aux dépens de ses propres intérêts ?

— Cela ne va pas à l'encontre de ses intérêts. Ce qu'il y a entre toi et moi ne concerne nullement Bell.

Magdalaine posa une main sur le bras de Guillaume et lui-même répondit en la recouvrant de la sienne.

— Il est jeune, ma belle. Sois patiente avec lui. Il est utile, aussi… surtout en ce moment, car on risque fort de me reprocher ce crime même s'il est prouvé que Niall en est innocent.

— Pourquoi toi ?

— La maison de l'armurier où sont logés mes hommes donne à l'arrière sur une venelle qui conduit droit au marché aux grains et débouche près du *Wheat Sheaf*. Certains hommes l'utilisent pour se rendre à la taverne. Je peux prouver que Niall n'est pas le meurtrier de Saint-Cyr. Qu'en est-il des autres ?

— Mais aucun d'eux n'avait de motif ! protesta Magdalaine.

— Hormis celui d'obéir à mes volontés.

Elle écarquilla les yeux.

— Mais, pourquoi ? En quoi cela te concernerait-il ?

Guillaume grimaça et haussa les épaules.

— Pour avoir un homme de confiance près d'Oxford ? Qui sait les raisons qu'inventerait celui qui chercherait à me mettre en difficulté ? La raison n'est pas importante. En revanche, le fait que mes hommes n'étaient pas loin et…

Sa bouche eut un pli amer.

— … on dira que ce n'était pas la première fois.

Magdalaine ne répondit pas. Une fois encore elle couvrit de la sienne la main de Guillaume. Elle le savait, il estimait avoir été privé de la seigneurie d'Ypres sous prétexte qu'il était responsable, avec la complicité du prévôt de Bruges, du meurtre de Charles, comte de Flandres. Que Guillaume eût été directement impliqué – en ayant préparé ce crime avec le prévôt –, ou que sa responsabilité fût indirecte – il se serait contenté de laisser entendre à ceux qui pouvaient le tuer qu'il désirait la mort de Charles –, était un point équivoque.

Son regard se posa sur leurs deux mains, il cilla et la considéra bien en face.

— Magdalaine, il faut que le vrai criminel soit démasqué, de sorte qu'il n'y ait aucun doute. Veux-tu t'en charger ?

— Si c'est en mon pouvoir, Guillaume.

Des larmes apparurent au coin de ses yeux.

— Je n'ai pas, ici, les ressources dont je dispose à Londres, mais j'agirai au mieux.

Il se leva, renversant le fauteuil, et l'attira dans ses bras.

— Allons, ma belle ! Ne dis pas que tu manques de moyens.

Il décrocha une bourse pesante de sa ceinture et la lança sur la table.

— Florete servira tes desseins.

Il la serra plus près et l'embrassa.

— Serviras-tu les miens ?

XI

VENDREDI 23 JUIN

OXFORD

En dépit de sa colère après que Magdalaine lui eut rappelé, avec une apparente indifférence, la place que Guillaume d'Ypres occupait dans sa vie, Bell n'oublia pas de glisser la tête par la porte de la pièce commune du *Soft Nest*. Il cria à Diccon de le suivre. Le garçon hésita. Mais, dès que Bell s'en fut, il courut derrière lui. D'abord, le chevalier remarqua à peine sa présence, mais, au bout de la rue, sa rage s'était changée en une sombre résignation. Il se fit aussi l'effet d'un imbécile : quelle stupidité d'avoir montré le ressentiment que lui inspirait Guillaume ! Comme si une femme qu'il aurait épousée pour avoir des enfants devait prendre en mal et lui reprocher l'amour qu'il aurait voué à Magdalaine depuis des années avant leur rencontre.

Quoi qu'il en soit, pensa-t-il, Ypres, c'était certain, n'avait pas fait venir Magdalaine pour jouir de son corps et il était évident qu'elle ne le convoitait pas charnellement. Aussi jaloux fût-il, Bell en était persuadé – il ne doutait pas que c'était *lui* qu'elle désirait. Il se mordit la lèvre inférieure. À force de récriminations idiotes, s'il ne parvenait pas à contenir sa jalousie, Magdalaine choisirait de résister à l'attrait qu'il exerçait sur elle.

Un bruit dans son dos, celui, reconnaissable, de quelqu'un qui avait fait un faux pas, l'obligea à se retourner, la main sur le manche de sa dague. Il jura entre ses dents quand il vit le garçon qui se remettait debout – il lui était sorti de l'esprit. À cause de ses chaussures trop grandes – Bell se demanda distraitement sur quel cadavre d'homme il les avait dérobées –, il venait de trébucher en tentant de le rattraper.

— Je regrette, Diccon, dit Bell, les femmes, parfois, conduisent un homme à…

— Boire, tuer, blasphémer, déclencher une guerre… Pas la peine de vous fatiguer, sire Bellamy. Il m'arrive d'en avoir vingt ou trente autour de moi. Celle-ci veut ça, mais cette autre n'en veut pas… et ce qui vient trop tôt pour une troisième arrive trop tard pour une quatrième.

Il pesta d'une voix forte.

— Ne me parlez pas des femmes !

Bell sourit devant le cynisme du garçon qui l'aurait fait passer pour un homme revenu de tout et, parce que la lassitude à l'égard du monde dont il témoignait l'avait ragaillardi, il continua dans la même veine.

— Pour ne rien te cacher, je viens juste de contrarier celle à laquelle je tiens. D'après toi, quel serait le meilleur remède ?

Les lèvres de Diccon se tordirent, il haussa les sourcils, et la réponse jaillit sans aucune hésitation.

— Lui acheter un présent.

— Ah ! Sauf que cette dame n'attend pas d'argent de ma part et que je ne suis pas assez riche pour lui offrir un bijou…

Il grimaça.

— Non. Cela n'arrangerait pas les choses, au contraire.

Soudain, Diccon se fendit d'un sourire.

— C'est quelqu'un, cette maîtresse Magdalaine ! J'ai jamais rien vu de pareil ! Même Florete pense qu'elle est capable de marcher sur l'eau.

Bell ne se priva pas de rire.

— Je n'irais pas jusque-là. Elle aussi a ses défauts. Quant à moi, il est nécessaire que je me corrige.

— De quoi ?

— De ma tendance à être jaloux, avoua Bell, renfrogné.

Le garçon garda le silence. Puis il secoua la tête.

— La plupart, elles n'en font pas une histoire. Elles pensent que c'est en leur faveur, plutôt. Si elle n'est pas de cet avis – il hésita, avant de hausser les épaules –, montrez-lui que cela ne venait pas du fond du cœur. Vous voyez ?

Diccon avait raison, jugea Bell. Il pouvait revenir s'excuser. Non, c'était impossible. Il risquait de tomber sur Ypres et… il ignorait quelle serait sa réaction. En outre, il lui avait affirmé si souvent qu'il était désolé… à force, on ne croyait plus aux excuses non suivies d'effet.

Quel pauvre idiot que celui qui veut amadouer la mer à coups de fouet ! Magdalaine se prostituait longtemps avant qu'il ne la connaisse. Que cet état lui déplût ou non, elle n'avait aucun moyen de tirer un trait sur son passé – et combien de fois lui avait-elle répété qu'elle ne changerait pas, même si l'occasion se présentait, et qu'il fallait la prendre comme elle était ou la quitter. Bell soupira. Puisqu'il était incapable de la quitter… il devait lui montrer que son accès de jalousie était futile. Il devait apprendre à supporter Ypres, et même à l'accueillir avec courtoisie…

— Vouliez-vous me demander quelque chose en particulier ? lança soudain Diccon, mettant un terme aux pensées du chevalier. Je suis fatigué et l'heure du dîner approche.

La plainte dans la voix du garçon était perceptible.

— Si je ne suis pas présent, personne ne me laissera rien.

— Le dîner ! répéta Bell.

Il se donna un petit coup sur la tête.

— J'étais censé acheter à manger pour Magdalaine et tu devais le lui porter. Ne t'inquiète pas, tu auras ton content et Magdalaine ne sera pas chiche avec toi.

Il rebroussa chemin pour gagner la cuisine publique, face à la mercerie de maître Redding, car il l'avait dépassée. Ce n'était pas plus mal. Alors qu'il marchait vers le comptoir, trois pensées lui étaient venues. Le garçon avait faim. Si Guillaume d'Ypres se manifestait, il viendrait sans doute au moment du repas. Il avait dit à Diccon qu'il ne serait pas en reste. Bell hocha la tête. S'il achetait assez de nourriture pour trois, Magdalaine comprendrait aussitôt qu'il invitait Ypres à dîner avec eux. En d'autres termes, il lui envoyait un signe qui disait : il est normal de souhaiter la bienvenue à votre protecteur.

Bell était souriant alors qu'il commandait une douzaine de tranches de rôti de porc, un gros poulet cuit à la broche, un pâté en croûte, une dizaine de louches de ragoût, des légumes verts bouillis et un gâteau. Cela lui revint moins cher qu'une nuit dans le lit de Magdalaine… s'il avait eu à payer ! Une sensation de chaleur l'envahit quand il chercha dans sa bourse de quoi payer le patron de la cuisine. Il venait de se rendre compte qu'il était le *seul* homme qui ne payât pas Magdalaine. Même Guillaume d'Ypres n'était pas dans ce cas – et cela lui coûtait une somme rondelette, tant pour son confort que pour celui de ses hommes, qui jamais ne touchaient Magdalaine.

Son sourire devait lui donner l'air d'un parfait idiot, car, lorsqu'il remarqua l'expression du cuisinier, il y vit tant de colère qu'il porta la main vers sa dague. C'est alors que l'homme lui demanda dans quoi il comptait transporter la nourriture.

— Le ragoût, ça a tendance à couler entre les doigts, dit-il, caustique. Pourquoi me faire perdre mon temps ?

— Bonté divine ! marmonna Bell.

Il se mit à rire. Si grande était son irritation, expliqua-t-il, qu'il avait oublié d'apporter ses récipients.

Il offrit de payer un farthing pour la location du nécessaire, le temps que le garçon aille livrer au *Soft Nest* – aussitôt le sourire du cuisinier s'épanouit. Entendre citer le nom du bordel sembla suffisant pour conclure l'arrangement.

Une fois sa commande réglée et Diccon reparti pour le *Soft Nest*, Bell se dirigea vers le nord, suivant la route qui menait au *Broached Barrel*. Le propriétaire se rappela qu'il avait en face de lui le chevalier au service de l'évêque de Winchester, celui qui, la veille, avait posé des questions sur l'homme poignardé. Sa méfiance disparut dès que Bell lui affirma n'être intéressé que par une seule chose : où avait-on emporté le cadavre et, s'il y avait enquête, qui en était chargé ?

Le propriétaire grimaça, puis il dit que le guet avait emmené le corps, mais il ignorait où… et s'en moquait. Il admit ensuite que l'assistant du shérif était venu enquêter, sans s'attarder.

— Est-il allé dans la cour ? demanda le chevalier, d'un air qu'il voulait indifférent.

— Je n'en sais rien. Vous croyez que ça me plairait d'être accusé d'espionner l'homme du shérif ? Je suis resté à m'occuper de mes affaires, c'est compris ?

Le ton était désagréable, les mots pouvaient constituer un avertissement, mais le visage de Bell demeura impassible.

— Oui, mais il se trouve que c'est aussi *mon* affaire. Et vous n'avez aucune raison de vous inquiéter. Où puis-je trouver le shérif ou son assistant ?

Bell estima d'abord qu'il n'obtiendrait pas de réponse mais, au moment où il se tournait pour prendre congé, le tavernier déclara que les membres du guet occupaient un des bâtiments du cimetière de l'église St Martin, à l'ouest du Carfax. Le shérif y disposait d'une pièce. Bell soupira et repartit en direction du marché aux grains, puis continua vers l'ouest, par la route qui menait au château.

St Martin se dressait à main droite, à une centaine de pas du carrefour. C'était une église imposante, construite très en retrait de la route dont elle était séparée par un grand cimetière bruyant dans lequel, comme l'avait dit le tavernier, se trouvaient plusieurs édifices. Le plus proche de la grille, contre le mur, était long et bas. Il ressemblait à un corps de garde.

L'intuition de Bell fut confirmée quand des hommes d'armes le dépassèrent et y pénétrèrent. Il en déduisit qu'il s'agissait d'un bâtiment qui hébergeait les hommes du shérif et le guet lorsqu'ils étaient en service ou devaient se rassembler pour quelque mission particulière. Il s'approcha de la porte. Un garde lui demanda de s'arrêter, mais il avait eu le temps de remarquer que l'unique pièce occupait toute la surface de l'édifice et qu'un grand nombre d'hommes s'y pressaient. L'excitation était palpable et chacun semblait attentif aux ordres d'un chef debout au milieu d'eux.

Lorsque Bell s'enquit du capitaine du guet, le garde secoua la tête.

— Il est occupé. Je ne crois pas que…

C'est alors que les hommes commencèrent à sortir, obligeant Bell et le garde à s'écarter. Bell étudia les visages et emboîta le pas au dernier homme qui franchit le seuil.

— Capitaine, dit-il, j'ai une question très simple à vous poser : pouvez-vous me dire où le guet a transporté le cadavre de l'homme assassiné derrière le *Broached Barrel*, avant-hier ?

Le capitaine indiqua l'église.

— St Martin… Il y a une chapelle pour les morts.

Il s'intéressa ensuite aux vêtements de Bell – ceinture ornée de fils d'or, longue épée de chevalier, pierre précieuse sertie dans le pommeau de la dague, et ajouta, déférent, que le shérif enquêtait sur le meurtre. Comme Bell demandait où il était possible de le rencontrer, le capitaine lui expliqua d'un ton vif que la maison du shérif était à mi-distance du corps de garde et de l'église, mais qu'il était absent.

— Il est parti pour Lechlade, précisa-t-il, avec la plupart des hommes.

Une fois encore, il considéra avec attention le chevalier et sourit.

— Hier, il a eu vent que Salisbury avait quitté Malmesbury, confia-t-il sans élever la voix. Nous l'attendons pour demain.

Bell ouvrit grand les yeux et sourit à son tour.

— Je me réjouis de ne pas avoir pris de paris sur la décision de l'évêque, mais merci de l'information.

Tandis qu'il parlait, ses doigts s'étaient portés vers sa bourse dont il tira un penny en argent qu'il posa dans la main du capitaine.

L'homme hocha la tête, pour remercier, puis sa bouche se contracta.

— Mes hommes ont reçu l'ordre de faire évacuer la maison en face du château. Salisbury avait payé pour s'y installer, mais, comme il ne se montrait pas, le propriétaire est devenu gourmand et a accepté d'autres locataires. Maintenant, ils doivent déguerpir. Le shérif est parti faire des ronds de jambes, nous laissant, comme d'habitude, la tâche la plus ingrate.

— Désolé de vous voir si embarrassé, compatit Bell. Croyez-moi, je vous comprends. Mon maître loue diverses propriétés à Southwark et je suis chargé d'expulser les mauvais payeurs.

Le capitaine fit un sourire contrit à cet homme en qui il reconnut un compagnon d'infortune.

— Non pas qu'il y ait matière à se plaindre, à Oxford. C'est plutôt calme, hormis quelques chahuts d'écoliers, la plupart du temps dus au plaisir de se moquer ou à des excès de boisson. Ils n'ont rien de méchants drôles. Un ou deux coups de gourdin suffisent à les calmer.

— À cause de la présence du roi, remarqua Bell en riant, ces dernières semaines n'ont pas été de tout repos, j'imagine.

— Vous avez dit enquêter sur le meurtre et non pas chercher à venger Arvagh. Si votre ami est libre et innocent, comme vous l'affirmez, pourquoi vous soucier du meurtrier de Saint-Cyr ?

— Parce qu'on a porté une accusation et que Niall d'Arvagh ne sera pas innocenté tant que le véritable assassin n'aura pas été démasqué.

— Pourquoi devrait-il s'inquiéter ? Il partira avec Guillaume d'Ypres…

— Non, l'interrompit Bell.

Il gagna du temps.

— Il se peut qu'il quitte la ville avec Ypres, mais il doit bientôt épouser Loveday d'Otmoor. Il sera donc souvent à Oxford.

Voilà pour la vérité. Bell se racla la gorge. Il sentit le rouge lui monter aux joues mais s'obstina.

— Cela fait plusieurs années qu'il est fiancé à Loveday, mais elle était très jeune et bénéficiait de la protection royale, en tant que pupille, alors qu'il gravissait les échelons dans les troupes de son maître. Il lui paraissait raisonnable de patienter.

De nouveau, l'assistant de shérif se redressa. Sous l'effet de la curiosité, ses traits s'étaient animés et n'avaient plus rien de lourd.

— Si elle était déjà fiancée, comment Saint-Cyr a-t-il pu songer à l'épouser ?

Bell haussa les épaules et, une fois encore, il s'éclaircit la gorge ; il détestait mentir.

— Niall n'en a aucune idée. Il est vrai que leurs fiançailles ne donnèrent pas lieu à une grande cérémonie. Sa sœur avait été mariée au frère de Loveday, tous deux moururent. Les pères voulaient néanmoins maintenir les liens entre leurs familles, mais cette nouvelle union rappelait trop de souvenirs de triste mémoire pour qu'ils aient envie de la fêter.

L'assistant du shérif réfléchit à ces propos et secoua la tête.

— Ma foi, si ce n'est pas Arvagh, je ne sais comment vous allez découvrir le meurtrier. Saint-Cyr aurait pu être tué par n'importe qui.

— C'est pour cela que je désire voir le cadavre. Il pourrait me dire certaines choses intéressantes.

L'assistant du shérif recula un peu sur son siège et détourna les yeux.

— Vous allez demander… demander au cadavre de parler ? De vous dire le nom de l'assassin ?

— Non, certes non, répondit Bell en riant. Je ne suis pas une sorcière, non plus qu'un idiot. Mais, si j'examine la blessure, je saurai quelle sorte d'arme a été utilisée et peut-être parviendrai-je à évaluer la violence du coup… Qui sait ce que j'apprendrai ? Est-ce qu'on l'a volé ? A-t-il reçu un autre coup en plus de celui qui l'a tué ?

— Ignorez-vous à quel point ce cadavre doit puer ?

Bell soupira.

— Je suis soldat depuis une quinzaine d'années et, plus souvent qu'à mon tour, j'ai fréquenté les champs de bataille. Non, je ne l'ignore pas et cela ne m'enchante guère, précisa-t-il en exhalant un nouveau soupir. Où est-il ? Plus vite on y sera, plus vite nous en aurons terminé.

— Vous êtes sérieux ? Vous voulez trouver l'assassin ?

Bell haussa les sourcils.

— Je suppose que le shérif, une fois convaincu de l'innocence de Niall, préférera oublier cette affaire. Saint-Cyr n'était qu'un homme d'armes. Et Niall, bien que chevalier, n'est pas assez important pour que le shérif se soucie de sa réputation.

— C'est ainsi que vous voyez les choses, n'est-ce pas ? Mais il me semble qu'il ne s'en tiendra pas là. Sachez-le, dans la matinée, ce fou de Manville d'Arras nous a demandé si nous avions déjà attrapé le meurtrier.

Il désigna de la tête les hommes sur les bancs.

— Peter et William m'ont appris qu'Arras avait fait la tournée de tavernes en hurlant partout que le shérif refusait de chercher l'assassin de son ami.

L'assistant se leva.

— Sire Rolf de Dowch, pour vous servir. Je vais vous montrer le corps. Je suis curieux de voir ce que vous en obtiendrez.

L'endroit se situait non loin de l'église St Martin et, suivi de Bell, sire Rolf prit à droite, en direction d'une voûte sombre fermée par une lourde porte. Des torches étaient posées sur un support, près d'un pot d'argile rempli de cendres de charbon. Sire Rolf plongea une torche dans le pot et elle reprit vie en sifflant. Bell en saisit une autre qu'il alluma à la première. Les deux hommes inspirèrent profondément et sire Rolf ouvrit.

Dans la petite pièce, dépourvue de fenêtres, l'odeur, douce, pénétrante, avait des relents de pourriture. Ce n'était pas la puanteur ignoble et écœurante de la mort. On avait sans aucun doute lavé le cadavre ; Bell en fut contrarié car il ne saurait déduire de ses observations si la victime était debout ou déjà par terre quand on l'avait poignardée – à moins que les taches sur ses vêtements ne parlent d'elles-mêmes. Il ne fut pas mécontent d'apercevoir ceux-ci empilés au pied du corps.

Bell accrocha sa torche à un des supports fixés au mur. Puis, lèvres serrées, il s'approcha du cadavre et souleva le drap qui le recouvrait.

Sire Rolf émit un son indistinct, une protestation, peut-être, quand Bell mit le corps à nu. Il finit cependant par se rapprocher, tenant sa torche au-dessus du corps au moment où Bell saisissait l'épaule droite et la soulevait. Ce fut malaisé. Le corps était flasque, et Bell n'en fut point surpris. Bien qu'il sût que parfois la rigidité cadavérique pouvait se prolonger deux jours, elle survenait plus tôt et durait moins longtemps par temps chaud.

La blessure, Bell s'y attendait, se trouvait à droite de la colonne vertébrale – comme il se devait si c'était un droitier qui avait poignardé Saint-Cyr par-derrière. Il l'examina, tout comme la chair autour. Celle-ci avait beaucoup noirci, ainsi qu'il en va toujours avec un cadavre qui repose sur le dos depuis un certain temps. Cela n'empêcha pas le chevalier de remarquer que le pourtour de la blessure était lisse et il aperçut deux hématomes proches, là où une protubérance, à hauteur de la poignée de l'arme, avait heurté la chair avec force – des quillons.

— Voyez-vous ? demanda-t-il à sire Rolf. C'est une lame ordinaire, mais très affûtée. Une lame droite, comme la vôtre ou la mienne, et ses quillons sont orientés vers le bas.

Il se pencha, retenant sa respiration, et fit signe à sire Rolf d'approcher sa torche.

— Des quillons arrondis, ou, peut-être, une double garde, avec une branche incurvée vers le haut, l'autre vers le bas.

— Fichtre ! Comment pouvez-vous le savoir ? s'enquit l'assistant du shérif, plutôt embarrassé.

— Les rebords de la blessure sont lisses, preuve que la lame était très aiguisée. Quant à la forme arrondie des quillons, je la déduis du fait que la peau a été fortement abîmée mais non pas déchirée. Une garde carrée, ou pointue, l'aurait déchirée, à moins qu'elle n'eût laissé un sillon net au cœur de la plaie.

Sire Rolf le regarda, l'air méfiant.

— Vous n'en êtes pas à votre premier cadavre.

— Certes non, admit Bell, l'esprit ailleurs.

Il inspectait avec soin la nuque. Il finit par soutenir la tête d'une main tandis que l'autre la palpait.

— On ne l'a pas frappé à la tête.

Il reposa la tête et s'intéressa au nez et au front.

— Il n'est pas non plus tombé sur le visage… mais la blessure était propre, il n'a donc pas tenté de retirer la lame quand elle s'est enfoncée. Pourquoi ?

— À cause de la violence du coup ? Il arrive aussi qu'on sente à peine le fer, au début. Il faut un certain temps pour s'apercevoir qu'on vous a enfoncé une lame très pointue.

— J'en conviens, mais n'oubliez pas que les quillons l'ont atteint avec assez de force pour laisser leur marque. Il aurait dû chanceler en avant, chercher à échapper à son agresseur, et crier peut-être. Ce ne fut pas le cas.

— Nous n'en savons rien. Il est certain qu'il y avait trop de bruit dans la taverne pour qu'un cri y soit perçu.

Bell hocha la tête.

— Bien vu, mais, une fois la dague plantée dans le corps, pourquoi n'est-il pas tombé en avant ? Attendez, ce n'est pas dit.

Bell longea le corps et examina chacune des mains. Les paumes étaient propres et sans écorchures.

— Je dois savoir qui a préparé le cadavre et lui demander si les mains étaient sales, ce qui démontrerait qu'il a tenté d'amortir sa chute.

Bell revint près de la tête et examina le visage avec une attention renouvelée.

— Non, il n'est pas tombé face en avant, répéta-t-il.

Il se pencha soudain et pria sire Rolf d'abaisser sa torche.

— Regardez… À quoi correspondent ces traces sur le cou et sous le menton ? Le meurtrier aurait-il d'abord tenté de l'étrangler ?

— La marque est trop large pour provenir d'un lacet, dit Rolf. Ne serait-ce pas une ceinture de cuir ornée d'un motif ?

— Celui-ci devait être très profondément gravé et le cuir fort dur. Remarquez comme les contours sont bien découpés. Je n'ai pas souvenir de… oh, bête que je suis, c'est la trace d'une cotte de mailles.

— Mais par quel miracle un homme porterait-il l'empreinte des mailles sur la partie avant du cou ? Voulez-vous dire qu'il avait son haubert, dont le capuchon était relevé, et qu'on aurait essayé de l'étrangler ou de le frapper au cou ? Non, impossible. Comment la lame se serait-elle enfoncée avec tant de facilité et à une telle profondeur ? La cotte y aurait fait obstacle.

Bell avait gardé le silence, fixant les écorchures grisâtres sur la peau blême. Soudain, il fit volte-face, se plaça très vite derrière sire Rolf, dont il entoura le cou du bras gauche en donnant un violent mouvement vers le haut. L'assistant du shérif cria et battit l'air des mains, sans lâcher la torche. Bell le libéra et bondit de côté. Il riait.

— Comme ça ! dit-il avant que sire Rolf n'ait le temps d'abandonner la torche et de tirer son épée. Ce n'est pas Saint-Cyr qui portait une cotte de mailles, mais son assassin. Il a surgi dans son dos, a placé son bras gauche autour de son cou – afin de l'immobiliser et de l'empêcher de crier –, et alors seulement il l'a poignardé.

Sire Rolf n'était pas d'humeur à sourire. Il foudroyait Bell du regard et le chevalier dut l'apaiser en lui demandant de l'excuser.

— Pardonnez-moi, ajouta-t-il. J'avais trop envie de vérifier cette hypothèse et je crois y être parvenu. Il est probable que l'agresseur de Saint-Cyr le guettait, mais il n'est pas impossible que ce dernier le connût et ne s'en fût pas méfié.

— Bon, je peux comprendre vos explications, bien que je ne partage pas entièrement vos conclusions. Mais en quoi cela nous en dit-il plus sur le meurtrier ?

Bell le considéra, surpris.

— Patience… laissez-moi finir d'examiner le cadavre. Puis nous sortirons pour en parler.

Cependant, il n'y avait plus grand-chose à découvrir. Quelques indices vagues permettaient d'imaginer dans quelle position le corps était resté étendu derrière la remise, mais, comme il était évident qu'on l'y avait transporté – Saint-Cyr n'avait pu être poignardé à cet endroit, beaucoup trop exigu –, ces marques ne prouvaient rien. Soulagé d'en avoir terminé, Bell tira le drap sur la dépouille, se tourna et saisit sa torche accrochée au mur. Sire Rolf le précéda hors de la pièce et éteignit sa torche dans le sable destiné à cet usage. Bell l'imita.

Tous deux respirèrent à pleins poumons pour se débarrasser de l'odeur de la mort.

— J'en suis encore imprégné, finit par avouer sire Rolf. Allons donc au *Lively Hop* nous purifier avec quelques coupes de vin.

— Je suis votre homme.

Une fois qu'ils furent servis, Bell envoya le garçon lui acheter un pâté en croûte dans la plus proche cuisine. Quand le garçon fut de retour, il s'était rincé la bouche et avait recraché sa première gorgée de vin sur le sol de terre battue, avant d'en avaler une deuxième. Sire Rolf fit de même.

— Bien : de quoi pouvons-nous parler ? demanda-t-il. L'homme du guet nous a dit que Saint-Cyr avait été poignardé dans le dos, et c'est vrai. Maintenant, vous savez que la dague comportait des quillons arrondis, disposés vers le bas… et alors ?

Bell, qui tenait à la main un morceau de pâté, se retint de le mettre dans la bouche.

— Et alors ? Eh bien, j'en sais beaucoup plus désormais sur le meurtrier.

— Allez-vous chercher toutes les dagues qui possèdent le même genre de quillons ? déclara sire Rolf avec un rictus. Il ne manque pas d'hommes à Oxford, ces jours-ci.

— Inutile d'examiner *tous* les hommes. Je sais que l'assassin de Saint-Cyr est un chevalier et non un homme d'armes de ses amis ou un voleur qui se serait trouvé là par hasard. Les hommes d'armes et les voleurs ne portent pas de cotte de mailles. Je sais aussi que Saint-Cyr, quand on l'a attaqué, était assis, ou que l'agresseur était plus grand…

— Plus grand ? Qu'est-ce qui vous permet de l'affirmer ?

— Les empreintes des mailles étaient visibles sur la gorge, mais aussi sous le menton. Cependant, Saint-Cyr attendait peut-être quelqu'un, assis. Il y avait des tables et des bancs dans la cour du *Broached Barrel*. Je le sais car je m'y suis rendu.

Sire Rolf se racla la gorge.

— Vous estimez que nous avons été négligents, mais le shérif était très occupé, vous l'imaginez. Nous n'avons pas eu l'occasion de retenir des témoins pour les interroger peu après le meurtre. Il nous a paru certain que l'homme était mort depuis plusieurs heures. Le propriétaire et les serveurs de la taverne étaient présents. Chacun a juré n'avoir pas vu Saint-Cyr la veille au soir.

— Ainsi, il n'a pas rencontré son assassin *dans* la taverne. Je me demande qui en a eu l'idée.

— Ma foi, s'il ne se trouvait pas à l'intérieur, le propriétaire et les serveurs n'ont pu assister au crime et ils n'ont pas non plus entendu crier… j'ai posé la question. Dès lors, à quoi bon insister ? Je suis donc retourné au bureau du shérif et, peu après, Arras est arrivé en affirmant connaître le nom du coupable. À partir de ce fait, ne fallait-il pas interroger Niall d'Arvagh ?

— J'en conviens, admit Bell en souriant.

Il avala une bouchée de pâté, fort embarrassé : à l'évidence, l'assistant du shérif se moquait de savoir qui était le meurtrier de Saint-Cyr, et il était inutile de continuer sur ce sujet, au risque d'exaspérer l'homme. Sire Rolf était peut-être trop paresseux pour s'intéresser à son enquête, cela dit, il ne s'y était pas opposé – qu'il prenne la mouche et il se poserait en adversaire. Bell décida donc de parler d'autre chose et l'interrogea sur l'arrivée prochaine de Salisbury.

La réponse de Rolf l'étonna : il répéta l'information fournie par le capitaine du guet, mais il y ajouta un concert de louanges sur les talents de l'évêque dans son rôle de grand justicier et un rejet indigné de la rumeur qui lui prêtait des buts séditieux. Bell ne chercha pas à le contredire et ils se quittèrent en bons termes. Tandis que Bell obliquait au nord, vers le *Broached Barrel*, sire Rolf lui confia avoir été convaincu par sa manière d'enquêter – dommage qu'elle ne s'appliquât pas à une affaire plus sérieuse, regretta-t-il.

Cette opinion, Bell était tenté de la partager et, au moment où il entra dans la taverne, il se demanda quel motif il avait de rechercher le meurtrier de Saint-Cyr. Mais il connaissait la raison… les deux raisons. Tout d'abord, ce meurtre, fût-il celui d'un rustre tel que Saint-Cyr, était condamnable. Le mal ne résidait pas dans le fait de le tuer, du moment que le combat était loyal. Mais se glisser derrière un homme pour le poignarder en traître… non. L'individu capable d'agir ainsi risquait de recommencer et, peut-être, aux dépens de quelqu'un qui le méritait moins. Il fallait démasquer le meurtrier et le châtier. Ensuite, bien sûr, Magdalaine voulait connaître le nom de l'assassin.

Il soupira quand le tavernier lui apporta sa chope de bière et laissa un farthing sur le tonneau près de lui. Il importait à Magdalaine que Guillaume ne soit pas suspecté d'avoir participé à la mort de Saint-Cyr. En son for intérieur, Bell estimait que c'était une perte de temps. Quelle importance si on associait encore un cadavre au nom du seigneur Guillaume d'Ypres ? Enfin, vu l'époque troublée que l'on vivait, Magdalaine n'avait pas forcément tort…

À contrecœur, Bell reconnut la justesse des motivations de Magdalaine et chercha une place dans la salle. Avant même qu'il n'eût le temps de choisir, on le héla. La pénombre ne lui permit pas tout de suite de reconnaître l'homme qui levait la main pour le saluer, puis il se souvint du litige à propos de la ferme et du vendeur qui cherchait à obtenir un meilleur prix de l'acheteur.

— Seigneur Ormerod, dit-il en se frayant un passage.

Il s'assit au bout de son banc.

— Eh bien, avez-vous rencontré sire Bruno et a-t-il pu obtenir une audience du roi ?

— Je l'ai trouvé, en effet. J'ai eu la chance de croiser sire Ferrau – souvenez-vous, le gentilhomme qui nous a quittés sans crier gare, de peur que je lui demande d'intercéder auprès de son suzerain.

— Oui, cela me revient, dit Bell en riant. Je présume qu'il a été plus enclin à vous présenter sire Bruno.

— Certes… du moins me l'a-t-il désigné et il s'apprêtait à m'introduire quand il fut appelé par un seigneur hautain et d'une élégance remarquable…

— Son suzerain, à n'en pas douter, le comte Alain…

— Hmm… Je comprends pourquoi Ferrau n'était guère pressé de lui soumettre mon problème. Par chance, sire Bruno est d'un abord charmant. Je me suis approché et il m'a reçu avec grâce. Il a promis d'agir, étant donné que je venais de loin, tout en me prévenant que ce n'était pas le meilleur moment. Le roi a l'esprit ailleurs… Bruno m'a proposé une audience quand le souverain sera de retour à Westminster, dans quelques mois, selon lui…

— À qui parlez-vous… Ormerod ?

La voix aiguë était celle d'un homme jeune, mais l'intonation pâteuse trahissait son ivresse. Bell leva les yeux vers l'individu qui venait en titubant d'une table proche. Une fois près de lui, il s'appuya sur l'épaule d'Ormerod pour garder son équilibre. Ormerod se raidit et Bell jugea que ce n'était pas seulement à cause du poids, plutôt léger, du jeune homme ; une ombre d'exaspération passa sur le visage d'Ormerod, mais c'est d'une voix égale qu'il répondit.

— Sire Bellamy d'Itchen, Jules. Il est chevalier au service de l'évêque de Winchester et m'a rendu un grand service dans l'affaire de cette ferme près de Thorpe. Je vous présente mon hôte, Bell, sire Jules d'Osney.

— Vous payez à boire ? demanda Jules.

Bell haussa les sourcils.

— Je crois que vous avez assez bu, sire Jules…

— *Ahhhh !* Encore une de ces vieilles femmes ! Je fête un ave… un événement heureux ! Nous sommes débarrassés de Saint-Cyr et je fais… je vais m'installer avec Loveday, demain ou après. Osney alors sera libre et sans dettes, et ma p'tite sœur fiancée au frère d'Ormerod…

Il eut un geste vers la servante, si brusque qu'il faillit la frapper.

— À boire ! Du vin !

Ormerod se leva et obligea sire Jules à s'asseoir sur le banc, en face de Bell, ce dont le chevalier lui fut reconnaissant. Il craignait que le jeune homme ne fût pas capable d'avaler plus de vin qu'il n'en avait déjà ingurgité et préférait ne pas être son voisin s'il vomissait. Néanmoins, il avait noté les allusions à Loveday et à Saint-Cyr.

— J'estime que le monde se portera mieux maintenant que Saint-Cyr l'a quitté, fit-il d'une voix conciliante. Saviez-vous que c'est en ce lieu qu'il a été tué ?

— Ah bon ?

Sire Jules lui jeta un regard mauvais et se redressa, les bras croisés sur la table. Soudain, Bell se demanda si la satisfaction qu'exprimait son visage était due à la seule boisson et à la mort de Saint-Cyr ou si elle traduisait la joie qu'il éprouvait à duper son monde. Saint-Cyr aurait-il pu être tué ailleurs ? Par sire Jules ? Bell fut tenté de retourner inspecter l'arrière-cour, mais il était assuré de n'y trouver aucun indice. Outre qu'ils étaient exposés aux intempéries, le sol, la table et les bancs étaient trop sales pour avoir conservé des traces de sang encore vives – et il n'était pas certain que beaucoup de sang ait coulé.

En outre, sire Jules ne semblait pas le genre d'individu à se promener avec une cotte de mailles. Pourtant, il en possédait sans doute une puisqu'il avait été adoubé. Et, s'il s'attendait à affronter Saint-Cyr, qui était plus grand et plus fort, il aurait passé son armure – il n'était pas exclu qu'il ait perdu son calme et se soit glissé derrière lui pour le frapper en lâche.

— Oui, répondit Bell à la question de Jules, et il l'observa avec attention. Là-derrière, peu après le crépuscule, c'est probable.

Il sourit, comme s'il allait plaisanter.

— Et vous, où étiez-vous pendant la nuit de mercredi ? demanda-t-il.

— Ici, répondit Jules.

Il eut un hoquet.

— Ici même, précisa-t-il avec un petit rire. J'aurais pu le tuer.

Sa tête retomba alors sur ses bras repliés.

— Vous faudra-t-il le ramener chez lui ? demanda Bell à Ormerod.

— Ce ne sera pas la première fois, répondit celui-ci d'une voix dépitée. C'était un page charmant quand j'étais premier écuyer auprès du seigneur Haricot, bien qu'il ne se montrât jamais très gaillard au combat.

Il haussa les épaules.

— Mais beaucoup sont dans son cas et il était alors comme il est aujourd'hui, de constitution légère. Certains prennent du muscle au cours des ans, pas Jules. Quand j'ai été adoubé, j'ai quitté le seigneur Haricot pour administrer les terres de mon père avant que Jules ne devienne écuyer, et j'ignore donc comment il s'est retrouvé chevalier.

— Il semble avoir été un enfant très choyé. Il se peut que son père…

— Peut-être.

Le ton d'Ormerod n'engageait pas à poursuivre.

— Je suppose qu'il n'était pas là, dit Bell, ou qu'il n'aurait pu tuer Saint-Cyr, malgré la joie que lui procure sa mort ?

— Il était présent, en fait, car c'est moi qui l'ai retrouvé ici, corrigea Ormerod avec une moue. Ce fut une de ces nuits où j'ai dû l'attacher sur son cheval pour le reconduire chez lui.

— Et il était habillé comme aujourd'hui ?

Ormerod plissa les paupières.

— Quelle importance ? Je pense qu'il avait une cotte de mailles. Sa sœur avait insisté pour qu'il la mette quand il a déclaré vouloir gagner Oxford après le dîner.

Moi aussi, car je savais qu'il avait l'intention d'ordonner à Saint-Cyr de se tenir à l'écart de maîtresse Loveday.

Il regarda Bell dans les yeux.

— Je ne pourrais jurer qu'il n'a pas tué Saint-Cyr avant que je le retrouve, conclut-il à la hâte, mais j'ai peine à y croire. Au vrai, je ne le crois pas même assez courageux pour se glisser derrière un homme et le poignarder.

— Êtes-vous sûr de le vouloir comme beau-frère ? s'enquit Bell en haussant les sourcils.

Ormerod laissa échapper un soupir.

— Non, mais la fille n'a rien de commun avec lui, hormis une ressemblance physique. Elle est douce et modeste, ne manque pas d'esprit, et apportera une terre fertile en dot. Mon frère devrait être heureux avec elle.

Il poussa un nouveau soupir.

— Jules veut ce mariage, mais, pour l'heure, il ne peut se permettre de partager la terre. Il est couvert de dettes.

— Épouser maîtresse Loveday résoudrait le problème ?

— Ce mariage résoudrait tous les problèmes de Jules. Elle rembourserait les créanciers, s'occuperait de la propriété à sa place, et lui tiendrait la bride si serrée qu'il n'aurait ni l'occasion de boire ni celle de jouer, expliqua Ormerod en riant. Bien sûr, Jules ne se rend pas compte que tout va de pair.

— Je regretterais presque de le voir déchanter, dit Bell. Maîtresse Loveday est fiancée depuis longtemps à Niall d'Arvagh, un homme de Guillaume d'Ypres. Ils n'étaient pas pressés de se marier, aussi ont-ils été discrets là-dessus, mais, depuis le début de cette affaire, maîtresse Loveday a rédigé une déclaration sur l'honneur, destinée au roi, prouvant qu'elle est fiancée, et que Niall est au manoir de Noke, avec elle.

Ormerod pâlit, sans pouvoir détacher son regard de Bell.

— Fiancée ? répéta-t-il.

Bell confirma d'un bref hochement de la tête.

— Moi qui prenais Niall d'Arvagh pour un autre prétendant ! maugréa Ormerod. Jules m'avait juré qu'une fois Saint-Cyr écarté, maîtresse Loveday serait sienne. Il affirmait ne pas s'être marié parce qu'il tenait à sa liberté.

Il balança une jambe par-dessus son banc et se mit debout.

Bell leva les yeux et haussa un sourcil interrogateur.

— Je regrette pour sa sœur, dit Ormerod qui remit sans ménagement Jules sur ses pieds. Et il est possible que je sois allé trop loin pour reculer, bougonna-t-il, le visage figé par la colère.

Il grimaça et secoua le jeune homme qui recouvra partiellement ses esprits.

— Je me demande s'il ne vaudrait pas mieux le laisser ici. Ce serait une chance pour la pauvre Marguerite si un accident la privait de son frère avant qu'il ne rentre chez lui.

Pourtant, Ormerod aida sire Jules à atteindre la sortie. Bell demeura quelques instants sur son banc, tournant et retournant son pot de bière entre les mains. Puis il se leva et s'engagea dans la rue menant au *Wheat Sheaf*.

XII

VENDREDI 23 JUIN

SOFT NEST, OXFORD

Dès que la porte fut refermée, Magdalaine entendit Guillaume rameuter ses hommes et elle se glissa hors du lit. Tandis qu'elle se rhabillait à la hâte, elle se sentit fâchée contre elle-même. Guillaume s'était montré plus détendu qu'à l'ordinaire, moins rude, moins pressé. Elle aurait pu s'en contenter honnêtement plutôt que de feindre un plaisir qu'elle n'avait pas ressenti, mais elle était persuadée que Bell allait les surprendre.

Cette pensée la fit tressaillir et elle se tourna pour inspecter le lit. Sans même en prendre conscience, elle commença à retendre les draps froissés... Elle s'interrompit et recula. Ne valait-il pas mieux laisser le lit en l'état pour qu'il n'y ait aucun doute sur le fait que Guillaume et elle venaient de s'accoupler ? Si Bell devenait fou de rage... mais était-ce très loyal ? Il lui aurait déplu, à elle la première, de s'allonger dans un lit en désordre où d'autres couples l'auraient précédée.

C'était d'autant plus indigne que Bell s'était montré généreux en achetant toute cette nourriture. Magdalaine décida de couper la poire en deux : elle arrangea le lit de sorte que ce qui s'y était passé ne sautât pas aux yeux. Pourtant, son inquiétude ne disparut qu'au moment où elle aperçut la bourse posée par Guillaume sur la table. Quelle pauvre idiote elle était de perdre son temps à se soucier des réactions de Bell alors qu'elle devait trouver l'auteur d'un meurtre et n'avait à peu près aucun espoir d'y parvenir !

Elle se mordit la lèvre et prit une profonde inspiration. Ce n'était pas vrai. Bell était en ville, se renseignant à gauche et à droite, Bell… elle le chassa de ses pensées pour se concentrer sur Guillaume, qui lui avait fait remarquer que Florete, à Oxford, disposait peu ou prou des mêmes moyens pour s'informer que Magdalaine à Londres. Enfin, presque, car les clients n'accordaient pas à Florete la même confiance qu'à Magdalaine. Ici, ils ne s'assiéraient pas près du feu avec elle pour lui narrer des histoires qu'il eût été préférable de taire, mais les hommes, c'était indubitable, parlaient avec les prostituées et on pouvait acheter leurs confidences.

Magdalaine prit une demi-douzaine de pennies d'argent dans la bourse et les glissa dans sa poche avant de dissimuler le reste. Elle couvrit ensuite les reliefs du repas, qui risquaient de se gâter, nettoya les écuelles que Guillaume et elle avaient utilisées et mit leurs tranchoirs de côté ; elle les destinait aux mendiants de St Friedesweide. Plus aucun indice par trop voyant ne trahissait la faveur qu'elle avait accordée à Guillaume. Une fois encore, elle s'interrogea. Fallait-il refaire le lit ? Devait-elle épargner cette souffrance à son amant ou ne risquait-elle pas de le perdre ?

C'était une erreur de se permettre une telle faiblesse, car, encore une fois, la vie d'un homme était en jeu. Elle tourna les talons, gagna la porte d'un pas vif et sortit. Par chance, il n'y avait pas âme qui vive dans le couloir et elle se dirigea vers l'endroit où Florete était assise.

— J'ai à te parler, dit-elle.

Florete fronça les sourcils.

— Ce n'est pas le meilleur moment, et…

Comme pour confirmer ses paroles, une altercation éclata derrière un des rideaux. Florete leva la tête et écouta. On entendit le bruit sonore d'une claque.

— Rand, dit-elle, va voir ce qu'il en est.

Rand saisit son gourdin et se leva, mais Magdalaine sourit à Florete.

— Inutile de nous cacher pour parler. Nous pouvons rester ici, et il y a de l'argent à gagner pour toi et peut-être pour tes filles.

— Quand on parle d'argent, mes oreilles sont toujours ouvertes, répondit Florete, souriante elle aussi.

Magdalaine n'entendit pas ce que Rand, qui avait tiré le rideau de la chambre, avait dit, mais, peu après, il le referma et vint se rasseoir.

— C'est rien, annonça-t-il à Florete. D'après Hertha, il est inutile de s'inquiéter. Il est soûl et l'a frappée un peu fort.

Son comparse se mit à rire.

— Elle le lui fera payer.

Le regard de Florete alla des deux hommes à Magdalaine mais celle-ci secoua la tête.

— Comme je le disais, cela n'a rien de secret. Tes hommes peuvent écouter et, s'ils ont des choses à m'apprendre, je les paierai, ainsi que les filles.

Rand et Ogden émirent des bruits qui témoignaient de leur intérêt. Magdalaine leur sourit.

— Je présume que vous avez entendu parler de ce qui s'est prétendument passé entre cet ivrogne, Saint-Cyr, qui a été assassiné, et Niall d'Arvagh, un homme de Guillaume d'Ypres, accusé du crime… Il se trouve que Niall ne peut avoir accompli ce forfait. Au moins une douzaine de personnes, dont un prêtre, témoigneront de sa présence à plus d'une lieue de distance cette nuit-là. Par malchance, et pour une raison très différente, le seigneur Guillaume a cherché à s'informer sur Saint-Cyr et il se murmure dorénavant à la cour qu'il serait impliqué, peu ou prou. Voilà pourquoi le seigneur Guillaume veut qu'on découvre le véritable meurtrier.

Magdalaine avait à peine entamé sa dernière phrase que Florete secouait déjà la tête.

— En ce qui me concerne, dit-elle, je refuse de porter un faux témoignage. Non pas parce que celui que j'accuserais aurait des amis et une réputation telle…

— Non, non, l'interrompit Magdalaine. Ni Guillaume ni moi-même ne sommes intéressés par un artifice consistant à faire un coupable d'un innocent. Cela serait vain et, si la vérité venait à être connue, la situation de Guillaume s'aggraverait. Non. J'aimerais que tes hommes et tes filles tendent l'oreille dès qu'on mentionne le nom de Saint-Cyr – pas nécessairement son meurtre, mais tout ce qui tournerait autour de lui –, et me rapportent ce qu'ils auront appris. Je paierai pour chaque information…

Un pli ironique apparut sur la bouche de Magdalaine.

— … que j'estimerai vraisemblable et non pas destinée à m'escroquer de quelques farthings… car c'est tout ce que vous récolterez si vous me transmettez des rumeurs et des ragots. Des farthings. Cependant, si, grâce à vos informations, on parvient jusqu'au meurtrier, je vous paierai selon l'importance que le seigneur Guillaume accordera à vos dires. Pour vous dédommager du surplus de travail, et afin que vous passiez le mot aux filles…

Magdalaine fouilla dans sa poche et posa trois pennies d'argent sur la table devant Florete et un devant chaque homme. Elle renouvela son avertissement : seules l'intéressaient les informations qui avaient l'air vraies.

— Quand Florete s'est rendue aux latrines, dit Rand alors que Magdalaine se levait, il y avait un homme qui a parlé de Saint-Cyr. Le jour où vous étiez en compagnie du seigneur Guillaume.

— Qu'a-t-il dit ?

— Qu'il voulait coucher avec la ribaude que Saint-Cyr avait l'habitude de choisir.

— L'habitude ? s'étonna Magdalaine en jetant un coup d'œil à Florete. Je croyais que, la nuit où il m'a abordée, il venait pour la première fois ici.

— Qu'est-ce qui a pu te le laisser penser ? demanda Florete. Il n'était pas un client régulier mais il était déjà venu. La première fois, c'était peu après l'arrivée des hommes de Waleran. Nous l'avons vu…

Elle leva les yeux vers le plafond, serrant les lèvres, essayant de se souvenir.

— Oh, à trois ou quatre reprises.

Magdalaine secoua la tête.

— C'est très étrange. Je croyais dur comme fer qu'il vous était inconnu.

Elle haussa les épaules.

— Peut-être à cause de ses manières, dit-elle avant de se tourner vers Rand. L'homme a-t-il expliqué pour quelle raison il voulait la fille de Saint-Cyr ?

— Oui, mais j'ai un doute. Il s'est présenté comme l'ami de Saint-Cyr et, à l'entendre, coucher avec elle, c'était une manière de lui dire adieu.

Il grimaça.

— Oh, je m'en souviens, intervint son comparse. Il se pourrait même qu'il ait dit vrai. C'est un lourdaud. Il a une drôle de façon de parler, comme si sa langue était trop grosse pour sa bouche.

— Ça va, Ogden, le coupa Rand, c'est mon histoire.

Magdalaine rit.

— Non, Ogden, parlez. Rappelez-vous et je vous paierai tous les deux, ajouta-t-elle en se remettant à rire. C'est l'argent du seigneur Guillaume et il a les moyens de dépenser quelques farthings.

— J'ai pas grand-chose à ajouter, admit Ogden. Rand a demandé parmi les filles qui étaient libres laquelle s'occupait de Saint-Cyr et je suis allé dans la pièce commune pour m'assurer que tout était calme.

— L'un de vous se souvient-il de quelle fille il s'agissait ?

— Hertha, répondit aussitôt Rand. Quand vous avez commencé à poser des questions sur Saint-Cyr, cela m'est revenu.

Magdalaine donna deux farthings à chacun. C'était sans doute excessif, après le penny qu'ils avaient déjà reçu, mais elle voulait qu'ils se tiennent à l'affût du moindre détail et fassent un effort de mémoire important.

— Me sera-t-il possible de parler à Hertha quand son client l'aura quittée ? demanda-t-elle à Florete.

— Je m'en occupe, lui assura son amie, mais celui-là doit passer la nuit. Tu ferais mieux d'aller te coucher.

Ces paroles semblèrent dénouer les tensions dans le corps de Magdalaine et elle se sentit écrasée de fatigue. La journée avait été interminable, avec beaucoup de motifs d'inquiétude. Elle posa une main sur la table pour garder son équilibre, adressa un hochement de tête à Florete et, soudain, ne put réprimer un bâillement.

— Je vais suivre ton conseil, dit-elle. Et ne réveille pas Hertha de bon matin à cause de moi.

— Dois-je renvoyer ton jeune sire ? s'enquit Florete en souriant. Ou lui proposer une autre distraction afin que tu puisses dormir en paix ?

L'espace d'un instant, Magdalaine fut terrassée par la jalousie, au point d'en perdre la voix. Elle parvint enfin à rire.

— Non, laisse-le entrer. Nous sommes de vieux amis et mon lit lui sert autant à dormir qu'à prendre du plaisir. Il ne me réveillera pas s'il me trouve endormie.

Heureuse du prétexte que Florete lui avait fourni par hasard, Magdalaine se hâta de gagner sa chambre, et se précipita vers le lit. À peine avait-elle esquissé le geste d'attraper un drap pour le défroisser qu'elle se mit à rire en se traitant dix fois d'insensée. Loveday les avait réveillés aux aurores, ils avaient chevauché jusqu'à Noke, où une discussion animée et un vrai repas les avaient retenus, avant de s'en revenir. Alors, elle s'était demandé comment trouver Guillaume, avait parlé avec

Raoul de Samur, avant de tout raconter à Guillaume et de coucher avec lui. Que la Vierge Marie prenne en pitié une telle idiote ! Pourquoi donc devait-elle se soucier de l'état du lit alors qu'il n'y avait rien de plus naturel au monde que d'être couchée, dormant à poings fermés, à l'arrivée de Bell ?

Elle continua à bâiller, allumant la bougie de chevet puis une petite torche près de la porte afin que Bell ne se cogne pas à la table. Cependant, elle laissa les restes du repas là où elle les avait posés. Bell saurait que Guillaume était venu et avait mangé ; il déciderait de la suite, seul. Le lui avait-elle assez répété ? Ce qu'elle faisait de sa vie en son absence ne le regardait pas.

SAMEDI 24 JUIN

SOFT NEST, OXFORD

Magdalaine ne sut jamais si Bell avait remarqué que Guillaume avait passé du temps avec elle, ni quelle fut sa réaction dans ce cas. En fait, elle ignora à quelle heure il entra dans la chambre. C'est à son réveil qu'elle s'aperçut qu'il était couché à ses côtés.

Elle s'attarda un peu pour en profiter, se laissant aller à penser qu'elle éprouvait les sentiments d'une femme heureuse en ménage. Mais le mot assombrit son humeur, et elle se glissa avec précaution hors du lit. Le rayon de soleil qui traversait la fenêtre lui apprit qu'elle avait dormi tard. Elle haussa les épaules, referma le rideau, chercha le pot de chambre et se soulagea.

Qu'elle eût trop dormi ne perturba pas le vagabondage de ses pensées. Comme elle repoussait le pot sous le lit, l'idée lui vint qu'il y avait beaucoup trop de ménages malheureux. Sa chemise et sa cotte étaient posées sur le coffre près du mur. Elle les enfila, puis s'assit sur le coffre pour mettre ses chausses.

Des heures douloureuses lui revinrent en mémoire. Elle n'avait jamais éprouvé de satisfaction à se réveiller auprès de Brogan. De sa vie d'épouse, elle ne se rappelait que le dégoût que lui inspirait son mari, le soin qu'elle mettait à l'éviter et à s'échapper du lit avant qu'il ne la remarque et n'assouvisse son désir matinal.

Était-ce la personne même de Bell qui était source de joie ou seulement le fait qu'il fût un amant sensible et attentionné ? Et garderait-il cette prévenance et cette affection si elle devenait sa femme ? Magdalaine grommela. Sans doute pas. Tant qu'elle ne lui appartenait pas, il chercherait à lui complaire, afin qu'elle ne se mette pas en quête d'un autre. Une fois pieds et poings liés, pourquoi devrait-il se gêner ?

Pourtant, cette nuit-là, ils ne s'étaient pas aimés et le plaisir de se réveiller près de lui avait été aussi fort. Elle soupira, se chaussa, songeuse. Il était impossible de connaître la réponse à ses doutes. Une ribaude ne pouvait espérer vivre un mariage heureux. La lumière dans la pièce s'assombrit.

Elle quitta le coffre en riant sous cape et décrocha une lourde jupe d'un clou dans le mur. Ce n'était pas la tristesse mais un nuage qui cachait le soleil. La chambre était devenue grise et sinistre, et on sentait une fraîcheur humide. Il n'allait pas tarder à pleuvoir, se dit-elle quand un froissement lui apprit qu'on écartait les rideaux du lit.

— Mes vêtements sont-ils secs ? demanda Bell. J'étais trempé comme une soupe en venant du Carfax. Un vrai déluge !

— Assez secs pour les porter, bien qu'un peu froissés et rêches. Je vois que vous avez bonne mine, ce matin, preuve que vous n'avez pas forcé sur la boisson. Êtes-vous rentré tard ? J'étais si lasse après le réveil matinal imposé par Loveday et ce va-et-vient, cette excitation à cause de Niall, que je me suis endormie dès la tombée de la nuit.

Il ne répondit pas tout de suite. Il sortit du lit et usa du pot. Il enfila ensuite ses chausses, mais pas de chemise, car, dit-il, il avait besoin de se laver. Ses bottes n'étant pas encore sèches, il maugréa et les laissa où elles étaient. Tout en se dirigeant vers la table, il tira de sa bourse une brindille qu'il commença à mâchonner pour se nettoyer les dents. En réponse à son désir de se laver, Magdalaine hocha la tête et sortit chercher Diccon, afin qu'il apporte de l'eau.

Quand il entra, elle le pria de vider le pot de chambre. Le garçon grimaça mais le ramassa et s'éloigna. Elle faillit regretter de s'être déjà habillée car, depuis plusieurs jours, elle n'avait pas pris de bain, sans même parler d'une toilette sérieuse. Elle estima avoir des choses plus importantes à faire que de se dévêtir sous les yeux de Bell, toujours prompt à s'enflammer. Elle décida donc de relever ses manches et de délacer sa cotte, ce qui lui permettrait de se débarbouiller le visage, le cou et les bras.

Bell fut beaucoup plus soigneux et, après avoir passé sa chemise, il s'installa devant la table.

— Hier, j'ai appris certaines choses qui ne manquent pas d'intérêt, dit-il en se servant parmi les reliefs de la veille.

Magdalaine alla chercher deux coupes et la cruche de bière. Elle vida ce qui restait dans les coupes et s'assit au coin de la table, près de Bell.

— Tant mieux. Guillaume m'a demandé de trouver l'assassin, si tant est que ce soit possible.

Bell se renfrogna.

— Que lui importe ? Son homme n'est-il pas libre et innocenté ?

Magdalaine fit la moue.

— Niall n'est pas le seul homme de Guillaume. La maison de l'armurier, où sont logés ses capitaines, est au fond d'une venelle qui donne sur le *Wheat Sheaf*. N'importe lequel aurait pu s'y embusquer, guetter la sortie de Saint-Cyr, le suivre au *Broached Barrel* et le tuer. Sans compter que faute de comprendre pourquoi Waleran aurait proposé Loveday à un tel personnage, Guillaume s'est rendu à la cour pour se renseigner sur son compte.

Bell émit un léger sifflement, but une gorgée de bière et commença à manger un morceau de pâté en croûte. Quand Magdalaine lui fit remarquer qu'il était presque l'heure du dîner, il haussa les épaules. Il était si affamé qu'il se sentait de taille à prendre deux repas. Puis, abandonnant le sujet, il lui raconta ses découvertes.

— Un détail que j'ai appris m'inquiète un peu. Saint-Cyr a été tué par un homme qui portait une cotte de mailles. Cela rend encore plus suspects les hommes de Waleran.

— Comment diable l'avez-vous su ?

Il lui narra les moments passés en compagnie de l'adjoint du shérif à examiner le cadavre et signala le manque d'empressement de cet homme à démasquer le coupable.

— Ne comptons pas trop sur l'aide du shérif, conclut Magdalaine. Par ailleurs, je ne le crois pas enclin à nous gêner – à moins que vous ne considériez qu'il était prêt à accepter la culpabilité de Niall parce qu'il est du parti de Waleran ?

— Non pas. À en croire sire Rolf, le shérif n'a qu'un souhait : nous voir tous partir, le roi, les seigneurs Guillaume et Waleran, et la cour dans son ensemble. S'il appartient à un camp, ce sera celui de l'évêque de Salisbury. Mon Dieu ! J'oubliais ! Salisbury arrivera très probablement demain. Le shérif est parti à sa rencontre sur la route de Malmesbury.

— Cela va chagriner nombre de parieurs, dit Magdalaine en souriant. Mais nous aurons à affronter des troubles, soupira-t-elle. Je le sens dans mes os et mon expérience de tenancière m'a enseigné que mon corps a l'art de deviner les ennuis.

Bell acquiesça.

— Je partage votre avis.

Il regarda la grisaille derrière la fenêtre.

— Si la journée s'annonçait belle et ensoleillée, ce serait moins important.

Il haussa les épaules.

— Bien, il se peut que Salisbury ait assez de jugeote pour demander à ses hommes de planter leurs tentes hors les murs. Si oui, rien n'est encore perdu.

— Guillaume croit que Waleran et le roi cherchent un prétexte qui leur donnerait l'occasion de manifester leur mécontentement.

— Il n'a sans doute pas tort.

Après avoir terminé le pâté, Bell attrapa une tranche de rôti de porc au fond d'une écuelle. La viande était tendre car elle avait trempé dans son jus. Bell se pencha en avant, soucieux de ne pas tacher sa chemise. Tout en mangeant, il précisa sa pensée d'une voix indistincte.

— Je ne vois pas ce que je pourrais faire. J'avoue que, maintenant, je me félicite de l'absence de Winchester. Il aurait été forcé de s'interposer entre le roi et l'évêque, ce qui n'aurait fait que le dresser un peu plus contre Waleran. Il n'est pas exclu, s'il n'est pas impliqué, qu'il puisse arranger les choses, plus tard.

Magdalaine avait arraché un morceau à la moitié de miche restante et elle sauçait le fond d'un pot de chambre. Bell fixa le pot un moment, puis éclata de rire.

— Il se trouve, réagit Magdalaine, faussement indignée, que Florete ne dispose pas d'une cuisine comme nous à l'*Old Priory Guesthouse*. Il m'a fallu récupérer ce qu'il y avait de disponible et, hormis ce pot, rien n'était assez grand pour contenir la quantité de ragoût que vous avez achetée.

— J'espère qu'il a été bien nettoyé, fit Bell, toujours rieur, mais il se servit du pain et se mit lui aussi à saucer.

Soudain, comme frappé par une idée, il cessa de rire et fronça les sourcils.

— Il n'est personne qui puisse me dire ce qui se trame, finit-il par déclarer. Avant demain, il va falloir que je file à Wytham Abbey afin de prévenir le doyen, mais ce n'est pas si urgent. Il l'apprendra par d'autres voies. En revanche, je *peux* faire quelque chose pour aider à comprendre la mort de Saint-Cyr. J'ai reconstitué ses déplacements lors de sa dernière nuit et j'ai parlé à ceux qui ont passé un moment avec lui.

Il évoqua alors son entrevue avec le seigneur Ormerod et sire Jules au *Broached Barrel* et rapporta les propos d'Ormerod : « Jules portait une cotte de mailles parce que sa sœur l'avait exigé. »

Il se tut et redressa la tête.

— Je me demande si Ormerod n'en avait pas une, lui aussi… Il ne l'a pas précisé.

Il secoua la tête et continua à évoquer leur dialogue.

— Quant à Jules, je ne suis pas certain qu'il ait eu l'énergie suffisante pour laisser ces marques sur le cou et le menton de Saint-Cyr, mais un homme d'apparence frêle possède parfois une grande force nerveuse. Plus tard, on m'a rapporté qu'il s'était querellé avec Saint-Cyr.

— Au *Broached Barrel* ? Mais, je croyais…

— Non. Au *Wheat Sheaf*, pardon, je suis remonté trop loin en arrière. Permettez que je reprenne dans l'ordre. Saint-Cyr semble avoir été de garde ce matin-là ; il était parmi la troupe qui assurait la protection du logis de Waleran. Au fait, Waleran n'habite pas au château, comme Guillaume.

— Voilà un détail *étrange*, murmura Magdalaine. Pourquoi accepte-t-il que Guillaume soit plus près du roi que lui-même ?

— Parce que lui et le roi se sont entendus sur un projet qui exige une discrétion difficile à trouver dans un château, expliqua Bell en grimaçant. Je donnerais cher pour prendre la place d'une mouche sur un mur de cette demeure.

Il soupira.

— Bon, revenons à Saint-Cyr. Il a mangé avec les hommes d'armes et Jean Kaleau, que j'ai interrogé au

Lively Hop, m'a assuré l'avoir trouvé d'excellente humeur pour un homme qui avait été corrigé la veille et voyait disparaître l'occasion de conclure un riche mariage.

— Ah, mais estimait-il ne plus avoir de chances ? Lui avait-on affirmé qu'une fausse promesse perdue pouvait toujours être réécrite ? Je suis persuadée qu'il a raconté à l'auteur du faux qu'il l'avait égaré. Mais il n'est pas si facile de fabriquer un tel document. Et on peut penser que son auteur a craint de rester sous la coupe de Saint-Cyr, sa vie durant. Ne se serait-il pas plié à la volonté de Saint-Cyr avant de le tuer ?

— J'y ai songé, mais Jean Kaleau n'avait certes pas les moyens de lui procurer un tel document. Ni l'entregent nécessaire pour cela. J'estime d'ailleurs que nous pouvons écarter, pour les mêmes raisons, tous les hommes d'armes de Waleran.

— Y compris les capitaines ?

Bell soupira.

— Je le crois, dit-il posément. Souvenez-vous que son propre capitaine, Raoul de Samur, n'a pas été tendre avec lui. Il a exprimé du mépris, non pas de la crainte ou de la haine, et ceux auxquels j'ai parlé dans les tavernes semblaient ne pas connaître Saint-Cyr.

Magdalaine acquiesça d'un signe de tête et Bell continua.

— Après le dîner, il semble s'être volatilisé quelques heures mais il devait être proche du logis puisqu'on l'a vu plus tard le quitter, accompagné de Manville d'Arras, l'homme qui accuse Niall. Ils ont pénétré dans une cuisine publique entre le *Lively Hop* et le *Wheat Sheaf*, où ils ont mangé. J'ai parlé au cuisinier. D'après lui, ils semblaient en très bons termes.

— Sans doute est-ce vrai. N'est-ce pas Giles, ou un autre homme de Guillaume, qui a dit que ce Manville paraissait affolé quand il a porté ses accusations ?

Elle secoua la tête.

— Un balourd et un ivrogne… c'est une belle paire.

— Un balourd ? s'étonna Bell. Oui, il me revient que sire Rolf avait traité de fou l'accusateur de Niall. Il est possible que Saint-Cyr se soit contenté de le supporter. D'après le cuisinier, ils sont repartis ensemble, mais ils n'ont pas tardé à se séparer car Saint-Cyr a été vu, seul, au *Lively Hop*, qui est à quelques pas. Il s'est attablé pour boire avec deux hommes, eux aussi des troupes de Waleran – Jean Kaleau, grâce auquel j'ai su ce que faisait Saint-Cyr plus tôt dans la journée, et Peter Arnason, à qui je n'ai pas encore parlé.

— Puisqu'il est peu probable qu'ils l'aient tué – aucun, j'imagine, ne possède de cotte de mailles, ni n'était assez influent pour aider Saint-Cyr –, on peut tirer un trait sur Arnason.

— Eh bien, le troisième larron non plus n'est pas de ceux qui possèdent une cotte de mailles. Certes, il s'est approché de Saint-Cyr et a offert de payer sa bière. Ils ont un peu parlé, Saint-Cyr riant et ricanant, l'autre prenant ses distances au point de se fâcher et de partir, l'air mauvais, après avoir repoussé sa bière.

— Pourquoi est-il peu probable qu'il ait eu une cotte ?

— Oh, désolé. Le tavernier était certain qu'il s'agissait d'un marchand, à cause de son vêtement et de quelques paroles échangées entre cet homme et un mercier rencontré au marché. Cela dit, il y avait beaucoup de monde et le tavernier n'était guère attentif. Qui sait si la servante ne nous en apprendra pas plus ?

— Je m'en occupe, proposa Magdalaine.

Bell la regarda et esquissa un sourire. Elle secoua la tête à son intention et rit.

— Non, mon amour. Je n'essaye pas de vous éloigner d'autres femmes. Je crois, par contre, que je serai mieux placée qu'un homme pour la faire parler.

Pourtant, alors qu'elle se justifiait, elle se demanda dans quelle mesure cela était vrai. Souvent, les filles des tavernes proposaient plus que des bières à la clientèle et la servante ne manquerait pas d'essayer de grappiller quelques farthings si un bel homme encore jeune lui posait des questions.

Bell soupira, à croire que son cœur saignait, et ouvrit de grands yeux tristes.

— Moi qui pensais que vous vouliez me protéger d'influences pernicieuses…

— Vous êtes déjà beaucoup trop avancé dans cette voie ! répliqua-t-elle en riant. Saint-Cyr s'en est-il allé, par la suite ?

— Non, il a encore parlé à un individu… dans un coin. D'après le tavernier, l'homme était richement vêtu et ne portait pas de blason. Un seigneur sans suzerain, comme Ormerod, peut-être ? Il faudra interroger la servante à son propos. Ils semblaient très bien s'entendre, et ils sont repartis ensemble.

— Cela a assez l'allure d'un suspect. Le tavernier se souvient-il si l'homme portait une cotte de mailles ? Ils s'en sont allés ensemble… Il aurait pu tuer Saint-Cyr ou l'accompagner au *Broached Barrel*...

— Non. Il n'a pas tué Saint-Cyr car il a été vu peu après au *Wheat Sheaf*, sain et sauf. Mais, si cet homme est un des deux mentionnés par Samur, et s'il habite avec Alain de Bretagne, il aurait eu l'occasion de passer à son logis, d'y enfiler une cotte et de rattraper Saint-Cyr avant qu'il ne ressorte du *Wheat Sheaf*, car il s'y est attardé.

— Ah, oui. Vous m'avez dit que c'est là que sire Jules et lui se sont disputés.

— Je ne suis pas certain que « disputés » soit le terme adéquat. Saint-Cyr, à ce qu'il semble, a reçu une certaine somme d'argent entre le moment où il a quitté l'homme bien vêtu du *Lively Hop* et celui où il est entré au *Wheat Sheaf*. Je ne peux l'affirmer. Néanmoins, j'ai l'impression que le temps écoulé entre son départ du *Lively Hop* et son arrivée au *Wheat Sheaf* ne s'explique que s'il a fait un détour. Je crois que lui et son compagnon ont parlé quelques instants, et l'homme lui a donné de l'argent.

Magdalaine leva la tête, étonnée, avant d'approuver.

— Oui, parce que Saint-Cyr voulait se faire offrir de la bière, au *Lively Hop*, mais c'est lui qui a payé une tournée, peu après son entrée au *Wheat Sheaf*.

— Exact. Et c'est alors qu'il a eu une explication avec sire Jules. Apparemment, celui-ci aurait accepté la chope de bière, mais quand Saint-Cyr a voulu boire à son prochain mariage avec maîtresse Loveday d'Otmoor, sire Jules a versé sa bière sur le sol et proclamé que Saint-Cyr serait mort avant. Il s'est ensuite rué dehors.

— Hmm, et Saint-Cyr n'a pas réagi ? Je me demande...

Elle se tut et tourna la tête car quelqu'un grattait à la porte.

— Magdalaine, s'enquit peu après la voix de Giles de Milland, puis-je entrer ?

— Oui, je vous en prie.

Il entra et referma mais ne s'approcha pas de la table.

— Rien qu'un message, dit-il. Le seigneur Guillaume voudrait que vous vous rendiez à Noke pour prier Niall de revenir à Oxford demain, vers le milieu de la matinée, avec les documents qui l'innocentent.

— Le seigneur Guillaume manque-t-il soudain d'hommes au point de ne pouvoir en dépêcher un ? demanda Bell d'un ton acerbe. Il est dangereux pour une femme de chevaucher, seule, hors la ville, quand tant d'hommes d'armes parcourent le pays.

Giles sourit.

— Le seigneur Guillaume ne doute pas que l'Église mettra une escorte à la disposition de Magdalaine. Il refuse d'envoyer un de ses hommes car il ne veut pas qu'on établisse un rapport entre sa personne et Noke ou Loveday d'Otmoor, avant que Niall ne soit blanchi de l'accusation de meurtre.

— Ne soyez pas stupide, Bell, intervint Magdalaine. Guillaume sait à qui il a affaire et il n'ignore pas que Florete me fournira une escorte s'il vous est impossible de m'accompagner. En outre, il paiera un bon prix. Est-ce tout, sire Giles ?

— Le seigneur Guillaume estime certain que Salisbury arrivera au cours de la journée et se présentera au roi lors du dîner ou après. Il aimerait savoir comment les choses se dérouleront mais il pense que la première rencontre ne devrait pas donner matière à dispute. Il désire innocenter Niall des accusations portées contre lui avant le dîner de demain.

Il haussa les épaules et grimaça.

— Avant qu'un incident ne se produise qui détournerait l'attention loin du seigneur Guillaume et de la preuve que son homme a été accusé à tort.

Bell haussa les sourcils.

— Que voilà une affaire bien réglée ! J'espère que tout se déroulera selon le plan de sire Guillaume.

— Un plan habile supplée à un faible espoir, déclara Giles.

Il leva la main en signe d'adieu.

XIII

SAMEDI 24 JUIN

MARCHÉ AUX GRAINS, OXFORD

Après le départ de sire Giles, Bell et Magdalaine se regardèrent en silence.

— Si vous souhaitez rester à Oxford, afin de pouvoir faire votre rapport au doyen sur la première entrevue entre Salisbury et le roi, finit par dire Magdalaine, je louerai…

— Non, une demi-douzaine de jeunes prêtres et plusieurs frères, dont aucun n'a de lien avec Winchester, seraient heureux de porter les nouvelles. En fait, le doyen a insisté pour que je me trouve à Wytham Abbey quand arrivera Salisbury, de sorte qu'on ne puisse dire que je suis allé l'accueillir ou lui ai donné un message. J'irai à Noke avec vous.

— Oui, mais pas dans l'immédiat, précisa Magdalaine. Niall n'a pas besoin d'être à Oxford avant demain matin. Nous avons le temps de déjeuner et de questionner les gens des tavernes. Non, commençons par cela. La matinée devrait être plus tranquille pour eux et nous venons de manger.

Bell vida son ale et accepta, mais avant qu'ils aient décidé s'ils prendraient leurs manteaux, au cas où il pleuvrait, on gratta une nouvelle fois à la porte.

— Qui est là ? demanda Magdalaine.

— Hertha. Florete m'a dit que vous vouliez me parler.

— Hertha… murmura Magdalaine, cherchant à se remémorer ce nom, puis demandant d'un geste à Bell de se cacher. Oh, oui, entrez !

Magdalaine ouvrit.

— Vous avez couché avec l'homme qui demandait la fille habituelle d'Aimery Saint-Cyr, n'est-ce pas ?

— Dieu merci, ce n'était pas moi, mais je l'ai eu deux fois. Il se plaignait du prix et exigeait que je prenne son vit crasseux dans ma bouche… que j'enfonce les doigts dans…

Elle eut une moue de dégoût.

— Et il puait ! J'ai prévenu Florete que je ne l'accepterais plus. Est-ce pour ça qu'il vous a cherché noise ? Je suis désolée, mais…

— Non, non. Cela n'a aucun rapport. Vous savez que Saint-Cyr a été assassiné ?

Hertha hocha la tête.

— Quelqu'un de ma connaissance, poursuivit Magdalaine, risque d'être accusé de ce meurtre, et je cherche donc à identifier le vrai coupable. Je voulais savoir pourquoi l'ami de Saint-Cyr désirait être avec cette fille.

Hertha fronça les sourcils.

— Je ne pensais pas que cela vous intéresserait, et, franchement, je n'ai pas fait attention à ce qu'il disait. C'est déjà assez difficile de devoir coucher avec un imbécile qui vous tape dessus, alors écouter leurs histoires, non, merci. Et celui-là ! Le plus stupide que j'aie jamais rencontré. Enfin, stupides, ils le sont tous, mais lui, c'est à peine s'il arrivait à parler.

Hertha ne gagnerait jamais plus d'un penny, se dit Magdalaine à part soi, et, dès que sa beauté se serait fanée, elle se retrouverait dans la chambre à un farthing. Elle était jolie, assez propre, mais il était évident qu'elle n'essayait pas de faire croire à un homme qu'il était le bienvenu, qu'il avait de l'importance – afin qu'il revienne, et lui donne une pièce supplémentaire.

Magdalaine se mordit la lèvre, consciente du sourire amer qui lui venait. Au moins, le mal qu'elle s'était donné pour satisfaire Brogan, outre sa beauté, lui avait valu son succès dans le métier.

Elle prit un farthing dans sa bourse et le lui montra, paume ouverte.

— Vous souvenez-vous d'un détail concernant Saint-Cyr ?

— Il m'avait dit de ne pas me soucier de son mariage… comme si perdre un client tel que lui m'aurait chagrinée ! Il affirmait qu'il deviendrait meilleur client parce qu'il aurait beaucoup à dépenser. J'étais énervée, aussi lui ai-je demandé ce qui arriverait si j'en parlais à sa future femme. Ça n'aurait pas d'importance, a-t-il répondu. Il avait un ami de bonne naissance qui ferait en sorte que la fille lui soit promise et devienne son épouse, bon gré mal gré.

Hertha se tut un instant.

— Si j'avais cru qu'elle m'écouterait, je l'aurais prévenue.

— Elle le savait. Elle se cachait de lui.

Magdalaine posa la pièce dans la main d'Hertha.

— L'homme qui voulait coucher avec vous au nom de Saint-Cyr, estimez-vous qu'il était plutôt heureux ou désolé de sa mort ?

— Oh, désolé, m'a-t-il semblé… une autre raison de le considérer comme un imbécile. Il pleurait en parlant de Saint-Cyr, qu'il n'appelait qu'Aimery. Il disait le connaître depuis des années, lui avoir appris à combattre, mais Aimery… parfois, il utilisait un autre nom… Carl, si je ne me trompe. Bref, c'était Aimery qui lui avait permis d'entrer au service du seigneur Waleran, où on était bien mieux payé, pour un travail moindre, que dans les troupes qu'il avait connues auparavant.

— Il pleurait, vraiment ? Était-ce de douleur ou de culpabilité ?

Hertha réfléchit avant de répondre.

— J'ai du mal à le croire, mais c'était un vrai chagrin, à mon avis. Il a dit me vouloir, moi, parce qu'il était l'héritier d'Aimery. Il estimait juste de m'utiliser plutôt que n'importe quelle autre fille.

Elle secoua la tête.

— Un sot !

Magdalaine rit mais lui donna un autre farthing.

— Je doute que cela ait un sens, mais je me félicite d'apprendre que Saint-Cyr avait un héritier. Ce ne sera pas la première fois qu'un héritier hérite un peu trop tôt… et se sent gêné aux entournures.

Hertha accepta la seconde pièce.

— Pas lui, à mon avis. Je ne sais pourquoi… mais je… il m'a presque plu.

— J'ai le sentiment que vous ne vous êtes pas trompée sur son compte et, si d'autres souvenirs vous reviennent, à son propos ou concernant Saint-Cyr, venez m'en parler. Je ne vous promets pas de vous payer, sauf si vous m'apprenez des choses intéressantes.

Une fois la ribaude partie, Bell quitta le côté du lit où il était resté, assis sur le coffre à habits de Magdalaine à l'abri des regards.

— Manville d'Arras ?

— Sans doute… Je me demande si nous le retrouverons dans une taverne. J'aimerais fort lui parler, pas au point, cependant, de m'introduire dans les logis des troupes de Waleran.

Bell acquiesça, regarda par la fenêtre et prit son manteau, qu'il avait laissé accroché à un clou avec celui de Magdalaine, l'après-midi de la veille. Magdalaine lui emboîta le pas et ils sortirent. Tout en se dirigeant vers le Carfax, ils décidèrent de ne pas suivre l'ordre établi par Bell et de commencer par visiter le *Lively Hop*. Ils allaient en franchir le seuil quand Magdalaine, lançant un regard au bout de la rue, aperçut sire Ferrau dans la cuisine publique où Diccon avait l'habitude d'acheter les repas des filles du *Soft Nest*.

— Grâce au ciel, dit-elle à Bell, sire Ferrau est là-bas, dans une cuisine. Vous ai-je confié qu'il m'avait prié de lui restituer la bourse volée par Niall à Saint-Cyr ?

— Bien sûr. Loveday n'a pas manqué d'affirmer que je la trouverais, mais cela m'est sorti de la tête quand nous sommes tous partis à Noke prendre des nouvelles de Niall. Puis, dans l'excitation du moment, lorsque nous avons su Niall innocent, j'ai oublié pourquoi nous étions venus.

— Moi de même, admit Magdalaine. Et je ne crois pas que cela ait grande importance puisque Saint-Cyr ne peut plus la réclamer. Pourtant, j'ai promis à sire Ferrau de faire quelque chose, et je suppose que je devrais aller lui demander s'il tient toujours à la récupérer.

Mais Ferrau lui coupa l'herbe sous les pieds : à peine avaient-ils fait un pas dans sa direction qu'il remarqua leur présence, se leva et les rejoignit.

— Avez-vous la bourse ? s'enquit-il aussitôt.

— Non, répondit Magdalaine, très surprise de son empressement. Je regrette, mais, après avoir appris la mort de Saint-Cyr, sachant qu'il n'irait se plaindre à personne, j'ai peur d'avoir oublié. Je suis allée à Noke, sans chercher à la récupérer, je l'avoue.

— Grands dieux ! s'exclama Ferrau, mal à l'aise. Il me la faut !

— Pour quelle raison avez-vous besoin de la bourse d'un simple homme d'armes ? demanda Bell.

Ferrau fit une vilaine grimace.

— Je n'en ai pas la moindre idée, concéda-t-il. C'est la mission dont m'a chargé le comte Alain. Comment vais-je faire, dorénavant ? Je ne peux chevaucher jusqu'à Noke pour la réclamer. D'une part, j'ignore où se trouve ce manoir, d'autre part je crains fort que sire Niall n'admette pas avoir pris cette bourse si je l'interroge.

— Pourtant, puisque Saint-Cyr est mort, il est certain que…

Bell hésita.

— Êtes-vous sûr que le comte Alain soit informé de la mort de Saint-Cyr ? finit-il par demander.

— Certes ! répondit Ferrau, amer. Quand il m'a envoyé chercher, ce matin, et a réclamé la bourse, j'ai tout de suite fait remarquer que Saint-Cyr ne serait plus une source d'ennuis, dorénavant.

Il haussa les épaules.

— Si le comte m'a entendu, il n'a pas réagi et il s'est contenté de réitérer son exigence.

Il grimaça une fois encore.

— On ne pose pas de questions au comte Alain.

— Il se peut, intervint Magdalaine, que le comte désire récupérer la livre en argent qui se trouvait dans la bourse.

Un petit sourire au coin des lèvres et un rire intérieur donnèrent à son regard bleu de brume une nuance presque argentée.

— Par quel moyen Saint-Cyr aurait-il obtenu une telle somme ? s'interrogea Bell. J'ai ouï le capitaine de sa troupe assurer qu'il le savait incapable de payer pour… un objet qui lui tenait très à cœur.

Magdalaine s'était reprise, mais ses yeux brillaient toujours, tant elle s'amusait.

— Peu importe, éluda-t-elle, je pense que l'argent appartient maintenant à Manville d'Arras.

— Manville d'Arras ? répéta sire Ferrau. Qui est-ce et pourquoi le contenu de la bourse de Saint-Cyr devrait-il lui revenir ?

— Je n'en mettrais pas ma main au feu, pourtant, une ribaude du *Soft Nest*, avec laquelle ce Manville a couché, m'a confié qu'il s'était présenté comme l'héritier de Saint-Cyr.

Magdalaine rit et secoua la tête.

— Ce n'est pas un esprit très subtil, ce Manville. Il pensait avoir aussi hérité de la fille avec le reste des biens, je crois. Elle était plutôt agacée, car elle n'éprouvait pas une tendresse particulière pour Saint-Cyr.

— Qui va croire une ribaude ? s'exclama Ferrau.

Il retint son souffle, se rappelant qui était celle à qui il parlait, et s'excusa d'un geste.

— Vous avez peut-être raison, répondit posément Magdalaine en hochant la tête pour montrer qu'elle lui pardonnait, mais, en général, même une ribaude a besoin d'un motif pour mentir. Or je ne vois pas pourquoi cette fille aurait menti à cause d'une histoire aussi niaise.

— Quoi qu'il en soit, dit Bell d'un ton beaucoup moins chaleureux que celui de Magdalaine, il nous faudra déterminer si la fille a dit vrai et si Arras est en effet l'héritier de Saint-Cyr – aux yeux de la loi, j'entends – avant de lui reprendre la bourse. Si la chose est avérée, il n'y aura nulle contestation. La bourse et son contenu lui appartiennent.

— Un vulgaire homme d'armes… lâcha Ferrau, dépité. Sa requête ne saurait prévaloir sur celle du comte Alain de Bretagne, justifiée ou non. Si vous retrouvez cette bourse à ma place, le comte en sera fort rasséréné, je n'en doute pas… à moins que… ce Manville d'Arras sait-il ce qu'il y a dans la bourse ?

Magdalaine haussa les épaules.

— Je l'ignore. Il n'en a rien dit à la fille… ou, attendez, n'a-t-il pas laissé entendre qu'il aurait plus d'argent, à l'avenir ? Non, c'était Saint-Cyr, et il parlait de son mariage avec Loveday, et point du contenu de sa bourse.

— Écoutez, dit sire Ferrau en s'adressant à Bell, mon maître veut cette bourse. Pourquoi ? Je n'en ai aucune idée. Mais, si je la récupère, il m'en sera reconnaissant ; dans le cas contraire, il pourrait même me congédier. Ce n'est pas le maître le plus conciliant du monde, bien que les avantages à le servir soient nombreux. Au nom du passé…

Une expression étrange apparut sur le visage de Bell. Il finit cependant par acquiescer.

— Je ne peux assurer que la livre sera toujours dans la bourse. Niall ne l'aura pas touchée, mais qui sait ce qui sera arrivé depuis qu'il l'a eue en main, ou même avant ? Il sera à Oxford demain matin et nous lui demanderons de rapporter l'objet. Dès lors, nous trouverons son véritable propriétaire. Il me semble qu'Arras sera enclin à le remettre au comte Alain si vous, en son nom, et en tant qu'ami de Saint-Cyr, le lui demandez.

— Morbleu, je n'étais pas l'ami de Saint-Cyr ! Je suis presque reconnaissant à celui qui nous en a débarrassés ! Il n'était qu'une source d'ennuis !

Bell lui répondit par un grand sourire.

— Comment l'avez-vous connu ?

Ferrau soupira.

— Nous étions du même village, oh, cela remonte à loin… Il venait livrer… je ne sais plus quoi, au manoir. C'était le fils d'un commerçant. Il s'est souvenu de moi et m'a accosté. J'ai remarqué qu'on l'avait battu, et fou que je suis, je l'ai plaint. Je lui ai offert à boire… Si j'avais deviné dans quels ennuis j'allais me fourrer, je l'aurais poignardé à la première occasion, épargnant ce souci à son meurtrier.

Il haussa les épaules.

— Quoi qu'il advienne, je ne vous remercierai jamais assez si vous me rapportez cette bourse.

Il soupira, esquissa un sourire.

— Je ferais mieux de finir mon repas avant qu'on ne débarrasse, ajouta-t-il.

Dès qu'il se fut suffisamment éloigné, Bell, avant même d'entrer dans la taverne, se tourna vers Magdalaine.

— Pourquoi diable avez-vous souri quand vous avez suggéré que le comte Alain était peut-être intéressé par la livre en argent ? Ce n'est pas une somme négligeable, même pour un homme de sa condition.

— Je ne souriais pas, répondit Magdalaine d'un air ravi. Et, je l'admets, une livre reste une livre, même pour le comte Alain, mais je ne crois pas qu'elle pèse aussi lourd que son sens de l'honneur et que le contenu de la bourse équivaille à ce qu'il risque de lui en coûter.

— Que cherchez-vous à me dire ?

— La fausse promesse, Bell, la fausse promesse de fiançailles… Cette livre d'argent n'aurait-elle pas servi à acheter la signature du comte Alain sur ce document ? Avez-vous oublié Gervase de Genlis ?

Gervase de Genlis était le père de Bertrild, la première femme de Mainard, le sellier. Au cours de l'enquête qui leur avait permis de démasquer le meurtrier de Bertrild, Bell et Magdalaine s'étaient aperçus que Gervase, contre argent, avait attesté la légalité de nombreux faux documents – avant de faire chanter leurs propriétaires[1].

— Mais Gervase était la lie de la terre ! protesta-t-il. Le comte Alain…

— … n'en est pas la lie, disons plutôt la crème. Croyez-vous, pour autant, qu'il se soucie davantage des droits d'autrui que Gervase ? Aussi fortuné soit-il, son train de vie est très dispendieux et ses revenus pourraient en souffrir. Afin de les augmenter, qui sait s'il n'a pas de temps à autre apposé sa signature sur un document dont… euh… il n'avait aucun moyen de vérifier la légitimité ?

Magdalaine sourit de nouveau, mais pas Bell. Il l'attira vers le banc qui flanquait la porte ouverte et lui demanda de s'asseoir tout en prenant place.

— S'il en est ainsi, souffla-t-il, le document dans cette bourse est plus dangereux que la charge d'une troupe de chevaliers. N'imaginez-vous pas ce qu'un homme aussi orgueilleux est capable de faire pour empêcher que soit connue sa malversation ? À Noke, il nous faudra examiner le faux et, si son nom apparaît, altérer le document de sorte que n'y figurent plus celui de Loveday et de ses propriétés. Ensuite, nous le rendrons.

Magdalaine plissa le nez, puis soupira et approuva de la tête.

— Oui… mais pas avant que Guillaume ne l'ait vu.

1. Voir *Le Diable à demeure, op. cit. (N.d.T.)*

— Grands dieux, non ! se récria le chevalier, sans hausser le ton mais l'air effaré. Le lien entre vous et lui est trop facile à établir.

— Oh, Guillaume ne s'en servira pas… sans preuve, ce serait plus dangereux encore et cela salirait son nom autant que celui du comte. Je songe seulement à son plaisir et à son amusement. Il est si irrité des grands airs que se donnent le comte et le seigneur Hervey ! Cela lui réchauffera un peu le cœur face à leur politesse méprisante.

— Vous le lui direz, peu importe mes recommandations, je suppose, grinça Bell. En dépit de l'expérience que vous avez de lui. Et bien que vous sachiez que, si cela favorise ses buts, il s'en servira, indifférent à la menace qui pèse sur vous.

— Pourquoi le comte Alain devrait-il penser à moi ? C'est Niall qui a pris la bourse, et c'est la promesse de Niall qui a été menacée par le faux. Niall est un homme de Guillaume. On ne manquera donc pas d'affirmer que c'est Niall qui l'aura appris à Guillaume, qu'il lui aura aussi remis le document et que Guillaume, magnanime, l'aura rendu au comte Alain.

Elle se tut.

— Hm, hm, fit-elle en hochant la tête, n'est-ce pas une excellente idée ?

— Le comte pensera à vous parce que Ferrau lui apprendra que vous étiez censée récupérer la bourse mais que vous l'avez donnée à Guillaume plutôt qu'à lui, affirma Bell, lèvres serrées.

Magdalaine eut un petit rire.

— Oh, mais si Guillaume rend le document au comte, Ferrau s'abstiendra d'entrer dans les détails, et, à supposer que le comte lui demande pourquoi le document est tombé entre les mains de Guillaume, croyez-vous que Ferrau admettra avoir demandé à une catin de le récupérer à son profit ? Il dira plutôt que Niall avait déjà fait parvenir la bourse à Guillaume avant qu'il n'ait reçu l'ordre de la retrouver. Ce qui lui évitera d'être blâmé, pour autant qu'il peut y échapper.

Bell soupira.

— Le sort de Ferrau ne m'importe guère. Non que je lui souhaite du mal – il m'a rendu un fier service quand il m'a obligé à abandonner mes rêveries pour me confronter à la réalité –, mais il a assez de talent pour se pousser dans le monde, et la chance est de son côté. La fortune lui a souri quand le comte Alain lui a proposé de le prendre à son service, juste avant que le malheur ne s'abatte sur la maison du seigneur Sutton. Certes, Ferrau n'est en aucune façon suspect quant à la mort de sa fille, toutefois, le comte ne se serait pas intéressé à un homme qui venait d'une maison où un meurtre avait été perpétré.

— Ils sont nombreux à être impliqués dans cette histoire, alors même qu'ils ont un rôle dans celle de Loveday, remarqua Magdalaine, songeuse. Ormerod était promis à la fille de Sutton. Sire Jules était un ami de longue date. Sire Ferrau la connaissait en tant que fille de son suzerain. Et vous, Bell ?

— J'ai dû la croiser, mais je n'ai pas souvenir de la fille… Enfin, une très vague réminiscence, à propos d'*une* fille. Je me suis rendu quelquefois à Culham et Sutton a pu venir en sa compagnie à l'abbaye. Cependant, je n'étais pas en âge de m'intéresser à ces demoiselles…

— Fieffé menteur que vous êtes ! rit Magdalaine. À douze ans ? Treize ? Vous étiez encore innocent ? Je n'en crois rien !

Bell aussi se mit à rire.

— Ma foi, c'est la vérité, car j'étais cloîtré dans mon abbaye. Il se peut que j'aie eu certains rêves, mais n'y apparaissaient pas des filles de mon âge. Quand je rêvais, c'était de femmes rondes, à la gorge et aux hanches pleines. En y repensant, une des laitières qui venaient chercher le lait du troupeau de l'abbaye…

Magdalaine lui donna un coup dans les côtes et se leva, sans cesser de rire. Il la suivit dans la taverne. Elle lui tapota alors l'épaule et s'éloigna vers une table d'angle, laissant Bell se diriger vers le fût mis en perce près duquel trônait le tavernier. Bell s'offrit une chope, secoua la tête en réponse au coup d'œil de l'homme vers Magdalaine, et porta sa bière de l'autre côté de l'établissement. Il s'assit dos au mur.

Entre-temps, d'un signe, Magdalaine avait demandé à une servante de la rejoindre. Celle-ci, après avoir lancé un regard furtif vers Bell, s'approcha d'un pas décidé.

— Trop pingre pour vous offrir à boire ? demanda-t-elle à Magdalaine, en anglais.

— Non, répondit-elle dans la même langue. Je l'ai prié de rester à l'écart. Nous sommes de vieux amis.

Elle sortit un farthing de son escarcelle et le posa près d'elle, sur le banc.

— Vous pouvez me servir une petite bière, mais je suis venue vous poser des questions sur un certain Aimery Saint-Cyr…

— Celui qui a été tué il y a quelques jours, dit la servante en commençant à reculer. C'était au *Broached Barrel*. Nous, au *Lively Hop*, nous n'avons rien à y voir. Nous ignorons tout de ce crime.

Magdalaine poussa le farthing dans sa direction.

— Personne ne pense que vous y êtes pour quelque chose. En fait, Bell – de la tête, elle désigna le chevalier, qui s'entretenait avec l'unique serviteur de l'endroit – a déjà découvert que Saint-Cyr a été tué par un homme vêtu d'une cotte de mailles.

Elle sourit à la fille.

— Je me demande si vous parviendriez à en soulever une, encore moins à la porter.

La fille laissa échapper un petit rire et se rapprocha. Son regard s'intéressa au farthing.

— Personne chez nous n'a de cotte de mailles ni n'en a jamais porté.

— Je vous crois sans peine, mon amie.

Magdalaine embrassa la salle du regard. Hormis Bell et un vieillard, assis non loin du tavernier, il n'y avait pas d'autres clients.

— Il me semble que vous n'êtes pas très occupée... Ne voudriez-vous pas vous asseoir et boire avec moi une bière ou du vin, si cela vous est permis, et répondre à mes questions ? Je vous promets qu'elles ne concernent personne travaillant au *Lively Hop*.

— Eh bien, dans ce cas...

La fille alla chercher les boissons, glissa quelques mots au tavernier et retourna s'asseoir près de Magdalaine, sur le côté du banc où se trouvait le farthing.

Magdalaine s'enquit d'abord de son nom – Mayde. Elle lui décrivit alors Saint-Cyr : cheveux noirs et gras, œil tuméfié, lèvres gonflées et coupées, voix pâteuse. La fille hocha la tête. Il avait commencé ses visites, fréquentes, à partir de début juin, après l'arrivée du seigneur Waleran en ville.

— Le tavernier a dit à Bell que Saint-Cyr était présent la nuit de sa mort, précisa Magdalaine.

Elle remarqua que Mayde se détendait plus encore. Si le tavernier avait déjà parlé de Saint-Cyr à Bell, rien ne lui serait reproché à elle.

— Je veux savoir qui Saint-Cyr a rencontré et, si vous pouvez me rapporter leurs paroles, je vous paierai.

Mayde fronça les sourcils.

— Il est resté un bon moment. Thomas, là-bas...

Elle désigna le serviteur avec qui parlait Bell.

— ... s'occupait des deux hommes qui l'accompagnaient. Il les connaissait bien. Il buvait souvent avec eux, mais je ne suis pas sûre qu'il avait une boisson à la main, cette nuit-là. Je crois que ces hommes appartenaient à sa troupe.

Cela s'accordait avec l'hypothèse selon laquelle Saint-Cyr avait peu ou pas d'argent, avant qu'il ne pénètre au *Wheat Sheaf*. Magdalaine l'encouragea.

— Ils en étaient. Bell a déjà parlé à l'un d'eux.

Elle sourit à la fille et poussa le farthing vers elle, gardant un doigt dessus.

— J'ignore ce qu'ils se sont dit, admit Mayde, très contrariée car elle pensait que le farthing était à portée de main et qu'elle aurait dû mieux se débrouiller pour l'obtenir.

Pourtant, elle sourit, rassérénée, car Magdalaine poussa la pièce juste devant elle et ôta son doigt.

— Je veux la vérité, déclara Magdalaine, même si elle ne m'apprend rien.

Elle prit un autre farthing dans son escarcelle.

Mayde hocha vigoureusement la tête.

— Au bout d'un moment, j'ai vu un homme bien vêtu – des habits sombres et simples, comme ceux d'un négociant – s'approcher de Saint-Cyr et lui taper sur l'épaule. Saint-Cyr s'est levé et a suivi cet homme qui ressemblait à un marchand. Il m'a demandé de leur apporter deux bières. Au début, je n'ai pas entendu ce qu'ils disaient, parce que je devais aller chercher les boissons, mais une fois près d'eux, j'ai remarqué que le marchand avait l'air furieux. Puis, on m'a appelée, et j'ai vu le marchand repousser son ale et se dresser, le poing fermé. Thomas s'est précipité, car l'homme semblait vouloir frapper Saint-Cyr, mais il a tourné le dos et a gagné la porte. Il m'a regardée comme s'il allait pleurer.

Magdalaine lui donna un deuxième farthing. La fille le prit et haussa les épaules.

— Voilà. Saint-Cyr est resté à sa table en riant tout seul. Il a fini sa bière et celle du marchand, sans m'en commander une autre, et j'ai cessé de m'intéresser à lui. Plus tard, je me suis aperçue qu'il avait quitté sa place et je me suis demandé s'il était sorti. Parfois…

Elle fit une moue dégoûtée.

— … il voulait aller dans un coin sombre avec moi, et il aimait me frapper. J'étais donc contente qu'il ait disparu, mais, quand je l'ai vu avec l'autre homme, j'ai laissé Mary lui porter sa bière.

— Avez-vous distingué l'autre homme ?

Mayde secoua la tête, dépitée.

— Pas vraiment. Il y avait si peu de lumière, je n'aurais pas même remarqué Saint-Cyr, sauf que son visage était si abîmé. Mary pourra vous renseigner.

— Envoyez-la-moi, s'il vous plaît, dit Magdalaine et elle lui remit un troisième farthing. Pour que vous réfléchissiez et ne me disiez que la stricte vérité. Si un souvenir vous revient, ou si vous avez vent d'un incident concernant l'un des hommes vus avec Saint-Cyr, je loge au *Soft Nest*. Non pas que j'y travaille. Je loue la chambre au fond de la cour. Je m'appelle Magdalaine.

Après le vif intérêt manifesté par Mayde, la rencontre avec Mary fut très décevante. Plus âgée, elle se montra moins conciliante. Ses maigres cheveux étaient rassemblés en un petit chignon, elle avait les lèvres tombantes et crispées, l'œil terne. Magdalaine utilisa le même procédé qu'avec Mayde, mais la femme attrapa le farthing d'un seul geste et secoua la tête.

— Je les connaissais pas, ni l'un ni l'autre, dit-elle. Et j'ai rien entendu. Qui c'est qui les demande, d'ailleurs ?

Un autre farthing, apparu dans la main de Magdalaine, qui se referma aussitôt, lui délia un peu la langue. Quand Magdalaine les évoqua, la femme confirma que Saint-Cyr avait le visage tuméfié et que son compagnon portait les cheveux coupés plus court sur la nuque que sur les côtés. De quelle couleur ? « Pas blonds », affirma-t-elle. Elle secoua encore la tête et insista : il faisait trop sombre pour en être certain. Bruns, peut-être ? Une coupe de chevalier, se dit Magdalaine, sentant l'excitation monter.

Hélas, Mary n'avait rien d'autre à lui apprendre. D'abord, elle fut incapable de décrire le visage de l'homme puis, quand Magdalaine lui tendit le second farthing, une foule de détails lui revinrent. Magdalaine n'en tint à peu près aucun compte, mais elle retint que les vêtements de l'homme étaient d'excellente facture, d'un grand prix même. Cela correspondait à la coupe de cheveux d'un individu portant un heaume et, si son habit était luxueux… Le compagnon de Saint-Cyr n'était-il pas un personnage plus important qu'un chevalier, un des capitaines au service de Waleran ? s'interrogea Magdalaine. Ne possédait-il pas des terres, n'était-ce pas un baron, qui sait ?

Son pressentiment lui parut d'autant plus justifié que Mary lui apprit qu'aucun des deux hommes n'avait élevé la voix. Leur entretien avait semblé courtois. Un autre détail était vraisemblable : Mary affirmait qu'elle avait entendu Saint-Cyr rire et remercier l'autre pour sa générosité. L'homme si bien vêtu était-il celui qui avait donné de l'argent à Saint-Cyr ? Si Mary ne mentait pas, l'individu ne paraissait pas y accorder d'importance. Puis ils étaient partis, conclut la femme. Elle avait dû s'occuper d'un autre client et, quand elle avait regardé vers leur table, ils avaient disparu. Ensemble, peut-être. Cependant, Magdalaine ne poussa pas la femme à se lancer dans de nouvelles considérations, et elle ne lui offrit plus d'argent. Quand elle surprit le regard de Bell, elle congédia Mary et alla le rejoindre.

C'est d'un pas tranquille qu'ils se dirigèrent vers le *Wheat Sheaf* en échangeant leurs impressions – mais Bell n'avait pas grand-chose à lui apprendre. Le serviteur, Thomas, avait confirmé ce que tous deux soupçonnaient : Saint-Cyr, après avoir perdu sa bourse, et son contenu, s'était retrouvé à court d'argent et ses compagnons d'armes, le connaissant trop bien, avaient refusé de payer sa bière.

— Ce qui signifie, remarqua Magdalaine, qu'il a bu la seule bière offerte par le marchand… si marchand il y avait. Bell, je me demande s'il ne s'agissait pas de Tirell Hardel. Souvenez-vous : je vous ai répété le dialogue que j'ai surpris dans la cuisine publique quand j'ai accompagné Loveday. Mais c'était avant la mort de Saint-Cyr… non. Juste *après* que nous en avons eu connaissance.

Elle hésita.

— Bon sang, ajouta-t-elle, serait-ce Tirell qui l'aurait tué ? Il a affirmé s'être occupé du problème dont lui et son père avaient discuté. C'est fait, a-t-il dit, terminé.

— Fait, terminé. Cela *pourrait* évoquer le meurtre de Saint-Cyr. L'attaquer par-derrière n'aurait pas exigé de grandes qualités de combattant, mais ce Tirell Hardel ne portait pas de cotte de mailles et je doute qu'il ait su où en emprunter une.

— Il a ajouté que son acte lui avait soulevé le cœur, continua Magdalaine, perplexe. Rien d'autre n'aurait pu laisser ces marques observées sur Saint-Cyr ?

Bell haussa les épaules.

— Ma foi…

Il s'immobilisa et regarda devant lui.

— Un filet, dit-il. Un petit filet. Je me souviens d'en avoir vu, quand j'étais mercenaire sur des navires marchands. Pourtant, je ne crois pas que des cordages auraient laissé des marques aussi nettes et profondes que celles visibles sur Saint-Cyr. D'ailleurs, où et pourquoi un lainier transporterait-il…

— Un filet à marchandise ? suggéra Magdalaine. Drôle d'objet avec lequel se promener, et il ne l'avait pas emporté dans la taverne, mais peut-être est-il sorti le chercher ? L'homme qui ressemblait à un marchand a quitté le *Lively Hop* assez longtemps avant Saint-Cyr.

— Non, pas un filet à marchandise, corrigea Bell. Ils sont faits de cordes épaisses à très grosses mailles, mais une sorte de filet pour des objets plus petits et plus précieux.

— Un marchand pourrait s'en servir dans la journée, y transportant certains objets, remarqua Magdalaine, mais je ne vois pas comment il l'utiliserait pour tuer un homme.

Bell secoua la tête, pensif.

— Moi non plus. Certes, le mot tuer évoque pour moi des armes habituelles, dague, épée, car j'en ai la pratique. Si je n'étais pas chevalier…

— Bien, bien, n'allons pas pendre un homme à cause de quelques mots tirés d'une conversation. Il se *pourrait* qu'il ait voulu dire autre chose. Après tout, est-il vraisemblable que Reinhart Hardel se soit entretenu d'un meurtre avec son fils ?

Bell se mit à rire.

— Vraisemblable ? Vous devez connaître Reinhart mieux que moi. Puisque vous ne lui êtes pas inconnue, il est sans doute client chez vous. Je ne crois pas qu'il ait jamais eu affaire avec l'évêque et donc je ne l'ai probablement pas rencontré.

Amusée, irritée aussi, Magdalaine claqua des doigts vers Bell. Comme ils approchaient de la taverne et que le sujet n'était guère important, le chevalier s'en désintéressa. Au *Wheat Sheaf*, ils eurent moins de chance qu'au *Lively Hop*. Venus des cuisines publiques, les premiers clients entraient boire une bière avec du pain et du fromage, des tranches de viande, des écuelles de ragoût ; d'autres se pressaient autour du maître des lieux pour acheter une bière et repartaient vers une cuisine. Cependant, le penny d'argent que Magdalaine fit miroiter entre ses doigts suggéra au tavernier qu'il l'invite à rester près de lui et réponde à ses questions entre deux clients.

Il se souvenait très bien de Saint-Cyr, et de cette nuit-là, à cause du meurtre et parce que Bell l'avait déjà interrogé. Il réitéra ses propos : Saint-Cyr avait offert une tournée générale – c'était assez inhabituel pour se le rappeler, même si l'homme n'avait pas été tué par la suite. Saint-Cyr avait clamé vouloir ainsi saluer sa nouvelle prospérité, car il avait trouvé un ami généreux et allait épouser une héritière, Loveday d'Otmoor. C'est à ce moment que Jules d'Osney, ivre, comme souvent, s'était levé et avait déclaré…

Le tavernier s'interrompit pour servir un pichet et une chope de bière. Quand il se retourna vers Magdalaine, il ajouta que sire Jules avait vidé sa bière sur le sol. Il préférait voir Saint-Cyr mort que lui laisser Loveday.

— Une menace réelle ? s'enquit Magdalaine. Après tout, il est mort.

— Bah ! lança le tavernier, dégoûté. Bien que Saint-Cyr ait été tué, je n'ai jamais cru un traître mot de ce qu'a raconté sire Jules. C'est un ivrogne invétéré. Il affirmait toujours…

Il parla moins fort soudain.

— Maintenant, il y a quelque chose de bizarre…

— Quoi donc ? le pressa Magdalaine. Peu importe si cela semble n'avoir aucun rapport avec Saint-Cyr.

— En effet… Cela concerne sire Jules. Sa sœur dépêchait souvent un domestique chargé de le surveiller et de l'aider à rentrer mais, ces derniers jours, il était flanqué d'un homme bien vêtu, chevalier ou grand seigneur peut-être. Il ne se mêle pas à la clientèle et reste assis avec son vin, à moins que sire Jules ne commence à provoquer du désordre. Alors, il le reconduit. Or, cette nuit-là, il n'a pas réagi.

Le seigneur Ormerod, songea Magdalaine, mais elle n'en souffla mot.

— Il n'a pas reconduit Jules ? répéta-t-elle. Il n'était pas venu avec lui ?

— Il ne l'a pas reconduit. Ils étaient venus ensemble… oui, je le crois. Mais il n'a pas essayé d'empêcher Jules de renverser sa bière ou d'insulter Saint-Cyr. C'est mon serviteur qui a obligé Jules à décamper.

— L'ami de sire Jules aurait-il pu être aux latrines ?

L'homme haussa les épaules.

— Ne serait-il pas entré pour s'inquiéter de Jules en ce cas ?

— Sans doute, admit Magdalaine. Et donc, ce fut tout. Votre serviteur a expulsé sire Jules, rien d'autre ?

— Ma foi, oui, et cela a tenu du miracle. Quand sire Jules a renversé son ale et affirmé qu'il empêcherait un rustre tel que Saint-Cyr d'épouser Loveday, j'ai cru que celui-ci allait lui sauter dessus. Il devenait méchant quand il avait bu et il était fort. Mon serviteur a saisi son gourdin, mais Saint-Cyr n'était pas ivre. Certes, à sentir son haleine, il avait avalé pas mal de bière, mais il s'est contenté de rire et il a traité sire Jules de sale petit vaniteux. Bref, Saint-Cyr a échangé quelques mots avec l'un ou l'autre, en buvant deux bières. D'après ce que j'ai entendu, on le félicitait, et il est sorti.

— N'était-il pas assez éméché pour avoir tenté un voleur ?

— Non. Il tenait sur ses pieds et ne titubait pas. Je ne crois pas qu'il était soûl. Il a annoncé qu'il partait voir un ami.

— Au *Broached Barrel* ? demanda Magdalaine.

Le tavernier haussa les épaules.

— Il ne l'a pas dit.

XIV

SAMEDI 24 JUIN

MARCHÉ AUX GRAINS, OXFORD

Magdalaine donna le penny au tavernier et le remercia. Elle ne doutait pas qu'il avait dit la vérité. Bell était de son avis. Il tenait du domestique une description similaire des événements de cette nuit-là, à la différence que l'homme n'avait pas remarqué l'absence ou la présence d'Ormerod, mais c'était surtout au tavernier d'avoir l'œil sur sa clientèle.

Au *Broached Barrel*, il y avait encore plus de monde qu'au *Wheat Sheaf*. Bell et Magdalaine convinrent qu'il était inutile d'essayer de parler à quiconque à cette heure-là. D'ailleurs, la nuit de sa mort, Saint-Cyr n'avait pas été vu dans cet établissement – s'il n'était pas le sujet de la discussion, il serait difficile de se renseigner sur des gens dont ils ignoraient les noms. Bell proposa d'aller chercher à manger dans une cuisine publique. Ils s'installeraient à la table de l'arrière-cour – à moins que Magdalaine refusât de prendre son repas dans un lieu où on avait trouvé un cadavre.

Cette idée l'amusa et elle répondit que si elle devait craindre d'utiliser des objets déjà touchés par des morts, elle n'aurait pas un seul lit à l'*Old Priory Guesthouse*. Aussitôt, elle posa un doigt sur ses lèvres : qu'il n'aille jamais répéter ses paroles devant Ella, ou elle l'occirait bel et bien. Il rit de bon cœur et promit de garder son secret, même sous la torture. Lui non plus ne voulait pas entendre les hurlements et les lamentations d'Ella au cas où on lui aurait rapporté ses propos. Cette réflexion déclencha un nouveau rire de Magdalaine et elle lui donna rendez-vous dans la cour. Elle apporterait de la bière, précisa-t-elle.

Elle remonta son voile avant d'entrer dans la taverne, pourtant, rien n'échappa à son regard quand elle se dirigea vers le tavernier, assis parmi ses fûts en perce. L'endroit était moins grand que le *Lively Hop* et il n'y servait aucune fille avec laquelle sympathiser. Un cri aigu l'attira. Elle aperçut sire Jules, sans le seigneur Ormerod, preuve, se dit-elle en emportant la bière dans la cour, que le gentilhomme ne l'accompagnait pas *toujours*. Dès lors, son absence la nuit du meurtre n'était peut-être pas aussi lourde de sens qu'ils auraient pu l'imaginer.

Il n'y avait personne dans la cour et cela n'était pas pour lui déplaire. En réalité, songea-t-elle, la clientèle ne se montrait pas indifférente au fait qu'un cadavre ait reposé sur une des tables mal équarries de l'endroit, quelques jours auparavant. L'idée que les gens risquaient de s'étonner qu'elle ne craignît pas la mort, comme les autres, l'inquiéta momentanément. Puis elle se rendit compte que, puisqu'elle n'avait jamais mis les pieds au *Broached Barrel*, si on la remarquait, on la tiendrait sans doute pour une étrangère ignorant que Saint-Cyr y avait été tué.

C'était un souci en moins, pourtant, un sourire amer incurva ses lèvres. Si les morts étaient capables de hanter les vivants, Brogan, sans aucun doute, l'aurait rendue folle depuis longtemps. Mais, après son trépas, il n'avait jamais représenté autre chose qu'un souvenir déplaisant car sa terreur était tout à fait naturelle ; elle avait pour objet son éventuelle condamnation pour meurtre, ou la vie qu'elle mènerait si elle échappait à la justice. Mais jamais elle n'avait craint d'être poursuivie par le fantôme de Brogan – pas même juste après l'avoir poignardé.

Elle chassa le passé de sa mémoire et posa les chopes pleines sur la table. L'endroit était agréable, ombragé par un grand arbre qui poussait dans une cour voisine. Les latrines étaient assez loin pour qu'on ne soit pas incommodé par l'odeur. Elle se sentit lasse, soudain, bien qu'elle eût dormi plus longtemps qu'à l'ordinaire – ou parce qu'elle s'était réveillée trop tard, ou à cause de son anxiété, quand elle avait interrogé les deux femmes du *Lively Hop* et le tavernier du *Wheat Sheaf.*

Elle ferma les yeux et se laissa aller en avant, protégeant les chopes du bras. Peu après, elle eut vaguement conscience de deux voix d'hommes, plus fortes que le brouhaha de la salle, et plutôt familières. L'un d'eux pressait l'autre de ne pas être aussi stupide et de se rendre aux latrines. Elle n'ouvrit pas les yeux avant d'entendre une sorte de borborygme horrible, comme étouffé – un de ces bruits que l'on peut faire lorsqu'on se retrouve muet de terreur. Elle se redressa, curieuse de savoir qui était responsable d'une telle frayeur… et croisa le regard de sire Jules.

Croyant qu'il risquait de la prendre pour un voleur masqué, elle porta la main à son voile pour le relever, mais il protesta d'une voix enrouée – « Non ! » – et se compissa de peur au moment même où Bell pénétrait dans la cour. Le chevalier apportait deux quignons de vieux pain dont on avait ôté la mie pour y glisser des morceaux de ragoût, et deux épais tranchoirs ; l'un était couvert de morceaux de porc, l'autre de mouton et d'agneau. Bouche bée, Bell ne put qu'assister au spectacle de sire Jules qui s'effondrait en gémissant.

— Eh bien, remarqua Magdalaine, c'est la première fois que je provoque une telle réaction…

Bell vint déposer la nourriture sur la table, avant de se tourner vers Jules.

— Que diable lui avez-vous dit ? demanda-t-il à Magdalaine.

— Pas un mot. J'étais fatiguée. Je me reposais, la tête sur les bras, en vous attendant. J'ai entendu quelqu'un dire à un autre de ne pas se comporter en imbécile et d'aller aux latrines s'il en avait besoin, et puis…

Bell éclata de rire et se pencha pour remettre Jules debout. Celui-ci recommençait à bouger et à geindre doucement.

— À cause de votre voile, il aura cru apercevoir le fantôme de Saint-Cyr.

Comme il saisissait sire Jules sous les bras pour le mettre sur ses pieds, Bell fronça les narines.

— Inutile qu'il utilise les latrines, dorénavant.

— Quel imbécile ! s'écria Magdalaine.

Ses yeux s'agrandirent soudain.

— L'idée que Saint-Cyr était assis à cette table quand il a été poignardé était juste une hypothèse que vous avez déduite de ses marques au menton et sur le cou. À moins que vous ne l'ayez raconté à tout un chacun, la plupart ne savent qu'une chose : Saint-Cyr a été découvert mort, caché derrière cette remise. Dès lors, pourquoi Jules a-t-il été si effrayé en me voyant à cette même table ? Cela ne signifie-t-il pas qu'il avait vu le cadavre avant qu'on ne le dissimule ?

— Je ne l'ai pas tué ! Ce n'est pas moi !

Il tenta d'échapper à la poigne de Bell, telle une souris prisonnière des griffes d'un chat. Bell resserra sa prise, ignorant son glapissement de douleur, et le propulsa vers la table.

— Mettez-vous sur le banc et ne bougez plus ! ordonna-t-il.

— Vous n'avez pas le droit de me garder ici, protesta Jules.

— J'ai des témoins qui jureront vous avoir entendu préférer Saint-Cyr mort plutôt que de le laisser épouser Lovedasy, répliqua Bell. Quant à mon hypothèse, à savoir que l'homme était assis quand il a été tué, personne ne la connaît, hormis sire Rolf, l'assistant du shérif, et maîtresse Magdalaine.

Jules eut un rictus.

— Vous l'avez dit à une ribaude ? lança-t-il. Pas étonnant que la ville entière soit au courant !

— Il se trouve que la ville entière l'ignore, répliqua Magdalaine. Voulez-vous que j'aille chercher quelques hommes et leur demande ce qu'ils savent de la mort de Saint-Cyr ? À moins que Bell suggère au tavernier de nous en envoyer deux ou trois, si vous croyez que je leur soufflerais les réponses ?

Bell le gifla sans trop appuyer.

— Vous nous faites perdre notre temps… Si vous avez nié être le meurtrier et vous êtes uriné dessus avant de vous évanouir, il y a une bonne raison. Vous avez vu le cadavre de Saint-Cyr, allongé sur la table, un poignard dans le dos…

— Non ! murmura Jules. Il n'y avait pas de poignard. Croyez-vous que je serais revenu boire à l'intérieur, sans mot dire, après avoir aperçu un cadavre ?

Les regards du chevalier et de Magdalaine se croisèrent. Magdalaine secoua la tête – Jules aurait probablement hurlé de terreur s'il s'était trouvé face à un cadavre. Bell acquiesça.

— J'en conviens. Qu'avez-vous vu d'autre ?

— Rien… rien…

L'expression de Bell se fit menaçante.

— Une ombre, peut-être… qui se déplaçait vers les latrines… balbutia Jules. Mais, ici, il n'y avait personne quand j'y suis venu.

Soudain, il se mit à criailler, d'une voix aiguë.

— Pourquoi aurais-je dû faire attention ou me méfier ? J'ignorais qu'il était mort !

— La lune brillait, cette nuit-là, objecta Bell. Vous avez pu voir le meurtrier.

— Cette cour était vide, je vous le répète, et je ne savais pas qu'il était mort ! J'ai cru voir un ivrogne affalé sur la table. Rien de plus. Rien.

— Pourquoi, dans ce cas, n'avoir pas douté un instant que le corps était *celui* de Saint-Cyr ? demanda Magdalaine d'une voix calme. Cela eût pu être un ivrogne qui serait reparti, à son heure…

— Il… plus tard, le lendemain, après avoir appris la mort de Saint-Cyr, il m'est venu à l'idée que ce corps était étendu d'une drôle de façon.

Il déglutit avec peine.

— C'est-à-dire ? demanda Bell d'un ton qui se voulait encourageant.

— Le… le bras en avant, tout droit. Le visage tourné de l'autre côté, hors de ma vue, mais à plat. Pas comme maîtresse Magdalaine, qui se protégeait du contact du bois.

Il avala une fois encore sa salive.

— C'est ridicule d'avoir été aussi surpris… Je… je…

— Il me semble que, en définitive, sire Jules, vous avez remarqué nombre de détails, lâcha Bell.

Jules nia vigoureusement de la tête, mais son regard évita celui de Bell, qui insista.

— Trop, peut-être… Si l'assassin vous a reconnu, ne va-t-il pas croire que vous en savez plus que vous n'avez souhaité nous en dire ? Je note que vous ne portez pas votre cotte de mailles, aujourd'hui, et que le seigneur Ormerod ne vous accompagne pas. Mieux vaudrait, pour votre santé, rentrer chez vous et cesser de boire.

— Ormerod ! maugréa Jules. Son seul souci est de m'empêcher de dépenser ou de jouer, mais cela n'aura plus d'importance quand j'aurai épousé Loveday.

— Vous ne l'épouserez pas ! intervint Magdalaine d'une voix tranchante. Et, si vous estimez disposer d'une information qui vous permettra de remplir votre bourse plate par le chantage, n'oubliez pas Saint-Cyr. Sire Bellamy et moi-même estimons qu'il a été tué pour cette raison.

— Cet homme, Arvagh, qui veut Loveday, c'est lui qui l'a tué, déclara Jules, buté. Ypres a acheté ou menacé le prêtre et les domestiques pour qu'ils témoignent de sa présence à Noke…

Rapide comme le fouet, la main libre de Magdalaine traversa l'air et s'abattit sur sa joue.

— Mensonge, misérable petite vipère !

Un instant, elle se tut, les lèvres crispées de rage.

— Nous avons fait de notre mieux, finit-elle par dire. Si vous nous révélez – ou à Bell, si vous n'avez pas confiance en moi – ce que vous avez vu, vous ne courrez aucun risque, car, désormais, vous tuer ne servirait à rien. Dans le cas contraire… c'est à vos risques et périls. Quoi qu'il en soit, disparaissez. Votre présence gâcherait mon repas.

— Catin ! Vous n'avez pas à me parler comme…

Bell se leva et, d'une main, souleva Jules par le cou. Il le secoua comme un rat et, au moment où les yeux du freluquet s'exorbitaient, il le posa sur ses pieds et lui donna une violente bourrade qui le projeta vers la porte de la taverne.

— À vous comme à quiconque, elle dira ce que bon lui semble ! déclara-t-il. Du vent !

Jules se redressa. Sa tunique humide, la poussière qui maculait ses braies auxquelles s'accrochaient brindilles et feuilles mortes ne laissaient aucun doute sur ce qui lui était arrivé. Par-dessus son épaule, il lança un regard furieux et terrorisé à Bell et se hâta de filer. Bell ne le quitta pas des yeux, la peau claire de son visage empourprée de colère, l'œil mauvais. Magdalaine s'était dépêchée de caler les pains au ragoût contre les chopes d'ale. Elle contourna la table et toucha le bras du chevalier. Quand il la regarda, elle secoua la tête.

— Asseyez-vous et mangez, mon amour.

Un pli tordit sa bouche.

— Ce mot, je l'ai trop souvent entendu pour qu'il me blesse encore.

Elle resta un moment appuyée contre lui.

— Il y a quinze ans… ah, oui, ce mot coupait comme une lame. Mais personne ne s'en souciait.

Elle renifla, le serra contre elle, puis s'écarta, souriante.

— Pas la peine de nous offrir un ragoût froid en plus de l'horrible odeur laissée par ce maraud. Prenez place et mangez.

Il leva la main, lui effleura la joue et pencha la tête vers la sienne.

— Ce que je donnerais pour effacer ces années !

Elle releva la tête et leurs lèvres se touchèrent.

— Il y a quinze ans, j'aurais causé votre perte… et vous auriez été un fardeau de plus pour mon âme.

Elle frissonna, puis sourit et, saisissant sa main, l'obligea à se tourner vers le banc.

— Assis. Mangez. Ce qui a été ne peut être changé… et je veux savoir si vous pensez toujours que Jules aurait eu la possibilité de tuer Saint-Cyr.

Il demeura silencieux, mâchoires serrées, fixant les chopes et le pain comme sans les voir ; il mordit dans un quignon, avalant le jus du ragoût qui s'écoulait. Magdalaine l'imita, les yeux baissés, songeuse : eût-elle épousé un homme comme Bell, sa vie aurait été très différente… Était-ce bien sûr ? Elle ne pouvait imaginer Bell aussi malveillant et cruel que Brogan, mais, jeune homme au sang chaud, flanqué d'une telle beauté… Leur ménage aurait été rien de moins qu'animé. Oh, non. Ribaude ou non, elle était mieux sans attaches, *femme seule*[1], n'obéissant à personne, n'ayant de comptes à rendre à aucun homme.

— Non, répondit-il brusquement, ce qui la fit sursauter. Je ne crois pas qu'il l'ait tué, et vous ?

Elle rassembla ses esprits, plutôt amusée de penser toujours à lui pendant qu'il se consacrait à leur problème.

— Cet imbécile ? dit-elle. Non. Tant pis. Il se trouvait à coup sûr au bon endroit au bon moment.

Elle fronça les sourcils.

1. En français dans le texte. *(N.d.T.)*

— Bell, avons-nous été bien avisés de le laisser déguerpir ? Il a vu quelque chose et je crains qu'il n'en profite.

— Pas tant qu'il croira garder une chance d'épouser Loveday. Nous l'avons détrompé, mais ce petit jeune homme est accoutumé à avoir ce qu'il veut servi sur un plateau d'argent. Il ne conçoit pas qu'elle puisse se refuser dès qu'il tendra la main. J'espère qu'il ne fera pas usage de ce qu'il sait avant d'être poussé par le désespoir.

— Moi aussi. Et puisse-t-il ne pas parler à tort et à travers dès qu'il aura trop bu…

Bell haussa les épaules.

— Il n'a pas parlé, la nuit dernière, bien qu'il fût trop ivre pour rentrer seul. Je crois qu'Ormerod a essayé et s'est lassé de lui servir de nourrice. Finissons de manger car nous partirons bientôt pour Noke où il nous faudra arriver à temps, afin que le prêtre puisse écrire sa déposition, s'il ne l'a déjà fait. Et n'oubliez pas que nous devons passer au *Soft Nest* récupérer les chevaux.

— Ormerod aurait-il pu tuer Saint-Cyr ? demanda-t-elle.

— Dans quel but ? Sauver Jules ? Je n'y crois pas. Il n'aime pas gaspiller l'argent, mais c'est un homme honorable. S'il est trop engagé avec la sœur de Jules pour changer d'avis, je pense qu'il trouvera une petite terre à la fille et à son frère, de quoi leur permettre de vivre. Il se peut qu'il tente d'arracher à Jules la ferme qui fait partie de la dot de sa sœur et la sauve de la ruine. Cela dit, je ne le vois pas tuer, pour que sire Jules se retrouve libre de ruiner le patrimoine de Loveday, outre le sien.

— Oui, mais peut-être ne le ruinerait-il pas ? objecta Magdalaine qui sortit son couteau dont elle piqua une tranche de mouton.

Tout en réfléchissant, elle alternait tendres bouchées de mouton et morceaux de ragoût.

— Ne m'avez-vous pas dit qu'Ormerod croyait Loveday capable de s'occuper de ses terres et de celles d'Osney, et de surveiller sire Jules en personne, ce qui lui interdirait de faire davantage de mal ? Pourquoi Ormerod n'aurait-il pu penser qu'il sauverait, non seulement lui-même et la fille – elle s'appelle Marguerite, ça me revient –, mais Jules de surcroît ? Car il a de l'affection pour Jules.

Bell parut décontenancé. Il mâchait tour à tour du pain imprégné de sauce de ragoût et une bouchée de porc.

— Certes, mais… un meurtre ? protesta-t-il. Admettons qu'Ormerod se fût laissé aller à ces pensées, cela aurait-il suffi pour *tuer* ? Poignarder un homme par-derrière ? Ormerod n'est peut-être pas mon égal dans un combat loyal, mais je crois qu'il l'aurait emporté sur Saint-Cyr.

Magdalaine, elle aussi, était dubitative.

— Aurait-il vraiment désiré sa mort ? Un chevalier face à un vulgaire homme d'armes ?

Elle haussa les épaules.

— Finissons notre repas et partons, proposa-t-elle. J'ai l'intention de demander à Loveday si elle aurait accepté d'épouser sire Jules dans le cas où Niall n'eût pas croisé sa route.

SAMEDI 24 JUIN

MANOIR DE NOKE

Bell et Magdalaine furent à Noke bien avant le coucher du soleil. Pourtant, ils avaient été retenus à Oxford, le temps d'apprendre, par l'intermédiaire de Leon Blound, qui le tenait de Guillaume, que Salisbury, arrivé peu après le déjeuner, avait été fort civilement reçu par le roi. Magdalaine avait eu une moue cynique en entendant évoquer la courtoisie royale car Guillaume était persuadé que le souverain cherchait la confrontation. Blound les avait assurés que Guillaume était convaincu qu'aucun événement fâcheux n'était à redouter, ce jour-là. Prétextant la fatigue, Salisbury avait demandé à se retirer dans ses appartements – ce à quoi le roi avait acquiescé.

Bell et Magdalaine s'étaient aussitôt mis en route. Ils avaient cheminé à belle allure, car ils désiraient parvenir à Noke avant que la tombée du jour interdît au prêtre de rédiger la déclaration attestant la présence de Niall dans le manoir la nuit de la mort de Saint-Cyr. En définitive, une arrivée nocturne n'eût pas prêté à conséquence car le témoignage de l'ecclésiastique était déjà signé et scellé, ainsi que ceux de tous les domestiques de Loveday.

Magdalaine ne put s'empêcher de se moquer d'elle-même quand Niall vanta la manière dont Loveday avait harcelé le prêtre et les domestiques à ce propos. Elle aurait dû se douter que Loveday n'aurait rien négligé pour la défense de ses intérêts. De fait, Niall et Loveday étaient prêts à repartir à Oxford avant le crépuscule afin de présenter les preuves de l'innocence de Niall au shérif. Ils changèrent d'avis quand Magdalaine leur apprit que Guillaume n'attendait Niall que le lendemain, en milieu de matinée.

— Il désire vous présenter au roi, et offrir les documents qui établissent votre innocence, à la fin du repas, avant qu'un désastre politique ne survienne, qui réduirait à rien l'impression favorable produite par votre disculpation.

Loveday hocha la tête, enthousiaste.

— Il est fort habile, votre seigneur Guillaume ! Il n'en a pas l'air, mais c'est un esprit subtil. Par ailleurs, absoudre Niall de cette manière nous profitera à tous.

Elle pressa la main de son fiancé.

— Dès que le roi aura accepté la preuve de votre innocence, vous lui direz n'être en rien coupable de négligence. Vous pourrez lui parler de nos fiançailles et, sans trahir la vérité, affirmer que vous me connaissiez à peine, à l'époque, et ignoriez que j'étais sous tutelle royale. En outre, votre réputation grandissait aux yeux du seigneur Guillaume et vous ne désiriez pas vous lier à une femme ni à une propriété si modeste. Ainsi aviez-vous chassé cela de votre esprit, sans non plus en parler au seigneur Guillaume.

— Mais, dans ce cas, la faute commise en ne prévenant pas le clerc du roi va retomber sur vous ! Je ne peux…

— Ah ! Je crois comprendre que notre souverain est clément avec les femmes. Voyez-vous, je l'évoque dans ma lettre : je décris l'accablement provoqué par la mort de mon père et de mes frères, comment je suis devenue à moitié folle en voulant sauver le domaine après les ravages de la peste. Le mariage était le dernier de mes soucis. Non, je m'en tirerai à bon compte, je me montrerai docile et tremblante, me confondant en excuses, en me fiant à mon instinct.

— Loveday ! Vous avez l'intention de tromper le roi ?

Elle lui sourit.

— Cela vaudra mieux, mon amour, et nous ne blesserons personne.

Niall soupira et Magdalaine dissimula un sourire. Loveday n'avait pas tort, mais son attitude n'était pas loin de manquer au code de l'honneur. Magdalaine se dit que Niall aurait plus qu'à son tour l'occasion d'être choqué au cours des années à venir, et elle dut toussoter pour éviter de rire. Non, il n'en serait rien. À mesure que Loveday mûrirait et comprendrait mieux ce qu'impliquait l'honneur d'un chevalier, elle deviendrait maître dans l'art de lui éviter les manquements qui puissent le heurter. Certain que son honneur ne serait pas bafoué, Niall s'enrichirait et acquerrait du pouvoir grâce aux talents innés de manipulatrice dont faisait montre son épouse.

Bell déclara qu'il était plus que temps pour lui de galoper jusqu'à Wytham Abbey. Il devait faire son rapport au doyen. Niall lui assura pouvoir raccompagner Loveday et Magdalaine à Oxford, entre tierce et sexte. Bell, après un instant d'hésitation, accepta.

— Attendez-moi jusqu'à tierce.

Niall haussa les sourcils.

— Vous ne me croyez pas capable de…

— Ce n'est pas ça, répondit Bell, soucieux malgré tout. Il y a quelque chose… quelque chose que quelqu'un… ah !

Il se frappa la tête.

— Sire Ferrau nous a appris qu'Alain de Bretagne exige de récupérer la bourse que vous avez prise à Saint-Cyr.

— Alain de Bretagne ? fit Niall, stupéfait. Pourquoi un grand seigneur aussi imbu de sa personne devrait-il se soucier de la bourse d'un misérable homme d'armes ?

— Et si vous l'apportiez, afin que nous en vérifiions le contenu ? proposa Magdalaine en regardant Loveday.

Celle-ci haussa les épaules, rieuse.

— Je l'avoue. Après la mort de Saint-Cyr et quand j'ai su que Niall avait prouvé son innocence, j'ai oublié.

Elle tira sur la chaînette suspendue à sa taille, au bout de laquelle étaient accrochées les clefs de la maison. Elle gagna le vestibule, puis une pièce du fond. Peu après, elle rapporta une bourse au cuir usé, fermée par un lacet et deux autres liens dont les extrémités avaient été proprement coupées. Spontanément, tout le monde s'assit sur les bancs autour de l'âtre vide. Loveday ajouta un tabouret, ouvrit la bourse et en vida le contenu sur le siège.

Ils découvrirent quelques pennies, dix farthings environ, deux pointes de flèche, une épaisse corde noire dont les extrémités étaient liées à deux solides chevilles de bois, quelques lacets de cuir souple, et un parchemin plié en deux. Magdalaine et Loveday tendirent la main d'un même geste vers le document. Loveday hocha la tête et se retint, laissant Magdalaine le saisir et l'ouvrir.

Elle leur en lut rapidement la première partie. Comme le leur avait confié Loveday au *Soft Nest*, il était dit que tous ses biens revenaient à son fiancé qui serait en charge de les administrer de son vivant et de les léguer à qui bon lui semblerait. Abasourdie, Loveday n'avait sans doute pas pu supporter de lire la suite. Contrairement à ce qu'elle avait affirmé, son bien-être n'avait pas été totalement négligé, ce qui, d'ailleurs, aurait rendu le document suspect. Un court paragraphe établissait que maîtresse Loveday, si elle survivait à son époux, avait l'intention de prendre le voile – une parcelle de ses terres étant rattachée aux biens de l'ordre religieux qu'elle choisirait.

Loveday réagit par une exclamation grossière à cette proposition.

— Niall, dit-elle, certes, je vous aime, mais, si je vous survis, croyez-moi, je n'ai pas l'intention de prendre le voile.

Niall se fendit d'un grand sourire.

— Comme vous devrez vous occuper d'une douzaine d'enfants querelleurs, j'estime très sage de ne pas renoncer au monde. Ils auront besoin de votre autorité pour aplanir les différends qui ne manqueront pas de survenir en mon absence.

Elle rit très fort.

— Une douzaine ! Eh bien, ne vous inquiétez pas de mon remariage. Une douzaine devrait suffire à m'occuper.

Durant cet échange, Magdalaine avait pris le temps de terminer la lecture du document. Elle leva les yeux vers Loveday.

— Je suis soulagée. Il n'y a rien là que les habituelles dispositions patrimoniales. Je m'attendais presque à découvrir un autre nom à côté de celui de Saint-Cyr. Auquel cas, nous aurions eu à disputer de l'authenticité du contrat.

— Absurde ! protesta Loveday. C'est un faux ! Pourquoi aurais-je signé X quand je sais écrire ? Pourquoi devrais-je accepter des clauses aussi déraisonnables ? Et d'ailleurs, pourquoi ne pas détruire ce parchemin tout de suite ?

— Pour une seule et unique raison, dit Magdalaine, les lèvres serrées sous l'effet du mépris et de la colère. On estimerait que vous avez accepté, par peur de ceux qui l'ont contresigné en tant que témoins, en vous forçant sans doute la main, ou par respect envers eux.

— Qui ? demanda Bell avec virulence.

— Alain, comte de Bretagne et de Richmond, et le seigneur Hervey… dont les innombrables autres titres français n'ont pas de sens pour moi.

— Mais qui sont-ils ? s'indigna Loveday. Pourquoi devrais-je les craindre ?

— Ce sont des nobles très imbus d'eux-mêmes, expliqua Magdalaine. Leurs façons impressionnent la plupart des yeomen et des marchands. Quant à savoir pourquoi *vous* devriez les craindre, et pourquoi il est impossible de détruire ce document, cela tient en quelques mots : pour l'heure, ils sont très en cour auprès du roi.

— La destruction me paraît donc encore plus justifiée, insista Loveday. Montrer au roi ce parchemin, sur lequel figurent les noms de ses favoris, risquerait de l'inciter à un refus de mes fiançailles avec Niall.

— Je n'ai pas dit que vous devriez le montrer. Niall le présentera à Guillaume d'Ypres, comme n'importe quelle prise de guerre. Guillaume décidera de la conduite à tenir en connaissance de cause, bien mieux que vous, Arvagh, ou moi-même ne pourrions le faire.

— Mais Saint-Cyr était un homme de Waleran de Meulan ! protesta Bell. Pourquoi le nom de Waleran n'apparaît-il pas sur ce document s'il désirait donner Loveday à Saint-Cyr ? Ou ceux de quelques-uns de ses hommes ? Raoul de Samur, par exemple, qui était le capitaine de la troupe à laquelle appartenait Saint-Cyr ?

C'est lui qui aurait dû témoigner pour les fiançailles de son subalterne.

Les trois autres regardèrent Bell en silence. Enfin, Magdalaine se décida à parler.

— Je ne vois que deux raisons. Voici la première : Waleran ne veut pas être mêlé à ces fiançailles – ce qui signifierait que toute l'affaire a été montée pour nuire à Guillaume d'Ypres et impliquer le roi en personne par l'intermédiaire de son clerc…

— Mon Dieu ! s'exclama Niall, le souffle court. Je n'aurais pas cru…

D'un geste, Magdalaine lui intima l'ordre de se taire.

— Moi non plus, je n'y crois pas, se hâta-t-elle de préciser. Et pour d'excellentes raisons. Raoul de Samur nous a confié que Guillaume est pour l'heure le dernier souci de Waleran – il a même accepté qu'il soit logé dans le château, à proximité des appartements royaux, quant à lui, il se contente d'habiter en ville –, car il est plongé jusqu'au cou dans une manœuvre politique impliquant le comte Alain de Bretagne. En outre, Guillaume est certain de ne rien risquer de la part des hommes de Waleran pour une raison très simple : s'il devient nécessaire de s'emparer des châteaux de Salisbury, plutôt que de se voir confier cette tâche par le roi, Waleran préférera que Guillaume se charge de ces basses besognes et s'attire les foudres de l'Église.

Niall laissa échapper un long soupir et approuva du chef.

— Cela paraît sensé. Il serait stupide d'impliquer le seigneur Guillaume en risquant qu'il soit congédié au moment où le roi aurait besoin de ses services.

— Deux raisons, avez-vous dit, remarqua Bell en souriant à Magdalaine. Quelle est la seconde, puisque vous ne croyez pas à la première ?

— La plus simple du monde : Waleran ignorait tout des intentions de Saint-Cyr vis-à-vis de Loveday.

Tous trois se tournèrent alors vers elle.

Magdalaine leur lança un sourire affable.

— Je me demande si le clerc royal estimait que l'existence d'une petite héritière susceptible de se marier fût un secret très important. En fait, nous savons qu'il a informé au moins deux hommes : les seigneurs Waleran et Guillaume, dont il a reçu de chacun une récompense. Peut-être leur en a-t-il dit plus. De toute façon, il semblerait qu'il ait mis au courant Waleran dans le vestibule de sa demeure. Un grand vestibule, on le sait, n'est jamais vraiment vide. On y croise des domestiques, des gardes, des hommes d'armes désœuvrés… toutes sortes de gens. Pourquoi Saint-Cyr n'aurait-il pas surpris la conversation du clerc, à moins qu'on la lui ait rapportée ? Avec de l'audace et de l'imagination… et l'appui, qui sait, d'un ami haut placé…

— Oui, l'interrompit le chevalier. Samur n'avait-il pas remarqué que Saint-Cyr se tenait dans un coin avec un des hommes d'Alain de Bretagne ?

— Vous avez raison. Je m'en souviens aussi, confirma Magdalaine. Saint-Cyr aurait pu faire appel à son ami pour obtenir le document, en proposant de payer ou de rembourser quand il disposerait des richesses contenues dans les coffres de Noke. Ce qui expliquerait pourquoi on y trouve les noms du comte Alain et de son hôte, le seigneur Hervey.

Loveday approuva de la tête.

— Il n'y avait pas la moindre livre d'argent dans la bourse. Si jamais elle y était, on l'aura distraite.

— Dès lors, pourquoi Saint-Cyr est-il allé se plaindre auprès de sire Ferrau ? demanda Niall, courroucé.

— Cela ne me semble guère constituer un problème, répondit Magdalaine. Rendez-vous compte : corrigé d'importance par Niall, ivre mort et à moitié étranglé par Guillaume, sans oublier le traitement que lui ont réservé les hommes de Florete avant de le jeter dehors, il ne serait pas étonnant qu'il fût dans un état de confusion tel qu'il ne se souvînt plus d'avoir payé le document. Une autre raison très probable serait qu'il estimait pouvoir obliger Niall à acheter son silence.

Bell n'en disconvint pas.

— Et le comte Alain, ayant appris que Saint-Cyr avait demandé à Ferrau de l'aider à récupérer sa bourse, et craignant que la promesse de fiançailles ne s'y trouvât, a ordonné à Ferrau de la rapporter.

Il se leva.

— Il me faut gagner Wytham et j'aimerais que vous m'attendiez pour rentrer à Oxford. J'ignore si Ferrau aura parlé au comte, mais il a pu lui dire que Niall restituera la bourse demain. Le comte Alain comprendra aussitôt que Niall sera enclin à la remettre plutôt à Guillaume qu'à Ferrau.

— Le croyez-vous capable de me tendre un guet-apens pour m'en déposséder ? s'inquiéta Niall.

Bell fit la moue.

— Sans doute pas, mais pourquoi courir le risque ? Si nous sommes deux…

Le visage de Niall trahit le conflit intérieur dont il était la proie. Son orgueil le poussait à dire qu'il était capable de veiller sur lui, mais, pour le capitaine au service de Guillaume, la prudence était de mise. Si une flèche bien placée suffisait à jeter bas n'importe quel chevalier, il était fort peu probable qu'un archer parvînt à abattre deux hommes. Plutôt que de refuser l'offre de Bell, il trouva une échappatoire.

— Et qu'en sera-t-il des femmes ? Est-ce une bonne idée de les laisser ici, à Noke ?

— Non ! dit Magdalaine avec force. Je dois prévenir Guillaume qu'il est très possible que Waleran ait tout ignoré de cet arrangement.

— Et il me faut présenter ma requête, renchérit Loveday. C'est ma meilleure chance d'atteindre le roi Étienne. Si le seigneur Guillaume se fait accompagner de Niall afin de prouver son innocence, autant que lui soit aussi présentée l'origine de la querelle… c'est-à-dire ma propre personne.

Le regard de Bell alla de l'un à l'autre. Il secoua la tête mais ne dit mot avant d'avoir fixé son épée à sa ceinture. Il se tourna alors vers Niall.

— Je vous laisse le douteux plaisir de les convaincre que vous êtes à même, seul, de prévenir le seigneur Guillaume et de présenter la requête de Loveday. Je vous donne rendez-vous demain entre prime et tierce. Selon les instructions du doyen, il n'est pas exclu que nous nous revoyions à la cour.

Magdalaine, lèvres closes et déterminées, se leva pour l'accompagner à la porte. Ils s'immobilisèrent soudain, distraits par un vague désordre dans la cour intérieure. Peu après, le régisseur de Loveday accourut, l'air inquiet.

— Un homme armé se tient devant l'entrée, maîtresse Loveday. Il dit s'appeler Manville d'Arras et se prétend l'héritier d'Aimery Saint-Cyr. Il souhaite vous entretenir de vos fiançailles.

XV

SAMEDI 24 JUIN, DIMANCHE 25 JUIN

MANOIR DE NOKE

Niall bondit sur ses pieds.

— Retenez-le à la grille, le temps que je passe mon armure, dit-il au régisseur, qui repartit aussi vite qu'il était venu.

Puis il s'adressa à Loveday, rouge de colère.

— Quand je l'aurai expulsé du manoir et du domaine, il comprendra qu'être l'héritier de Saint-Cyr ne lui aura valu qu'une punition inoubliable.

Loveday aussi se leva, déterminée, mais Magdalaine s'empressa de rejoindre Niall et lui posa une main sur le bras.

— Oui, armez-vous, mais ne l'expulsez pas avant que j'aie pu lui parler. Plusieurs personnes m'ont confié que l'homme est un peu simplet. Cependant, il a beaucoup fréquenté Saint-Cyr et il se peut qu'il nous révèle qui est le noble haut placé dont il était l'ami. Quand on sait que c'est sans doute lui qui l'a assassiné…

— Qui ? Comment ? demandèrent Niall et Loveday à l'unisson.

— Allez vous armer, conseilla Bell. Magdalaine vous narrera l'histoire. Elle a raison. Ce qu'il sait est d'une grande importance pour nous tous.

— Je vais donc me rendre à l'entrée, proposa Loveday, et l'inviter à entrer…

— Non ! Attendez que je sois prêt ! s'écria Niall.

Il courut vers le fond du vestibule où son armure était accrochée sur un support en bois.

Pressé par le temps, il enfila son gambeson[1] sans enlever sa belle tunique. Bell s'approcha pour l'aider à passer la lourde cotte de mailles, et, dès qu'elle fut sur ses épaules, Loveday quitta la pièce. Magdalaine se posta à la porte, faisant signe aux hommes de ne pas se montrer à découvert.

— Les domestiques l'entourent, souffla-t-elle, et il ne semble pas animé de mauvaises intentions… Reculez ! ajouta-t-elle soudain. Dans la chambre privée… Loveday le conduit au vestibule.

Tous trois traversèrent le vestibule en courant et se réfugièrent dans une pièce coupée en deux par une cloison derrière laquelle était installé le lit de Loveday, près d'une table couverte de piles de tailles[2] à côté d'une boîte contenant des rouleaux de parchemin. Ils se blottirent à l'entrée, espérant demeurer inaperçus.

Loveday mena le visiteur vers les bancs autour de l'âtre et le pria de s'asseoir – il tournait le dos à la pièce cloisonnée.

— Vous ne pouvez hériter, dit-elle, sauf d'esclaves, bien sûr, et vous savez que je suis une femme libre.

— Mais tout est dans le testament !

Il semblait perplexe, ni agressif ni prêt à entamer une dispute ; la voix épaisse prononçait avec difficulté les mots. Magdalaine se souvint de ce que lui avait confié

1. Lourd manteau matelassé, rembourré à l'aide de filasse de chanvre (le gambois) et cousu de manière à former des cannelures. On le portait sous l'armure, par-dessus la chemise. *(N.d.T.)*

2. Chacune des deux parties d'une planchette divisée dans le sens de la longueur sur lesquelles le commerçant faisait une entaille, après les avoir réunies, pour indiquer la fourniture d'une certaine quantité de marchandise, et, notamment, la partie qui restait chez lui. *(N.d.T.)*

Hertha, la ribaude. On aurait dit que sa langue était trop grosse pour sa bouche. L'image paraissait juste. Derrière Magdalaine, la tension était palpable chez les deux hommes aux aguets, qui se rapprochèrent.

— C'est écrit, se plaignit Manville d'Arras.

Il fouilla dans sa bourse et en sortit un parchemin qu'il tendit à Loveday.

— J'hérite de son cheval, de son armure et de ses vêtements…

Sa lèvre inférieure tressauta.

— Je n'y tiens pas. Je veux… Je voudrais que Carl… non, Aimery… revienne. Il…

L'homme déglutit péniblement.

— … me parlait tout le temps. Parfois, je ne le comprenais pas, mais jamais il ne criait à cause de cela. Il riait et disait qu'il aimait discuter avec moi. Personne d'autre ne m'a jamais dit cela.

Des larmes apparurent au coin des yeux de Loveday. Elle se pencha vers Arras et lui tapota le bras.

— Perdre un ami est douloureux. Je sais trop bien ce que l'on ressent quand ceux qu'on aimait ne sont plus, mais votre ami Aimery a été trompé. La promesse de fiançailles qu'on lui avait donnée était un faux sans aucune valeur. Voyez-vous, j'étais déjà fiancée et, vous ne l'ignorez pas, dans ce cas, l'Église ne permet pas le mariage avec quelqu'un d'autre.

Arras hocha la tête.

— Certes, certes… Mais… la promesse de fiançailles n'a pas été offerte à Aimery. C'est lui seul qui y a pensé et il a dû trouver quelqu'un capable de la rédiger.

— Mais… comment Aimery a-t-il eu vent de ma situation ?

Un grand sourire fendit le visage d'Arras.

— Oh, il n'était pas idiot, Aimery. Il avait découvert…

Il se tut et se renfrogna.

— Non… j'ai promis… de ne le dire à personne.

— Et vous avez tenu parole, l'encouragea Loveday avec un sourire, tout en lui tapotant une fois encore le bras. Du temps qu'Aimery était en vie, vous avez eu raison, bien sûr, mais, dès lors qu'il n'est plus, ne voulez-vous pas montrer combien il était intelligent, de sorte que sa mémoire survive ? Lui disparu, vous êtes délié de votre promesse et vous êtes dorénavant libre de chanter les louanges de votre ami.

Dans son dos, Magdalaine, entendant Niall inspirer sourdement, lui donna un coup de coude pour lui imposer silence.

— C'est vrai, acquiesça Manville, sourcils froncés. Pourtant, Aimery m'avait prévenu. Parler, c'était le condamner à mort. Et jamais je n'ai parlé… jamais… mais il est mort, de toute façon.

— Oui, sauf que vous n'êtes pas responsable et plus rien ne peut atteindre Aimery, maintenant. Plus rien ne lui fera de mal, et vous êtes libre de me montrer en quoi il était si intelligent.

— Il avait découvert un endroit…

Le sourire revint sur le visage d'Arras.

— … là-haut, dans les combles du solier, chez le seigneur Waleran. Je ne saurais dire avec exactitude où, près du trou de la cheminée, peut-être… un endroit d'où il entendait les conversations privées. Il y a surpris le clerc royal en train d'évoquer devant le seigneur Waleran une orpheline qui possédait une belle propriété. Si elle n'était point assez riche pour intéresser un proche du roi, un homme de Waleran n'aurait pu la refuser. Et il se trouve qu'Aimery appartenait aux gens d'armes de Waleran, alors, pourquoi ne pas épouser l'orpheline ?

Magdalaine avait plaqué ses mains sur la bouche pour étouffer un cri et ouvert grand les yeux. Si Raoul découvrait l'endroit dont il était question, Guillaume ne tarderait pas à percer à jour la plupart des secrets de Waleran. Arras continuait à porter aux nues la roublardise de son ami. Il était évident qu'il n'avait pas la moindre idée de l'indélicatesse commise par celui-ci.

Magdalaine prit le risque de jeter un coup d'œil derrière elle. Niall et Bell montraient la même expression horrifiée et pleine de sous-entendus.

Entre-temps, Arras, abandonnant le ton louangeur avec lequel il célébrait Aimery, s'était mis à fustiger celui qui l'avait privé de son ami.

— Ce n'est pas Niall d'Arvagh, affirma Loveday. Il se trouvait ici, à Noke, quand votre ami a été tué. Croyez-moi, je dis la vérité.

— Qui d'autre pourrait être le meurtrier ? demanda Arras, d'une voix pitoyable. Personne, hormis Niall, ne souhaitait sa mort. Chacun appréciait Aimery. Lui-même me l'avait dit.

— Je l'ignore, répondit Loveday, sans pouvoir s'empêcher de rire à l'idée que Saint-Cyr était si populaire. Ne serait-ce pas celui qui a rédigé la fausse promesse ? Un faux, je vous le confirme. Je ne l'ai pas signé, or, je sais écrire, et je n'avais pas besoin d'inscrire un X à la place de mon nom. En outre, j'étais déjà fiancée… bien que j'aie commis l'erreur de ne pas avertir le clerc royal de mon éventuel mariage. Entre nous, il est mal d'écrire un document que l'on sait être un faux et cette personne ne me semble pas honorable. Il se peut que, de crainte qu'Aimery ne parle du faux, elle l'ait assassiné. Savez-vous qui était cette personne ?

— Non ! s'écria Arras, bouleversé. Aimery parlait de son ami qui avait obtenu une importante fonction, mais jamais il n'a prononcé son nom et je ne les ai pas vus ensemble. Je ne crois pas non plus qu'on tuerait à cause d'un stupide morceau de parchemin. En revanche, j'ai *entendu* Niall d'Arvagh affirmer qu'il tuerait Aimery.

— À la seule condition qu'il revienne ici et m'offense, ce qu'il n'a jamais fait, aussi Niall n'avait-il pas de raison de le tuer. En outre, Niall était présent à Noke quand Aimery a été tué, à Oxford. Rien ne vous oblige à me croire. Moi-même, je ne me trouvais pas à Noke cette nuit-là, mais le prêtre si. Pourquoi ne pas aller au village demander le père Herveus ? Un prêtre ne saurait mentir. Il vous confirmera la présence de Niall au manoir, en train de jouer aux échecs avec lui, la nuit du meurtre.

— Croyez-vous ? demanda Arras et il parut alors non pas buté ou dubitatif, soulagé plutôt. Je serais heureux que ce soit la vérité. Il me faudrait affronter sire Niall, s'il était le meurtrier. Je suis un solide combattant.

Il secoua la tête.

— Mais je ne me crois pas capable d'avoir le dessus.

Il soupira longuement.

— Je vais me rendre au village et parler à ce prêtre. Qu'il me prouve l'innocence de Niall et je me mettrai en quête de l'homme qui a remis le faux à Aimery. Je lui poserai la question suivante : où étiez-vous la nuit de la mort de Saint-Cyr ?

— Soyez prudent, lui conseilla Loveday qui se leva, à l'imitation d'Arras, pour le reconduire. Un tel individu est dangereux. Restez sur vos gardes. S'il a tué Aimery, il pourrait s'en prendre à vous.

Arras lui sourit.

— Oh, je n'ai pas peur de quelqu'un qui écrit. J'étais beaucoup plus expert qu'Aimery au maniement des armes. Je lui ai appris à se servir d'une épée. Il était grand et fort, mais jamais il n'a voulu s'exercer comme il convient. Il se montrait plus intelligent, cependant, j'avais l'avantage dans le combat.

Sa voix se perdit quand il quitta le vestibule. Loveday, qui l'avait accompagné à la porte, le regarda monter en selle et s'éloigner. Le régisseur ferma la grille. Bell, qui avait aidé Niall à se débarrasser de sa cotte de mailles, rejoignit Magdalaine dans le vestibule. Certaine de ne plus courir aucun risque, Loveday se tenait près des bancs. Elle se tordait les mains.

— Le malheureux, dit-elle, les larmes aux yeux. Aurais-je dû l'empêcher de se mettre à la recherche du meurtrier de Saint-Cyr ? Il se peut qu'il soit un bon combattant, comme il l'affirme, mais cela ne lui servira à rien contre un homme qui se glissera dans son dos pour le poignarder.

Niall lui entoura les épaules du bras et baisa son front.

— Vous ne pouvez ordonner la vie de chacun afin de le protéger. Vous auriez pu le convaincre de ne pas poser certaine question, mais il n'aurait pas saisi l'idée générale et en aurait posé une autre.

— C'est assez vrai, dit Magdalaine, et je crains que ce pauvre Arras n'ait plus beaucoup de temps à vivre. Avez-vous eu l'occasion de regarder ce parchemin, Loveday ? Était-ce vraiment un testament signé par Saint-Cyr ? Qui sont les témoins ?

— Qu'entendez-vous quand vous dites craindre qu'il n'ait plus longtemps à vivre ? Oui, j'ai pu lire le testament. Il disait, sans détour, que tout ce qui appartenait à Saint-Cyr devait revenir à Manville d'Arras. Il a été rédigé par Peter, prêtre de Sutton, et cosigné par un mercier et un boucher de son village.

Magdalaine hocha la tête, satisfaite.

— Voulez-vous parier qu'Arras possède un bien – une petite propriété ou un revenu familial – et qu'il existe un testament similaire léguant tout cela à Saint-Cyr ?

Bell se mit à rire.

— Je ne parie pas sur des évidences, plaisanta-t-il, avant de perdre son sourire. Mais j'ai peur que ce que Magdalaine suggère soit aussi vrai – quand cela aurait convenu à Saint-Cyr, Arras aurait été victime d'un accident fatal, ou serait mort au cours d'un engagement des troupes de Waleran.

Il haussa les épaules.

— Il me faut partir ou je ne serai jamais à Wytham avant la nuit.

Magdalaine et Bell franchirent la porte et traversèrent la cour intérieure, en direction de l'écurie.

— Loveday et moi-même sommes-nous vraiment en danger si nous partons pour Oxford ? s'inquiéta Magdalaine. Je dois m'y rendre et prévenir sans tarder Raoul de Samur de l'existence de cette cachette d'où on entend tout. S'il découvre ce que Waleran et Alain manigancent, nous pourrions…

Elle se tut, consciente de son erreur.

— Nous pourrions quoi ? fit Bell en ponctuant sa question d'un bruit traduisant son dégoût. Certes, si un stratagème échoue, ils auront recours à un autre, dit-il en haussant les épaules. Une flèche vous atteint quel que soit l'endroit où vous vous trouvez et vous ou Loveday risqueriez d'être retenues en otage, de sorte que Niall serait obligé de restituer la bourse. Pourquoi tenter le diable ? Ce Raoul, je me sens capable de lui mettre la main dessus…

Il eut un rire agressif en voyant l'expression de son visage.

— Très bien. Je soupçonne que vous partirez seule si je vous l'interdis. Vous ne pensez qu'aux précieux avantages qu'en retirera Guillaume, une fois son espion mis au courant.

Magdalaine secoua la tête, en signe de dénégation, bien que le chevalier eût touché juste. Elle savait l'intérêt pour Guillaume de bénéficier des informations de Raoul – à supposer qu'il découvrît la cachette de Saint-Cyr –, et voulait s'élancer vers Oxford sans attendre, mais elle n'osait l'avouer et raviver la jalousie de Bell. En outre, elle redoutait de nuire au plan de Guillaume si elle incitait Niall à se rendre prématurément en ville. Elle se contenta de serrer le bras de son amant. Si ce n'était pas trop dangereux, dit-elle, il valait mieux que Loveday l'accompagne, car cela augmenterait ses chances d'être entendue par le roi.

Bell soupira, la prit entre ses bras, lui donna un baiser qui exprimait autant sa frustration que son amusement, et se rendit à l'écurie. Quand elle s'en revint vers le manoir, Magdalaine perçut un écho de ses propres réflexions dans les paroles de Loveday.

— Enfin, mon amour, disait-elle, ce sera bien différent si c'est *moi*, en larmes et tremblotante, qui présente ma requête au roi, dans l'espoir qu'il pardonnera ma négligence, plutôt que de la donner au seigneur Guillaume, qui la transmettra à un clerc. Le roi, au milieu des soucis qui l'accablent, pourrait ne jamais la tenir entre ses mains. Alors que, me voyant maudire la fausse promesse et le prier d'honorer mes véritables fiançailles…

— Je viens de m'entretenir avec Bell, l'interrompit Magdalaine – car elle craignait d'entendre Loveday lui ressasser son discours, quoique sous une autre forme, jusqu'à l'heure où elles partiraient, le lendemain –, et il a admis ne pas croire à une embuscade, tout en préférant être prudent. Occupons-nous donc d'autre chose en attendant. Je crois que Niall devrait être mis au fait des détails découverts par Bell sur les circonstances qui ont entouré le meurtre de Saint-Cyr.

Niall fut trop heureux d'accepter, et la proposition arrangea aussi sa fiancée. En l'occurrence, elle venait d'avoir le dernier mot et estimait qu'un comportement conciliant donnerait plus de force à son raisonnement. Impatients, ils écoutèrent le récit de Magdalaine qui leur expliqua pourquoi Bell était à peu près certain que Saint-Cyr avait été tué par un chevalier.

— Mais, qui ? protesta Niall. Quel chevalier s'abaisserait aussi bas alors qu'il pourrait facilement invoquer l'insolence d'un homme ivre pour justifier le fait de l'avoir tué ?

Magdalaine fronça les sourcils. Elle songea à un chevalier qui aurait porté son armure, sans avoir pour autant la force de vaincre Saint-Cyr.

— Sire Jules d'Osney ? suggéra-t-elle.

Loveday pouffa.

— Pas lui… Je ne crois pas qu'il ait porté son armure depuis une année.

— Mais il la portait cette nuit-là. Le seigneur Ormerod a confié à Bell que sire Jules s'était répandu en menaces de mort contre Saint-Cyr. Sa sœur, connaissant ses colères d'ivrogne, a pris peur et lui a demandé de la mettre.

— Marguerite est une femme douce et sensée, commenta Loveday avec un sourire aimable. Son seul défaut est de trop aimer son imbécile de frère, ce qui la rend incapable de ne pas lui céder… et c'est lui qui en pâtit. Bon, elle est jeune. J'espère qu'elle apprendra à mieux le connaître avant qu'il ne ruine leur domaine.

Magdalaine leva la tête.

— Si Niall vous était inconnu et si cette triste affaire avec Saint-Cyr ne vous avait pas obligée à un prompt mariage, auriez-vous accepté la main de sire Jules ?

Une moue dédaigneuse répondit à la question de Magdalaine.

— Peut-être, admit Loveday, si rien de mieux ne s'était présenté ou si on m'avait menacée d'une union encore pire. Je ne doute pas d'être parvenue à en venir à bout – d'une manière ou d'une autre – et Osney est, ou était, un riche domaine. Il n'est pas impossible qu'on parvienne à lui redonner vie. Mes enfants auraient été des gentilshommes…

Elle haussa les épaules et se tourna vers Niall, souriante.

— Grâce à Dieu et à tous ses saints, c'est lui que j'ai reçu, et plus encore… un homme vrai, capable de m'aimer et de donner une éducation digne de ce nom à mes enfants.

Niall, qui paraissait mal à l'aise pendant que Loveday répondait à Magdalaine, lui décocha un sourire épanoui.

— Ne doutez pas que je m'occuperai de nos enfants et que, de nos fils, je ferai des hommes. Et vos enfants deviendront des gentilshommes.

Il lui prit la main.

— Je crains de n'avoir pas grand-chose d'autre à mettre dans la corbeille de mariage.

— Ne soyez pas bête, protesta-t-elle. Vous nous apporterez la considération en laquelle vous tient Guillaume d'Ypres, ce qui, à long terme, aura plus de prix qu'une propriété dont la ruine, malgré mes efforts pour la sauvegarder, entraînerait celle de Noke et Otmoor. Votre père nous aidera à monter un élevage de chevaux – je sais exactement où les faire paître.

Sa main se referma sur la sienne.

— Vous prendrez sur vous… vous accepterez de me laisser faire ce que j'aime, surveiller mes terres et mes troupeaux. C'est à cause de cela que j'ai toujours refusé d'épouser Tirell Hardel, bien que je lui reconnaisse des qualités, et que je doive beaucoup à son père, maître Reinhart, qui souhaitait notre mariage.

En entendant ce nom, Magdalaine se remémora sa conversation avec Mayde, la serveuse du *Wheat Sheaf*, et elle leur rapporta la description que la jeune fille avait donnée de l'homme à l'allure de marchand.

Loveday confirma.

— Ce pouvait être Tirell. Maître Reinhart m'avait prévenue qu'il était à la recherche de Saint-Cyr. Il voulait le jauger et parvenir à certain arrangement afin qu'il renonce aux fiançailles, puisque je n'étais pas du tout consentante et désirais préserver ma liberté.

— Je ne suis pas certaine qu'il ait réussi, dit Magdalaine. D'après Mayde, il avait plutôt l'air de vouloir frapper Saint-Cyr, mais il s'en est allé. Il est heureux qu'il ne possède sans doute pas de cotte de mailles…

— Détrompez-vous, Tirell en possède une, lui apprit Loveday. Jeune garçon, il passait son temps à me dire qu'il rêvait de devenir chevalier et voulait apprendre à combattre. Appartenir à la chevalerie n'était qu'un rêve, mais maître Reinhart a accepté de lui offrir quelques leçons et Tirell a continué à s'exercer bien après qu'il eut commencé à s'intéresser pour de bon au commerce de la laine. En grandissant, il a montré de telles aptitudes au maniement des armes que maître Reinhart s'est persuadé que son fils ferait le meilleur chef possible pour commander les gardes chargés de protéger ses convois contre voleurs et hors-la-loi. Par la suite, bien sûr, il lui a acheté la plus belle des armures.

Maître Reinhart n'a pas de soucis d'argent et il adore son fils, qui possède donc une cotte.

— Que vaudrait-il contre un homme d'armes expérimenté ? s'enquit Magdalaine.

— Je l'ignore, répondit Loveday en riant.

Cela ne dura pas.

— Vous estimez qu'il n'aurait pas eu assez confiance en lui pour affronter Saint-Cyr et qu'il l'aurait attaqué en traître ?

— Je ne le connais pas et je l'ai entendu confier à son père qu'il s'était occupé du problème dont ils avaient parlé, que c'était fait. Terminé.

Loveday secoua la tête.

— Non, non. Je ne peux croire Tirell capable d'un acte aussi vil. Et quel serait son motif ? Il n'avait rien à défendre. Tirell ne désirait certes pas m'épouser, et je ne le convoitais pas. Notre affection est celle qui unit un frère et une sœur. Peut-être, si j'avais été mariée à Saint-Cyr et qu'il m'ait maltraitée, Tirell aurait pu le tuer, mais pas dans le but de devenir mon mari. Un meurtre, non.

Magdalaine accepta ses dires, en dépit de quelques doutes. Saint-Cyr avait été un être méprisable et, sachant le mépris dans lequel la plupart des marchands tenaient les hommes d'armes, Tirell aurait pu estimer que le monde serait un lieu plus agréable sans lui. Enfin, si maître Reinhart avait convaincu son fils que le patrimoine de Loveday était indispensable à la bonne marche de leurs affaires, Tirell ne se serait-il pas armé de courage au point de tuer ? Qu'il considérât Loveday comme une sœur n'empêchait pas qu'elle était assez jolie et bien de sa personne ; par ailleurs, le revenu des terres d'Otmoor n'était pas négligeable. Soucieux de préserver son héritage, Tirell avait pu oublier ses doutes et tuer Saint-Cyr, avant de regretter l'engagement qu'il lui incombait de prendre.

L'heure des vêpres approchait et ils se rendirent au village pour assister à l'office avant de revenir souper en profitant de la tranquillité retrouvée. Magdalaine leur apprit que l'évêque de Salisbury était à Oxford, puis répondit à quelques dernières interrogations concernant le meurtre. Mais, depuis que Niall avait établi son innocence, le sujet leur apparaissait de moins en moins important.

Magdalaine prêta ensuite une oreille indulgente à Loveday et Niall. Ils évoquaient leur avenir et, notamment, les termes de la promesse officielle de leurs fiançailles, qu'il était nécessaire de rédiger même si leur union était consacrée au plus tôt. Magdalaine espéra en son for intérieur que les projets de Waleran ne provoqueraient pas une guerre, et que ce fléau, ou quelque autre drame, ne serait pas source de malheur, gâchant les réjouissances prévues. Entendre parler de la promesse la ramena ensuite à Saint-Cyr et elle se souvint d'une déclaration de Raoul : Saint-Cyr n'avait fait nul mystère de son intention d'épouser Loveday.

Soudain, Magdalaine prit conscience d'une possibilité qu'elle n'avait pas envisagée – Waleran de Meulan aurait ordonné la mort de Saint-Cyr. Plus elle y réfléchissait, plus elle lui apparaissait plausible. Était-il possible que le seigneur Waleran fût demeuré dans l'ignorance totale des dires de son homme d'armes ? Les rumeurs parmi ses troupes ne lui auraient-elles pas appris qu'un individu aussi peu recommandable que Saint-Cyr se vantait d'épouser bientôt une héritière ? Si Arras avait raison, ce n'était pas dans le grand hall de sa demeure, mais dans le solier, que le clerc royal avait parlé de Loveday à Waleran. Dès lors, à supposer que Waleran n'eût pas choisi Saint-Cyr pour la jeune fille, n'aurait-il pas soupçonné que l'homme d'armes avait découvert un moyen de l'espionner ?

C'était une raison suffisante pour s'en débarrasser. D'après ce qu'elle en savait, Waleran n'était pas homme à chercher des preuves. Il se contenterait de donner un ordre. Encore un détail intéressant pour Guillaume, songea-t-elle. Une interruption dans la conversation des fiancés attira son attention. Magdalaine vit Niall caresser le bras de Loveday et remarqua de quelle façon énamourée elle se penchait vers lui. S'efforçant de ne pas sourire, elle bâilla à se décrocher la mâchoire et secoua la tête.

— Veillez tant qu'il vous plaira, mes enfants, dit-elle, mais je ne suis plus assez jeune et forte pour cela. Nous devons nous lever tôt demain et prendre la route. Quant à moi, je vais me coucher.

Elle se leva et gagna sa chambre, située à l'arrière du manoir. Quand elle fut sûre de ne pas être entendue, elle se permit un petit rire étouffé. Elle partageait le lit de Loveday et les tourtereaux n'auraient pas l'occasion de se livrer à quelques épanchements intimes, émoustillés qu'ils étaient après l'évocation de leur proche mariage. Non que cela fût important, non, mais il valait mieux que Loveday pût jurer être vierge.

Plus lasse qu'elle ne l'avait cru, Magdalaine s'endormit dès qu'elle s'allongea sur le lit. Elle dormit si bien qu'elle ne se rendit pas compte de la venue de Loveday. Sa nuit fut reposante et, quand la jeune fille se leva, Magdalaine s'éveilla. La chambre était encore plongée dans le noir et elle s'inquiéta à voix haute. Était-il arrivé quelque chose ?

— Non, répondit Loveday d'une voix qui laissait deviner qu'elle souriait. C'est l'aube et il est temps de se lever, mais les volets sont fermés. Je crains que la pluie ne nous accompagne.

Magdalaine ronchonna mais quitta son lit et trouva la cuvette d'eau à la lueur d'une bougie. Une fois propre et habillée, elle suivit Loveday dans le hall où les domestiques étaient en train de dresser une table. Un déjeuner plus substantiel qu'à l'ordinaire avait été prévu. Niall aussi était debout, en chemise et chausses, son gambeson posé à côté de sa cotte de mailles.

Ils en étaient au milieu de leur repas – bouillie d'avoine, pâté froid, pain et fromage – quand ils entendirent des appels à l'entrée de la cour. Niall se leva et revint flanqué de Bell, trempé jusqu'à l'os et furieux de l'être, mais il se calma un peu quand il vit Magdalaine se précipiter avec une serviette et Loveday disposer un autre tabouret devant la table.

— J'avais oublié, soupira Magdalaine, comme le temps est capricieux en cette période de l'année. Il faisait si beau hier et avant-hier…

— Et aucune de vous deux, insensées que vous êtes, n'a envisagé de rester ici à l'abri et au chaud ? Niall et moi devons partir. Lui pour prendre les instructions de Guillaume et moi parce que le doyen souhaite que je présente une requête rédigée par le prêtre de Lothbury, paroisse sise près du quartier juif de Londres. Cet ecclésiastique exige que les officines des changeurs près de son église n'aient pas le droit d'exercer le dimanche. Il semblerait qu'elles ferment le vendredi après-midi et demeurent closes le samedi, mais qu'elles rouvrent le dimanche, ce qui distrait les paroissiens.

— Cela ne concernerait-il pas plutôt le maire de Londres ?

Bell eut un sourire proche de la grimace.

— C'est un prétexte pour m'attirer là-bas, et qui n'a rien à voir avec mes fonctions auprès de Winchester, et c'est aussi une excuse point trop grossière, car Étienne est toujours soucieux de ce qui agite Londres. Les Londoniens ont été les premiers à l'accueillir et à le reconnaître roi, et ils n'ont jamais failli à sa cause.

Sur quoi, il s'intéressa avec appétit au contenu de son écuelle, bougonnant parce que les repas servis à leur hostellerie par les frères de Wytham Abbey n'étaient pas aussi copieux que ceux auxquels il était habitué. Toutefois, ses efforts pour rattraper le temps perdu à table eurent une conséquence heureuse. Quand il fut rassasié et que Loveday eut achevé de préparer le bagage qu'elle emportait à Oxford, la pluie avait fort diminué.

La pluie battante de la matinée aurait d'ailleurs pu constituer un avantage, mais, cela, ils n'eurent pas l'occasion de le vérifier, car leur voyage se déroula en toute tranquillité. Parce que rien n'avait été prévu pour les intercepter ou parce que d'éventuels assaillants avaient été contraints de changer d'avis à cause des éléments, ou avaient décidé d'attendre un temps plus clément, personne n'en eut la moindre idée. Ils arrivèrent donc au *Soft Nest* sur le coup de tierce, sains et saufs, mouillés mais non trempés. Bell continua vers le château et Niall mena sa promise à la maison de l'armurier d'où il enverrait un message à Guillaume pour prendre ses ordres.

Magdalaine envisagea une journée tranquille et solitaire. Depuis son arrivée à Oxford, elle avait l'impression de n'avoir cessé de courir à droite et à gauche, confrontée qu'elle avait été à une succession ininterrompue de problèmes. Au moment où elle franchissait le seuil de l'établissement et se débarrassait de son manteau humide, elle pensait déjà au ruban, en partie fini, qu'elle destinait à Ella, et se préparait à choisir le prochain rang de fleurs.

— Attends ! lui lança Florete qui se dressa et tendit la main pour interdire à Magdalaine de pénétrer dans le couloir.

Magdalaine s'arrêta et retint son souffle. Florete courut vers elle et lui murmura quelques mots à l'oreille.

— Un homme t'attend… et ce n'est pas pour… tu me comprends. Je ne l'ai jamais vu, et je n'aime pas l'air qu'il a.

— A-t-il donné son nom ?

— Oui. Il s'agit du seigneur Ormerod.

XVI

DIMANCHE 25 JUIN

OXFORD

Magdalaine poussa un soupir de soulagement.

— Je le connais... Et je ne pense pas qu'il me veuille du mal...

Mais, alors même qu'elle prononçait ces mots, il lui revint en mémoire que le seigneur Ormerod avait des relations fort étroites avec sire Jules, dont il n'était pas très satisfait – pour payer ses dettes et doter sa sœur, Jules n'envisageait-il pas d'épouser Loveday ? Toutefois, cela ne la concernait pas.

— Qu'entendais-tu en me disant que tu n'aimais pas son air ?

— Comme s'il n'avait pas dormi... Comme si... il était désespéré.

Magdalaine continua à regarder Florete, sans la voir, perplexe. Ormerod aurait-il pu tuer Saint-Cyr ? Était-ce cela qui avait empêché Jules de donner le nom de l'homme aperçu derrière le *Broached Barrel* ? Mais pourquoi Ormerod venait-il la voir, elle ? Ce n'était pas à cause du meurtre. Pour ce qu'elle en savait, il n'était pas plus malveillant que n'importe quel autre homme.

Mais que savait-elle, au juste ? Il avait paru gêné quand il avait parlé à Bell de ses liens avec sire Jules. Bell estimait qu'il aurait pu venir à Oxford pour obtenir de l'argent, le remboursement d'un prêt que lui devait son ami. Pourtant, selon Loveday, Jules était toujours démuni. « Désespéré », avait précisé Florete. Était-il, *lui*, à court d'argent ? Il n'ignorait pas que l'*Old Priory Guesthouse* avait de gros revenus et peut-être même supposait-il que Guillaume l'avait fait venir, et la rémunérait largement…

Elle plissa les yeux. La bourse de Guillaume était cachée dans son coffre. Elle pourrait donner quelque chose à Ormerod, assez pour lui permettre de regagner son domaine. Elle hocha la tête à l'adresse de la tenancière.

— Merci de m'avoir prévenue, ma chérie, fit-elle en fronçant le nez. Comme je disais, je le connais et je ne crois pas qu'il me cherche noise. Il vaut mieux que je lui parle. Je laisserai la porte entrouverte et je te remercie de prêter l'oreille à des éclats de voix ou à un appel à l'aide.

Florete acquiesça et descendit les quelques marches vers sa table disposée de façon à bloquer en partie l'entrée de la grande salle, où elle pénétra tandis que Magdalaine demeurait devant la table. Elle vit Florete debout face à un homme dont la tête reposait sur les mains, les coudes soutenus par les genoux. Dès que la tenancière lui parla, il leva les yeux, se redressa et remarqua la présence de Magdalaine.

— Où diable étiez-vous donc ? s'exclama-t-il en passant devant Florete.

Il contourna la table et se campa devant Magdalaine.

— En quoi cela vous intéresse-t-il ? répliqua-t-elle.

Il eut un geste dédaigneux et posa une autre question, d'un ton plus pressant.

— Où est Jules ?

— Sire Jules ?

Ormerod n'était donc pas venu pour obtenir de l'argent… du moins pas de sa bourse.

— Oui. Où est-il ?

— Comment le saurais-je ?

— J'espérais qu'il vous avait dit où il se rendrait après votre conversation dans l'arrière-cour du *Broached Barrel.*

— Mais cela remonte à hier, avant sexte !

— Avant sexte ? Si tôt ?

Ormerod regarda derrière elle, mais il était évident qu'il ne voyait pas les rideaux des chambres. Magdalaine n'avait pas souffert du froid pendant leur chevauchée, bien que ses vêtements fussent mouillés ; maintenant, dans ce couloir, avec la porte ouverte dans son dos, elle se sentit frissonner et trembler.

— Je suis en train d'attraper froid, dit-elle, venez dans ma chambre, que je puisse me changer.

Elle lui désigna le couloir, ouvrit la porte de la chambre du fond, et lui demanda de la précéder. Elle ne referma pas avant d'avoir obtenu assez de lumière. Il ne s'en offusqua pas. Il s'approcha de la table et se tourna vers elle.

— Il a disparu ! Il n'est pas rentré de la nuit ! Je ne sais plus que faire.

Magdalaine secoua la tête, se dirigea vers la table pour en allumer les bougies et retourna pousser la porte. Elle se préoccupa alors de trouver des habits secs.

— Pourquoi ? demanda-t-elle tout en faisant son choix. Je sais bien que sire Jules est un homme inconséquent, mais il est *adulte*. Pourquoi vous sentir responsable de lui ?

Il haussa les épaules et disparut de sa vue quand elle se cacha derrière le lit, dissimulée par les rideaux. Sa voix était assez distincte.

Parce que, à mon instigation, mon frère Edward s'est engagé avec sa sœur, expliqua-t-il, et nous avons eu une violente querelle, avant-hier soir, sur le triste état auquel il avait réduit son domaine… Je… j'ai lancé certaines paroles excessives… vraiment, j'aime beaucoup Jules… et, quand il est sorti, hier matin, il a refusé que je l'accompagne. Et moi… cela ne m'a pas embarrassé outre mesure, je ne le nie pas. En fait, j'en ai profité pour aller inspecter ses terres, surtout la ferme qui doit revenir à Edward et Marguerite.

— Cela me semble raisonnable. Je ne comprends pas les raisons que vous avez de vous inquiéter.

— Il ne s'agit pas de ça.

Un tabouret racla le parquet grossier quand Ormerod s'assit. Magdalaine laissa tomber ses vêtements humides et enfila une nouvelle chemise.

— Mais je regrettais mes dires, et Marguerite avait envoyé son domestique à Oxford, aux alentours de none, sauf qu'il n'a pu trouver Jules. Aussi, lorsqu'elle m'a supplié de le ramener à la maison, je m'y suis rendu.

Les lèvres de Magdalaine se serrèrent sous le coup de l'irritation et son front se plissa. Elle enfila sa cotte et sa jupe à la hâte, glissant une phrase chaque fois qu'elle avait la tête à l'air libre.

— Il aurait dû être chez lui peu après le dîner, avant none, en tout cas. Bell a insisté pour qu'il regagne son logis, lui conseillant de n'en point bouger juste avant que nous n'entamions notre repas.

— Seigneur ! Ne me racontez pas qu'il se querellait ou était ivre de si bonne heure !

— Non. Il avait bu, un peu, je l'ai senti à son haleine, sans être ivre… enfin, assez quand même, car il s'est effrayé en me voyant sommeiller sur la table pendant que Bell était allé nous chercher à manger dans une cuisine publique. Mon voile me couvrait la tête et je crains qu'il ait pensé se trouver devant un autre cadavre.

— Mais Saint-Cyr a été découvert derrière la remise ! rappela Ormerod d'un ton acerbe, alors que Magdalaine contournait le lit pour lui faire face. Pourquoi aurait-il cru que vous étiez un *autre* cadavre ?

Magdalaine eut l'impression qu'Ormerod n'avait pas surpris la conversation dans l'arrière-cour du *Broached Barrel*. Elle haussa les sourcils et en convint.

— Je lui ai demandé qui il avait aperçu dans la cour pour réagir de la sorte, mais il a protesté. Il n'avait vu personne, il faisait sombre et il était soûl. Selon Bell, même s'il n'avait remarqué aucun détail suspect, le fait de s'être trouvé en ce lieu et cette nuit-là était dangereux. C'est alors qu'il lui a recommandé de rentrer et de cesser de boire.

— Ce qu'il n'a pas fait, déclara Ormerod.

Ses épaules s'affaissèrent.

— Il a obtenu des habits propres du tenancier.

Il grimaça.

— Jules est souvent victime de petits accidents à cause de ses excès de boisson et les gens dans les tavernes lui prêtent des effets. Une fois propre, il a demandé au tenancier qu'il envoie un jeune garçon chercher son cheval à l'écurie et qu'il lui rapporte une autre coupe de vin. Avant que le garçon ait eu le temps de partir, un homme, qui ressemblait à un marchand, selon le propriétaire de la taverne, a offert de payer le vin. Jules a paru surpris mais l'homme a dit quelque chose à propos de Loveday et Jules, aussitôt, a demandé au garçon de ne plus s'occuper de son cheval. Jules et le marchand se sont assis sur un banc, d'un côté de la salle. Peu après, ils sont repartis ensemble.

— Avez-vous retrouvé le marchand ?

— Oui. Sans avoir à le chercher. Je me suis rendu dans les autres tavernes, pensant que Jules aurait pu s'être effondré dans un coin où il passerait la nuit. Une fille du *Lively Hop* le connaissait – qui ne le connaît pas ? –, et elle m'a dit l'avoir vu passer devant le *Wheat Sheaf*, flanqué d'un compagnon. Elle était si surprise que Jules ne se rende pas au *Wheat Sheaf* qu'elle a remarqué où, en définitive, ils sont entrés.

— Qui était ce marchand ? Qu'a-t-il dit ?

— Il était revenu chez lui soigner un mal de tête, maugréa Ormerod. Chose assez courante quand on a joui de la compagnie de Jules, mais lui aussi ignorait ce qui lui était arrivé. Ils avaient partagé quelques coupes de vin au *Broached Barrel*, puis, désireux de mettre au point certains projets – à vrai dire, j'estime qu'ils étaient trop éméchés pour cela –, Hardel…

— Tirell ou Reinhart ?

Ormerod la fixa d'un œil soupçonneux.

— Tirell. Pourquoi, le connaissez-vous ?

Magdalaine étouffa son envie de dire que Tirell possédait une cotte de mailles, ce qui lui remit en mémoire qu'Ormerod était dans le même cas et ignorait que l'assassin de Saint-Cyr en portait une lors du meurtre.

— Pas moi, Loveday, répondit-elle. Les Hardel sont père et fils et le père souhaite la marier au fils.

Ormerod haussa les épaules.

— Ma foi, ils ne se disputaient pas à cause d'elle, selon maître Woller, le mercier propriétaire de la maison où loge Hardel. Je lui ai parlé après m'être entretenu avec Hardel, mesurant qu'il était peu à même de se souvenir de leur conversation. Il avait invité Jules chez lui parce qu'il avait eu vent de la rumeur qui le mariait à Loveday, et il voulait en avoir le cœur net.

— Était-ce la vérité ?

Ormerod fit la grimace.

— Pour autant qu'il le croyait. En aucun cas il n'était capable d'inventer des mensonges très élaborés. Il était malade d'avoir trop bu. Il m'a juste dit que Jules et lui avaient passé quelque temps ensemble dans la taverne. Quand ils ont entendu les cloches de none, Jules a voulu partir. Hardel croit se souvenir qu'il a tenté de le retenir pour manger un morceau et cuver leur vin, mais il n'en est pas certain.

— Jules était donc très ivre quand il a quitté le logis de Tirell ?

— Oui. En fait, Woller m'en a dit davantage. Il avait tendu plus ou moins l'oreille, craignant une dispute, car il s'était rendu compte qu'ils avaient bu au lieu de dîner. Il s'est même approché à pas de loup et a entrebâillé la porte. D'après ce qu'il a entendu, Woller estime que l'entente était bonne, chacun se plaignant d'une femme, ce qui paraît vraisemblable. Finalement, Hardel a reproché à Jules d'être trop soûl et a proposé d'envoyer chercher à manger afin de recouvrer des forces, mais Jules a refusé, déclarant qu'il voulait rentrer chez lui. Il est parti – le propriétaire en fut témoin – et Hardel est resté sur le palier à le regarder, puis il a regagné le solier.

Magdalaine soupira.

— Je crois que vous devriez louer des hommes et des garçons pour fouiller toutes les venelles entre le *Lively Hop* et le *Broached Barrel*, et surtout du côté du *Wheat Sheaf*. Si je ne me suis pas méprise sur le caractère de Jules, quoi qu'il ait décidé après avoir quitté Hardel, il a dû finir dans la plus proche taverne.

— Non, car son cheval n'était pas à l'écurie.

— Son cheval n'était plus là, reprit Magdalaine d'une voix faible, le regard soudain anxieux. Quand… quand est-il parti ?

— Quand je suis arrivé à Oxford, hier, dans l'intention de le rencontrer. J'ai remarqué l'absence du cheval, aussi me suis-je traité de tous les noms, croyant avoir raté Jules sur le chemin, si jamais il s'était arrêté pour satisfaire un besoin, par exemple. Je suis retourné à Osney. Il n'y était pas. J'étais furieux, mais Marguerite était hors d'elle, aussi ai-je rassemblé quelques domestiques et nous avons cherché dans les bois le long de la route, estimant qu'il aurait pu tomber ou s'être enfoncé sous le couvert, saisi d'une brusque envie de dormir. Nous étions bredouilles et le jour a commencé à tomber. De retour à Osney, nous nous sommes couchés. Et voilà que son cheval est revenu, seul, pendant la nuit…

— Oh !

Magdalaine avait blêmi.

— C'est une très mauvaise nouvelle.

— Il n'y avait pas de traces de sang ! J'ai examiné la selle et la bête, poil par poil. Pas une goutte de sang. Aucun indice prouvant qu'on avait trop forcé sur les étriers, pas d'éraflures non plus.

Il prit le temps d'inspirer.

— C'est après que je suis revenu à Oxford pour essayer de savoir où il s'était rendu. J'ai posé maintes questions, à peu près en vain. Je me suis fait des reproches et j'ai pensé qu'il était sans doute dans une maison de plaisir. Cela aurait permis d'expliquer le retour du cheval, à supposer qu'il ne l'ait pas abrité dans une écurie et qu'il se soit enfui. Je suis donc venu ici – Jules avait mentionné cet établissement –, où j'ai demandé à la tenancière de me mettre en rapport avec vous… je m'en souvenais, le propriétaire avait dit que vous vous étiez entretenue avec Jules au *Broached Barrel.*

— Il ne semble pas être passé. Florete le connaissait et elle aurait… non, peut-être pas s'il l'a payée pour…

D'un geste, Magdalaine pria Ormerod de ne pas bouger. Elle sortit parler à la tenancière. Quand elle revint, elle fit un signe de dénégation.

— Je pensais qu'il aurait pu donner de l'argent à Florete pour qu'elle prétende ne pas l'avoir vu. Quand je lui ai parlé, il semblait mal accepter la surveillance de sa sœur. Florete ne m'aurait pas menti. Jules n'est pas venu ici la nuit dernière, et moi non plus. Avec Bell, nous sommes allés à Noke pour en ramener Niall d'Arvagh et maîtresse Loveday, car ils espèrent être reçus par le roi.

Il y eut un silence.

— Il n'avait pas d'argent, dit enfin Ormerod. Hormis une poignée de farthings pour payer ses boissons. Où aurait-il pu se rendre ? Non, il n'est allé nulle part, puisque son cheval est rentré seul au bercail.

Un autre silence s'ensuivit.

— Magdalaine, demanda Ormerod d'une voix feutrée, croyez-vous qu'il est mort ?

Elle se mordit les lèvres et des larmes lui piquèrent les yeux.

— Nous n'aurions pas dû lui demander ce qu'il avait aperçu, cette nuit-là. La porte de la taverne donnant sur la cour était ouverte. Pourtant, il n'a eu de cesse de répéter qu'il n'avait rien vu. C'était bruyant à l'intérieur et nous n'avons pas élevé la voix. Oh, je serais désolée si un malheur lui était arrivé… Néanmoins, Bell l'a *mis en garde* et moi aussi. Nous lui avons conseillé de rentrer se coucher.

Elle se souvint que ni elle ni Bell n'avaient véritablement cru ce que leur avait raconté Jules, et se demanda s'il avait été trahi par son expression, que, d'ailleurs, personne à l'intérieur de la taverne n'aurait pu remarquer, ou par un détail dans sa façon de se comporter ou dans sa voix. Si c'était celle-ci qui l'avait trahi, un témoin avait pu s'inquiéter. Magdalaine posa une main sur ses lèvres pour les empêcher de trembler. Elle renifla.

— Non. N'allons pas déjà imaginer le pire. Qu'a dit le palefrenier ? Était-ce Jules en personne qui avait amené son cheval ? Était-il trop imbibé pour monter ? Ne serait-il pas tombé près de l'écurie, avant de se traîner dans un coin où dormir ?

— Bien sûr qu'il l'avait conduit… non, je ne crois pas. Quand j'étais avec lui, je l'ai obligé à se rendre à l'écurie de sorte que la marche puisse le dessoûler un peu, mais, maintenant, je me souviens que le tenancier du *Broached Barrel* était sur le point d'envoyer un garçon chercher la bête. Je n'ai pas parlé au palefrenier, alors. J'ai remarqué que le cheval n'était pas dans la stalle habituelle et je suis ressorti. Ce matin, c'était un autre homme. Il n'avait pas vu Jules.

— Un autre homme ? répéta Magdalaine d'une voix affaiblie. Non, dit-elle, je refuse de croire au pire. Venez, seigneur Ormerod, je vous accompagne à l'écurie…

— Vous ? Qu'entendez-vous aux chevaux, à la manière de les seller, à la façon dont on s'adresse à un valet d'écurie ?

Il se dressa et la regarda avec mépris.

— En outre, si ce que je crains se vérifie, c'est vous qui êtes responsable du malheur qui a frappé Jules.

C'est probable. Qu'est-ce qui vous a pris de jouer les justicières et d'enquêter sur ce meurtre ? Votre vie est-elle si propre ? À moins que vous n'ayez cherché à prévenir l'assassin ? Qui sait de quoi est capable une ribaude pour de l'argent ?

Magdalaine fut si heurtée par la virulence soudaine de cet homme, qui s'était toujours montré courtois avec elle, même s'il savait qui elle était, qu'elle demeura sans réaction quand il fit volte-face et sortit avec précipitation de la chambre dont il claqua la porte. C'est alors qu'une bouffée de rage l'envahit. Elle se redressa et fouilla dans sa bourse. Sa première intention fut de payer Rand et Ogden pour qu'ils suivent Ormerod jusqu'à l'écurie et lui apprennent à tenir sa langue en lui administrant une rossée mémorable.

Elle retomba sur son siège avant même d'avoir effleuré les pièces. Idiote qu'elle était ! Rand et Ogden étaient connus du shérif, et frapper un noble n'attirerait que des ennuis à Florete. Elle se mit à cligner des yeux, car elle comprit les raisons de sa propre colère ; n'avait-elle pas déjà été traitée de la sorte, et en des termes pires encore ? Non, elle s'en voulait, car elle se tiendrait véritablement pour responsable de ce qui arriverait à Jules – quant à l'accès d'humeur d'Ormerod, il n'était pas dirigé contre elle, mais contre lui-même. Il se reprochait de ne pas avoir été avec son ami, qu'il aimait du fond du cœur.

Oui, sans doute, se dit-elle, pourtant, la culpabilité d'Ormerod, et sa colère, n'auraient-elles pas été plus fortes s'il avait plus ou moins espéré que le corps de Jules serait retrouvé gisant quelque part ? Marguerite deviendrait l'héritière du domaine d'Osney et le frère d'Ormerod ne pourrait que s'en féliciter. Dans l'hypothèse où Ormerod aurait déjà tué Saint-Cyr, afin que Jules puisse épouser Loveday, ne lui était-il pas plus facile encore de commettre un nouveau crime ?

Magdalaine secoua la tête, se faisant l'effet d'un chien qui se débarrasse de petites bêtes déplaisantes.

Absurde. Elle connaissait le seigneur Ormerod depuis cinq ans, du temps qu'il était un damoiseau prompt à rougir, et il avait bon cœur, elle ne l'ignorait pas. Elle soupira. On ne pouvait nier qu'il était fort attaché à ses terres et n'était pas prêt le moins du monde à abandonner son bien. S'il estimait que Jules galvaudait son patrimoine, spoliant ainsi son frère de son dû… Non, elle se montait la tête. Jules n'allait pas tarder à réapparaître, et, hormis une solide migraine et un estomac vide, son absence ne lui aurait pas été si préjudiciable.

Elle alla prendre sur l'étagère son panier à couture et en sortit le ruban qu'elle brodait pour Ella, essayant de se souvenir de ce qu'elle avait décidé pour le prochain rang de roses. Une fois fixée, elle pensa à un motif et choisit du fil jaune pour les points qui représenteraient le cœur des fleurs, mais elle le reposa car on venait de gratter à la porte.

— Entrez ! dit-elle en saisissant ses ciseaux dans le panier, craignant qu'Ormerod ne revienne lui annoncer la mort de Jules et ne la frappe pour la punir.

Elle l'avait déjà accueilli et Florete ne penserait jamais à lancer ses hommes contre lui.

À peine eut-elle formulé cette pensée qu'elle lâcha ses ciseaux et se mit à rire. Si telle avait été son intention, il n'aurait pas pris la peine de s'annoncer ! La porte s'ouvrit et c'est la tête d'Hertha, la ribaude, qui apparut. Geneva était sur ses talons.

— Vous avez dit être intéressée par n'importe quel détail concernant Saint-Cyr, même insignifiant, n'est-ce pas ?

— Oui.

Magdalaine désigna les tabourets près de la table.

Les deux femmes s'installèrent. Hertha fut la première à parler.

— Le nigaud est venu hier. Tard, aux environs de vêpres.

Elle haussa les épaules.

— Il n'a pas parlé de Saint-Cyr, pourtant... Il n'a pas arrêté de vanter son excellente mémoire et de dire comment il se souvenait...

— Oui, confirma Geneva. Il se tenait alors près de la table de Florete. Il voulait un arrangement pour t'avoir à la même heure, chaque jour...

Hertha approuva de la tête et bougonna, puis s'accorda un demi-sourire.

— Il n'est pas si pénible, dans le fond. Il termine son affaire en un rien de temps et il ne me frappe pas. S'il ne sentait pas si mauvais...

Elle rit.

— Moi, je me demande s'il est capable de se souvenir aussi bien qu'il le prétend. Je lui ai conseillé de prendre un bain et il m'a regardée en clignant des yeux, comme une chouette stupide, mais il a dit qu'il y penserait. S'il est propre, demain...

— Qu'a-t-il dit à propos de Saint-Cyr ? demanda Magdalaine.

Elle ne put s'empêcher de leur sourire, car elle aussi espérait que Manville d'Arras se laverait.

— Il a dit qu'Aimery – il ne l'appelle jamais autrement qu'Aimery – était plus intelligent que lui, mais que, lorsqu'il avait besoin de se souvenir de quelque chose, par exemple, où il avait déposé un objet qu'il voulait faire réparer, c'était lui, Arras, qui le lui rappelait.

— Intéressant, commenta Magdalaine tout en cherchant deux farthings dans sa poche, mais je ne crois pas que cela nous rapproche du meurtrier de Saint-Cyr. De quoi d'autre a-t-il parlé ?

— De rien, à propos de Saint-Cyr, pas même du testament, qu'il avait sans cesse à la bouche lors de sa dernière visite. Cette fois-ci, il nous a entretenues des logements occupés par les hommes de Salisbury. Il semblait trouver cela très drôle qu'ils soient dans le cimetière de St Peter, sous la pluie, parce que l'église n'est pas assez grande pour tous les recevoir.

— Il s'en amusait ? demanda Magdalaine.

— Oui, parce qu'il y avait des logis à moitié vides de l'autre côté de la route, remarqua Hertha avec un haussement d'épaules. D'ailleurs, c'est Saint-Cyr qui le lui avait dit, et quand j'ai demandé à Arras pourquoi il en riait, il m'a répondu qu'Aimery avait ri en le prévenant que cela risquait de se passer comme ça. Je regrette. C'est la seule autre fois où il a mentionné Saint-Cyr.

— Il y a autre chose, intervint Geneva, et c'est pourquoi je me suis permis de venir. Il parle d'une voix très forte et, après avoir raconté son anecdote sur les maisons vides, il s'est mis à rire et a dit : « Je vous ai eues, je vous ai eues ! » Ça n'a pas de sens, à mon avis, pourtant quand j'en ai parlé à Hertha, elle s'est souvenue qu'elle l'avait entendu crier… mais comme il était sur le point de jouir, elle a pensé que c'en était la raison. Moi, mon impression était différente, ajouta Geneva, quelque peu sur la défensive, comme si elle craignait que Magdalaine n'accorde pas foi à son histoire. En général, il s'étouffe et pousse des sons indistincts, mais bon, vous nous avez précisé « quoi que ce soit », alors j'ai cru bien faire en vous le rapportant.

Magdalaine déposa les deux farthings sur la table.

— Je ne sais ce que cela signifie, si jamais il faut y chercher un sens, mais je suis heureuse que vous soyez venues. Je me félicite que l'homme soit vivant et en bonne santé. Hier, au manoir de Noke, il a juré de retrouver l'assassin de Saint-Cyr et de venger la perte de son ami. Qu'il ait un autre sujet d'intérêt me soulage, je vous l'avoue. Se moquer des conditions difficiles dans lesquelles sont hébergés les hommes de Salisbury ne devrait lui valoir que quelques horions, sans plus.

— Il y a un dernier détail qui m'a paru bizarre, dit alors Hertha. Il était en train de payer Florete pour être sûr que je sois libre, demain, quand un homme est sorti de la chambre de Chloris… celle qui est à droite de la porte donnant sur la rue. Arras l'a regardé s'éloigner… de la manière dont on regarde parfois quelqu'un de dos… et puis il m'a donné rendez-vous demain. Pourtant, il y avait sur son visage… il est si lent à réfléchir qu'on a l'impression de suivre ses pensées. Bref, il n'a même pas fini sa phrase et il est sorti.

Magdalaine fronça les sourcils.

— Avez-vous reconnu le client de Chloris ?

— Non, admit Herta.

Rien dans son intonation ne laissait supposer qu'elle mentait pour protéger un homme.

— Je ne l'ai pas vraiment vu non plus, dit Geneva. Juste quelques cheveux noirs et une épaule sous un manteau rouge quand il a franchi le seuil.

Un manteau rouge. La moitié des hommes qu'elle connaissait, à commencer par Bell, portaient des manteaux rouges. Magdalaine changea de sujet.

— Croyez-vous qu'Arras ait suivi le client de Chloris ?

Toutes deux firent une moue, pensives.

— J'en doute, dit Geneva. C'était comme s'il s'était rappelé avoir quelque chose à faire et qu'il était parti dans ce but.

— Tu dis ça pour la seule raison que tu l'as entendu se vanter qu'il n'oubliait jamais rien.

À l'évidence, Hertha était fort agacée.

— D'ailleurs, ajouta-t-elle, pourquoi traînais-tu par là ?

— J'étais sortie pour…

— Pour voir s'il n'y avait pas moyen de me voler un client, l'interrompit Hertha.

— Ma foi, à t'entendre te plaindre chaque fois qu'il se présente, je pensais que tu serais heureuse d'en être débarrassée.

D'un geste sec, Geneva ramassa son farthing, se leva et quitta la chambre.

— On n'en aurait pas un seul si on la laissait faire ! lança Hertha avec acrimonie. Je lui avais dit de ne pas m'accompagner. Vous avez gaspillé un farthing, voilà tout.

— Peut-être, sourit Magdalaine. D'ailleurs, ce n'est pas mon argent, aussi est-il plus facile à partager. Et, au vrai, je ne sais, dans ce que j'ai entendu, ce qui pourrait m'être utile. Rien, je le crains. Quoique… je suis toujours disposée à payer si vous me rapportez les paroles d'Arras, ou de n'importe qui d'autre, concernant Saint-Cyr.

— Je tendrai l'oreille, promit Hertha.

Elle ramassa sa pièce et s'en fut.

Magdalaine travailla longtemps au ruban destiné à Ella tout en réfléchissant à sa conversation avec les filles. Elle espéra que Geneva mentait, dans le but de gagner un farthing supplémentaire, quand elle disait avoir entendu Arras s'exclamer. Elle espérait aussi que le brusque départ de Manville n'avait pas été provoqué par l'homme qui venait de sortir – il faudrait demander à Chloris si elle le connaissait. Elle estima réconfortant qu'Arras n'ait évoqué que les difficultés à se loger des hommes de l'évêque Salisbury. Sans doute était-il de ces individus incapables de se concentrer sur plus d'une chose à la fois.

La faim commençait à la tenailler et elle abandonna sa broderie. Son intention était d'envoyer Diccon à la cuisine publique, mais, entendant la pluie qui tombait à verse, elle reprit sa broderie. La plupart du temps, elle appréciait la couture, activité machinale qui lui permettait d'écouter sans rien montrer de ses sentiments à ses clients impatients. Mais, ce jour-là, elle souhaitait y trouver plus de force pour chasser de son esprit Arras et sire Jules.

Quand la pluie diminua, Magdalaine se leva pour parler à Diccon. Elle estima que Rand se chargerait de la tâche aussi bien que le garçon. Aucune prostituée n'acceptait de sortir par ce temps et Florete avait réuni une somme suffisante pour acheter des repas à son petit monde. Magdalaine ajouta sa quote-part et quatre farthings, et demanda qu'on lui apporte trois repas.

— Ce sont les hommes qui sont censés te nourrir ! fit remarquer Florete d'un ton négligent. Et pas le contraire.

— Avec Bell, ce n'est pas une question d'argent, répondit Magdalaine en souriant. Souviens-toi de ce qu'il a acheté, hier. Quant à Guillaume… eh bien, il est si généreux que j'aurais honte de lui faire payer mes repas. Bref, ce n'est que par prudence, car je doute que l'un ou l'autre passe aujourd'hui – ils sont tous deux occupés à la cour –, mais Bell dormira sans doute ici.

Elle sourit et plissa le nez.

— Diccon, il me semble, sera nourri comme un coq en pâte ce soir et demain matin.

La pluie avait découragé la clientèle et la maison était calme. Magdalaine s'assit près de son amie pour bavarder.

— J'espère ne pas avoir commis d'impair en t'envoyant Hertha et Geneva, dit la tenancière. Je craignais qu'elles affabulent pour te soutirer quelques farthings, mais tu tenais tant à ce qu'elles te rapportent ce qu'elles avaient entendu de la bouche du nigaud…

Soudain, un sourire éclaira son visage.

— … et j'ai pensé que tu étais assez grande, et expérimentée pour t'en débarrasser au cas où elles ne t'auraient rien appris.

Magdalaine répondit à son sourire.

— Toi, tu dois traiter avec elles tous les jours, et je m'en retournerai bientôt chez moi. Il est donc moins gênant pour moi de les décevoir, que pour toi de les empêcher de me voir.

— Exactement ! s'écria Florete.

Elle se mit à rire, mais des larmes apparurent bientôt dans ses yeux.

— Oh, Magdalaine, c'est si agréable de converser avec quelqu'un qui te comprend et ne montre aucune amertume… Comment… comment fais-tu pour garder le cœur léger ?

— Dieu, peut-être, ou la Sainte Vierge ont été très bons pour moi.

— En t'offrant une vie de ribaude ?

Magdalaine posa la main sur celle de Florete.

— Si tu savais à quoi j'ai échappé, tu serais de mon avis. En outre, Guillaume me protège…

— Et un jeune et bel amant compense certaines déficiences de ton maître par ailleurs si puissant et habile, remarqua Florete en lui glissant un regard en coin.

— Bell et moi, admit Magdalaine, c'est plus qu'une relation physique. Nous rions des mêmes choses et, sur nombre de points, nous partageons les mêmes impressions. Et ce n'est pas tout ce que nous avons en commun. Nous sommes curieux tous les deux. Bell ne sera pas en paix tant qu'il n'aura pas démasqué le meurtrier de Saint-Cyr, et moi de même.

Florete frissonna.

— Alors que je serais trop heureuse d'oublier cette affaire, et peu importe le coupable. Ce qui me ramène au gros lourdaud. A-t-il dit quoi que ce soit d'utile à ton enquête ?

— Non, il semble avoir été distrait de la mort de son ami par les problèmes de cantonnement des troupes de Salisbury – ce dont je me moque, grâces soient rendues à Dieu et à ses saints. Je craignais qu'il ne vienne protester à cause… du… ah… de la promesse de fiançailles.

Magdalaine se tut soudain et elle retint sa respiration. Les fiançailles de Loveday ! Comment Saint-Cyr avait-il appris que la jeune fille était une héritière ? Que le ciel lui vienne en aide, mais elle avait oublié qu'elle devait sur-le-champ parler à Raoul de Samur du trou secret dans la maison de Waleran. Mais ne fallait-il pas d'abord en informer Guillaume ? Non, Niall s'en chargerait, si ce n'était déjà fait. Elle regarda par la porte et remarqua que la pluie s'était transformée en bruine légère.

— Il me revient à l'instant que j'ai à parler avec Raoul de Samur, un des capitaines de Waleran.

Si Florete avait été surprise par la remarque de Magdalaine, elle n'en montra rien.

— Dès son retour, se contenta-t-elle de préciser, Diccon lui portera un message.

— Non, non. Personne ne doit en être témoin. Est-ce qu'une de tes filles ne pourrait pas se rendre chez Waleran, comme si elle cherchait un client ? Geneva ? Elle a couché avec Samur, il y a quelques jours. Elle n'a donc pas besoin de se présenter ou de prévenir que je veux lui parler. Il devinera. Qu'elle donne le nom d'un autre bordel si jamais une oreille indiscrète entend son invitation à la retrouver. Je paierai, bien sûr.

Magdalaine laissa échapper un petit rire, souriant de toutes ses dents.

— À moins que ce ne soit elle qui me paie. J'ai cru comprendre qu'elle est toujours en quête de clients. Elle ne sera pas déçue, dans ce logis.

Florete regarda en direction d'une chambre au rideau tiré.

— Elle est occupée, mais elle parviendra sans doute à se libérer quand Rand apportera les repas. Tu lui parleras.

Magdalaine s'enquit ensuite de Chloris, hélas, quand Ogden la lui amena, la femme ne se souvenait pas du tout de l'homme qui était passé dans le couloir alors qu'Arras était présent. En fait, elle n'était pas certaine de savoir quel jour et quel homme Magdalaine voulait qu'elle se rappelât… jusqu'au moment où Magdalaine évoqua le manteau rouge. Elle hocha la tête, sans guère pouvoir en dire plus. L'individu l'avait offensée, car, alors qu'ils copulaient, il s'était montré curieux d'autres filles. À son langage, ce devait être un gentilhomme, car son anglais était hésitant. Son visage ? Chloris haussa les épaules. Regardait-on leurs visages ? Un visage comme mille visages. Des cheveux noirs…

Magdalaine soupira, bien qu'elle n'eût qu'un faible espoir. Elle donna quand même un farthing à Chloris et la pria de revenir la voir si elle se rappelait d'autres détails. Entre-temps, Geneva en avait terminé avec son client, mais, quand Magdalaine lui posa sa question, la fille se tourna vers Florete et lui demanda pourquoi Rand mettait aussi longtemps à revenir.

— Je meurs de faim, se plaignit-elle, et j'ai payé ma part. Votre commission attendra ! lança-t-elle à Magdalaine.

— Ce n'est pas urgent, répondit celle-ci qui savait que manifester de l'impatience ferait monter le tarif de Geneva.

Cependant, quand la ribaude eut pris le demi-penny de Magdalaine et fut allée à la porte jeter un coup d'œil dans l'espoir de voir revenir Rand, Magdalaine se tourna vers Florete, inquiète.

— Est-ce que c'est si long de parcourir quelques rues ?

— Il va un peu plus loin que d'habitude. De l'autre côté de la ruelle qui part du *Broached Barrel*, il y a une cuisine qui sert de plus grosses quantités à des prix réduits, avec, en supplément, deux miches et un pichet de bière. En outre, la nourriture est aussi bonne qu'ailleurs, se défendit-elle.

— Cela m'ennuie parce que, maintenant, les hommes d'armes seront à table et donc Samur probablement présent, mais, si Geneva s'y rend dans la soirée, il risque d'être reparti pour quelque tâche ou ses propres affaires. Acceptera-t-elle d'attendre pour le rencontrer ?

— Dans une maison remplie d'hommes ? s'étonna Florete en riant. À moins qu'elle ne trouve personne avec qui passer un moment, elle patientera. Dans le cas contraire, ne t'inquiète pas. Geneva sait de quel côté est beurré son pain. Tu la paies et elle sera à ta disposition. Elle trouvera un moyen pour ramener ton homme.

— Ce n'est pas mon homme… commença à protester Magdalaine.

La porte s'ouvrit à la volée sur Rand et Diccon.

— Un cadavre ! cria le garçon, les yeux exorbités. On a un nouveau cadavre !

XVII

DIMANCHE 25 JUIN

SOFT NEST, OXFORD

— Comment ? Qui est mort ? Où ? hurla Florete, en se levant sur-le-champ.

Rand déposa son fardeau sur la table de Florete et donna une claque à Diccon dès qu'il eut les mains libres.

— Nous n'avons rien à craindre, maîtresse, la rassura-t-il. Le cadavre a été retrouvé dans l'écurie de la ruelle près du *Broached Barrel*. Vous la connaissez. C'est du même côté de la rue que la cuisine, qui donne sur Cornmarket Street alors que l'écurie est dans la ruelle.

— Qui est mort ? répéta Magdalaine d'une voix faible. Le connaissez-vous ?

— Il n'est pas de chez nous, dit Florete en posant la main sur le poing serré de son amie. Les chevaux du seigneur Guillaume n'étaient pas dans cette écurie et ton Bell…

— Non, dit Magdalaine avec un frisson dans la voix. Ce n'est pas pour eux que je m'inquiète.

Elle leva les yeux vers Rand.

— Avez-vous entendu autre chose, à part que l'homme a été tué dans l'écurie ?

— Pas dans l'écurie, intervint Diccon.

Il se mit hors de portée de Rand.

— Il était dans la cour sous un tas de foin. Un seigneur est venu qui cherchait son ami, oh, juste avant que la pluie se remette vraiment à tomber. Il a remarqué que les chevaux avaient l'air bizarre, les uns contre les autres, dans le même coin, alors qu'un tas de foin se trouvait de l'autre côté. Il a regardé. C'était son ami, sous le foin. Vous dire qu'il n'était pas content, ça, on l'a entendu ! Les palefreniers, qu'est-ce qu'il les a menacés !

Magdalaine ferma les yeux.

— C'est ma faute, murmura-t-elle.

— Mon Dieu ! répondit Florete à voix basse. Ne me raconte pas que des hommes se sont encore entretués à cause de toi !

— Non. Cette fois-ci, ce n'est pas mon visage qu'il faut incriminer, mais ma stupide curiosité.

Elle narra à Florete les circonstances de sa rencontre avec sire Jules, dans l'arrière-cour du *Broached Barrel*, et sa crainte que l'assassin de Saint-Cyr ne l'ait vu et entendu. Il aurait décidé de se débarrasser de sire Jules qui aurait pu avoir été témoin d'un détail accablant.

— Il n'est pas sûr que ce soit lui, dit Florete.

— Ça ne peut être que lui, soupira Magdalaine. L'homme dans tous ses états devait être le seigneur Ormerod. Tu te souviens de son départ précipité. Il cherchait Jules partout… il a demandé si Jules était venu chez toi. Au cours de la conversation, je lui ai rappelé qu'il avait remarqué l'absence du cheval de sire Jules de l'écurie, sans avoir pris la peine de vérifier si son ami ne s'y trouvait pas. Il aurait pu y être étendu, ivre mort. C'est alors qu'il est parti à toutes jambes.

— Un accident ? demanda Florete. Il s'est recroquevillé pour dormir et s'est recouvert de foin…

— Pas après le coup qu'il s'est flanqué à la tête, dit Rand.

Il se mit à rire grassement.

— Il ne lui restait plus assez de cervelle pour se rendre compte qu'il faisait froid et qu'il devait se protéger dans le foin.

— Il n'empêche que l'accident n'est pas invraisemblable, insista Florete. Il était soûl. Il a pu tomber dans la cour et quelque chose aura effrayé les chevaux qui l'auront piétiné.

Diccon ouvrit la bouche mais Magdalaine secoua la tête à son intention et lui ordonna de porter deux repas dans sa chambre. Elle en prit un troisième, et renvoya Diccon à la cuisine publique, muni d'écuelles. Il devait rapporter la préparation en sauce de ce jour, à base de poisson épicé, qui se trouvait dans une grande bassine. Quand il fut de retour, elle ferma la porte et lui indiqua un tabouret, le priant de se servir en pain et en poisson.

— Maintenant, tu vas me dire ce que tu as vu et entendu. Je veux tout savoir depuis le début.

Rand avait été attiré par l'attroupement dans la ruelle. Diccon, plus petit, avait réussi à se faufiler jusqu'à l'écurie. Il avait alors entendu le gentilhomme qui se trouvait auparavant au *Soft Nest* crier contre un des valets – celui qui travaille la nuit, il se frottait encore les yeux, mal réveillé. Diccon n'avait pas grand-chose à ajouter aux propos de Rand… à un détail près.

— Ce n'étaient pas les chevaux. Le gourdin avec lequel on l'a frappé se trouvait dans le foin.

— Un vrai gourdin, pas un simple bâton ?

Diccon avala une bouchée.

— Oui, un vrai de vrai. Un gourdin de surveillant. Il venait du *Broached Barrel*. Je ne l'ai pas entendu moi-même, mais c'est ce que les gens racontaient, parce que l'homme du shérif était dans la taverne pour savoir qui l'avait utilisé.

— L'homme du shérif ? Le shérif a ouvert une enquête ?

Le garçon se mit à rire.

— Quand on a un gentilhomme qui traite les palefreniers comme du poisson pourri, parce que c'est son ami qui a été tué ? Et avec un gourdin ? Bien sûr que le shérif va enquêter !

— Mais je ne pense pas que l'assassin soit un homme du commun, murmura Magdalaine.

Elle porta la main à sa tête.

— Oh, j'aimerais parler à Bell avant qu'ils n'accusent les gens de la taverne !

— Voulez-vous que je le retrouve ? demanda Diccon. Mais il ne paraissait guère déterminé et ne quittait pas la nourriture des yeux.

— Non. Je doute que tu y parviennes. Il s'est rendu à la cour pour soumettre une requête au roi.

Diccon haussa les épaules.

— Je pourrais y arriver. Ou peut-être que non. Ça dépend des gardes. Parfois, quand je dis que j'apporte un message urgent, ils me laissent passer.

— Bien, finis ton repas et ensuite tu iras chercher Bell. Tu peux dire que tu viens de ma part, et qu'il n'est pas nécessaire de revenir ici. Parle-lui de la mort de sire Jules. Raconte ce que tu as vu et entendu à l'écurie et précise aussi qu'il est fort improbable que le meurtrier soit un des surveillants du *Broached Barrel*, même si l'homme du shérif l'interrogeait. Le seigneur Ormerod a découvert que sire Jules avait quitté la taverne en parfaite santé, avec Tirell Hardel, et qu'il se trouvait chez ce dernier, au moins jusqu'à none. Tu te souviendras de tout cela ?

— Oui, mais j'ai le temps de terminer mon repas. Au château, ils doivent être en train de manger, ou ne vont pas tarder. Les gardes ne me laisseront pas entrer tant qu'il restera des victuailles sur les tables. Ils vont croire que je viens pour mendier ou voler.

Magdalaine hocha la tête, découpa un morceau de pain et sauça le plat. C'était bon, et le poisson était tendre. Cependant, il refroidissait vite et elle n'avait plus guère d'appétit. Elle mangea lentement, obnubilée par la mort de sire Jules. Il avait quitté Tirell à none et, selon maître Woller, celui-ci avait regagné sa chambre.

Mais combien de temps Woller avait-il guetté ? Tirell avait-il eu l'occasion de s'esquiver ?

Lui, d'ailleurs, savait que sire Jules se rendrait à l'écurie. Woller avait confié à Ormerod avoir entendu Jules dire à Tirell qu'il regagnait son logis et, pour ce faire, son cheval lui était nécessaire.

L'homme qui avait écouté – pour autant qu'il existait – ne pouvait savoir que sire Jules se rendrait à l'écurie. Non, il eût pu l'apprendre s'il avait surpris Bell en train de conseiller à Jules de rentrer chez lui. Dès lors, serait-il parti le premier – l'écurie était proche, au bout de la ruelle en sortant de la taverne – ou aurait-il préféré attendre et suivre Jules ? Dans ce cas, il aurait entendu Jules demander qu'on allât chercher son cheval, puis changer d'avis, boire et quitter enfin la taverne avec Tirell.

L'homme devait être vraiment désespéré pour attendre Jules devant la boutique de Woller. En outre, il ignorait que Tirell ne sortirait pas avec Jules. Pourquoi une telle hâte à tuer ? Ah, une hypothèse n'était pas à négliger : puisque Jules était flanqué de Tirell, le meurtrier avait pu penser que Jules le *connaissait*. Si Jules avait ignoré d'où venait la menace, aurait-il eu confiance en un parfait inconnu après avoir été prévenu du danger ?

Diccon finit son repas et Magdalaine sortit de sa torpeur pour lui donner trois farthings : un pour lui et deux pour graisser la patte à quelqu'un, au besoin. Le garçon fila aussitôt, rapporta, propre, l'écuelle qu'il venait d'utiliser, et quitta de nouveau la chambre. Magdalaine acheva de manger, en se forçant. Elle se leva, rinça son écuelle, ouvrit un volet pour jeter l'eau sale et, comme il ne pleuvait pas fort, ne le referma pas. Tout en pensant à la mort de Jules, elle couvrit les trois tranches de pâté de porc et le pain qui restaient – un repas plus frugal que ceux auxquels elle était habituée, mais qui suffirait à Bell pour tromper sa faim, s'il venait.

Cet espoir lui fut comme un baume au cœur, l'espace d'un instant, car elle se dit soudain, alors qu'elle reprenait sa broderie sur le ruban destiné à Ella, qu'elle avait trop vite écarté la possibilité que Tirell fût l'assassin. Pour la simple raison que Loveday le croyait incapable de tuer… Non, Woller avait affirmé que Tirell n'était pas sorti derrière Jules, et l'homme paraissait plutôt vigilant, au point d'écouter à la porte afin d'être certain que les jeunes gens ne se querellaient pas.

Il ne restait donc qu'Ormerod et « l'ami haut placé » mentionné par Arras. Magdalaine continua à broder de très jolies fleurs tout en réfléchissant aux paroles de Manville d'Arras. Aurait-il voulu Loveday au point, une fois possesseur du testament de Saint-Cyr, de poignarder son ami par traîtrise ? Elle secoua la tête. Non, elle n'y croyait pas. En outre, elle doutait qu'Arras possédât une cotte de mailles. Mais alors, l'ami… Dieu du ciel, et si c'était sire Ferrau ?

Ferrau, un chevalier de la maison d'Alain de Bretagne qui aurait pu se trouver dans le logis de Waleran de Meulan quand Saint-Cyr y avait pris à part un des hommes d'Alain. Un chevalier tel que Ferrau représentait-il aux yeux d'Arras un ami haut placé ? Et, même si c'était lui, l'ami, avoir été approché par Saint-Cyr chez Waleran justifiait-il, avec quelques autres désagréments secondaires, qu'il le tuât ?

Non, certes pas les embarras subis par Ferrau, mais le comte Alain était fort susceptible sur le chapitre de l'honneur. Que serait-il arrivé s'il avait exigé de Ferrau qu'il cesse de voir Saint-Cyr, en menaçant de le congédier ? Magdalaine hocha lentement la tête. Ferrau se serait débarrassé de Saint-Cyr, estima-t-elle, avant de se rendre compte qu'Alain n'aurait pu agiter cette menace puisqu'il avait demandé au chevalier de récupérer la bourse de Saint-Cyr, et la promesse de fiançailles. Certes, mais, à ce moment-là, Saint-Cyr ne pouvait plus nuire puisqu'il était déjà mort.

Il faudrait prendre l'avis de Bell, estima-t-elle enfin. Il connaissait sire Ferrau et saurait deviner sa réaction, ou parviendrait à découvrir si le comte Alain avait fait obstacle aux relations entre lui et Saint-Cyr. Bien sûr, ce serait plus simple encore pour Guillaume…

Le fracas du tonnerre, suivi d'un autre grondement, et le bruit de la pluie qui s'abattait… Magdalaine bondit pour fermer les volets. Elle y parvint à temps. Deux des trois bougies sur la table avaient été soufflées. Elle les ralluma avec la troisième puis saisit des petites torches sur l'étagère. Le ciel noir, les volets fermés et la pluie qui l'empêchait d'entendre les cloches de St Friedesweide : elle n'avait aucune idée de l'heure. Il semblait peu probable que le temps, dehors, s'améliorât, et les torches ne s'éteindraient pas si facilement.

Il faisait moins sombre dans la chambre et Magdalaine en fut ragaillardie. Elle s'apprêtait à se remettre à sa broderie quand elle entendit des obscénités, vociférées dans le couloir devant sa porte. Elle abandonna son ouvrage sur la table et courut ouvrir.

— Guillaume, s'écria-t-elle, tu es trempé ! Entre, je vais te sécher.

— Que je sois maudit si j'ai jamais mis les pieds dehors par un temps pareil à seule fin d'apporter de bonnes nouvelles à une amie ! cria-t-il.

D'un geste brusque, il ôta son manteau, aspergeant Florete et ses deux surveillants. Les hommes de son escorte entrèrent à sa suite et montrèrent un peu moins de sans-gêne quand ils se dirigèrent vers la salle commune. Magdalaine vit Florete adresser quelques mots à ses sbires avant de se retirer. Elle espéra que la tenancière était partie chercher des vêtements secs pour les hommes de Guillaume, mais elle ne s'attarda pas. Se précipitant au-devant de Guillaume, elle le précéda dans la chambre et lui trouva des habits de sa propre garde-robe. Il hésita sur le seuil et finit par se décider. Il la félicita d'avoir si bien éclairé la pièce.

Il lança son manteau sur la table, ratant de peu le ruban sur lequel travaillait Magdalaine, mais elle ne tenta pas de le mettre à l'abri. Elle avait posé une pile de serviettes sur le coffre et elle entreprit de lui sécher les cheveux et le visage, puis il lui tendit les mains. Il déboucla ensuite son ceinturon. Elle laissa tomber sa serviette sur un tabouret et commença à délacer sa tunique.

— Assieds-toi, mon amour, dit-elle. Tu es trop grand pour que je parvienne à l'enlever.

Il obéit et la laissa lui retirer la tunique qu'elle étendit à l'autre bout de la table. Elle lui ôta alors sa chemise, trempée elle aussi.

— Je suis désolé, mon chéri, je n'ai pas pensé une seconde à apporter la moindre de tes chemises ou des chausses. Il faudra te contenter d'une couverture...

— Quoi ? grommela-t-il, partagé entre l'envie de rire et celle de se plaindre. Est-ce que je compte si peu à tes yeux que tu ne puisses me prêter une des chemises de ton Bell ?

Magdalaine l'étreignit avec rudesse.

— Je pourrais même te prêter une chemise appartenant à Dieu le Père, pourvu que j'en aie une ! Bell garde des effets à l'*Old Priory Guesthouse* car, lorsque Winchester séjourne à Londres, il loge chez moi, pour assurer ma protection – suggestion qui est venue de *toi*, cher ami –, mais c'est à lui de s'occuper de ses affaires. Je ne m'en préoccupe pas quand je me déplace. Pourtant, j'aurais dû penser à toi.

C'était la vérité, se dit-elle en posant un baiser sur les cheveux clairsemés de Guillaume. Elle alla chercher une couverture avec quoi l'envelopper. Bell était son égal et elle attendait de lui qu'il veillât lui-même à son confort. Guillaume, incomparablement plus puissant, se comportait en enfant face aux détails de la vie quotidienne. Absurde ! En fait, il était si habitué à se faire servir que depuis belle lurette il ne se souciait plus de problèmes aussi vulgaires que de disposer de chemises propres. Ce qui finalement revenait à veiller sur un enfant.

Elle entoura ses épaules avec la couverture.

— As-tu mangé ? Dois-je envoyer quelqu'un ?

— J'ai mangé… mal.

Son sourire parut lui dévorer le visage.

— Étienne m'a gardé à ses côtés, et il a été si loquace que j'ai à peine eu le temps de me remplir l'estomac.

Magdalaine, soulagée, émit un soupir plein d'espoir.

— Était-il en froid contre Waleran ? A-t-il compris quel genre d'homme il est ?

Guillaume grimaça.

— Non, hélas. Mais, pour l'instant, il m'accorde sa faveur. Combien de temps cela durera-t-il ?… Laisse-moi te raconter cette journée dans l'ordre.

Magdalaine acquiesça de la tête et débarrassa la table de son ouvrage. Elle posa le pâté et le pichet de bière presque dans la main de Guillaume. L'air absent, il avala plusieurs gorgées d'ale et porta une tranche de pâté à sa bouche.

— Grâce à Dieu, Niall avait commencé par m'annoncer combien tu étais convaincue que Waleran n'y était pour rien si on avait obligé cette créature…

— Aimery Saint-Cyr…

Guillaume prit le temps de mâcher et hocha la tête.

— Saint-Cyr, à épouser Loveday.

Il rit car Magdalaine s'apprêtait à lui rappeler le nom de la jeune fille.

— Oh, elle n'est pas de celles qu'on oublie, maîtresse Loveday. Bref, je ne suis pas idiot, et j'ai laissé Niall, sa damoiselle et le document dans un coin avant de me mettre en quête du sieur Waleran. Dame Fortune était de mon côté, aujourd'hui, car il était auprès du roi.

Il éclata de rire et Magdalaine rit avec lui.

— Que lui as-tu dit ?

— J'ai demandé qu'il me pardonne, humble, les yeux baissés.

— Quoi ?

Le rire de Guillaume devint tonitruant.

— C'est très exactement ce que Waleran a dit !

Il cessa de rire et un pli apparut entre ses sourcils.

— Il avait l'air plutôt inquiet, ma foi, comme s'il craignait de m'offenser ou qu'un de ses alliés ne l'ait fait sans l'en informer. Hmm… Plus que jamais, il va me falloir ouvrir les yeux et les oreilles. Mais bon, cela n'a rien à voir avec cette journée. Je l'ai pris au pied de la lettre. J'ai demandé à mon tour qu'il me pardonne de lui avoir prêté de noirs desseins, et d'avoir cru qu'il destinait un individu tel que Saint-Cyr à une femme honnête.

— A-t-il compris ?

— Non, j'en jurerais. Le nom de Saint-Cyr ne lui évoquait rien, pas plus que celui de Loveday. Il m'a regardé comme si j'avais deux têtes et m'a demandé pour quelle raison je supposais qu'il se mêlerait du mariage d'une fille de yeoman. Je lui ai donc rapporté les propos que Saint-Cyr avait tenus à Loveday, lors de leur rencontre.

— As-tu mentionné ce clerc âpre au gain ?

— Non.

Guillaume recommença à rire, avala une grosse bouchée de pâté qu'il fit descendre d'une gorgée de bière.

— D'abord, comment savoir si, un de ces jours, je n'aurai pas envie de faire parler ce clerc ? J'ai son nom et je le tiens. Ensuite, puisque l'entretien était privé, je ne désirais pas que Waleran commence à s'interroger sur la manière dont Saint-Cyr avait découvert qui était Loveday et où elle vivait. Je l'ai aussitôt détourné de cette pensée en m'excusant une fois encore de ne pas l'avoir averti des premières fiançailles de la damoiselle.

— Ne s'est-il pas demandé *pourquoi* tu aurais dû le prévenir ? bredouilla Magdalaine. Cela a dû lui faire un drôle d'effet que tu viennes t'excuser, quelle qu'en soit la raison, mais… on dirait qu'il avait perdu toutes ses capacités de raisonnement ou qu'il avait l'esprit embrouillé.

La joie s'effaça en partie du visage de Guillaume.

— Non, mais il est si concentré sur le but qui l'occupe que rien d'autre ne peut l'intéresser. Cela annonce peut-être des temps difficiles, quoique, sur le moment, ç'ait été un immense avantage. Peu importe, je pense qu'alors il s'était souvenu du clerc et de Loveday et il a juré n'être pas intervenu puisqu'elle était pupille royale. Cela m'a donné l'occasion de m'adresser au roi, lequel n'avait pas perdu un mot de notre dialogue, et de lui avouer, avec force excuses, que Niall m'avait parlé de ces fiançailles, il y a quatre années de cela. Mais je n'y avais pas attaché d'importance, ai-je affirmé. Après tout, Loveday n'était pas une riche héritière dont il aurait fallu se soucier et, pupille du roi, elle bénéficiait de sa protection. En outre, Niall n'éprouvait aucune hâte à se marier et m'était fort nécessaire, à l'époque, aussi avais-je remis le sujet à plus tard et, bien sûr, il m'était sorti de l'esprit.

Guillaume, qui parlait tout en mangeant, avait fini la deuxième tranche de pâté et vidé le pichet d'ale – que Magdalaine s'empressa de remplir de nouveau.

— Et c'est alors, poursuivit Guillaume, que Dame Fortune m'a de nouveau envoyé un signe, car Étienne a posé la question suivante à propos de Niall : pourquoi, déjà fiancé à la demoiselle, avait-il tué Saint-Cyr ? J'ai donc eu l'occasion d'expliquer que ce n'était pas lui, qu'il n'en aurait pas eu la possibilité, et je l'ai fait venir afin de soumettre au roi les déclarations du prêtre et des domestiques.

— Le roi y a-t-il été sensible ? N'a-t-il pas douté ? Aucune objection ?

— Le roi s'est montré soulagé et heureux…

La voix de Guillaume mourut et il lança un regard dur à Magdalaine.

— Pourquoi était-il *si* content ? Et Waleran ! Je jurerais qu'il était ravi que rien de ce qui touchait au meurtre ne le concernât.

Il serra les mâchoires.

— Comprends-tu ce que cela signifie ? Un affrontement se prépare.

Il demeura silencieux et Magdalaine lui prit la main. Il considéra leurs deux mains.

— Ma foi, ce n'est pas surprenant ! Cela arrivera un jour ou l'autre. Maintenant, ton enquête est finie. Peu importe désormais qui a écrasé cette punaise de Saint-Cyr.

— Non, Guillaume, le détrompa Magdalaine, car son meurtrier a encore frappé.

— Qui ? Qui est mort ?

— Un jeune homme plutôt insignifiant, sire Jules d'Osney. Il semblerait avoir utilisé les latrines du *Broached Barrel* alors même que l'assassin poignardait Saint-Cyr, ou quelques instants plus tard. Il nous a affirmé n'avoir rien vu, mais, Bell et moi, nous en doutons fort. Nous lui avions recommandé de rentrer chez lui, où il aurait été en sécurité. Il ne nous a pas écoutés. On l'a retrouvé, le crâne fracassé, sous un tas de foin dans la cour d'une écurie.

— Mais cela ne me regarde pas ! Je n'ai jamais entendu parler de ce Jules d'Osney !

Magdalaine baissa les yeux vers la table.

— Non, bien sûr que non ! Niall était encore à Noke le jour où sire Jules a été tué et, comme il ne peut être l'assassin de Saint-Cyr, il n'avait aucun raison de tuer sire Jules, non plus que toi.

— Du moment que cela est clair…

Magdalaine hocha la tête, quelque peu attristée. Rendre justice n'était pas le premier souci de Guillaume, et il lui importait peu qu'on arrêtât le meurtrier. Il était parvenu à ses fins et ne voulait plus qu'un lien soit établi entre son nom et ce crime, y compris si on démasquait le coupable. Pis, il pourrait bien lui demander de se désintéresser de Jules d'Osney et de Saint-Cyr. Magdalaine décida de changer de sujet.

— Qu'en a-t-il été de la requête de Loveday ? A-t-elle pu la soumettre au roi ?

La ride disparut entre les sourcils de Guillaume et il se remit à rire.

— Certes… D'ailleurs, je n'aurais pu l'en empêcher si j'avais voulu. Elle s'est glissée dans l'ombre de Niall, a attendu qu'il ait prouvé son innocence et, dès qu'il a mentionné la promesse de fiançailles, elle est passée devant lui, en pleurant… Oh, à peine, et très joliment, et elle a prié le roi de lui pardonner pour les désagréments dont elle était cause.

Magdalaine hocha la tête.

— C'est ainsi qu'elle avait prévu d'agir. C'est une fille très redoutable !

Guillaume riait toujours, agitant la tête.

— Je ne te le fais pas dire ! Je crois que je pourrais l'employer pour veiller sur certaines de mes affaires. En un rien de temps, le roi lui a été tout acquis. Par la suite, nous nous sommes tous rendus, y compris Waleran – ce qui lui interdit de prétendre ultérieurement avoir voulu la proposer à quelqu'un d'autre –, dans un cabinet privé du roi. Il a appelé un clerc qui a officialisé la requête et par conséquent le mariage.

Guillaume redoubla de rires.

— Je t'avoue avoir été soulagé qu'elle ne lui ait pas demandé sa couronne. Il risquait de la lui remettre.

— Dieu merci, c'est terminé, soupira Magdalaine. Niall va-t-il reprendre du service ?

— Je ne suis pas si cruel, gloussa Guillaume. Je les ai renvoyés à Noke, afin qu'ils organisent leur mariage.

Son sourire s'élargit.

— Non pas que le garder auprès de moi m'eût servi à grand-chose… Tant qu'il ne l'aura pas tenue dans ses bras et mise au lit, je n'obtiendrai rien de lui.

Il regarda la table, vide, hormis son manteau et sa tunique, et le panier à couture de Magdalaine. Il cligna des yeux.

— Il semblerait que j'aie mangé ton repas.

Ce fut à Magdalaine de rire.

— Je ne suis pas imprévoyante à ce point. J'avais commandé plus qu'il ne m'était nécessaire car je pensais que Loveday pouvait revenir. Je crois avoir des gâteaux comme dessert, si ça te dit.

— Avec du vin, proposa Guillaume. J'ai bu cette satanée bière parce que je l'avais sous la main, mais ça suffit… pas avec des gâteaux, du moins.

Magdalaine se leva.

— J'espère que tu as détruit la promesse de fiançailles, dit-elle, après avoir posé vin et gâteaux sur la table. Certes, elle était fausse, mais, si elle tombait entre les mains de quelqu'un qui voudrait du mal à Niall ou à Loveday, elle risquerait de leur causer des ennuis.

« Pourquoi le comte Alain et le seigneur Hervey l'ont-ils signée ? En as-tu une idée ?

— Ils ne l'ont pas signée. Je n'ai pas reconnu l'écriture du comte dont j'avais déjà vu la signature.

Guillaume grimaça et Magdalaine se dit qu'il avait dû la voir récemment au bas d'un document de cession.

— J'y ai longtemps réfléchi avant de me décider, et, en fin de compte, j'ai supprimé le nom de Loveday et la désignation de ses biens, et j'ai remis le parchemin au comte Alain.

Il montra les dents, mais cela n'avait rien d'un sourire.

— Ce fut un grand plaisir de voir son visage à ce moment-là, mais il m'a confié que ce n'était pas non plus la signature d'Hervey.

Il soupira.

— Hervey, avais-je espéré, aurait pu imiter la signature d'Alain. Quoi qu'il en soit, il va s'abîmer les yeux à chercher parmi les siens qui a vainement imité sa signature.

Magdalaine aurait pu lui répondre, mais elle s'en abstint. Si le comte Alain n'avait pas signé le faux, il n'aurait jamais demandé à Ferrau de le récupérer chez Niall – en fait, son existence lui serait restée inconnue. Par conséquent, c'était sans doute Ferrau qui l'avait rédigé. Cela tombait sous le sens. Il n'allait pas demander au comte Alain qu'il signe la promesse de fiançailles d'un simple homme d'armes avec la fille d'un yeoman. Dès lors, quel prête-nom avait-il trouvé pour apposer ces deux augustes signatures ?

Ainsi tenait-on le mobile de la mort de Saint-Cyr ! Non, ça ne tenait pas debout. Si Ferrau avait l'intention de tuer Saint-Cyr à cause des fiançailles, il l'aurait fait avant la rédaction de la promesse. Et si le comte Alain ignorait tout du faux, cela éliminait la seule autre raison qu'aurait eue Ferrau de se débarrasser de Saint-Cyr – la crainte que le comte ne le renvoie parce qu'il s'était associé à ce triste personnage.

À peine consciente de ses gestes, elle se pencha pour remplir la coupe de Guillaume ; elle fut plutôt surprise d'être saisie et arrachée à son siège, de se retrouver sur ses genoux, passionnément embrassée. Quand ils copulaient, Guillaume était peu adepte du baiser.

— Ne veux-tu pas ajouter une touche de plaisir à cette très plaisante journée ? demanda-t-il en abandonnant ses lèvres. La pluie va cesser, mais on ne m'attend pas avant none. Et je suis déjà à moitié dévêtu, remarqua-t-il en riant.

— Très volontiers, accepta Magdalaine.

Une légère inquiétude la saisit cependant.

Elle avait recommandé à Diccon de prévenir Bell qu'elle ne s'attendait pas à ce qu'il vienne – or, il pouvait très bien le faire. Peu importe ! Florete l'avertirait de la présence de Guillaume et il repartirait. Fâché, sans doute. L'idiot !

Magdalaine offrit sa main et sourit. C'était la seconde fois que Guillaume lui *demandait* une faveur. D'ordinaire, il se contentait de la prendre. En cet instant, il était heureux et détendu. Lors de leur dernière rencontre, elle avait gâché son propre plaisir ; elle était déterminée à ce que cela ne se reproduise pas. Guillaume devinait qu'elle simulait, et n'en avait d'ailleurs cure, mais, depuis qu'elle était à Oxford, il se montrait différent. Autant que possible, cette fois-ci, elle jouerait franc-jeu.

XVIII

DIMANCHE 25 JUIN

SOFT NEST, OXFORD

Magdalaine considéra la lourde bague en or au creux de sa main. Sa valeur équivalait à un mois de revenus de l'*Old Priory Guesthouse*, pourtant, elle aurait préféré qu'on ne la lui offrît pas. Ils avaient connu un grand moment d'intimité, chaleureux et tendre, qui, peu à peu, s'était transformé en une étreinte passionnée, dont chacun avait retiré du plaisir. Après, ils étaient demeurés enlacés, profitant de l'agréable torpeur qui succède à l'amour. Puis, quand il avait dit devoir partir, ce n'était pas une bourse qu'il lui avait offerte, mais ces quelques mots : « Tu es bonne pour moi et tu me fais du bien, ma belle. »

N'était-ce pas sa faute à elle ? Elle s'y était mal prise après qu'il se fut rhabillé, prêt à quitter la chambre, clignant moins les yeux que d'habitude. Comme il lui souriait, elle avait bondi du lit pour le prendre dans ses bras. Il avait ouvert de grands yeux, surpris et attendri. Magdalaine se mordit les lèvres. Comment avait-elle pu être aussi stupide ? Elle venait de comprendre : il avait espéré qu'elle lui demanderait de rester ou qu'elle lui dirait… qu'elle l'aimait. Ce qui était l'exacte vérité ! Au lieu de quoi…

— Bonté divine ! s'était-elle exclamée. J'ai failli oublier ! Je suis sûre que Niall t'a parlé de l'endroit secret dans le grenier de Waleran. J'ai envoyé chercher Raoul de Samur. Puis-je le mettre au courant ? As-tu assez confiance pour le croire capable de te rapporter honnêtement ce qu'il entendra ?

Aussitôt, le visage de Guillaume s'était métamorphosé – alerte et tendu, montrant une satisfaction évidente aussi.

— Samur ! dit-il avec un franc sourire. Dieu te bénisse, ma belle ! Par le ciel, j'ai l'esprit embrumé. J'avais tout oublié de Samur. Oui, oui, dis-lui. Il est l'homme idéal pour ce genre de tâche méprisable. Quant à se montrer honnête, je ne crois pas qu'il connaisse le sens de ce mot. Vois-tu, il semble vraiment content de lui quand il trahit les petits secrets qu'il récolte dans l'entourage de Waleran. Certes, je le paie en conséquence, et je le félicite…

— Il t'admire, Guillaume, dit Magdalaine en souriant.

— Il m'admire ? Moi ?

Magdalaine se hissa sur la pointe des pieds et lui embrassa le nez.

— Oui, je l'ai deviné à la manière dont il parle de toi. Pourtant, méfie-toi quand même de ce qu'il te rapportera. C'est un serpent, cet homme. Il ne m'étonnerait pas qu'il prenne un certain plaisir à faire du tort à quelqu'un qu'il admire.

— Tu veux apprendre au vieux singe à faire des grimaces ? demanda-t-il, tout sourire. Toi aussi tu as quelque chose du serpent, ajouta-t-il, reconnaissant ainsi la valeur de son avertissement, au propre comme au figuré.

Il retira sa bague et la lui mit dans la main.

Magdalaine soupira. Oui, c'était sa faute, mais elle n'avait pas blessé Guillaume. Il avait reçu une double preuve de son affection et de sa loyauté. C'était elle, et elle seule, qui se sentait offensée parce que Guillaume lui avait rappelé que sa loyauté avait un prix et qu'un petit supplément d'or était toujours le bienvenu. Elle fit sauter la bague dans sa main et sourit. Même s'il ne lui donnait plus un seul penny, elle lui resterait loyale – mais autant qu'il l'ignore, elle y trouvait un avantage considérable.

Elle avait juste eu le temps de mettre la bague en lieu sûr quand on gratta à la porte. Elle s'éloigna en hâte du coffre – inutile que Florete ou une ribaude sache qu'elle venait d'y dissimuler un objet précieux –, et attendit d'être devant la table.

— Entrez ! dit-elle alors.

Raoul de Samur passa la tête, entra et referma.

— Pourquoi diable m'avez-vous envoyé chercher alors que le seigneur Guillaume était ici ? J'ai à peine eu le temps d'empoigner une des filles pour me donner une raison d'être ici... Que se passera-t-il si on l'apprend ?

— Il n'était pas présent quand je l'ai fait. Et, à moins que vous ne parliez, personne ne saurait être au courant de votre venue. On a dit à la fille de donner le nom d'un autre bordel, si on l'interrogeait. Quant au seigneur Guillaume, il est venu m'entretenir de deux amis, Niall d'Arvagh et maîtresse Loveday, et m'annoncer, comme nous l'espérions, leur prochain mariage et leur départ pour Noke. Rien qui vous concerne.

— Pourquoi alors me faire venir ?

— J'ai eu connaissance d'un secret qui pourrait vous rapporter gros. Vous souvenez-vous d'Aimery Saint-Cyr ?

— Bien sûr, ronchonna Samur en grimaçant. Cet ivrogne appartenait à ma troupe et, pour être franc, on aurait pu s'en passer, croyez-moi.

— Saint-Cyr avait découvert un endroit, dans le grenier du logis de Waleran, d'où on entend distinctement ce qui se dit en bas, dans le solier.

Le regard de Samur se fixa sur elle.

— C'est pour cela qu'on l'a tué ?

Magdalaine ne répondit pas car elle s'était posé la même question.

Samur secoua la tête.

— Non. Je jure que personne n'a ordonné la mort de Saint-Cyr. Je ne pense pas que Waleran se soit même douté de son existence.

Il plissa les yeux.

— Et je n'ai pas remarqué de travaux dans le logis. J'imagine mal que le seigneur Waleran ne remédie pas à un tel défaut de construction chez lui.

— Moi aussi. Par conséquent, il ignore qu'on peut entendre ce qui se dit dans ses réunions privées. Si vous découvrez l'endroit et écoutez…

Magdalaine tendit la main et effleura la bague en or que Raoul de Samur lui avait dit avoir achetée grâce aux largesses de Guillaume.

— … cela vous serait d'un grand bénéfice.

— Pourquoi me raconter ça ? Vous apprêtez-vous à me trahir ? Ou cherchez-vous à toucher votre part sur ce que me donnera le seigneur Guillaume ?

Magdalaine rit de bon cœur.

— Je n'aurais rien contre, mais c'est la dernière de mes raisons. Quand le seigneur Guillaume est de bonne humeur et satisfait de mes services, j'en tire profit. Quand il est harcelé de soucis…

Elle haussa les épaules et, à part soi, s'excusa auprès de Guillaume qui, jamais, ne l'avait importunée avec ses états d'âme, hormis parfois quelques vifs accès de colère…

— … j'en subis les conséquences. Plus il en sait, mieux se portent ses affaires, et les miennes par conséquent.

Samur hocha sèchement la tête.

— Il se peut que j'accepte. Ou pas. Ce n'est pas sans présenter un grand risque.

— Faites au mieux, conclut Magdalaine.

Elle se dirigea vers la porte, contournant Samur.

Son regard, alors qu'il pesait le pour et le contre, lui avait déplu. Pourquoi ne pas lui demander de me convaincre avec son corps ? disait-il. Mais il semblait à peu près sûr de son refus ; il voulait surtout pouvoir dire à Guillaume qu'elle estimait que sa sécurité et son intérêt ne valaient pas qu'elle s'allonge un court instant sur le dos. Il ouvrit la bouche, pour demander, quand même, se dit-elle, et, rendue agressive, elle décida que puisqu'il voulait jouer, ils seraient deux. Elle lui offrit un joli sourire, mais parla à voix très basse.

— J'ai demandé au seigneur Guillaume l'autorisation de vous en parler, murmura-t-elle, et il en a été d'accord.

— Garce ! s'écria Raoul, mais le ton n'était pas celui de la colère. Vous êtes bien aussi finaude qu'on le raconte !

Elle continua à sourire, se donnant l'air niais.

— Du moment que le compliment me vient d'un homme d'esprit…

La lèvre supérieure de Samur se souleva, comme s'il allait sourire, puis il franchit la porte.

Le couloir était vide et Florete invita en souriant Magdalaine à la rejoindre, mais celle-ci, consciente d'être en chemise de nuit et se souvenant du trouble qu'elle venait de provoquer dans cette tenue, retourna dans sa chambre. Elle écouta tomber la pluie en espérant que Guillaume y avait échappé. Puis elle rit, estimant stupide ce souci qu'elle avait de lui : un essaim de domestiques s'affairerait à lui fournir sur-le-champ des vêtements secs.

Elle envisagea d'enfiler une jupe, sans s'y résoudre. Pas question de sortir sous une telle averse et, d'ailleurs, on devait avoir dépassé none depuis longtemps. L'heure des vêpres ne tarderait pas. Dans ce cas, le roi avait congédié la cour. Elle s'inquiéta alors de l'absence de Diccon. Avait-il au moins trouvé Bell ?

La réponse à cette question lui fut donnée avant qu'elle ait achevé une nouvelle série de broderies sur le ruban d'Ella. Bell ouvrit et entra. Elle ne protesta pas. Florete l'avait vue retourner dans sa chambre, seule, et lui avait probablement dit que tout allait bien.

Il était mouillé, sans être trempé. Il se débarrassa d'une couverture qui sentait le cheval et dont il s'était en partie couvert.

— Vous êtes allé dans l'écurie où Jules a été tué ?

— N'était-ce pas ce que vous attendiez de moi ?

Il s'avança, lui souleva le menton et l'embrassa.

— Avez-vous découvert quelque chose ?

— Oui… mais pas le meurtrier. Je regrette.

Il approcha de lui le tabouret sur lequel Guillaume s'était assis et s'affala pesamment, étirant ses longues jambes.

— Je n'aime pas ce que j'ai appris. Ormerod se comportait comme s'il avait perdu et son père et son frère. Sa peine, son désir de se venger me paraissent quelque peu outrés. Vous rendez-vous compte que, déjà, la mort de Saint-Cyr lui rapportait gros et que celle de Jules lui profite beaucoup ?

— Oui. Saint-Cyr disparu, Ormerod pensait que Jules épouserait Loveday. Ainsi Jules lui aurait-il remboursé ses dettes et donné la ferme promise à sa sœur.

Elle hésita avant de poursuivre, d'un ton posé.

— Après la mort de Jules, la sœur hérite de tout et Jules ne provoquera pas la ruine du patrimoine familial.

— Oui, confirma le chevalier, maussade.

— Mais je jurerais qu'il n'est pas ce genre d'homme ! protesta Magdalaine sans trop y croire.

Elle soupira.

— Certes, il n'était pas un habitué de l'*Old Priory Guesthouse*, et je ne pense pas l'avoir aperçu depuis la mort de son père. Je me souviens surtout d'un jeune homme timoré et prompt à rougir. En grandissant, il a pu s'endurcir, devenir avide.

À son tour, Bell se mit à soupirer.

— J'aurais dit comme vous. Mais je ne le connaissais pas avant la mort de son père. Plus tard, quand il y a eu ce litige à propos de la ferme achetée par celui-ci, il est venu demander le soutien de l'évêque. J'ai été surpris de la virulence avec laquelle il affirmait que la totalité de la somme avait été versée. Ce n'était pas beaucoup d'argent.

Il se frotta les bras.

— Il ne voulait peut-être pas passer pour un niais facile à duper.

— Pourquoi n'enlevez-vous pas ces vêtements humides ? suggéra Magdalaine.

Cependant, s'il frissonnait, devina-t-elle, plus qu'à l'humidité, c'était dû au malaise dans lequel le plongeait l'obligation de suspecter Ormerod.

Il acquiesça, retira son ceinturon et le lança à portée de main. Magdalaine se leva et l'aida à dénouer ses boucles et ses lacets. Quand elle l'eut débarrassé de sa tunique, elle l'étendit avec soin sur l'autre lit, afin qu'elle ne se froisse pas pendant qu'elle séchait, puis disposa le reste de ses habits dans la pièce. Enfin, elle lui tendit la couverture jetée par Guillaume au moment où il l'avait serrée dans ses bras.

— Vous avez reçu de la visite, pas vrai ? demanda-t-il en souriant.

Elle ignora la question.

— Avez-vous vu le cadavre ? Comment Jules est-il mort ?

— Vite. Je doute qu'il ait souffert après le coup qu'il a reçu. Et, soûl comme il était, il n'est même pas sûr qu'il l'ait senti.

Il serra les lèvres.

— Peu importe : celui qui l'a frappé était une brute ou éprouvait une haine féroce à son encontre. Il a redoublé de coups jusqu'à… longtemps après qu'il fut mort.

— Comment a-t-il osé… dans une cour si fréquentée ? Et l'écurie n'est pas un lieu désert.

— Tôt le matin, surtout, quand on vient en ville pour ses affaires et, tard l'après-midi, autour des vêpres, à l'heure de s'en retourner. Dans la journée, c'est plutôt tranquille. J'étais à peu près seul quand j'ai parlé au palefrenier. J'aurais pu, sans peine, le tuer, en me contentant de l'entraîner dans un coin sombre, à l'arrière. Personne n'en aurait rien su.

— Sire Jules n'a donc pas été tué dans la cour ?

— Non, au fond de l'écurie. J'ai retrouvé l'endroit exact parce que le valet m'avait fait remarquer que les chevaux refusaient de s'y rendre. Il est difficile de distinguer quoi que ce soit sur une terre battue où se mêlent depuis des années l'urine et le crottin, mais, quand j'ai écarté la litière, j'ai vu une tache sombre. Je crois qu'elle avait l'odeur du sang. Cela dit, comment en être sûr, au milieu de celles de l'urine et du fumier ? Pourtant, j'ai tenté d'y mener un cheval… un vieux canasson qui en avait vu d'autres, pas une bête rétive, et il a renâclé.

— On a donc transporté le corps à cet endroit ?

— Sans doute dans une couverture. Le dissimuler dans la cour n'était guère difficile. Il serait passé pour un homme ramassant du foin.

— Mais même si personne d'autre n'était là, le palefrenier…

— Il dit s'être précipité, alerté par la nervosité des chevaux dans la cour. On lui aurait passé un sac sur la tête, avant de le bâillonner et de lui lier les mains…

— Ce n'est pas ce qu'il a raconté à Ormerod, non plus qu'à l'homme du shérif…

Bell se mit à rire.

— Auriez-vous dit à Ormerod ou à l'homme du shérif que vous vous étiez laissé pousser dans un coin avec ordre de ne pas bouger… et que vous aviez obtempéré ? S'il avait reconnu le meurtrier, a-t-il prétendu, il aurait appelé le guet, mais, une fois libéré, il s'est d'abord soucié des bêtes. Il n'en manquait aucune et elles étaient en bonne santé. Ensuite, il a vérifié la sellerie. Rien n'avait disparu. En fait, il n'a remarqué aucun désordre. Il a commencé à imaginer une mauvaise farce à ses dépens. Je crois que cela y ressemblait assez, mais il m'avait caché un détail.

— On avait acheté son silence ?

— Non. Je pense qu'il n'était pas du tout entravé quand on a découvert le corps. Je devine qu'il a été payé pour faire une course et qu'il a peur de l'admettre.

— Après avoir été libéré ? Libéré, répéta-t-elle, fronçant les sourcils. Vous l'avez dit, on l'a libéré. Se peut-il qu'il n'ait pas aperçu le visage de son agresseur ?

— Moi aussi, j'ai eu du mal à l'admettre, avoua Bell en haussant les épaules. Mais, si j'en crois son récit… La corde, ou peu importe ce qui lui maintenait son bâillon, a été dénouée, puis il l'a sentie glisser très doucement sur ses mains, et, au moment où on retirait le sac de sa tête, on l'a poussé avec force en avant. Il est tombé face contre terre. Quand il s'est remis debout, son agresseur avait disparu.

— Il n'a pas cherché à voir qui il était ?

— Je crois qu'il a eu peur, tout d'abord, remarqua Bell avec une très légère nuance de mépris. C'est un pauvre bougre, ce palefrenier. Il est vraisemblable qu'il aura estimé avoir accompli son devoir et ne pas être à blâmer s'il se préoccupait des chevaux et de la sellerie. Comprenant que rien n'avait disparu ou n'était endommagé, il a dû avoir honte de ne pas s'être opposé à cette « farce » qu'on lui avait jouée. Par la suite, son attention fut requise ailleurs. Je pense que quelqu'un est entré dans l'écurie et l'a envoyé effectuer une course.

— Le meurtrier ? s'étonna Magdalaine, ouvrant de grands yeux.

— Ce n'est pas impossible. L'homme n'est pas sot. Il avait peut être besoin de temps pour s'assurer qu'il ne laissait aucun indice compromettant.

— Et, une fois le cadavre bien dissimulé, qui aurait su à quand remontait la mort ? Combien de temps aurait-il fallu pour le découvrir ?

— Qui sait ? Pas avant qu'il ne commence à sentir, dans deux ou trois jours ?

Bell grimaça. Soudain, il parut songeur et plutôt satisfait.

— Cela dit, si telle était l'intention de l'assassin, ce n'est pas Ormerod, car le cadavre a été découvert grâce à lui.

Magdalaine hocha la tête.

— Oui, j'imagine. Pourtant, personne ne profite plus que lui de la mort de Jules. En outre, il m'a confié s'être promené à cheval hier, en ville, et s'être arrêté à l'écurie. La monture de Jules n'y était pas, a-t-il remarqué. Estimant avoir raté Jules quelque part sur la route, il est reparti pour Osney. Dès lors, si jamais on l'a aperçu là-bas…

— Qu'allons-nous faire ? L'interroger ? demanda Bell. Si le seigneur Guillaume…

Magdalaine secoua vivement la tête, puis baissa les yeux, fermant et ouvrant le poing sur son giron.

— Guillaume ne veut plus entendre parler de cette histoire… Il se moque que l'assassin soit libre, ajouta-t-elle en tremblant, d'une voix plutôt désabusée, ou continue à tuer, encore et encore…

— Bonté divine ! souffla Bell.

Il lâcha sa couverture et se leva pour prendre Magdalaine entre ses bras.

— Si le meurtrier a entendu Jules dire qu'il se trouvait dans l'arrière-cour du *Broached Barrel*, vous craignez que le meurtrier sache que c'est avec vous qu'il parlait.

Il la serra plus fort.

— Ne vous inquiétez pas, ma mie. Je suis là et, si je dois m'en aller, je préviendrai les hommes de Florete de ne laisser entrer personne.

— Je n'ai pas peur, affirma Magdalaine en répondant à son étreinte. Je…

Elle faillit avouer qu'elle était déçue par Guillaume, mais jamais elle ne l'admettrait devant Bell ; d'ailleurs, ce n'était pas la vérité ; elle connaissait la valeur de Guillaume. Elle haussa les épaules.

— Je ne sais pas. Guillaume réagirait aussitôt si je lui disais me sentir en danger, mais je ne le suis pas vraiment. Et je ne saurais quel adversaire lui désigner. Jules ne m'a rien confié. Si je dois m'inquiéter, ce serait pour Tirell Hardel, avec qui Jules a passé toute la journée d'hier.

— Le marchand qui possède une cotte de mailles ?

— Oui. En quittant le *Broached Barrel*, au lieu de rentrer chez lui, Jules l'a accompagné à son logis.

Elle lui répéta l'histoire qu'elle tenait d'Ormerod.

— Ce Tirell savait donc où se rendait Jules, en conclut le chevalier. S'il a tué Saint-Cyr pour protéger Loveday et craignait d'avoir été vu par Jules, il aurait pu le suivre et s'en débarrasser.

— Maître Woller a affirmé à Ormerod que Tirell n'était pas ressorti.

— J'irai jeter un coup d'œil à la boutique pour voir s'il aurait pu descendre et s'éclipser peu après. Nous ignorons, en fait, si Jules s'est rendu directement à l'écurie.

— Et qu'est-il arrivé à son cheval ? D'après Ormerod, il est revenu seul, pendant la nuit, au domicile de son maître. Bref, quelqu'un l'a conduit sur une route qu'il connaissait.

— Il est rentré pendant la nuit ? Selon le palefrenier, le domestique d'Osney qui avait payé pour qu'on le garde à l'écurie l'avait repris… Seigneur, cet assassin est un vrai renard. Il a éloigné le cheval, estimant que, si Jules en était privé, il tiendrait pour responsable le palefrenier et l'enverrait chercher le domestique. Jules serait donc forcé d'attendre, et sans doute irait-il au *Broached Barrel*. Quel qu'il soit, le meurtrier a été servi par une chance du diable, car il n'a même pas eu besoin d'extirper sa victime de la taverne. Il a dû la trouver dans l'écurie.

— Endormi, qui sait ?… Ormerod avait appris de Tirell que Jules, comme à l'ordinaire, était fin soûl quand il l'avait quitté.

Bell déposa un baiser sur le front de son amante.

— Je ne crois pas que je puisse en faire plus ce soir, aussi vais-je prier Diccon de nous apporter notre dîner.

— Non, certes pas, rit Magdalaine. Je sais que nous sommes dans un bordel mais ce ne sont pas les hommes, d'habitude, qu'on y voit déambuler à moitié nus. Vous risqueriez de choquer ces pauvres filles, remarqua-t-elle en souriant de plus belle. Je m'en charge.

Elle s'était levée, se souvenant, en même temps qu'elle saisissait la couverture et la lui tendait, qu'elle avait averti Florete qu'Ormerod lui était connu et ne lui voulait aucun mal. Mieux valait la prévenir que cela n'était plus aussi certain ; Rand et Ogden devraient interdire à *quiconque*, hormis Guillaume et Bell, de pénétrer dans sa chambre sans avoir été annoncé. D'ailleurs, il n'était pas plus mal que Bell ignorât sa négligence. Il était déjà assez inquiet – bien qu'il cherchât à le dissimuler pour ne pas l'effrayer.

C'est avec un sourire épanoui qu'elle acheva d'expliquer la nouvelle situation à Florete avant de regagner sa chambre. Pour un homme, Bell était d'une pudeur excessive mais, si grande avait été sa distraction qu'il s'était proposé d'aller parler à des inconnus dans le plus simple appareil. Pourtant, le souci qu'il avait d'elle l'inquiétait un peu. Elle ne se sentait pas véritablement menacée, certaine que, quand le meurtrier l'avait entendue converser avec Jules, il avait dû se rendre compte qu'elle n'en savait pas assez pour représenter une menace. Bell, par contre, ne lui avait-il pas caché certains détails ? Ou n'était-ce que la réaction habituelle des hommes – les femmes étaient des êtres sans défense auxquels on devait protection ?

Quand elle entra dans la chambre, Bell regardait par un volet entrouvert. La pluie avait recommencé à tomber à verse – bon prétexte qu'il saisit aussitôt.

— Je n'ai pas l'intention de sortir, à moins que vous ne m'y forciez.

Magdalaine sourit.

— Vous n'avez aucune raison de partir. Je pense que plus personne ne viendra aujourd'hui. Guillaume est passé, ainsi que Raoul de Samur. Il est dorénavant en possession de l'information que nous a fournie Arras, vous savez, ce trou invisible dans le logis de Waleran, mais il se demande si ce n'est pas tenter le diable.

— Il n'a pas tort.

Bell retourna s'asseoir.

— Oh ! s'exclama Magdalaine, à propos d'Arras... hier, il était ici, vivant et en bonne santé. De deux choses l'une : il n'a pas retrouvé l'ami de Saint-Cyr ou cet ami n'était pas l'assassin. En outre, la mort de Saint-Cyr ne semble plus être sa principale préoccupation. Il n'a parlé que de l'installation des troupes de Salisbury, et d'un édifice, proche, qui est resté à moitié vide et qu'on aurait pu leur attribuer. Ce n'était pas très clair, dans la bouche d'Hertha, et je n'y ai pas attaché d'importance. Enfin, ce souci ne devrait pas inquiéter le meurtrier.

— Oui, mais pourquoi ce détail me met-il mal à l'aise ? Il est très étrange que les hommes de Salisbury n'aient pas été logés dans un endroit trop vaste pour ceux qui l'occupent à cette heure-ci.

Magdalaine écarta le sujet.

— Comme je l'ai dit à Florete, je remercie Dieu et ses saints de ne pas avoir à considérer ce problème. Un meurtre me suffit. Maintenant, qu'est-ce... oh, bon sang, j'allais oublier !

Elle apprit alors à Bell que ni le comte Alain ni le seigneur Hervey n'avaient signé la fausse promesse de fiançailles.

— Dès lors, pourquoi Ferrau a-t-il fait des pieds et des mains pour la récupérer ? Serait-ce lui, l'« ami » dont se recommandait Saint-Cyr ?

Bell se sentit recru de fatigue, soudain.

— Je n'en sais rien, soupira-t-il. Et, en cet instant, je ne chercherai pas à le savoir. Pourrions-nous parler d'autre chose, Magdalaine ? Cela me pèse, et je ne peux rien de plus en ce jour, alors que demain, je *dois* être présent à la cour – Salisbury n'est pas venu. Il a dépêché un messager pour prévenir qu'il ne se sentait pas bien et avait besoin de repos. Il viendra demain et il me faudra rendre compte au doyen de la façon dont il aura été reçu… si le roi lui a accordé un entretien privé. Par chance, hier, je n'ai pas accompli toutes mes obligations, ce qui me donne l'occasion de retourner dans le diocèse de Londres en qualité de plaignant sans impliquer Winchester.

— Ah, oui… Parler de la cour m'y fait penser : j'espère que vous ne mourrez pas de faim avant que Diccon puisse sortir nous chercher à manger, parce que Guillaume n'a rien laissé. Il était d'une extraordinaire bonne humeur, le roi l'ayant entretenu au point de l'empêcher de se sustenter. L'avez-vous vu et comment cela s'est-il déroulé ?

— Je l'ai vu, répondit Bell.

La fatigue disparut de son visage, cédant la place à un sourire presque suffisant.

— Mais lui a préféré ne pas me voir.

— Guillaume vous a ignoré ? s'étonna Magdalaine, le cœur battant.

À l'évidence, le sourire du chevalier laissait entendre qu'il considérait que Guillaume le jalousait et l'avait battu froid. Quel niais prétentieux, songea-t-elle, s'il croyait pouvoir en imposer à Guillaume d'Ypres, un homme auquel on confiait le commandement de véritables armées ! Non, se reprit-elle, Bell s'était trompé. Guillaume n'était jamais jaloux… quoiqu'il se soit montré différent depuis qu'elle était à Oxford. C'est vrai, il avait eu cette réflexion quand elle avait écarté l'idée de lui prêter une chemise de Bell.

Le sourire de Bell flottait encore sur son visage.

— Ma foi, nous nous sommes déjà croisés, et je me trouvais très près de lui quand il s'est avancé vers le seigneur Waleran. Je ne lui ai pas adressé la parole, mais, comme je vous l'ai dit, il m'a regardé sans me voir.

Le voir. Parfois, Guillaume distinguait mal ce qui l'entourait, avait découvert Magdalaine – mais Guillaume n'était pas près de l'admettre. Il n'était pas impossible qu'il n'ait pas vu le chevalier. À moins que, obnubilé par sa rencontre avec Waleran, il ne lui ait pas accordé d'importance, car, en définitive, Bell n'était qu'une vague connaissance qui jouait un rôle très secondaire dans sa vie – chose qu'elle ne pouvait se permettre de lui avouer. Elle commença à se sentir moins inquiète. Que Bell profite de son petit triomphe… Guillaume n'en saurait rien et cela arrondirait les angles avec Bell… un certain temps.

— Oui, il se peut, admit-elle en réponse à la remarque de Bell, mais qu'est-il arrivé quand Guillaume a parlé à Waleran ?

Bell se mit à rire.

— Vous n'auriez jamais vu homme aussi surpris ou, après qu'il eut compris les explications de Guillaume à propos de la querelle entre Loveday et Saint-Cyr, plus indigné. Et il en fut de même du roi, qui demanda à Waleran pourquoi il avait essayé de donner la fille d'un honnête yeoman à un simple homme d'armes. Et Waleran de jurer n'avoir jamais agi en ce sens, affirmant qu'il ne s'était pas soucié un instant de Loveday ou, peut-être, s'il l'avait fait, c'était avec la vague idée de la marier à un de ses capitaines…

— Qu'y a-t-il ? s'inquiéta Magdalaine quand la voix de Bell s'évanouit, tandis qu'il fixait un point dans son dos.

— La façon dont il a regardé le roi quand il a prétendu être trop occupé pour s'intéresser au sort de Loveday… Quelque chose s'est dit entre eux, sans mots, et Waleran a cessé de manifester son indignation, acceptant les excuses de Guillaume avec beaucoup de grâce. Tous deux, le roi et Waleran, ont presque sauté de joie quand Niall a apporté la preuve de son innocence. Cela tombait sous le sens : aucun ne souhaitait impliquer Guillaume dans un meurtre…

quant au nom du meurtrier, ils s'en moquaient bel et bien !

Magdalaine hocha la tête.

— Guillaume a éprouvé un sentiment identique. Selon lui, le comportement du roi et de Waleran est révélateur. Ils s'attendent à un affrontement, et c'est lui qui sera chargé de combattre.

Bell parut inquiet – non pas à cause de Guillaume, Magdalaine n'en doutait pas, mais de la situation à venir. Elle haussa les épaules.

— Il me déplaît de savoir Guillaume sur les champs de bataille. Je sais, je sais… Il me l'a assez répété qu'il se bat depuis l'âge de quinze ans, mais il se trouve qu'il ne les a *plus*, et je me soucie…

Elle se tut et lança un regard en coin au chevalier, s'attendant à le voir serrer les lèvres, les narines palpitantes, manifestations invariables de sa jalousie, mais il était calme, moins agité qu'à l'ordinaire quand elle évoquait son protecteur. La raison en était peut-être, se dit-elle, qu'elle avait parlé de Guillaume comme d'un homme vieillissant, du moins l'avait-elle suggéré. S'imaginait-il qu'elle l'en aimerait moins pour autant ? Et lui, n'y pensait-il jamais, aux années qui passent ?

Elle n'était cependant pas d'humeur querelleuse.

— Nous ne pouvons rien contre les projets du roi et de Waleran, se contenta-t-elle d'observer. Occupons-nous du meurtrier et laissons régner les puissants du royaume.

— Si vous avez peur, Magdalaine, rentrez à Londres.

Elle le regarda, effarée.

— Rentrer à Londres ! Quand Dieu seul sait dans quels troubles politiques nous allons sombrer un jour ou l'autre… et priver Guillaume d'une confidente ? Il m'a priée de venir pour lui apporter certain réconfort. Je ne peux rentrer à Londres.

Bell ouvrit la bouche, prêt à protester, mais un grattement à la porte annonça Diccon. La pluie avait diminué d'intensité, dit-il, peut-être allait-elle cesser, un moment du moins, et il voulait sortir acheter le repas du soir. Magdalaine se montra généreuse, car Bell ne manquerait pas de lui tenir compagnie, et il n'était pas impossible que Guillaume soit de retour le lendemain. Elle ajouta deux farthings pour l'emprunt d'écuelles ou de pots.

Bell s'assombrit quelque peu quand il comprit que beaucoup de ces victuailles pouvaient être conservées et mangées froides, et cela lui rappela les dernières paroles de Magdalaine. Cependant, il n'en souffla mot en présence de Diccon et, même après son départ, il préféra s'appesantir sur le climat détestable qu'ils subissaient. Il espérait que Diccon et ses plats ne seraient pas noyés sous des trombes d'eau. Magdalaine se demanda alors si Niall et Loveday étaient arrivés saufs à Noke et Bell lui répondit en riant que Loveday avait dû s'adresser avec virulence au Seigneur et à ses anges pour qu'ils mettent fin à cette pluie, le temps d'arriver au manoir.

La pluie recommença à tomber, provoquant les soupirs de Magdalaine qui déplora son manque d'influence sur les puissances célestes. Quand Diccon réapparut, il était trempé comme une soupe car il avait préféré utiliser la couverture donnée par Florete pour protéger les aliments plutôt que lui-même. Un tel comportement méritait récompense. Magdalaine se doutait qu'il cherchait ainsi à l'attendrir – au demeurant, sa présence permettrait d'éviter les sujets épineux –, et elle l'invita à partager leur repas. Mieux, elle sortit pour demander à Florete des vêtements secs – il en fut si ravi qu'il ne cessa de jacasser comme une pie.

Ni Magdalaine ni Bell ne prêtèrent grande attention à ses propos. Bell, qui avait connu une rude journée, n'était pas fâché de manger chaud, d'autant que les mets étaient excellents. Quant à Magdalaine, beaucoup plus tard, alors qu'ils avaient éteint les petites torches et se tenaient serrés dans son lit douillet, certaines affirmations du garçon lui revinrent à la mémoire.

— Ai-je bien compris ce qu'il a dit ? demanda-t-elle. On n'aurait toujours pas trouvé meilleur endroit pour loger les hommes de Salisbury que le cimetière de St Peter ? Quand ils sont arrivés, cela ne prêtait pas à conséquence, il faisait plutôt beau et doux…

— Il a pas mal plu, depuis, marmonna Bell qui se mit à bâiller. Et Salisbury dispose d'une maison, à quelques pas de l'église. Je suppose que c'est le meilleur endroit pour ses hommes, afin qu'ils puissent accourir si besoin est.

Il recommença à bâiller et serra un peu plus Magdalaine contre lui. La pluie incessante avait rafraîchi l'atmosphère de la chambre qui sentait l'humidité.

— Cela dit, je les plains, ces hommes… Je ne risque pas d'oublier les moments que j'ai vécus quand il nous fallait établir notre camp en rase campagne et que la pluie tombait pendant des jours entiers… Même si les tentes ne s'écroulaient pas, ce qui parfois arrivait, c'était vraiment horrible.

— J'espère que cela va s'arranger, souhaita Magdalaine.

Bell émit un petit rire ensommeillé.

— Pour mon bien, autant que pour le leur. Demain, je ne dois pas m'attarder.

XIX

LUNDI 26 JUIN

OXFORD

Bell avait tenu parole. Quand Magdalaine s'éveilla, il n'était plus là. Elle avait un souvenir vague de son départ et fut assez surprise d'avoir aussi bien dormi. Elle se leva, souriante, se nettoya les dents et fit ses ablutions. Ici, elle n'était responsable de rien ; les bruits et les déplacements qui ponctuaient la vie nocturne de la maison, c'était à Florete de s'en arranger.

Magdalaine déjeuna d'excellent appétit. Elle remarqua que Bell ne s'était pas privé et, quand elle eut fini, elle alla vérifier quelle quantité de vin et d'ale il restait. Les gâteaux avaient disparu, ainsi que les fruits confits. Elle ôta sa chemise de nuit, enfila sa jupe, et s'assura que sa bourse était assez garnie, réfléchissant à ce dont elle aurait besoin pour la nourriture, la boisson et les achats supplémentaires. Elle avait les moyens, se dit-elle, d'inviter Diccon à l'accompagner et, après un regard vers le ciel, toujours gris, elle se couvrit la tête d'un voile épais.

Une fois dans la rue, elle se mit en peine de faire ses courses. Elle n'était pas pressée et, quand son panier et les bras de Diccon furent pleins, elle renvoya le garçon au *Soft Nest*, tandis qu'elle continuait à flâner, s'entretenant avec marchands et artisans.

Diccon était reparti pour la deuxième fois quand elle avisa une mercerie, au-delà de la boulangerie et de l'autre côté de la rue par rapport au magasin de Redding. Ce mercier n'était pas installé du temps qu'elle vivait à Oxford. Magdalaine traversa d'un pas vif, désireuse de se faire une idée des marchandises exposées sur le comptoir extérieur. Juste derrière la porte, elle remarqua un jeune homme, assis sur un tabouret, l'air abattu. Il lui sembla le connaître – oui, c'était bien Tirell Hardel, le fils de maître Reinhart.

Des rouleaux de tissu occupaient le comptoir dans son dos. Magdalaine fit signe à l'apprenti qui s'en occupait. Elle souhaitait voir de plus près un des rouleaux qui l'intéressait. L'apprenti jeta un coup d'œil vers sa jupe – peut-être se souvint-il alors de l'avoir aperçue accompagnée d'un garçon encombré de paquets –, s'écarta et s'inclina pour la saluer.

Magdalaine se glissa à droite de Tirell Hardel, captivée par le tissu. Elle le souleva, le palpa, le tourna entre ses mains, comme pour mieux l'examiner à la lumière.

— Maître Hardel ! s'exclama-t-elle soudain, jouant la surprise. Quel plaisir de vous rencontrer !...

Puis, d'un air préoccupé :

— J'espère que tout va bien pour vous... Vous ne semblez pas dans votre assiette. Pourvu que ce ne soit pas à cause de votre père !

Tirell sauta à bas de son tabouret, à croire qu'il avait pris feu.

— Euh, non... non... Mon père va... va... se porte au mieux. Il est parti pour Noke, où il doit s'entretenir avec maîtresse Loveday. Euh... ce tissu vous intéresse ?

— Non. À la lumière, ce n'est pas la couleur que je cherche.

On entendit un bruit de pas derrière le comptoir et Magdalaine comprit que l'atelier devait se trouver dans l'arrière-boutique. Que Woller y soit retourné et Tirell n'aurait eu aucune difficulté à descendre sans bruit l'escalier, et... non, une cloche était accrochée à la porte, du côté intérieur ! Il n'était pas impossible à un homme de l'atteindre et, s'il se montrait prudent, de la tenir au creux de la main, l'empêchant de tinter. Certes, mais quand on fermait ? Ah oui, en été la porte serait restée ouverte. Ormerod avait-il interrogé l'apprenti pour savoir si Tirell avait quitté la maison ? Sans doute pas. Il n'avait pas questionné le valet d'écurie.

Soudain, Tirell lui enleva le tissu des mains, le jeta sur le comptoir, lui attrapa le poignet et l'entraîna hors de l'échoppe. Passé un premier mouvement de surprise, Magdalaine ne résista pas.

— Vous avez peut-être l'intention de m'offrir une bière ? dit-elle alors qu'ils passaient devant l'apprenti.

Une fois hors de portée de voix, elle se mit à rire.

— Même les ribaudes doivent acheter du tissu pour leurs vêtements, voyez-vous… Et je ne crois pas que maître Woller refuserait mon argent.

Il ignora sa remarque.

— Comment avez-vous connu mon père ? demanda-t-il, courroucé.

Ses yeux étaient bordés de rouge, comme s'il manquait de sommeil et, nerveux, il jeta un regard en arrière, vers la partie nord du marché aux grains.

— Certes, certes, admit-il enfin, mais ça me ferait très plaisir de vous offrir une chope. Entrons ici.

Encline à refuser, Magdalaine se détendit quand elle comprit qu'il la conduisait vers le *Lively Hop*. Elle glissa la main dans sa poche et attrapa deux farthings – ils étaient pour Mayde, qui viendrait à la rescousse au premier signe ou appel à l'aide. Une fois encore, Tirell regarda en direction du nord, puis il accéléra le pas afin que Magdalaine ne s'attarde pas dans la rue.

Magdalaine fut à deux doigts de lui dire que son père était un client de longue date. Elle eut une moue dédaigneuse en se souvenant de l'aplomb avec lequel Reinhart Hardel jouait aux vertueux offensés. Pour les gens, son attitude était généralement compréhensible, mais, aux yeux de Tirell, cela signifiait qu'il souhaitait d'abord continuer à décider de la conduite de son fils – ou plutôt, de l'homme qu'il était devenu. Magdalaine, pourtant, manifesta son étonnement – elle n'oubliait pas que le succès de son établissement passait avant les bonnes ou mauvaises relations de maître Reinhart avec son héritier.

— Je connais votre père parce que maîtresse Loveday nous a présentés, il y a quelques jours.

Elle refoula son envie de rire – indice minime, dont Tirell pourrait saisir la signification s'il était assez fin, et qui ne le blesserait pas.

— Maître Hardel semblait penser que je nourrissais des ambitions malhonnêtes en proposant à Loveday de l'héberger, mais, en fait, je me conformais à la requête d'un des capitaines de mon protecteur. L'homme est fiancé à Loveday. Il sait que, jamais, je n'obligerais un femme à entrer dans mon commerce.

— Oh ! s'exclama-t-il en rougissant, désemparé. N'est-il pas étrange que Loveday cherche refuge chez vous ? ajouta-t-il ensuite d'un ton aigre.

Ils entrèrent dans la taverne et Magdalaine agita la main à l'intention de Mayde. Elle lança un regard appuyé à la jeune fille, accompagné d'un léger hochement de tête. Mayde s'empressa de venir.

— Je prendrai une chope, dit Magdalaine, tout en lui glissant les farthings dans la main.

« Maîtresse Loveday, dit-elle ensuite à Tirell, avait l'intention de demeurer chez une amie.

— Edmee, répondit-il, mais elle est à Londres.

Magdalaine fut surprise. Selon Loveday, Reinhart n'avait-il pas été pris de rage quand il avait appris que Redding épousait Edmee plutôt que sa sœur ?

— Oui, dit-elle, Loveday ne pouvait regagner Noke, par peur de Saint-Cyr, et il lui était interdit d'habiter seule à Oxford, à cause de Jules…

Elle s'assit sur le banc et fixa Tirell dans les yeux.

— Mais elle n'a plus rien à redouter de lui, n'est-ce pas ?

Malgré la pénombre qui régnait au fond de la salle, Magdalaine vit Tirell blêmir. Ne s'estimant pas menacée, elle décida de parler franc.

— Pourquoi avez-vous prétendu être resté dans votre logis alors que vous avez suivi Jules jusqu'à l'écurie ? demanda-t-elle d'une voix mesurée.

— C'est faux ! Je ne l'ai pas suivi ! Je ne l'ai pas revu après son départ de chez moi.

Mais il s'affaissa sur lui-même, comme si ses genoux s'étaient dérobés, et se prit la tête à deux mains.

— Pourtant, c'est à cause de moi qu'il est mort, dit-il d'une voix assourdie et indistincte. Je n'arrive pas à me l'ôter de l'esprit. Je savais qu'il était ivre. J'aurais dû l'accompagner. Au lieu de ça, je l'ai laissé partir en titubant dans les rues… n'importe qui a pu le frapper pour le voler.

— Si j'en crois la rumeur, dit Magdalaine, il y a belle lurette que sire Jules avait l'habitude de se promener par les rues dans ce triste état. Ce qui lui est arrivé n'est pas dû à une rencontre fortuite. Un voleur n'aurait pas donné un coup si violent. C'était un assassinat.

Il frissonna.

— Mais Jules n'était pas à l'écurie et son cheval avait disparu, murmura-t-il. J'ai parlé au palefrenier et je l'ai envoyé… peu importe, ça n'a aucun rapport avec Jules.

Mayde apporta deux chopes. Tirell paya et elle se retira, non sans regarder Magdalaine qui répondit par un mouvement imperceptible de la tête.

Jules était déjà mort, pensa Magdalaine. *À moins que Tirell, l'ayant surpris quelque part, endormi, ait décidé de le tuer ?*

— Si Jules se rendait à l'écurie et vous aussi, pourquoi, au nom du ciel, ne l'avez-vous pas accompagné ? *Parce que vous refusiez d'être vu en sa compagnie ?*

— Je ne voulais pas…

Il posa sa chope sans y boire et fit mine de se lever.

— Ça ne vous regarde pas ! Je vous ai déjà dit que cela n'avait rien à voir avec Jules !

Magdalaine lui saisit le bras.

— Cela me regarde, et comment ! lança-t-elle d'un ton sans réplique. Je suis une des dernières personnes à avoir parlé à Jules… et je suis une ribaude. Une ribaude est toujours coupable ! Je veux savoir qui a tué Jules. Je jure que si ce que vous me dites n'a pas de rapport avec lui, cela restera entre nous. Si vous refusez de répondre, je confierai le soin de vous y forcer à qui de droit.

— N'allez rien dire à mon père ! souffla Tirell d'un air angoissé. Je lui parlerai dès que le contrat aura été signé. Sinon, il va me faire des ennuis, or, à mon âge, j'ai le droit d'épouser qui je veux.

— Vous marier ? Vous ne pouvez épouser Loveday. Elle est fiancée.

— Pas Loveday ! sourit-il.

Son secret étant dévoilé, il se détendit.

— Loveday est l'obsession de mon père. Jamais je n'ai désiré l'épouser, bien que j'eusse accepté pour la sauver de Saint-Cyr. Je… c'est la sœur d'Edmee Redding, Mary. Elle n'est pas aussi riche que Loveday, mais elle apporte une dot importante. Mon père aurait été ravi de mon choix si Redding n'avait pas convolé avec Edmee plutôt qu'avec ma sœur. Depuis, il a une dent contre toute la famille, soupira-t-il. Je vous l'avais dit que ça n'avait aucun rapport avec Jules…

— Pourtant, il est arrivé quelque chose qui avait un lien avec Jules, insista Magdalaine. Vous l'aviez prié de venir chez vous. Dans quel but ?

Tirell se remit à soupirer, mais il semblait moins embarrassé.

— À l'époque où je me croyais destiné à Loveday, j'avais dit au père de Mary que je refuserais de préparer un contrat. Je voulais m'assurer que Jules avait toujours l'intention de l'épouser avant que je ne retourne chez le père de Mary. Le valet d'écurie lui a porté un message qui lui annonçait ma venue pour aujourd'hui, après dîner. C'est à ce propos que j'ai questionné Jules, dans la taverne : où en était-il avec Loveday ? Il s'est lancé dans un récit tellement pathétique que, ne pouvant le supporter, je l'ai invité chez moi. C'est alors qu'il m'a appris que Loveday était déjà fiancée. J'ai eu du mal à y croire, d'autant que nous nous voyions souvent, elle et moi, depuis quatre ans, et qu'elle ne m'en avait soufflé mot.

— L'aurait-elle caché à votre père de crainte qu'il soit moins enclin à l'aider ?

Ou n'était-ce pas la peur qu'on l'enlève pour la marier contre son gré ? se demanda Magdalaine.

— Sûrement pas ! s'échauffa Tirell.

Mais il n'était pas à son aise. Il se leva.

— Il est inutile que vous retourniez chez maître Woller. Mon père ne s'y trouve pas. J'ignore quand il reviendra.

Voilà un fieffé mensonge, se dit Magdalaine qui se retint à peine de rire. *C'est ton père que tu guettais, tout à l'heure, quand tu as regardé dans la direction du nord. Tu l'attends d'un instant à l'autre.* Elle dut se contenir et, à force de contracter la gorge, elle commença à tousser. Apparemment, maître Reinhart Hardel n'avait pas réussi à faire bonne impression sur son fils. Pourtant, celui-ci s'évertuait à le protéger, ce qui ne manquait pas de noblesse. Elle réussit à ne pas sourire et ouvrit grand les yeux.

— Votre père ? Croyez-vous donc qu'il m'importe, votre père ? J'ai échangé trois mots avec lui, à propos dc Loveday.

Ellc secoua la tête.

— Vous vous méprenez, maître Hardel. Ce n'était pas votre père que je cherchais, dans la boutique de maître Woller. Je m'intéressais à la longueur de cette pièce de tissu, quand je vous ai reconnu.

— Heureux de vous l'entendre dire, mais je ne comprends pas pourquoi vous vous adressez à moi. Moi, pas plus que mon père…

— Je ne cherche pas votre clientèle, l'interrompit Magdalaine. Ma visite était moins innocente. Le seigneur Ormerod avait confié à un ami, qui me l'a répété, que vous vous trouviez avec Jules peu avant sa mort. Comme, moi-même, je lui avais parlé juste auparavant sans doute, et qu'il m'avait dit s'en retourner chez lui, j'ai cherché à comprendre pourquoi il était allé chez vous. Encore plus important pour moi, vous êtes témoin que Jules m'a quittée vivant et en bonne santé.

Tirell la regarda avec colère.

— Et maître Woller témoignera qu'il m'a quitté vivant et en bonne santé, moi aussi… et le palefrenier prouvera que Jules et moi ne nous sommes pas rencontrés à l'écurie.

Sauf si tu l'as d'abord assommé avant de l'envoyer ad patres, se dit Magdalaine alors que Tirell se retirait. Mayde fut près d'elle dès qu'il eut franchi la porte.

— C'était lui, assura-t-elle. Il est sorti avec sire Jules ce jour-là, avant qu'il ne soit tué.

— Merci, Mayde, dit Magdalaine qui lui donna un autre farthing. Et je vous remercie d'avoir eu l'œil sur nous.

— Est-il le coupable ? demanda-t-elle, impatiente.

Magdalaine sourit.

— Je n'en ai aucune idée. Il aurait pu, oui, mais quelque chose dans son attitude, aussi infime que ce soit, me pousse à croire qu'il est innocent.

Mais son père l'est-il, innocent ? se demanda-t-elle en levant sa chope pour dissimuler son expression. Plutôt qu'en chercher l'origine du côté de Mary, ne fallait-il pas comprendre que le dépit de Tirell était dû à la rencontre arrangée entre maître Reinhart et Saint-Cyr ? Il disait avoir parlé à Saint-Cyr, pour le prévenir qu'il n'aurait pas Loveday. Pressait-il son père d'acheter le retrait de Saint-Cyr afin d'être libre d'épouser Mary ? Reinhart avait-il songé à une manière moins coûteuse de parvenir à son but ? Mais c'était Tirell qui possédait une cotte de mailles. Et alors ? Une cotte de mailles ne s'adaptait pas aussi étroitement à un corps qu'une robe lacée très serré. Il n'était pas exclu que Reinhart eût, à une époque, surveillé lui-même ses convois et fût fort capable de se servir d'une cotte de mailles.

Cela justifiait assez une attaque par-derrière. Reinhart était plus âgé et, à supposer qu'il ait su manier les armes, de l'eau avait coulé sous les ponts depuis ce temps-là. Jamais il n'aurait pu vaincre Saint-Cyr dans un combat loyal.

Elle avala sa dernière gorgée de bière. Non. Il était trop déraisonnable d'imaginer Reinhart amené à *tuer*, que ce fût pour sauver Loveday de Saint-Cyr ou pour la donner en mariage à son fils.

Elle tendit la chope vide à Mayde, se leva, la remercia encore et la pria de se rendre au *Soft Nest* si elle entendait ou remarquait quelque chose ayant trait à la mort de Saint-Cyr ou de Jules.

Peu après son départ de la taverne, Diccon fit son apparition et se plaignit d'avoir dû arpenter la rue à sa recherche. Ne craignait-elle pas qu'il se remette à pleuvoir ? Magdalaine considéra les nuages, de plus en plus bas et sombres. Oui, mieux valait s'enfermer que se faire tremper. Elle acheta donc deux repas et ils s'en retournèrent au *Soft Nest*.

La maison était en pleine activité. Dans le couloir, tous les rideaux étaient tirés et, derrière la table de Florete, un brouhaha de voix masculines résonnait dans la salle commune, sans pour autant dissimuler les grognements et les ahanements qui provenaient des paillasses du dortoir, toutes occupées. Magdalaine fila dans sa chambre, mais, avant qu'elle n'ait fermé la porte, Florete appela Diccon. Magdalaine dut se retourner pour lui prendre des mains le pain fourré de tranches de viande – il lui fallut jongler afin d'éviter que la viande ne s'échappe du pain. Elle disait au garçon qu'elle lui garderait son repas (à moins que Guillaume ne lui rende visite, mais c'était improbable), quand une silhouette familière quitta l'alcôve où officiait Hertha et se dirigea vers la sortie.

Magdalaine referma la porte du talon. Elle souriait quand elle se débarrassa des moitiés de miche et les plaça, droites, contre le bougeoir, afin que le jus de viande ne coule pas. Manville d'Arras était peut-être un gros nigaud, mais il semblait avoir dit vrai quand il s'était vanté de ne rien oublier. Baignée et bouchonnée, sa peau était devenue rose – il avait donc tenu parole. Enfin, il arborait un grand sourire niais, preuve que la mort de Saint-Cyr n'était plus source de colère ou de tristesse.

Magdalaine ôta son voile et s'assit pour manger. Elle se demanda si Arras était aussi stupide que son comportement le laissait penser ou s'il souffrait seulement d'une difficulté d'élocution. S'il était assez malin pour jouer à l'imbécile, il aurait pu avoir des raisons personnelles de tuer Saint-Cyr. Par ailleurs, n'aurait-il pas pris un bain afin d'effacer le sang dont il avait été éclaboussé lors du meurtre, et non parce qu'il l'avait promis à Hertha ?

Au bout du compte, Magdalaine écarta cette hypothèse. Assez intelligent pour donner l'image d'un niais ? Cela exigeait d'être brillant – et son capitaine, Samur, l'avait traité d'idiot. Enfin, il ne se serait pas prêté à ce rôle pendant des années.

Magdalaine, cependant, demeura perplexe et elle eût aimé savoir ce qu'il avait raconté à Hertha, s'il avait parlé. Néanmoins, à entendre ce qui se passait dans la grande salle en raison de l'affluence – des hommes étaient entrés alors que Magdalaine fermait sa porte –, elle était certaine qu'il faudrait patienter avant que la ribaude ne vienne se confier. Et, si Arras n'était pas stupide, il ne lui aurait rien dit d'important concernant l'affaire. Pourtant, cela aussi était peut-être un indice. S'il prétendait avoir oublié – Magdalaine se mit à rire… non, il ne l'admettrait pas, il raconterait avoir trouvé un autre moyen d'honorer la mémoire de son ami.

Peu après, il se remit à pleuvoir. Diccon, qui était venu manger, l'avait quittée. Le *Soft Nest* n'avait pas désempli, mais, en fait, la plupart des hommes présents attendaient la fin de l'averse. Comme ils commençaient à s'impatienter, Ogden et Rand restaient vigilants, le gourdin à la main. Hertha finit par se présenter chez Magdalaine, conduite par l'un des surveillants.

— Je savais que vous vouliez me voir, mais j'ai peu à dire. Il a recommencé à m'entretenir de ces problèmes de logis. Il semblerait avoir voulu en parler aux hommes de Salisbury… ou essayé de leur faire entendre que ce n'était pas le bon endroit où aller, même s'il y avait assez de place, j'ai oublié. Je n'ai pas réussi à comprendre. Par la Sainte Vierge ! Il est à peu près impossible de saisir ce qu'il dit… c'est à croire qu'il a des cailloux dans la bouche et, en même temps, il se penche pour enlever ses bottes.

Magdalaine s'esclaffa.

— Mais je parie qu'il ne sent pas. Je l'ai vu sortir et il était propre comme un sou neuf.

Hertha aussi se mit à rire et ses traits s'adoucirent.

— C'est vrai, il a de la mémoire. Et il paye sans barguigner. Mes soucis, c'est à vous que je les dois, pas à lui. Si vous ne m'aviez pas demandé d'écouter, je n'aurais pas besoin de tendre l'oreille pour attraper un mot sur dix, et, après, essayer d'en saisir le sens.

— A-t-il mentionné Saint-Cyr ?

— Une fois, et ça n'avait pas de rapport avec sa mort ou son testament. Il a affirmé devenir presque aussi intelligent que lui, bien que cela lui ait pris deux jours pour « le » comprendre. À quoi faisait-il allusion ? Étaient-ce les conditions dans lesquelles se trouvaient les hommes de Salisbury ou le fait qu'il voulait que je m'occupe de lui ? Je donne ma langue au chat. Je crois qu'un jour Saint-Cyr lui avait dit qu'il fallait s'enquérir du tarif de chaque prestation.

— Avez-vous pris un supplément ? demanda Magdalaine en riant.

— Eh bien, non… admit Hertha en haussant les épaules. Vous croiriez sans doute que je n'ai plus aucun sentiment pour les hommes, mais il est si… innocent. Et il était si propre et si content de ne pas avoir oublié. Oh, même une ribaude a parfois des faiblesses !

— Vous m'en voyez ravie, lui assura Magdalaine. Cela n'est pas plus mal parfois d'avoir des faiblesses et de faire plaisir. Je vais vous récompenser, afin que vous ne le regrettiez pas.

Elle choisit deux farthings dans sa bourse et les lui tendit.

La fille les regarda, en glissa un dans la poche de sa jupe et l'autre dans un repli de sa ceinture.

— Je ne le refuse pas, expliqua-t-elle, car, un de ces jours, je serai peut-être bien contente de l'avoir pour ne pas mourir de faim. Je le mets de côté, histoire de m'en souvenir… et je prie le ciel de n'en avoir jamais besoin.

Quand elle fut seule, Magdalaine se sentit frissonner. Jamais elle ne pensait au risque de tomber à la merci de la faim, mais il fut une époque où il s'en était fallu de peu, et elle avait vécu une série de catastrophes. Désireuse de chasser ces pensées sinistres, elle alluma des bougies et des torches, puis s'assit et commença à broder un rang ou deux de fleurs pour le ruban d'Ella.

La pluie n'avait pas faibli, pourtant la clientèle était moins nombreuse à attendre car les plus impatients sortaient en jurant sous les torrents d'eau. Magdalaine se demanda si la resserre en ruine dans laquelle elle avait conduit le cheval, à son premier retour de Noke, ne s'était pas effondrée. Auquel cas, il faudrait la faire réparer dès qu'il y aurait une éclaircie ; pourtant, quelque chose lui disait que le retour du beau temps n'était pas pour bientôt.

La nuit était presque tombée quand Bell survint, mouillé et irritable, soulagé toutefois qu'un novice eût été dépêché à Wytham Abbey. Bell n'aurait donc pas à chevaucher de nuit pour annoncer qu'il ne s'était rien passé, avant de s'en retourner au matin. La pluie avait empêché Salisbury d'apparaître à la cour, comme il s'y était engagé.

Le roi, dit le chevalier en grimaçant, car il s'efforçait d'ôter tunique et chemise, en avait été fort contrarié. Si l'évêque était trop âgé pour affronter une ondée, peut-être l'était-il aussi pour continuer à exercer sa charge de grand justicier, avait-il déclaré. Quant aux châteaux de Salisbury, propriétés de la Couronne, et même ceux construits par le prélat, le roi avait estimé peu sûr d'en laisser la défense à un être qu'effarouchaient quelques gouttes d'eau. Bell regarda Magdalaine d'un œil absent.

— Je ne vois pas qui gouvernerait ce royaume si on congédiait Salisbury et sa parentèle, dit-il.

— Si vous voulez le savoir, Guillaume non plus. Il m'a fait remarquer que presque tous les shérifs placés à la tête des comtés étaient payés par l'évêque, et se montraient loyaux.

Elle soupira.

— Chaque jour et chaque nuit, je remercie Dieu de vivre sous la protection de l'évêque de Winchester.

— Tant qu'il n'est pas menacé !

— Pas par son propre frère !

— Il l'a privé de l'archevêché.

Magdalaine secoua la tête.

— Winchester, depuis, a été nommé légat du pape. Le souverain pontife est son suzerain. Même Waleran n'aurait pas l'audace de conseiller au roi un geste qui offenserait le pape.

Elle prit une profonde inspiration.

— Revenons plutôt à notre meurtre. Même ce drame est plus agréable à évoquer que la période chaotique que je redoute.

Elle lui parla de sa rencontre avec Tirell, des doutes qu'elle nourrissait à l'égard de maître Reinhart, mais aussi d'Arras. Quand elle en eut fini, Bell lança un soupir exaspéré.

— Magdalaine, vous êtes encore plus bête que cet Arras. Devenir une *cible* pour l'assassin, est-ce là ce qui vous tente ? Et dire que je dois me présenter à la cour, demain ! Je suis désormais accrédité et reconnu comme chevalier au service du diocèse de Londres... ce qui, d'ailleurs, n'a rien d'un artifice. Après tout, le roi n'ignore pas que Winchester dirige le diocèse de Londres en attendant la nomination d'un nouvel évêque.

— Mais je ne crois *pas* que les Hardel soient impliqués, et mes doutes à propos d'Arras sont ridicules.

Ces mots lui valurent un autre soupir.

— Et Ormerod ? Ferrau ?

Elle rit.

— Je l'admets. Je suis incapable de croire qu'Ormerod tuerait, pour le seul plaisir de voir Jules épouser Loveday. C'est grotesque. Je ne le crois pas non plus *aussi* pingre et si impatient d'être remboursé de son prêt. Quant aux motivations de Ferrau, elles sont encore plus irréelles.

Un autre soupir. Il se saisit de sa main.

— Magdalaine, vous savez combien je vous aime... Accepterez-vous de suivre un petit conseil que je vais vous donner, au nom de notre amour ?

— Quel petit conseil ? demanda-t-elle, méfiante.

— Resterez-vous dans votre chambre, demain ? Une journée, une seule. Ou, s'il vous faut absolument sortir, soyez accompagnée de Rand ou d'Ogden. Vous « ne croyez pas », il n'empêche, la probabilité est forte que l'un de ces hommes soit un assassin aussi cruel que malin. Je suis requis par mes tâches, mais, s'il vous arrivait malheur du fait que j'aurais été retenu à la cour, attendant que le roi insulte l'évêque de Salisbury, je ne pourrais jamais l'oublier, jamais.

Une ombre de peur passa dans ses yeux, non seulement pour elle mais parce qu'il craignait de s'imposer une nouvelle épreuve, comme le jour où il avait tué le meunier fou. Magdalaine retourna sa main dans la sienne et la pressa. Elle sourit.

— Mon amour, je peux accepter une journée d'ennui si cela tranquillise votre âme. Oui, je vous promets de ne pas sortir demain. Sinon, je me ferai accompagner.

XX

MARDI 27 JUIN

ÉGLISE DE ST FRIEDESWEIDE, OXFORD

La journée ne fut pas aussi ennuyeuse que Magdalaine le redoutait. Dépêché par Guillaume, sire Giles était venu l'avertir que son protecteur voulait réunir quelques amis chez elle vers l'heure du souper. Après avoir vérifié de quelles victuailles elle disposait, Magdalaine les estima suffisantes et se félicita d'avoir acquis six coupes en terre cuite, assez jolies, qui serviraient aussi bien à boire de l'ale que du vin coupé – Guillaume et ses amis parleraient politique, et il était hors de question de s'enivrer.

Elle s'étonna d'éprouver une telle impatience avant cette réunion, car ce n'était certes pas la première – elle n'en tenait plus le compte depuis que Guillaume lui avait envoyé un homme qu'il lui était interdit de rencontrer en public. Il avait été très clair : si jamais on apprenait qu'ils s'étaient parlé chez elle, elle en pâtirait. Rien de cela n'était arrivé. Et, au fil des ans, sa confiance s'était accrue, au point de la laisser servir du vin et de la bière pendant leurs discussions.

Elle avait pu être effrayée par certains propos, attristée ou révulsée, mais elle avait aussi connu de grands moments de joie. Pas une seule fois elle ne s'était permis d'émettre une opinion ou de manifester ses émotions ; aucun geste, aucun mot n'avait laissé entendre que rien ne lui échappait. Maintenant, il arrivait à Guillaume de s'enquérir de son avis après le départ de ses amis, à l'abri des oreilles indiscrètes, quand ils étaient couchés. Elle souriait, ou se permettait de lui révéler le fond de sa pensée.

À l'heure du déjeuner, Bell s'était présenté. Il apportait à manger et lui avait tenu compagnie pour la distraire. Par chance, sans qu'elle ait eu le temps de lui avouer la venue de Guillaume, il lui annonça devoir se rendre à Wytham dès que le roi aurait libéré la cour.

— Salisbury est attendu demain, expliqua-t-il, maussade. Et fi des caprices du temps ! Il semble avoir eu vent des commentaires d'Étienne, hier. Quant au doyen, il exige autre chose qu'un message porté par un novice et j'aurai assez à lui apprendre sur les sentiments qui agitent la cour.

— Bon voyage, lui souhaita Magdalaine en l'embrassant. Je vous promets de ne pas sortir seule, assura-t-elle, souriante.

Elle tint parole, non sans mal, car sire Giles était revenu la prévenir que la réunion était annulée.

— Après les dures paroles prononcées hier, le roi était tout miel quand Salisbury, Lincoln et Ely se sont présentés. Il les a accueillis avec courtoisie, les a priés de s'asseoir et ils ont traité de questions concernant deux tutelles pour des mineurs. Dans un cas, il a approuvé le choix de l'évêque, dans l'autre il a suggéré un nom différent et Salisbury a accepté sans tergiverser.

— Et le seigneur Waleran ? Quelle fut sa réaction devant l'affabilité du roi ?

— Il s'est montré tout sourire, grommela sire Giles.

Leurs regards se croisèrent et Giles conclut son récit par ces mots :

— Il se prépare une vilenie, mais je ne saurais dire quelle forme elle prendra.

Il s'inclina et se retira.

Magdalaine ravala sa déception. La soirée s'annonçait sous d'heureux auspices – Guillaume n'avait-il pas choisi un soir où Bell serait absent ? Dès lors, peut-être faudrait-il dire à celui-ci de ne pas venir.

Elle se mordit la lèvre. N'était-ce pas préférable, en définitive ? Son attachement pour Bell grandissait chaque jour, chaque fois elle devenait plus sensible à sa présence chaleureuse dans son lit, le soir, et elle aimait ses réveils grognons, si masculins. Pis, elle se sentait coupable quand quelque chose lui avait déplu – sentiment fort désagréable. Elle ne se voulait surtout pas épouse. Elle ne le deviendrait jamais et jamais elle ne serait traitée comme une esclave par un mari.

Ces réflexions lui firent penser à Loveday. Elle rit et recouvra sa bonne humeur. Épouse ou non, en voilà une qui ne serait soumise à aucun homme ! Et il en allait de même pour elle, Magdalaine... Quand elle avait épousé Brogan, elle n'était qu'une oie blanche. Certes, elle avait appris à s'occuper du domaine, à commander aux serfs. Mais Brogan n'avait rien d'un amant et il lui avait fallu satisfaire à ses exigences, jusqu'au jour où il était devenu fou de jalousie.

Elle soupira et chassa de son esprit ce passé sanglant... sans trouver pour autant un sujet anodin susceptible de l'occuper. Elle commençait à envisager d'aller parler avec Florete, et peu importait si cela provoquait des troubles, quand, derrière la porte, Ogden l'appela. Une femme voulait la voir.

Une femme ? Loveday ? Encore des ennuis ? Ce n'était pas Loveday qui attendait, surveillée par Ogden.

— Il est à l'infirmerie de St Friedesweide ! s'exclama Mayde, les yeux exorbités, le teint pâle. Ils disent qu'il n'en a plus pour longtemps...

— Qui ? demanda Magdalaine, tendue.

— Je ne connais pas son nom, avoua Mayde.

Sa voix tremblait.

— Est-ce le grand blond avec lequel je suis venue au *Lively Hop*, la première fois ? s'enquit Magdalaine dont la voix aussi tremblait.

— Non, non… c'est le nigaud.

Le soulagement et l'horreur se succédèrent sur le visage de Magdalaine. Elle entraîna la servante dans sa chambre.

— Pauvre Manville, murmura-t-elle en se signant. Que Dieu lui vienne en aide.

— J'attends ? demanda Ogden au moment de fermer la porte.

— Non… ou plutôt, si.

Elle se tourna vers Mayde.

— Vous avez dit ne pas croire qu'il vivra, n'est-ce pas ?

Elle le confirma.

— Il est donc encore vivant ?

— Il l'était quand ils l'ont porté à St Friedesweide.

— Pas la peine d'attendre, dit Magdalaine à Ogden. Mayde ne me veut pas de mal, mais il se peut que je doive me rendre à St Friedesweide. Pourriez-vous m'accompagner, ou Rand ?

— Je demande à Florete.

Il s'éloigna, Magdalaine referma et regarda la servante.

— Comme vous êtes pâle…

Elle se dirigea vers les étagères et remplit deux coupes de vin. Elle en but une, tendit l'autre à la fille.

— Buvez et racontez-moi.

— C'est moi qui l'ai trouvé, commença Mayde, la gorge serrée.

Elle avala très peu de vin, à croire qu'elle ne se sentait pas capable de le garder. Elle en but ensuite une bonne gorgée.

— Il gisait près des latrines, le corps en partie à l'intérieur, en partie dehors. D'abord, cela ne m'a pas étonnée. Il y en a beaucoup qui vont là et qui y restent.

Pourtant, quand je me suis penchée, parce que je voulais le pousser de côté, j'ai aperçu le sang.

Elle posa d'un geste brusque sa coupe et eut un sanglot. Magdalaine lui passa un bras sur les épaules.

— Il coulait encore, rouge et poisseux, j'ai hurlé et Jack… le tavernier… est accouru. Je… je ne me souviens plus… Peut-être que je me suis évanouie… On a dû me ramener dans la salle. Quand je me suis réveillée, j'ai entendu dire à Jack qu'on allait le transporter à St Friedesweide. Je me suis remise à servir, mais j'avais la tête qui tournait, je tremblais, et Jack m'a conseillé de m'asseoir. Cela a duré un certain temps mais, quand j'ai réalisé qu'il était mourant, je me suis rappelé que vous désiriez tout savoir sur ces gens, alors j'ai couru vous trouver.

Magdalaine hocha la tête et prit un penny en argent dans sa bourse.

— Je dois savoir si Arras est encore vivant et peut me dire qui l'a attaqué. Ce doit être celui qui a tué Saint-Cyr et Jules. C'est pour vous.

Elle lui donna le penny.

— Pour vous récompenser de votre réaction intelligente et de votre loyauté. Si vous vous sentez trop faible, finissez votre vin dans ma chambre. Une fois que vous ircz micux, rctourncz à la taverne. Essayez de vous rappeler la clientèle de cette nuit, ceux qui ont parlé à Arras… c'est le nom… du nigaud.

Magdalaine cligna des yeux, refoulant ses larmes. Elle se détesta d'avoir employé ce mot.

— Je vais mieux, affirma Mayde, contemplant la pièce en argent dans la paume de sa main.

Elle la rangea dans sa robe.

— Je ferais mieux de retourner dans un endroit très fréquenté plutôt que de m'attarder ici, seule.

— Très bien, acquiesça Magdalaine. Mais soyez prudente.

Elle secoua la tête.

— Réfléchissez un peu. Il est probable que l'homme qui a frappé Arras s'est éclipsé depuis longtemps, mais il ne faudrait pas qu'il vous croie capable de le reconnaître. Il risquerait de vous chercher. Si on vous demande ce que vous avez vu avant de hurler, contentez-vous de dire que c'était à cause du sang et que vous aviez cru l'homme ivre. Vous n'avez rien remarqué de particulier, un ivrogne allongé par terre, c'est tout.

Mayde approuva de la tête.

— Je vais réfléchir… essayer de savoir qui s'est rendu aux latrines avant le nigaud… Avec qui il a parlé… Oh, je peux vous dire maintenant qu'il avait parlé à l'homme avec lequel vous étiez hier, lui et un autre, plus âgé, qui lui ressemblait. Le nigaud s'est levé pour leur demander quelque chose et ils lui ont dit de s'éloigner. Il a répondu, d'une voix forte et colérique, qu'il valait mieux lui dire la vérité, mais il a fini par s'en aller. Je ne me souviens pas de leurs paroles, je ne crois pas les avoir comprises. Il y avait foule parce qu'il pleuvait très fort à ce moment-là.

Ce fut tout ce que la servante avait à lui apprendre et elle promit de repenser aux personnes vues en compagnie d'Arras à la taverne. Magdalaine ferma à clef et elles sortirent ensemble. Rand se leva quand elles arrivèrent à hauteur de la table de Florete.

— Vous allez à St Friedesweide ? demanda-t-il à Magdalaine.

Elle confirma.

— Rand te convient-il ? s'enquit Florete. Ogden a dû aller à la recherche d'une fille qui est partie avec un client chez lui et n'est pas revenue. Préfères-tu l'attendre ?

— Non, le temps me manque, dit Magdalaine. L'homme à qui je dois parler est gravement blessé et risque de mourir. Rand est-il libre de venir ? Tu n'as personne d'autre.

— Ogden ne tardera pas. Ce n'est pas la première fois avec cette fille, expliqua Florete en grimaçant.

Quand elle se rend compte qu'elle ne sera pas la reine de la maison, mais une servante parmi d'autres – sauf qu'elle fait un double service –, ça lui prend de revenir ici.

Rand hocha la tête vers Magdalaine.

— Allez, dit-il, le temps de prendre mon épée et je vous rejoins.

— Je me rends à l'infirmerie, précisa Magdalaine, nous nous verrons là-bas.

Toutefois, il n'était pas si facile de trouver son chemin et Magdalaine négligea d'expliquer l'itinéraire à Rand. Les moines n'étaient pas ravis d'accueillir une femme dans leur monastère et ils refusèrent de la laisser entrer. Elle insista, expliquant que Manville d'Arras n'avait aucun parent mâle à Oxford, qu'elle était le seul membre de sa famille.

Qu'elle connût son nom, et celui du capitaine sous les ordres duquel il servait, convainquit l'infirmier qu'elle disait vrai. Sa mise décente, son voile et l'inquiétude visiblement sincère qu'elle manifestait parlèrent aussi en sa faveur. D'ailleurs, l'état dans lequel se trouvait Arras inclina aussi l'infirmier, homme doux et affable, à accepter. Il ne voulait pas que son malade mourût sans le réconfort d'un être humain, même si on lui avait enseigné que celui de l'Église suffisait.

— Il est un peu simplet, confia Magdalaine au frère qui la conduisait dans la pièce sombre, vers un grabat éclairé par une seule bougie. C'est cependant un brave homme. Je suis brodeuse de mon métier et mes affaires sont florissantes. S'il souhaite améliorer son ordinaire, voudriez-vous bien accéder à sa demande ? Je paierai.

L'infirmier secoua la tête.

— Je ne crois pas qu'il restera assez longtemps parmi nous pour exprimer des désirs particuliers. Il perd beaucoup de sang, d'une blessure profonde, et je n'ai aucun moyen d'arrêter l'hémorragie. Votre affection et votre compassion lui offriront tout le réconfort nécessaire.

Magdalaine réprima un sanglot et sortit cinq pennies de sa bourse.

— Pour qu'il jouisse des meilleures conditions possibles, dit-elle en glissant les pièces avec insistance dans la main de l'infirmier.

L'homme les regarda et soupira.

— Nous prierons pour son âme, dit-il.

Il alla chercher un tabouret qu'il plaça près du lit, afin que la visiteuse pût demeurer plus longtemps et sans fatigue.

— Je vous laisse. Si vous attendez, il est possible qu'il se réveille. Il est si faible, parfois il ouvre les yeux quelques instants. Et nous lui avons administré un remède contre la douleur.

Il la quitta, se fondant dans la pénombre à l'extrémité de la grande pièce, où Magdalaine distinguait à peine le contour oblong et plus marqué d'une porte. Elle s'assit près du lit et ôta son voile afin que le blessé ne soit pas effrayé par la vision d'un visage masqué.

— Manville, souffla-t-elle, pouvez-vous m'entendre et parler ?

Il n'y eut d'abord pas de réponse, mais, quand elle répéta sa question, ses paupières frémirent et il ouvrit les yeux. Il la regarda pendant un long moment.

— Êtes-vous un ange ? finit-il par demander.

— Non, dit-elle en souriant, mais elle sentit des picotements dans les yeux. Je suis une amie d'Hertha. Elle a été empêchée et m'a chargée de vous dire qu'elle est désolée de ce qui vous est arrivé. Elle aussi est très en colère qu'on vous ait attaqué. Elle m'a priée de venir parce que j'ai un ami, fort et courageux, qui vous vengera… si vous réussissez à me donner le nom de votre agresseur.

— Elle m'aime, Hertha ? demanda-t-il d'une petite voix songeuse.

— Oh, oui, et elle désire que vous soyez vengé. Qui vous a blessé, Manville ?

— J'ai rien vu… J'étais en train de pisser. J'ai entendu quelqu'un à la porte. Je me suis écarté pour faire de la place…

Il plissa le front, perplexe.

— Il m'a frappé… Pourquoi ? Je m'étais déplacé…

— C'est un homme méchant et je crois que c'est lui qui a tué Saint-Cyr… Savez-vous qui a commis ce crime ?

Il eut un faible sourire.

— Oui… je le sais… Je me suis attiré des ennuis à cause de lui… Déjoué… j'ai déjoué des manigances…

— Mais quel est son nom ? Mon ami le châtiera pour ce qu'il vous a fait, à vous et à Saint-Cyr.

— Aimery…

Des larmes mouillèrent ses yeux et coulèrent sur ses joues. Magdalaine trouva un linge sur un tabouret et lui essuya le visage.

— Soif, dit-il.

Elle trouva un pichet couvert par un linge et une coupe. Puisqu'ils étaient là, il avait le droit de boire, décida-t-elle. Elle en versa un peu dans la coupe et lui souleva la tête. Il but. Ses yeux se refermèrent en palpitant. Magdalaine laissa sa tête reposer sur l'oreiller.

— Carl, je l'ai connu quand… fils de boucher, il était… Culham, murmura-t-il. C'est loin… pas moi, lui, il était de Sutton… Je ne l'avais jamais vu… Jamais j'ai su son nom… Carl, pas Aimery… Aimery l'avait reconnu. Il l'avait vu aller dans…

Sa voix devint inaudible et il ferma les yeux. Magdalaine attendit.

— Manville, dit-elle au bout d'un moment, ne pouvez-vous rien me dire de plus sur cet homme ? Comment mon ami arrivera-t-il à le trouver ?

Les yeux du blessé se rouvrirent.

— Aimery le connaissait… Il disait… qu'il s'était élevé au-dessus… de sa condition…

— À quoi ressemble-t-il, Manville ?

— À quoi ?

Sa tête remua à peine sur l'oreiller. Son front se plissa.

— Je pourrais vous le montrer… si je le voyais.

Il paraissait gêné de ne pas mieux l'aider.

— Peu importe, dit Magdalaine, abandonnant tout espoir d'obtenir une description. Dites-moi plutôt : pourquoi vous a-t-il attaqué ?

Elle espérait obtenir quelque indice.

Il s'efforça de sourire.

— Disons… Aimery m'avait prévenu. Dites-leur de ne pas aller… là-bas. Il fallait déjouer…

— Il n'a sûrement pas essayé de vous tuer pour cette raison. Aimery vous avait-il confié un détail particulier sur cet homme méchant, et non pas sur le logis ?

— Il y a longtemps, il m'avait dit…

Il écarquilla un peu les yeux, mais sa voix faiblit.

— … longtemps de ça… Carl avait vu… non, Aimery… Aimery, je dois l'appeler… Il l'avait suivie, la fille… et vue… morte. Après… la servante aussi, tuée… Il a eu peur, Carl… Il s'est caché… puis il est devenu mon ami. Il voulait… apprendre à se battre.

— Non, Manville, ne remontons pas si loin. Il est arrivé quelque chose, ici, à Oxford, le pressa Magdalaine.

Ses yeux s'étaient refermés et seule une infime ouverture apparaissait parfois.

— On s'est revus… Oxford. Les cantonnements…

Ce n'était plus qu'un filet de voix et des larmes brillaient le long de la fente de ses yeux.

— Essayé…

C'était davantage un mouvement des lèvres qu'un son articulé. Magdalaine serra sa main dans la sienne.

— C'est très bien, Manville. Très, très bien. Vous n'avez pas oublié.

Ses lèvres se déformèrent – en une ébauche de sourire pour la remercier ? Magdalaine eût aimé continuer mais les larmes étouffaient sa voix et elle cherchait d'autres mots pour le réconforter. Elle s'en voulut d'avoir harcelé un mourant. Mais de qui le venger si elle ignorait le nom de son assaillant ? Ne valait-il pas mieux le laisser reposer ? S'il recouvrait des forces, il serait à même de lui en dire plus…

Le pli soucieux s'était effacé de son large visage aux traits grossiers. Pauvre bougre. Sa vie n'avait été qu'un long effort pour comprendre, entre l'étonnement et le désir de plaire. Et voilà qu'elle s'apprêtait à rendre ses derniers instants aussi misérables que le reste de son existence. Les yeux de Magdalaine s'emplirent de larmes et elle dut détourner le regard de ce visage paisible.

Partagée entre la pitié et la culpabilité, elle examina la pièce, en particulier le mur contre lequel elle avait aperçu des étagères quand elle était entrée. Désormais, on les distinguait mal, forme vague, comme surajoutée à la pénombre qu'elle tentait de percer. Elle scruta avec plus d'attention, mais tout était calme. Était-ce une ombre qui avait bougé près des étagères ou avait-elle été abusée par la lumière vacillante des bougies ?

La pièce était presque dans le noir maintenant et elle avait d'autant plus de difficulté à distinguer ce qui l'entourait qu'elle se trouvait dans le seul endroit éclairé. Elle détourna la tête de la source de lumière et ferma les yeux, pour qu'ils s'habituent à l'obscurité. Quand elle les rouvrit, elle fixa l'endroit où elle avait cru apercevoir un mouvement. Rien, mais ne s'y trouvait-il pas une ombre plus accusée ?

Soudain, elle se souvint des paroles de Bell. Elle avait eu un comportement stupide en posant des questions qui avaient attiré sur elle l'attention du meurtrier. Elle déglutit. Ce qu'elle venait de faire avec Manville était pire. S'il y avait eu un témoin, il aurait entendu ses questions mais non pas les réponses murmurées par Manville. Elle se rappela avoir promis de ne pas sortir seule. Rand était censé la rejoindre. Où était-il ?

Elle chercha à maîtriser sa respiration, afin de ne pas donner l'impression qu'elle perdait ses moyens. Elle baissa les yeux puis garda la tête penchée vers Arras, non sans jeter des coups d'œil dans la pièce.

— Manville, Manville, réveillez-vous.

Elle cessa de respirer et se mit debout. Une ombre venait de se détacher du mur et avançait vers elle.

Elle attrapa le pichet, mais, avant d'avoir pu le lancer ou frapper, le frère infirmier apparut dans la lumière. Elle en fut si heureuse qu'elle sentit ses genoux se dérober et elle se rassit sur son tabouret. Il n'y avait aucun doute : le frère avait patienté, hors de portée de voix, jusqu'au moment où il s'était rendu compte que le blessé ne parlait plus. Ses premiers gestes confirmèrent ses suppositions. Prenant soin de ne pas regarder Magdalaine, il se tint au-dessus du lit et se pencha vers Manville.

— Je ne pense pas que vous parviendrez à le réveiller, dit-il d'une voix posée.

— J'ai dû l'épuiser, admit Magdalaine, tenaillée par la culpabilité. Je suis vraiment navrée. J'espérais obtenir le nom de son agresseur.

L'infirmier se redressa, sans pour autant la regarder.

— Nous lui avons posé la question, mais il n'a pu ou voulu répondre. J'avoue avoir du mal à comprendre. Il ne m'a pas paru être homme à éprouver un sentiment plus fort que l'irritation, pourtant ce coup de poignard ne résultait apparemment pas d'une rixe. Il se trouvait aux latrines quand il semble avoir été attaqué, par quelqu'un qui avait l'intention de tuer. Il serait mort sur-le-champ – la lame visait un organe vital – mais il portait une armure en cuir bouilli, de sorte que la blessure est moins profonde. S'y attendait-il ? Savez-vous pourquoi on a voulu attenter à sa vie ?

Une fois encore, Magdalaine se pencha et pressa la main de Manville, puis elle disposa son bras le long de son corps et se leva.

— Frère, deux autres meurtres ont été commis. Je ne sais si vous en avez ouï. La première victime était Aimery Saint-Cyr, un ami de Manville, la seconde sire Jules d'Osney. Je crains fort que l'assassin ait estimé Manville au fait de certains détails, raison pour quoi il aura tenté de le réduire au silence.

— C'est horrible. Vous a-t-il confié quelque chose ?

— Son esprit battait la campagne. S'il a mêlé quelque fait important aux souvenirs qu'il a évoqués, il me faudra démêler le vrai du faux. Si je reviens demain…

Le frère s'inclina au-dessus du lit, toucha la joue du blessé, le palpa à la base de sa gorge et posa un doigt sous l'oreille. Quand il se redressa, son visage n'exprimait aucun espoir.

— Essayez, mais je ne saurais vous affirmer qu'il sera en mesure de parler, quand bien même il survivrait à cette nuit…

Magdalaine hocha la tête et essuya ses larmes avec un coin de son voile. Les traits de Manville étaient si flasques qu'elle non plus n'avait que peu d'espoir de le revoir vivant, ou en état de lui en dire plus. Elle soupira.

— Je sais qu'il n'est pas dans la misère, dit-elle. Il jouissait d'un revenu, mais jamais il ne m'en a confié la provenance. Il en avait fait don à son ami Saint-Cyr, lequel est trépassé il y a cinq jours. Cela devrait suffire pour une inhumation décente. Il servait dans la troupe commandée par Raoul de Samur, un des hommes de Waleran de Meulan. Le capitaine vous en apprendra plus, car c'est la première fois que je revois Manville d'Arras depuis nombre d'années.

— Merci, je dépêcherai un frère lai qui viendra s'enquérir de l'ordonnance des funérailles. En désirez-vous un pour vous accompagner ? Il fait très sombre.

Magdalaine fut sur le point d'accepter, mais elle referma les lèvres avant d'avoir dit oui. L'ombre aperçue était celle du frère infirmier et elle préférait qu'on ignore, à St Friedesweide, dans quel genre de maison elle logeait. Parfois, des hommes près de mourir recouvraient leurs forces par miracle. Si Manville pouvait de nouveau parler, elle ne voulait pas qu'on lui refuse le droit de le questionner plus avant.

— Je vous remercie, mais le chemin n'est pas long une fois passé le cimetière. Je ne m'estime pas en danger.

Elle ramena son voile sur la tête et s'en couvrit le visage. Le moine soupira.

— Empruntez dans ce cas la porte nord de l'église, conseilla-t-il. C'est le plus court chemin pour traverser le cloître, et, puisque vous êtes voilée et ne vous attarderez pas, je ne doute pas que tout se déroulera au mieux.

Il partit d'un pas vif et elle le suivit. Il lui assura avoir demandé à un frère lai de veiller sur le blessé en son absence. Magdalaine en fut soulagée. C'était donc l'ombre du frère qu'elle avait vue, plutôt que la sienne. La porte vers laquelle il s'était dirigé, et, sans aucun doute, par laquelle il était revenu, n'était pas assez près du mur aux étagères, là où elle avait remarqué une présence. Mais, si un frère lai était entré subrepticement et avait patienté près des étagères…

Ils pénétrèrent dans l'église par la porte qui communiquait avec le monastère. Le noir y était presque absolu, et seul le faible reflet des veilleuses de l'autel, le long des piliers de l'allée centrale, lui évita de se cogner. Sensible à sa surprise, l'infirmier ralentit le pas et ils traversèrent la nef, tous deux faisant une génuflexion devant l'autel.

— Soyez prudente, il y a d'autres piliers, murmura l'infirmier quand ils parvinrent à l'allée orientée au nord.

Magdalaine devina qu'il s'était écarté et scrutait les ténèbres, à gauche et à droite, hésitant sur sa direction. Quelque chose remua et son cœur bondit dans sa poitrine. Elle comprit alors que c'était le frère infirmier qui, au-delà des piliers, indiquait un rectangle moins sombre. Elle soupira, soulagée d'un grand poids.

— Voici la porte, dit-il. C'est ici que je vous laisse. Il fait plus clair dehors et je me dois à mon blessé.

— Merci, dit Magdalaine.

Il était déjà reparti, se glissant dans les ténèbres avec l'aisance de celui à qui elles étaient familières.

Elle demeura à scruter le noir ; elle eut l'impression de voir le frère se découper fugitivement dans la lumière quand il passa devant l'autel. Soudain, elle reconnut le raclement du cuir sur la pierre. Aspirant une goulée d'air, elle se précipita vers la porte ouverte et heurta un pilier de l'épaule. Elle s'en écarta et se remit à courir, droit vers le rectangle gris de lumière. Quelque chose attrapa son voile ; elle se dégagea d'un coup sec, franchit la porte en vacillant et faillit trébucher sur les deux marches du porche, chancelant à la recherche de son équilibre.

Elle perçut un sifflement près de sa tête et crut entendre un cri de colère. Elle hoqueta, trop effrayée pour hurler, et bondit en avant, cherchant à saisir son couteau. Elle était suivie. Elle sentait presque la chaleur d'un corps, une menace juste derrière elle. Elle empoigna l'étui de son couteau, pour l'ouvrir plus facilement, mais, avant qu'elle y soit parvenue, une main l'attrapa et la poussa sans ménagement. Elle tomba, roula, libéra le couteau de sa gaine et chercha à reprendre souffle, prête à hurler. Il n'y avait personne et des pas pesants résonnaient derrière elle et au-delà du porche. Rand ? Magdalaine se retourna et s'assit.

La clarté de ce long crépuscule finissant de l'été lui permit d'apercevoir une tombe, non loin. Il fallait courir, elle le savait, gagner Blue Boar Lane où elle serait en sécurité, mais ses jambes tremblaient et elle pensait tomber si elle tentait de marcher ; elle alla s'asseoir sur la pierre tombale, dans l'espoir que sa respiration se cal merait. Quelle idiote ! Elle aurait dû filer par la porte est et rejoindre la voie du sud, où elle n'aurait pas manqué de se mêler à la foule. Elle frissonna. Elle était sans protection, il pouvait surgir par-derrière…

Assez, s'interpella-t-elle. *Cesse d'imaginer des horreurs qui n'ont pas lieu d'être. Il ne s'est rien passé. Tu n'es pas menacée*. Était-ce bien sûr ? Et si l'assassin se débarrassait de Rand ? Elle empoigna son couteau et tenta de se lever.

Une forme sombre apparut sous le porche. Une fois encore, Magdalaine inspira pour appeler à l'aide.

— Désolé, maîtresse Magdalaine, dit Rand en descendant les marches. Il fait noir comme dans un four, là-dedans, et je me suis heurté à un pilier.

Il se frotta la tête, l'air contrit.

— Il s'est échappé et je n'ai même pas pu le voir.

— C'est très dommage, dit-elle en riant nerveusement, mais vous m'avez sauvé la vie quand vous avez crié. Je ne vais pas me plaindre.

— Ça n'aurait pas dû arriver.

Rand se racla la gorge et cracha.

— J'aurais dû être auprès de vous, mais les moines refusaient de me laisser entrer à l'infirmerie. J'avais beau leur dire que ce n'était pas *moi* qui avais poignardé Arras… Ils me répétaient qu'il était trop tard, qu'il n'avait plus besoin de compagnie. Je me suis persuadé que vous étiez sauve, avec les frères, et j'ai décidé d'attendre dans l'église. Puis le jour est tombé et je me suis posté devant la porte… mais… bon, j'ai eu un besoin à satisfaire…

— Ce n'est pas grave, le rassura Magdalaine.

— Par le diable ! Je l'aurais attrapé si j'étais resté à la porte. Je vous ai vue sortir en courant, et l'homme derrière vous, qui a levé une arme… je n'ai pas distingué si c'était une épée ou un gourdin… et c'est alors que j'ai hurlé et que je me suis efforcé de courir. Je vous ai poussée de côté mais… si j'avais eu à me battre, il m'aurait fallu fermer mes braies, sinon elles me tombaient sur les chevilles… et moi par terre.

Magdalaine ne put se retenir de rire et elle cessa de trembler.

— C'est fort juste, dit-elle.

Elle parvint enfin à se lever.

— J'entends par là… si vous étiez tombé, il aurait eu le temps de me tuer.

Lui aussi se mit à rire.

— À moins que je ne vous aie écrasée en m'affalant sur vous…

Ils entreprirent de traverser le cimetière, se dirigeant vers l'étroit passage entre la taverne et la maison de plaisir qui conduisait à Blue Boar Lane, d'où on apercevait l'entrée du *Soft Nest*.

— Nous allons vous surveiller comme le lait sur le feu, Ogden et moi, déclara-t-il d'une voix déterminée. Sire Bellamy nous avait prévenus, mais peut-être ne l'avons-nous pas pris assez au sérieux parce que… bon, il est évident que vous ne lui êtes pas indifférente. Désormais, croyez-moi, nous allons ouvrir l'œil.

Il ponctua d'un soupir cette déclaration d'intention.

— Parce que, si jamais il vous arrive quelque chose, une fois que sire Bellamy en aura fini avec nous, le seigneur Guillaume nous écorchera vifs.

XXI

MERCREDI 28 JUIN

SOFT NEST, OXFORD

En dépit des assurances fournies par Rand et Ogden, Magdalaine passa une très mauvaise nuit. Elle se réveillait au moindre bruit, tremblait dans son lit, et se languissait amèrement de la présence de Bell… ou de Guillaume. Ni l'un ni l'autre ne vint la réconforter et, dès l'aurore, il lui fut impossible de dormir. Après avoir réveillé Ogden et Rand – elle s'était montrée très généreuse et aucun ne protesta – elle se rendit à St Friedesweide. Elle espérait parler à Arras et tenait à avertir les moines de ce qu'elle avait subi ; elle désirait aussi qu'ils surveillent leur patient. En vain : Arras était décédé pendant la nuit sans reprendre connaissance, hormis pour bredouiller une vague confession.

C'est d'une humeur de chien que Magdalaine s'en revint au *Soft Nest*. Sachant qu'il n'en avait pas pour longtemps, elle avait espéré que Manville survivrait le temps de répondre à quelques questions. Pendant l'une de ses périodes d'insomnie, elle s'était aperçue qu'elle ne lui avait soumis aucun nom de suspect. Certes, elle n'était pas sûre qu'il connût tous ces hommes, mais ne pas l'avoir vérifié était une faute. N'eût-il pas été capable, au moins, de dire qu'untel ou untel n'avait jamais mis les pieds dans le logis dont le souvenir occupait avec tant de force son esprit ?

Ils firent un détour pour regagner la maison car elle voulait acheter à déjeuner dans la première cuisine publique. Tandis qu'elle patientait, pendant que le cuisinier emballait le poisson frit et les légumes commandés, elle jeta un coup d'œil machinal dans la rue. Arras aurait-il pu habiter dans la pièce située au-dessus de la boutique de Woller ? Cela semblait fort improbable.

De retour dans sa chambre, elle mangea, sans beaucoup d'appétit, et finit par recouvrir d'un linge les légumes frais, se contentant de regarder par la fenêtre, dont le volet était ouvert. La pièce s'éclaira quand le soleil perça les nuages, puis retomba dans l'ombre quand ils le voilèrent à nouveau. Le meurtre était devenu la dernière de ses préoccupations. Elle espérait que le temps allait s'améliorer. Elle aurait du mal à supporter une autre journée pluvieuse. Plusieurs averses étaient tombées pendant qu'elle se trouvait à St Friedesweide et dans la cuisine publique mais, maintenant, il faisait si sombre qu'un orage paraissait imminent.

Le grattement de Rand à la porte lui offrit une distraction bienvenue et, entendant la voix de Bell, elle courut ouvrir, éperdue de reconnaissance tant elle était soulagée. Bell l'aiderait à découvrir qui était l'assassin, et donc son agresseur.

Pourtant, à peine entré, il lança un gros paquet enveloppé dans de la toile huilée et elle comprit que la résolution de son problème attendrait.

Ne vous avais-je pas interdit de sortir seule ? éructa-t-il, le visage rouge de colère. Oui ou non ? Par Dieu, quelle folie vous a poussée à partir en pleine nuit réconforter un pauvre idiot en train de mourir, et qui ne vous connaît même pas ?

La colère envahit aussitôt Magdalaine – et plus encore, de la jubilation.

— Je serai heureuse si j'ai offert un peu de réconfort à ce pauvre homme, rétorqua-t-elle, mais ce n'était pas mon intention. Ne comprenez-vous pas que l'individu qui l'a attaqué doit être celui qui a tué Saint-Cyr et sire Jules ?

— Si je ne le comprends pas ? hurla-t-il. Bien sûr que je le comprends, femme sans cervelle ! Pourquoi croyez-vous que je vous ai suppliée de rester en sécurité dans votre chambre ?

— Ridicule ! s'exclama Magdalaine. Ne voyez-vous pas qu'il vaudrait cent fois mieux découvrir l'assassin et en être débarrassé ?

— Et vous l'avez découvert ? fit-il, acerbe.

Elle soupira.

— Non, Arras n'a pas vu l'homme qui l'a attaqué, mais…

— Mais ! Épargnez-moi vos « mais » ! Ne vous est-il pas venu à l'esprit que les moines lui auraient posé la question ? Vous avez failli être tuée… le meurtrier, dorénavant, vous cherche, *vous*… et je me trouve dans l'incapacité de vous protéger. Je me dois d'être à la cour après le déjeuner pour savoir quelle réponse sera apportée à la requête du prêtre de Lothbury qui demande la fermeture des officines de change tenues par des juifs près de son église.

— Bien sûr, il vous faut y aller.

Bell n'eut pas l'air enchanté.

— Cela dépasse ma mission… Je crois que le roi favorise le maintien des changeurs dans le quartier juif parce qu'il touche une dîme sur leurs bénéfices. Et, au lieu de rendre son jugement, je crains qu'il n'ait l'intention de soumettre le problème à Salisbury, en espérant qu'il se rangera du côté du prêtre.

— Cela dit, ce ne serait qu'un désaccord superficiel. Je suis certaine…

— Qui sait quel prétexte le roi invoquera pour s'opposer à Salisbury ? Et qui nous prouve que le roi n'a pas raison d'agir ainsi ?

Il se frotta le front et glissa les doigts sous la cagoule de sa cotte de mailles.

— Hier après-midi, tout n'était que douceur, mais, derrière les sourires…

Magdalaine confirma d'un hochement de tête.

— Giles de Milland est passé, porteur d'un message de Guillaume – il avait prévu de réunir des invités, mais, voyant comment les choses s'arrangeaient, il a changé d'avis. D'après Giles, il flairait un coup fourré, sans pouvoir dire d'où il viendrait.

— Je *dois* y être, soupira Bell. Il me faut trouver le moyen d'intercepter la requête du prêtre ou d'y ajouter une condition inacceptable pour Salisbury…

Il lui lança un regard noir.

— Mais impossible d'être aux petits soins pour vous ! Maudissez-moi, si ça vous chante, je ne saurais m'inquiéter de la tragédie qui menace le royaume si toutes mes pensées sont obnubilées par une seule question : est-elle en lieu sûr ?

Magdalaine s'approcha et lui prit la main.

— Venez, rangez cette armure humide. Avez-vous mangé ? Je parierais que non, car vous avez quitté Wytham Abbey avant prime pour être si matinal.

Pendant qu'elle parlait, il avait délacé sa cagoule. Il se plia en deux. Quand il eut libéré sa tête, elle saisit les manches de la cotte et tira dessus. Une fois les pans dégagés de ses hanches, il se pencha encore plus et c'est presque sans effort que la cotte glissa entre les bras de Magdalaine. Elle la serra contre elle, surprise par son poids, avant de l'étendre à une extrémité de la table.

— J'ai manqué de temps. Il me fallait le faire parler avant qu'il ne meure, expliqua-t-elle, espérant que Bell lui pardonnerait.

Il se mit à fourrager dans le désordre de sa chevelure.

— Asseyez-vous, mon amour…

Elle rapprocha un tabouret et découvrit la nourriture.

— … et avalez quelque chose, vous vous sentirez mieux.

— Vous vous figurez que si j'ai l'estomac plein, il me sera moins pénible de supporter les visions que j'ai de vous, la gorge tranchée ? lança-t-il, exaspéré. Je savais… Je savais, alors que je chevauchais vers Wytham, après mon passage à la cour, que j'aurais dû m'arrêter et, soit vous clouer au parquet moi-même, soit ordonner à Florete de vous garder pieds et poings liés, de sorte que vous ne quittiez pas cette maison !

Le rire fut plus fort que sa colère.

— Et l'unique raison pour laquelle j'y ai renoncé est très simple : j'étais persuadé que vous échapperiez à ces moyens extrêmes.

— Sans doute pas, admit Magdalaine, conciliante, mais un sillon apparut entre ses sourcils. Quand le meurtrier aura été capturé et pendu, vous n'aurez plus à vous inquiéter pour moi. Arras, d'ailleurs, m'a révélé certains détails qui, j'en suis sûre, nous mèneront vers lui – le problème étant de déchiffrer ce qu'il a voulu dire.

Bell faisait alterner dans sa bouche petits morceaux de poisson et légumes frits. Il émit un son indistinct, à quoi Magdalaine répondit en poussant sa chope de bière vers lui.

— Il était très faible mais il n'a cessé de parler de ce logis, comme si c'était de la première importance. Je n'ai pas compris pourquoi cela méritait une telle attention jusqu'au moment où je me suis souvenue de ce qu'il avait confié à Hertha – les hommes de Salisbury dormaient dans le cimetière de l'église alors que, de l'autre côté de la rue, il y avait une maison trop grande pour ceux qui l'occupaient.

Bell avala une gorgée d'ale.

— Je devine que si les gens de Salisbury apprennent l'existence d'un lieu si spacieux – aussi près, en outre, que le cimetière l'est du logis de leur maître –, ils risquent de vouloir lever le camp et s'y installer. Bien. Quel rapport avec notre meurtre ? Cela me dépasse.

— Arras disait que le meurtrier se trouvait dans cette maison et c'était ainsi qu'il avait su son nom…

— Vous venez de me dire qu'il n'avait pas vu son agresseur…

— Il pensait connaître le meurtrier avant d'avoir été attaqué. Il disait vouloir déjouer ses manigances.

— Il le connaissait mais a refusé de vous le désigner ?

— Il ignorait le nom de l'homme et… vous savez comment il était… il ne pouvait me le décrire.

Bell essuya ses doigts graisseux sur son gambeson et les passa une fois encore dans ses cheveux.

— Je ne vois pas en quoi cela nous aide.

— Mais si ! Supposez qu'Arras ait raison, Tirell est innocenté. Nous savons où sont logés les Hardel, ce n'est certes pas en face de l'église St Peter.

Bell fronça les sourcils et acquiesça.

— Et cela innocente aussi Ormerod, car il est installé hors les murs.

— Hélas, il n'en est rien, rectifia Magdalaine. Ormerod n'aurait aucun mal à rendre visite à certain noble logé à Oxford, et assez souvent qui plus est depuis qu'il n'a plus à surveiller sire Jules, au point qu'Arras aurait pu confondre la maison de ce noble avec le lieu de résidence d'Ormerod. Ce qui n'est pas vrai des Hardel. Qu'ils se rendent parfois chez ce noble pour parler affaires – à condition que l'homme possède un grand troupeau de moutons –, je veux bien, mais ils ne créeraient pas un va-et-vient tel qu'on les imaginerait vivre à demeure.

— Je comprends.

Bell porta à sa bouche le dernier morceau de poisson.

— Et ce pourrait être là où habite Ferrau, soupira-t-il. Je crois que je ferais mieux de me rendre à St Peter et de vérifier quelles maisons sont en face de l'église et qui en est locataire.

— Pas sans moi, dit Magdalaine.

— Avoir failli vous faire tuer ne vous suffit pas ? Vous éprouvez le besoin de revenir parader sous les yeux du meurtrier ?

Elle rit, point trop à l'aise cependant.

— Ce n'est peut-être pas aussi stupide qu'il y paraît. Si jamais il m'attaque, nous l'attraperons.

Bell s'empourpra et ses yeux bleus lancèrent des éclairs menaçants, ce qui poussa Magdalaine à continuer de rire avec moins de retenue.

— Non, à vrai dire, je n'y pensais pas. Je n'irai pas seule, et je serai en sécurité avec vous. J'y pense… j'ai négligé un petit détail. Arras tentait de me confier quelque chose, à propos de ce logis…

Bell se leva et défit le paquet, enveloppé dans un morceau de cuir huilé, qu'il avait jeté sur la table après avoir franchi la porte. Il contenait une chemise jaune, avec de nombreuses broderies aux poignets et au cou, et un surcot vert foncé. Magdalaine se leva pour délacer son gambeson. Quand il le retira, elle remarqua que ses chausses étaient rouge clair avec des jarretières d'un vert assorti à celui du surcot.

— Il n'était pas séant de porter ma cotte à la cour, expliqua Bell, mais ses mots furent rendus presque inaudibles par une rafale mêlée de pluie.

Magdalaine s'empressa de fermer les volets.

— Si ça continue, se plaignit-elle, nous n'aurons pas le temps de gagner St Peter avant que vous ne vous rendiez à la cour.

— C'est une forte averse qui ne va pas durer… Si je peux emprunter un manteau à Rand ou à Ogden, nous irons. J'avoue être fort curieux de savoir qui a assez d'influence pour bénéficier d'un logis à moitié vide et possède les moyens de le payer.

Assez d'influence. Magdalaine le pressentait : c'était important, mais ils étaient si nombreux, ceux qui en avaient, de l'influence… Dieu lui en était témoin – le roi était très influençable. De ce point de vue-là, le personnage le plus influent était Waleran de Meulan. Pourtant, le logis en question ne pouvait être le sien, car Arras y habitait et connaissait sans aucun doute tous ceux qui, parmi les hommes de Waleran, s'étaient élevés au-dessus de leur condition. Elle se souvint alors des récriminations de Guillaume, forcé d'être aux petits soins pour…

Sa réflexion fut interrompue par Bell. Arras avait-il parlé d'autre chose que de ce maudit logis ? demandait-il, très irrité.

— Pratiquement pas, mais il a évoqué le passé, de manière confuse… à propos d'une fille qui avait été tuée…

— La fille du seigneur Sutton ? la coupa le chevalier.

— Sutton ? Sutton ? Arras a dit… Je crois qu'il a dit qu'il était *de* Sutton, ce qui explique qu'il n'ait point connu l'homme qui a assassiné cette fille. La fille a été tuée à Culham.

— Ce ne peut être que le seigneur Sutton ! s'écria Bell. Il réside dorénavant à Culham. Il a pu, jadis, vivre à Sutton, où il possède encore un manoir… oh, peu importe. Si la fille a été tuée à Culham, il s'agit de la propre fille de Sutton et, aux dernières nouvelles, il n'a de cesse de mettre la main sur son assassin… il avait pour elle un amour démesuré.

— Saint-Cyr avait vu le meurtrier… Mais bien sûr ! Voilà pourquoi on l'a tué ! Il avait dû menacer l'assassin de le dénoncer au seigneur Sutton.

— Quatre ans après ? Pourquoi ne pas l'avoir fait à l'époque ?

— Ah ! Un nouvel élément vient de se mettre en place… Arras m'a dit que Saint-Cyr s'appelait alors Carl. Il était fils de boucher, et n'avait rien d'un homme d'armes. Carl avait peur de l'assassin et, après avoir été témoin du meurtre de la fille et de sa servante – il semblerait que ce Carl lui ait conté fleurette alors qu'elle était censée attendre sa maîtresse, ce qui explique qu'elle serait arrivée trop tard pour prévenir le crime –, il s'est enfui à Sutton où il a gagné l'amitié d'Arras, lequel est devenu son maître d'armes.

— Par la suite, réfléchit tout haut Bell, la route de Carl n'aurait plus croisé celle du meurtrier, avant que, devenu Saint-Cyr, il n'aperçoive l'homme, ici, à Oxford… Et alors, s'estimant en mesure de l'affronter, Saint-Cyr l'a abordé pour le faire chanter. Peut-être n'avait-il pas tort… Saint-Cyr, veux-je dire. Peut-être était-il devenu assez habile au combat pour battre le meurtrier, ce qui expliquerait pourquoi l'homme aurait porté sa cotte de mailles et frappé en traître.

— Et voilà comment Saint-Cyr avait acquis une livre en argent destinée à l'achat de cette fausse promesse de fiançailles. Mon Dieu ! Le meurtrier n'avait rien à voir avec Loveday !

— Pas de manière directe, nuança Bell. Grâce à l'argent obtenu par ce moyen, Saint-Cyr pouvait épouser Loveday, mais il est probable qu'il aurait tenté sa chance auprès de l'assassin même si la jeune fille lui était tombée dans les bras.

Magdalaine frissonna.

— Qui est-il ? Qui a pu tuer la fille du seigneur Sutton ?

Bell secoua lentement la tête.

— Nous la connaissions tous, moi y compris. Jules était sans doute le plus proche, mais, à moins qu'il ait tué Saint-Cyr, avant d'être tué par Arras…

— Non. Je ne pense pas qu'Arras ait eu l'intention de tuer le meurtrier – du moins, je ne le crois plus. Il mourait d'envie…

Elle hésita, la gorge serrée, quand elle comprit que cette expression était la dernière à employer.

— … de faire quelque chose à propos de ce logis qui permettrait… de « déjouer les manigances », comme il disait. Je pense qu'il entendait par là déjouer le plan de l'assassin et le déshonorer, peut-être. Je crois désormais qu'Arras cherchait à infliger au meurtrier un châtiment plus cruel qu'une mort rapide. Qui d'autre avons-nous ?

— Ferrau aussi la connaissait. Il a appartenu à la maison du seigneur Sutton. Mais il l'avait quittée avant la mort de la fille.

— Et Ormerod était sur le point de se fiancer avec elle, remarqua Magdalaine en grimaçant. Certes, il n'allait pas la tuer parce qu'il ne voulait pas l'épouser. C'est ridicule ! Il lui suffisait de refuser.

— À moins que son père ne fût très déterminé à ce mariage. D'après ce que m'a confié Ormerod à propos de cette ferme achetée par son père, je ne doute pas qu'il lui inspirait autant de crainte que d'amour. Il n'est pas impossible qu'il ait estimé que la vie de la fille…

Bell eut une moue dégoûtée.

— Elle n'était pas si jolie… que la vie de la fille, disais-je, fût moins importante que la déception qu'il infligeait à son père.

— Je n'imagine pas ça de lui, protesta Magdalaine en secouant la tête. Il s'est toujours montré gentil avec mes filles, y compris Ella, et je ne vous apprendrai pas quelle patience il faut parfois à un homme de bon sens pour la supporter.

Soudain, la voix de Magdalaine sembla résonner très fort. La pluie battante avait cessé. Bell aussi s'en était rendu compte. Il rouvrit les volets. Non seulement il ne tombait plus qu'un léger crachin mais les nuages s'amoncelaient vers le sud et, pour autant qu'il pouvait voir, sur la frange septentrionale du ciel, il distingua une bande de bleu.

— Prenons le risque, décida Magdalaine.

Elle décrocha son manteau du clou.

Bell la regarda, ouvrit la bouche, la referma et haussa les épaules. S'il s'y opposait, elle sortirait seule, plus tard. Il referma les volets, remit à sa ceinture l'épée qu'il avait enlevée quand Magdalaine l'avait aidé à se débarrasser de sa cotte de mailles, et quitta la pièce. Pendant que Magdalaine fermait à clef, il se préoccupa de trouver un manteau. Florete lui en procura un appartenant à un client ivre qui n'était pas encore revenu le réclamer.

Ils se mirent en route et Magdalaine s'inquiéta de Monseigneur, à quoi Bell répondit qu'il était à l'écurie. Il ne voulait pas que son précieux destrier fût mouillé, et surtout, précisa-t-il en riant, il n'avait pas l'intention de s'asseoir sur une selle trempée et qui émettrait des bruits peu flatteurs. Magdalaine ne put se retenir de pouffer. Le cuir graissé de la selle résistait un certain temps à la pluie, mais si on la laissait exposée trop longtemps, elle s'imbibait d'eau et le cavalier en pâtissait.

Au Carfax, Magdalaine prit à gauche, vers Castle Street. Bell voulut protester mais il se retint. Magdalaine connaissait la ville. Sa bouche se crispa. Il n'était pas impossible qu'elle ait emprunté cette rue quand elle était appelée au château pour satisfaire un noble. N'était-ce pas par ce même itinéraire qu'elle avait abouti dans le lit du seigneur Guillaume ? Il grinça des dents. Si Guillaume le lui demandait, elle recommencerait.

La rue s'achevait au château et, pour peu que les grandes grilles fussent ouvertes, on entrait droit dans la cour intérieure. À l'époque de Robert D'Oigli, qui avait bâti le donjon, il existait aussi une cour extérieure, où on avait élevé l'église St Peter. Cependant, le village d'Oxford se métamorphosant en une véritable cité, il avait fallu élever un mur d'enceinte – on avait donc abattu la palissade en bois qui protégeait cette cour, à moins qu'elle n'ait été laissée à l'abandon. De plus, divers nobles avaient reçu l'autorisation de construire des maisons le long de la route et autour de l'église.

Les maisons proches du Carfax et, par conséquent, du marché aux grains, étaient à l'évidence des logis et des boutiques de marchands très prospères ou fort bien établis. Ces constructions avaient de vastes baies donnant sur la rue, fermées pour l'heure à cause de la pluie, mais dont les volets détachables et reliés entre eux pouvaient servir de comptoirs. Plus loin, d'autres maisons se dressaient, en retrait de la rue et protégées par des cours plantées de piquets où attacher les chevaux.

Magdalaine ramena en arrière sa capuche et désigna quelque chose devant elle.

— Juste après cette allée, nous arriverons à St Peter. Je me demande si Arras parlait des maisons qui sont face à l'église ou de celles qui bordent l'allée.

— Savez-vous qui occupe ces maisons ? demanda Bell. Quel idiot je fais ! J'ai dû passer dans cette rue quatre fois par jour ces derniers temps, et je n'y ai pas jeté un coup d'œil !

Magdalaine se voulut rassurante.

— Vous aviez d'autres soucis en tête. Je peux vous citer les noms de ceux qui les possédaient il y a cinq ans, mais il est évident qu'ils auront quitté la ville avec leur famille pendant le conseil, à moins qu'ils n'aient affaire au roi. Peu importe, je ne crois pas que ces maisons soient assez vastes. Il faut un lieu capable d'accueillir près d'une vingtaine d'hommes au rez-de-chaussée, le solier étant réservé au noble et à ses capitaines. Selon Diccon, la maison de l'armurier – où sont les hommes de Guillaume – correspond à cette description. Sauf que, bien entendu, Guillaume se trouve au château, de sorte que seuls les capitaines occupent le solier et quelques-uns des hommes d'armes en qui il a le plus confiance le reste de la maison. Les autres campent à côté de la ville.

— Pauvres gens. Ce n'est pas un temps à planter sa tente, dit Bell, sincère, car il se souvenait de sa vie de soldat.

Ils dépassèrent les maisons, où tout était tranquille. Aucun homme ne traînait dans les cours et on ne voyait pas de chevaux attachés. Magdalaine leur jeta un coup d'œil.

— À mon avis, dit-elle, trois ou quatre gentilshommes, qui ont des affaires urgentes et sérieuses à régler avec le roi, doivent être logés dans chaque maison. Chacun dispose sans doute de quatre ou cinq hommes d'armes – comme Ormerod quand nous l'avons rencontré sur la route. En face, au bord de l'allée – ce devait être un des côtés du mur de la cour intérieure quand il y en avait un –, toutes les habitations appartiennent au roi. Certaines sont immenses. Je pense que Waleran occupe l'une d'elles.

— Oh, vraiment ? Intéressant. Au moins ne suis-je pas assez stupide pour ne pas avoir remarqué celle qui héberge Salisbury. Lui aussi est dans ce groupe de maisons. On la voit d'ici : la très grande, en pierre, à l'extrémité, avant que ne commence le mur de la cour intérieure. J'ai ouï dire que le comte qui l'avait construite avait trouvé un moyen d'en tirer profit. Il laissait des domestiques à demeure et, si quelqu'un d'important désirait séjourner à Oxford, la maison du comte lui était ouverte… contre paiement. Et voilà d'où vint sa réputation d'auberge.

Magdalaine en rit.

— Il n'est pas venu nous rendre visite quand je vivais ici.

Elle tempéra son ironie et considéra la demeure actuelle de l'évêque.

— Hmm… On dirait qu'on a choisi d'installer Salisbury le plus loin possible de ses hommes. Non, c'est injuste. Je parierais qu'un sentier mène du cimetière à l'arrière de la maison. Il est dommage que ses fonctions de grand justicier soient si importantes que cette belle demeure se retrouve envahie de clercs.

— Il n'y a pas que ça. C'est un évêque, et ses clercs doivent recevoir les requêtes et consigner les décisions concernant le diocèse.

Bell se toucha le crâne, car une grosse goutte venait de s'y écraser. Il leva les yeux.

— Maudit soit ce temps exécrable ! Ça recommence à tomber dru ! Où pourrions-nous nous abriter ?

Magdalaine hocha la tête et remit sa capuche. Elle s'élança en courant dans l'allée qui longeait le flanc est de l'église. Il y avait beaucoup de bruit à l'intérieur et Magdalaine hésita, puis, comme la pluie devenait plus violente, elle entraîna Bell plus loin. Une grande maison se dressa devant eux, qui aurait pu être celle dont avait parlé Arras – avec de la chance, on les laisserait entrer. Sinon, il se trouvait derrière une écurie confortable où patienter.

— C'est à dessein que vous m'avez conduit ici, marmonna Bell. Vous voulez que le meurtrier vous aperçoive et tente de vous faire taire.

— Non. S'il me voit en votre compagnie, il devrait comprendre qu'il est vain de me tuer. Je vous aurais déjà tout raconté.

— Ah, je comprends, fit remarquer Bell, comme s'il avait mordu dans une pomme trop acide, ce n'est pas assez de votre personne, vous souhaitez qu'il m'assassine, moi aussi.

Magdalaine pouffa et tira sur le cordon de la cloche suspendue devant la porte, qui s'ouvrit presque aussitôt. L'homme qui les accueillit n'était pas un domestique mais un soldat blanchi sous le harnais et dont émanait une autorité incontestable. Il les observa, sans dissimuler sa surprise et son embarras.

— Qui êtes-vous ? s'enquit-il.

— De simples passants surpris par la pluie, répondit Magdalaine de sa voix la plus douce. Nous ne vous demanderons que quelques instants de votre hospitalité, en attendant qu'il cesse de pleuvoir.

L'homme ouvrit la bouche, la referma. Il détailla Magdalaine, qui eut l'obligeance de rabattre sa capuche afin qu'il vît son visage. Il examina ensuite Bell, qui ne trahissait aucune émotion. Puis il se tourna et jeta un coup d'œil vers les deux tables montées sur tréteaux, au fond de la grande salle. Une vingtaine d'hommes environ les occupaient. Au-delà des tables, une porte menait à une autre pièce, ou une remise, à l'arrière de la demeure. Cette porte s'ouvrit et Magdalaine entendit un tintement de pots et de louches. Le vieux soldat leva alors les yeux pour juger de la violence de la pluie.

— Oui, bien sûr, entrez, dit-il, et il referma dans leur dos. Je regrette de ne pas vous inviter à vous asseoir parmi eux. Notre maître est… très strict et ne goûte point que nous accueillions des inconnus à notre table. Cependant, je ne saurais vous laisser sous la pluie. S'il vous plaît d'attendre dans la cuisine, les domestiques vous sécheront et vous offriront même à manger.

Bell ouvrit la bouche mais Magdalaine ne lui laissa pas le temps de parler.

— Je vous en remercie. J'ai plus souci de mon confort que de ma dignité. J'accepte volontiers d'attendre la fin de l'orage dans la cuisine.

Après quoi, l'homme les quitta. Il se dirigea vers l'extrémité de la grande salle, s'arrêtant et gesticulant à hauteur des tables. Magdalaine crut entendre une exclamation de surprise, mais elle s'abstint d'en chercher l'origine : c'était chose assez courante quand des hommes l'apercevaient pour la première fois. L'un d'eux, assis au bout d'une des tables, se leva pour les mener à la cuisine. Il ordonna aux domestiques de sécher leurs vêtements et de les nourrir s'ils le désiraient.

— Par ailleurs, ajouta-t-il, vous êtes trop bruyants. Je ferme la porte. Qu'elle reste close jusqu'à l'heure de nous servir.

Il se tourna vers Bell et Magdalaine.

— Si vous souhaitez partir avant le dîner, j'espère que vous n'aurez pas d'objection à emprunter cette voie, dit-il en indiquant une porte au fond de la cuisine. Il y a derrière un excellent sentier qui contourne la maison.

Magdalaine avait saisi la main de Bell. Il baissa les yeux vers elle, puis hocha la tête vers leur hôte, en signe d'acceptation. Magdalaine se débarrassa de son manteau et le tendit à un domestique qui la regardait, ébahi. Bell l'imita peu après.

La cuisine était bien plus grande qu'il n'était nécessaire pour le nombre d'hommes à servir dans la pièce commune. Magdalaine jeta un regard aux domestiques et s'adressa à Bell.

— Ramassez deux tabourets et ne gênons pas ces gens si occupés.

Bell acquiesça, saisit deux sièges et se dirigea vers le fond de la cuisine. Tandis qu'il posait les tabourets et s'installait, tournant le dos aux domestiques, il glissa ces mots à Magdalaine :

— J'ai reconnu les blasons. Nous sommes chez Alain de Bretagne.

— Ce serait donc Ferrau le meurtrier ? souffla Magdalaine en s'asseyant sur son tabouret. Ne m'avez-vous pas dit qu'il avait déjà quitté le service de Sutton à l'époque où sa fille a été tuée ?

Bell approcha très près son tabouret et se pencha vers Magdalaine pour lui murmurer à l'oreille.

— C'est ce qu'il m'a dit et je n'avais aucune raison d'en douter. Mais, si Arras était dans le vrai et que l'homme logé ici est celui reconnu par Saint-Cyr, ce ne peut être que Ferrau. Nous savons qu'Ormerod n'est pas un familier du comte Alain. Souvenez-vous, il désirait que Ferrau le lui présente ou, pour le moins, qu'il lui parle de ce litige à cause de cette ferme. Et, même s'il l'avait présenté, il n'est pas assez important pour être considéré comme un hôte habituel. Il en va de même, vous l'avez noté, des Hardel.

Magdalaine, quelque peu mal à l'aise, remarqua le petit sourire de Bell. Quel homme rancunier ! songea-t-elle. Peu importait ce qu'il avait prétendu sur la route, il n'avait pas oublié ni pardonné la rossée que lui avait infligée Ferrau. Elle le connaissait assez pour le savoir incapable d'accuser un innocent, mais, si Ferrau était coupable, Bell en serait enchanté.

— Et sire Jules étant mort, il n'a pu tuer Arras, ajouta-t-elle.

Bell approuva.

— Ce ne peut donc être que Ferrau, dit-il d'un ton qui ne cachait pas sa satisfaction, bien qu'il chuchotât. Il n'est pas impossible qu'il ait dit la vérité à propos de son départ de chez les Sutton avant l'assassinat de la fille, continua-t-il, mais rien ne l'empêchait de revenir à Culham ou de résider au village. Ce n'est pas à proprement parler une ville, quoiqu'on y trouve deux marchands propriétaires de maisons assez cossues. Je vais partir pour Culham… oh, mon Dieu ! se reprit-il en regardant la porte fermée qui donnait sur la grande salle. Mais quand en aurai-je le loisir ?

Les yeux de Magdalaine s'étaient portés dans la même direction.

— Pour l'instant, c'est ici que les événements importants se déroulent, dit-elle. Quoi qu'il advienne, cela ne saurait tarder. Dans la salle, ils attendent quelque chose, d'un instant à l'autre. Voilà pourquoi c'est un sergent qui nous a ouvert et non un domestique. Et c'est la raison pour laquelle il nous a conduits dans cette pièce.

— Je partage votre avis. Et, à l'air étonné qu'il a eu quand il nous a vus, il attendait quelqu'un d'autre – peut-être un groupe d'hommes de Salisbury venus demander à se loger ?

— C'est possible. D'ailleurs, si je rassemble les propos décousus d'Arras, je comprends maintenant qu'il ne divaguait pas. Le dernier mot qu'il a prononcé fut « essayé », et ses yeux étaient remplis de larmes. J'ai cru qu'il souffrait ou qu'il regrettait de n'avoir pu me dire ce que je voulais savoir, mais non : c'était parce qu'il avait *essayé* de venger Saint-Cyr et avait échoué.

— Vous m'avez dit qu'il n'avait pas l'intention d'affronter le meurtrier.

— Exact. Il voulait déjouer ses manigances. Et je pense que le but de l'assassin est de pousser les hommes de Salisbury à se battre contre ceux d'Alain de Bretagne.

— Cela suffirait, admit Bell. Cela constituerait une violation de la paix.

— Et, si l'on considère le temps qu'il fait, il ne sera guère difficile de provoquer un incident. Je dirais que quelqu'un a laissé entendre aux hommes de Salisbury que cette maison était presque vide – ou ils s'en sont aperçus. N'estimeront-ils pas qu'il est normal d'y demander un abri contre la pluie ? Je m'étonne qu'ils aient tant tardé.

— Je crois deviner pourquoi, déclara Bell. S'ils avaient exigé de meilleures conditions de logement le premier jour, à cause des intempéries, on les aurait traités de pleutres. Sachant quelle atmosphère pesante règne à la cour, les flagorneurs avaient beau jeu de suggérer qu'aucun évêque ne nécessitait une telle escorte, et qu'ils auraient trouvé à se loger s'ils avaient été moins nombreux. Mais Salisbury avait ses partisans, et les barons qui hésitaient entre les deux partis étaient indignés que ses hommes ne fussent pas hébergés. Je crois qu'on leur a demandé de patienter un jour ou deux dans l'espoir que le mécontentement de certains, à la cour, obligerait le roi à trouver un compromis en leur faveur.

— Je vois. Mais, comme aucune amélioration ne s'est produite, ils pourraient perdre patience.

Elle se tut, réfléchit et c'est d'une voix posée qu'elle lui livra le fond de sa pensée.

— Selon moi, Arras a tenté de les prévenir que cet accueil inconfortable était délibéré, afin qu'ils réagissent. « Dites-leur de ne pas aller là-bas », ce furent ses paroles. Mais, bon, à cause de son apparence et de sa manière de parler… On ne l'aura pas écouté.

Bell se leva.

— Moi, ils m'écouteront, déclara-t-il.

XXII

MERCREDI 28 JUIN, FIN DE MATINÉE
PRÈS DE L'ÉGLISE ST PETER

LE SOIR
SOFT NEST, OXFORD

Bell récupéra son manteau et sortit par la porte du fond. Il avait quelque espoir de réussir car les trombes d'eau avaient cessé. Son intention était de traverser le cimetière de l'église St Peter et d'expliquer au premier chef qu'il rencontrerait que leurs misérables conditions de logement n'étaient pas le fruit du hasard : on espérait une réaction violente de leur troupe. Chevalier au service d'un légat du pape, il jouissait d'une certaine autorité dont il était prêt à user.

Magdalaine l'accompagna. Bell voulut protester, arguant que la présence d'une femme saperait son autorité. Toutefois, il n'osa pas la laisser seule dans le logis du comte Alain, Ferrau étant probablement parmi ses hommes, même s'ils ne l'avaient pas aperçu. Au cimetière, se dit-il, il lui demanderait d'attendre devant la grille ou de se réfugier dans l'église. C'est donc sans prononcer un mot qu'il partit à grandes enjambées.

Mais, déjà, il était trop tard. Ils avaient tourné au coin de la maison quand un homme jaillit de l'entrée principale, se tenant la tête, comme s'il était blessé. Sa tunique était déchirée, une manche avait été arrachée, et son blason, qui aurait dû se trouver à droite, sur le torse, pendouillait, rendu invisible. Une grande partie de son visage était dissimulée et il était penché, souffrant apparemment des côtes. Il avança en chancelant dans l'allée et, soudain, commença à crier à tue-tête, appelant les hommes de Salisbury à la rescousse.

Bell se précipita, lui ordonnant de se taire, mais l'homme releva la tête, tira son épée, fit volte-face avec agilité, sans montrer aucun signe de douleur, et lui asséna un coup terrible. Bell réussit à esquiver. Il glissa dans la boue et mit un genou à terre. Magdalaine hurla et courut vers lui. Elle ôta son manteau, décidée à s'en servir pour arrêter l'épée de l'agresseur, mais celui-ci se désintéressa de Bell. Il s'était retourné vers l'église, réclamant de l'aide contre son poursuivant, affirmant que les hommes du comte Alain s'en prenaient violemment à la délégation venue s'enquérir d'un logement décent.

— Attendez ! Attendez ! s'époumona Bell qui s'était remis debout et, l'épée à la main, courait lui aussi vers le cimetière. N'y allez pas ! C'est un traquenard !

En vain. De nombreux soldats qui attendaient à l'entrée du cimetière le résultat de la démarche de leurs compagnons s'élancèrent dans la rue. Deux d'entre eux s'approchèrent de Bell, l'un brandissait une épée, l'autre une dague. Un troisième, rageur, cria aux hommes demeurés dans le cimetière que leurs amis avaient été accueillis par des coups et des insultes. La nouvelle se répéta et, en un rien de temps, d'autres soldats franchirent la grille au pas de course pour se déverser dans la rue. Derrière eux, un brouhaha montait, mélange de protestations et de jurons, tandis que le mot se propageait à tout le campement.

Bell parvint à éviter les deux hommes qui se précipitaient vers lui, distraits par les membres de la délégation qu'ils voyaient quitter précipitamment la maison du comte Alain en réclamant de l'aide. La voix de Bell était perdue au milieu des cris de rage : c'était désormais une véritable troupe qui abandonnait le cimetière et se préparait à affronter les hommes d'Alain, lesquels répondaient par des injures, les accusant de les avoir attaqués sans raison – les deux camps finirent par se rencontrer, armes à la main.

L'homme qui avait tout déclenché avait profité de la cohue pour s'éclipser. Bell tentait encore de faire entendre raison à ceux qui étaient proches de lui, mais il savait agir en pure perte. Il avait soin aussi d'être attentif aux visages, espérant reconnaître un officier de Salisbury susceptible de l'aider. Désespéré, il se mit à battre l'air du plat de l'épée, tout en hurlant : « Imbéciles que vous êtes, vous allez rompre la trêve royale ! Rangez vos armes ! »

C'était inutile, mais il n'était pas de ceux qui renoncent. Soudain, il entendit le cri d'une femme, faible mais assez aigu pour être perçu malgré le tumulte.

— Magdalaine ! rugit-il.

Autour de lui, on se battait et il s'était laissé enfermer entre deux haies de soldats. Jurons et plaintes ponctuaient le sourd cliquetis des lames qui s'entrechoquaient. Il n'était plus possible de mettre fin à ce qui dorénavant avait pris l'allure d'une bataille rangée. Bell continua d'appeler Magdalaine, se frayant un chemin, sans hésiter à frapper quiconque s'avisait de lui barrer le passage, en quête d'une capuche de manteau.

Il n'avait pas entendu d'autre cri de femme et il était terrifié : l'homme qui avait déchaîné la colère des gens d'armes de Salisbury était sire Ferrau ; il venait à peine de s'en rendre compte ! Si grandes avaient été sa rage et son angoisse quand il l'avait affronté qu'un seul coup d'œil ne lui avait pas permis de le reconnaître – et Magdalaine était seule avec lui !

Dès qu'elle avait vu Bell se relever, épée en main, comprenant que son adversaire ne l'emporterait pas – en vérité, il avait abandonné le combat –, Magdalaine avait réussi à s'écarter des hommes qui couraient dans sa direction. Elle entendit l'homme répéter en hurlant que les gens de Salisbury avaient été pris à partie, puis perçut la réponse de la troupe dans le cimetière. Elle jura à mi-voix, mais elle n'avait aucunement l'intention de s'opposer à ce qui allait arriver – un véritable affrontement armé. Trouver un endroit sûr, rien d'autre n'importait !

Elle pensa d'abord se réfugier dans l'église, mais il lui était interdit de franchir les rangs de plus en plus denses d'hommes qui sortaient du cimetière en vociférant et se ruaient dans Castle Street. Quand ils furent moins nombreux, elle vit qu'il était possible d'atteindre l'église en traversant le cimetière, dès qu'il serait vide. Courbée en deux, elle contourna les soldats qui se tenaient un peu à l'écart du gros de leurs compagnons, non pas qu'elle craignît qu'ils s'intéressent à elle ou cherchent à lui nuire – un seul but les occupait, se venger sur les hommes d'Alain de Bretagne des conditions déplorables qui leur étaient faites et de leur frustration –, mais elle avait peur d'être jetée au sol et piétinée.

Elle était presque sauve, à quelques pas d'un recoin du mur qui la dissimulerait, non loin de la grille, quand le cri triomphal d'un homme retentit près de son oreille, et si grande fut sa frayeur qu'elle bondit de côté. Une poigne terrible lui saisit le bras. Elle gémit de douleur et vit la main libre de son agresseur brandir une lame prête à frapper. Elle lança un hurlement prolongé, suraigu, qui peu à peu se transforma en appel : « À l'aide ! »

Ferrau retint son geste et sourit, jouissant de sa terreur.

— Tuer Carl Butcherson fut un acte de salubrité, mais cela n'a pas suffi à vous calmer, dit-il en l'attirant vers lui, assez pour qu'elle l'entende malgré le vacarme du combat. Il a fallu que vous alliez confesser le lourdaud !

La main qui tenait le poignard s'éleva. Magdalaine luttait de toutes ses forces pour se libérer et elle se remit à appeler à l'aide, mais la peur rendait sa voix indistincte.

— Hé là !

Une voix rude se fit entendre, et un homme franchit en titubant le portail du cimetière. Il avait le regard trouble, le pas hésitant, des rides soucieuses marquaient son front.

— Qu'est-ce… que vous faites, hein ? On poignarde pas une femme… peu importe la raison…

Ce disant, il leva son gourdin mais Ferrau fut plus prompt. Il avança vers l'homme, tirant Magdalaine derrière lui, et le visa de son poignard. Il l'abattit avec la ferme intention de le lui planter dans la gorge. L'homme ne dut la vie qu'à son ivresse, car, au même moment, il perdit l'équilibre et heurta Ferrau, de sorte que la lame l'atteignit à la clavicule et non au cou. Fou de douleur, il balança son gourdin en avant, et fit sauter le poignard de la main de Ferrau.

Le coup étourdit Ferrau et Magdalaine, en profitant pour lui glisser entre les doigts, se lança à toutes jambes vers le cimetière, dans l'espoir de rencontrer d'autres traînards ou de pénétrer dans l'église et de se placer sous la protection du prêtre. Las, la porte était trop loin et plus personne, semblait-il, ne se trouvait dans le cimetière.

Ferrau, qui avait ramassé le gourdin lâché par l'homme, était sur ses talons. Il tenta de la frapper. Elle se faufila entre les tentes détrempées, sautant par-dessus des paillasses gorgées d'eau qui gênaient sa progression. Elle était sûre d'une chose – qu'elle chutât ou se laissât rattraper, et c'en serait fini. Le gourdin cingla l'air dans son dos et Magdalaine bondit ; elle entendit le ricanement de Ferrau et comprit qu'elle s'était déportée loin de l'entrée de l'église. Derrière une tente qui s'affaissait, elle s'arrêta pour reprendre haleine. Elle lui fit face, décidée à l'affronter, la tente faisant obstacle entre eux. Elle jetait des regards éperdus de tous côtés, cherchant une issue. Ferrau leva son gourdin et lui décocha un grand sourire.

— C'est mieux qu'un poignard, pour tuer une femme, dit-il. Ne bougez pas et vous ne sentirez rien. Je vais vous frapper à la tête, sans me donner la peine de vous briser les os, comme j'ai dû m'y résoudre avec cette garce, à Culham. Se faire engrosser et aller raconter à son père que j'étais le coupable !

— Inutile de me tuer, haleta Magdalaine, Bell sait tout.

— Tu parles trop, catin !

Avant même d'avoir fini sa phrase, il se pencha soudain au-dessus de la tente et lui porta un coup haineux, mais elle était sur ses gardes. Elle trouva la force de sauter en arrière et se remit à hurler.

— Pas la peine d'appeler ton bien-aimé, se moqua Ferrau, les hommes de Salisbury l'ont tué.

Il avança vers elle, mais se prit les pieds dans la tente et perdit l'équilibre. Magdalaine détala aussitôt. Pas pour longtemps – dans l'espace libre au milieu du cimetière, où les soldats avaient installé leurs feux, Ferrau la rejoignit et lui attrapa une manche. Elle se retourna, lui jeta son manteau au visage et lui échappa encore. Hélas, il se dressait toujours entre elle et la porte de l'église.

Elle repartit en courant vers les tentes, consciente d'être plus vulnérable en terrain découvert. La chance l'abandonna. Avant d'avoir pu pénétrer dans le campement de toile, elle se prit le pied dans une paillasse. Elle chancela, se retenant à une tente pour ne pas tomber, mais elle lui échappa et s'effondra, alors que Ferrau levait son gourdin.

— Assez !

L'injonction paralysa Magdalaine, qui sentit ses genoux flageoler et elle se plaqua contre la toile humide. Le gourdin siffla au-dessus de sa tête, détourné par le rebord de la tente, et lui effleura l'épaule. Elle pressait son visage contre la toile, voulant se faire la plus petite possible, et ne voyait rien.

— En garde ! gronda la voix de Bell, plus proche et légèrement essoufflée, comme s'il avait couru ou s'était battu. Si vous refusez, j'agirai à votre façon et vous frapperai par-derrière.

— Pas avant que je la tue ! répliqua Ferrau, gourdin levé. Lâchez votre épée ou je lui brise la tête !

Magdalaine reconnut le bruit que fit l'arme jetée sur le sol spongieux.

— Non ! hurla-t-elle.

Elle eut un mouvement de recul et se retrouva allongée sur les pieds de Ferrau.

Elle en avait déjà fait l'amère expérience : dans cette position, il ne pouvait lui asséner de toutes ses forces un coup de bâton. Elle se contorsionna, lui saisissant les chevilles, afin qu'il ne puisse la repousser.

Tandis qu'elle s'accrochait de plus belle, elle devina qu'un corps pesant était passé au-dessus d'elle. Ferrau cria et chuta en arrière. Des jambes heurtèrent le dos de Magdalaine : Bell s'était jeté sur Ferrau, l'avait renversé et le maintenait au sol. Elle entendit le gourdin frapper mais ne ressentit rien ; elle sut alors que Bell avait été touché puis, soudain, elle sentit Ferrau se convulser et l'entendit pousser un cri. Le gourdin s'éleva, mais Ferrau se remit à trembler. Puis, ses jambes cessèrent peu à peu de remuer.

Couvert de boue, un genou, naguère de la couleur rouge d'une chausse, faillit lui écraser la main. Magdalaine lâcha les chevilles de Ferrau. La jambe qui pesait sur elle se souleva, lui permettant de se dégager.

— Est-ce que ça ira ? demanda Bell, inquiet, haussant à peine la voix, car le fracas des armes autour d'eux était atténué par le mur du cimetière et les tentes alentour.

Elle réussit à s'asseoir.

— Oui, quelques contusions. Et *vous* ? J'ai entendu le gourdin vous frapper.

— Il n'y avait pas de force dans le coup. Seul mon orgueil en a souffert.

Il soupira. Lui aussi était assis, mais sur le corps de Ferrau, pas dans la boue.

— Jamais de ma vie je n'ai rencontré pareil idiot ! Je serais bien en peine de vous dire si le roi a raison ou non de vouloir contenir le pouvoir de Salisbury, et j'essaye d'empêcher les hommes de l'évêque d'attaquer ceux du comte Alain, tellement pris par l'action que j'en oublie Ferrau, qui les a poussés à se révolter et a l'intention de vous tuer !

Il soupira encore.

— Il a gardé son couteau, le prévint Magdalaine. S'il reprend ses esprits, il en fera usage.

Bell la regarda et sourit.

— Il ne reprendra jamais ses esprits, Magdalaine, il est mort.

Il considéra sa main droite et c'est alors seulement que Magdalaine vit qu'elle était ensanglantée, mais, sur les lèvres de Bell, le sourire de satisfaction ne disparut pas.

— Il aurait dû m'affronter à l'épée. Peut-être aurait-il sauvé sa peau… Quand je me bats au couteau, je tue.

Magdalaine fixa la main rouge de sang, puis le cadavre sur lequel Bell trônait, désinvolte. Elle fut prise de tremblements, à l'idée de ce qu'iraient imaginer des personnes étrangères à la scène.

— Nettoyez votre poignard et jetez-le, dit-elle, en tentant de se remettre debout.

Elle n'y parvint pas, saisit la main de Bell et s'en aida pour se redresser.

— Nettoyez aussi votre main. Un peu de boue cachera le sang.

— Pourquoi devrais-je le cacher ? Cet homme a tué à quatre reprises… cinq si on prend en compte la servante de la fille de Sutton…

— Il semble aussi avoir été l'instrument du roi pour mettre Salisbury en difficulté, déclara Magdalaine qui lui tenait toujours la main. Vous ne devez pas être mêlé à cette affaire, surtout pas vous ! Winchester va-t-il pâtir de votre comportement insensé ?

— Mon Dieu ! s'étrangla Bell.

Il se tourna et arracha son arme de la poitrine de Ferrau, avant de l'essuyer sur sa tunique. Puis il se redressa et alla ramasser son épée.

— Mais Winchester n'a rien à voir dans cette affaire, absolument rien ! Les derniers messages qu'il a reçus confirmaient que tout se passait au mieux. Pourquoi m'aurait-il ordonné de tuer un homme dont il ignore d'ailleurs l'existence ?

— Ne perdez pas de temps à vous justifier ! répondit-elle d'une voix essoufflée et trop aiguë. Quittons cet endroit et nul ne saura quel rôle vous avez joué. Inutile d'impliquer Winchester, même de manière indirecte. Ferrau sera considéré comme une autre victime de cet affrontement. Venez, réfugions-nous dans l'église. Avec un peu de chance, nous aurons l'air de passants innocents pris dans la tourmente, malmenés et jetés à terre par des hommes en furie.

La chance voulut qu'ils ne rencontrent personne. Ils s'assurèrent que les prêtres étaient dehors, soucieux de ramener le calme ou d'assister les blessés et les mourants. Dans leur havre, les bruits du combat leur parvenaient, tel un brouhaha ponctué parfois par un cri de douleur angoissé. Bell retira sa tunique et se servit de sa chemise pour nettoyer son poignard et son épée. Il remit ensuite sa tunique afin de dissimuler les traces sur sa chemise. Il s'écoula un peu de temps et ils reconnurent le bruit caractéristique d'une troupe à cheval.

— On a envoyé des cavaliers pour mettre un terme à cette folie, dit Bell.

— Enfin ! murmura Magdalaine dont la tête abandonna l'épaule de Bell. Quand le combat aura presque cessé, nous pourrons filer sans nous faire remarquer.

Le tumulte sembla d'abord augmenter, avant de diminuer d'intensité. Bell et Magdalaine se postèrent sur le seuil de l'église et jetèrent des regards circonspects. De nouveau, il pleuvait – une simple bruine. Magdalaine fit mine de se diriger vers la porte de derrière, soucieuse de retrouver son manteau qui traînait dans la boue du cimetière, mais elle s'immobilisa. Rien ne permettrait de l'identifier et il serait impossible de le remettre en état. Mieux valait l'abandonner plutôt que d'être surprise à vouloir le récupérer. Elle tenta, sans succès, de débarrasser sa jupe de la boue qui y était collée et essaya ensuite de fixer la manche déchirée par Ferrau.

Bell secoua la tête devant la vanité de ses efforts. Il ôta son manteau. Il n'était guère maculé car, au moment d'affronter Ferrau, il avait pris soin de ne pas s'en encombrer. Quand il lui couvrit les épaules, Magdalaine ne le remercia pas, se contentant de lui adresser un regard où la fatigue le disputait à l'émotion. *Elle ne va pas s'effondrer*, estima Bell. Elle s'emmitoufla dans le manteau, dissimulant la boue de sa jupe et la déchirure de sa manche, puis rabattit la capuche. Hormis ses chausses crottées, les vêtements du chevalier ne laissaient voir que quelques traces brunes de-ci, de-là.

Ensemble, mais sans un mot, ils franchirent le porche et regagnèrent la rue. Un attroupement s'était formé au carrefour où se croisaient Castle Street et l'allée dans laquelle se trouvait la maison du comte Alain, et tous les yeux étaient tournés dans cette direction. Il en parvenait des éclats de voix qui allaient s'atténuant, protestations d'innocence, plaintes de blessés et appels à l'aide. Magdalaine et Bell évitèrent le gros des badauds, mais, la curiosité étant la plus forte, ils s'arrêtèrent, le temps d'observer le théâtre de l'échauffourée. Personne ne remarqua leur présence et ils s'éloignèrent sans se faire prier.

Au Carfax, ils se séparèrent, toujours en silence. Bell se dirigea vers le nord, traversant d'un pas vif le marché, en route pour l'écurie où Monseigneur l'attendait avec ses affaires. La nécessité où il était de se rendre à la cour était plus forte que jamais et il lui fallait des vêtements propres. Il bénit l'inquiétude soudaine qui avait saisi le doyen, et la sienne, car c'est à ce moment-là qu'il avait décidé d'emporter tout ce dont il aurait besoin, au cas où il serait obligé de partir à Winchester dans la précipitation. Mais, avant de gagner Winchester, il devait connaître la réaction du roi aux événements de la journée.

Magdalaine avait pris la direction du sud, celle qui menait au *Soft Nest*. Si Florete s'étonna de la voir accoutrée du manteau qu'elle avait prêté à Bell, elle n'en souffla mot. Magdalaine porta la main à son escarcelle, toujours solidement attachée à sa taille, en sortit la clef et pénétra dans sa chambre.

Elle ne garda pas une conscience très nette des heures qui suivirent. Elle avait dû se laver et changer de tenue ; elle se rappelait aussi être restée assise devant la table, la tête posée sur ses bras croisés, tremblante et pleurant à chaudes larmes. Cela dura longtemps, mais était-ce avant ou après qu'elle se fut nettoyée et changée, elle n'en avait pas souvenir. Par contre, elle savait que Diccon était venu lui demander si elle voulait dîner. Il avait paru effaré par sa commande – un gros pâté en croûte, deux poulets rôtis, du ragoût, des légumes verts, deux miches, et une bonne part de gâteau –, mais elle fut incapable de lui expliquer quoi que ce soit à ce propos. Et, à son retour, quand il posa les victuailles devant elle, elle ne mangea ni ne l'invita. Elle les rangea et se mit au lit pour pleurer tout à son aise.

Pourquoi pleurait-elle ? Elle l'ignorait. Ce n'était certes pas à cause de Ferrau. Elle finit par s'endormir sans avoir trouvé la réponse à sa question. Pourtant, quand elle fut réveillée par Bell qui prononçait son nom, les choses étaient devenues claires dans son esprit. Elle savait très bien pourquoi elle avait commandé autant de nourriture, pourquoi elle avait versé tant de larmes.

— Que faites-vous donc seule dans le noir ? demanda Bell sur le pas de la porte.

Elle tâtonna vers la table, y prit une bougie, passa devant Bell et alla se servir de celle du couloir pour l'allumer.

— J'étais fatiguée… et effrayée, dit-elle. Je me suis assoupie.

Bell la suivit dans la chambre. Il avait apporté un épais et lourd rouleau protégé par une couverture de cuir, son armure, elle le savait. Il le posa sur la table et la regarda ramasser assez de torches pour remplir tous les supports des murs, puis les allumer. Elle s'occupa ensuite des autres bougies, puis du chandelier sur la table – de sorte qu'à la fin on y voyait comme en plein jour.

— Qu'est-il arrivé ? demanda-t-elle après avoir saisi la main de Bell, sans lui laisser le temps de réagir. Qu'a pensé le roi de l'affrontement ?

Même sous la lumière dorée des bougies et des torches, elle remarqua le teint blême du chevalier.

— Ma foi, vous aviez raison de ne pas vouloir mêler Winchester à cette affaire. Étienne a obtenu ce qu'il voulait. J'avais espéré qu'il ne savait rien, que Meulan et le comte Alain avaient tout manigancé, mais il savait. J'aurais dû me douter qu'il ne reculait parfois devant aucune perfidie, ainsi, quand il a nommé Theobald archevêque en lieu et place de son propre frère…

Magdalaine lui posa doucement la main sur la bouche.

— Ne le dites pas, mon amour. On pourrait considérer que vous traduisez les pensées de Winchester. Nul n'ignore que vous êtes son protégé.

— Sans aucun doute, vous le répéterez à Guillaume…

Elle ôta sa main et recula.

— Je ne dis à Guillaume que ce qu'il a besoin de savoir pour sa propre sécurité, or, vous et Winchester, pour l'heure, ne représentez pas une menace. Racontez-moi. Ne craignez point que je le répète à Guillaume. Je suis certaine qu'il était présent.

Il s'écarta un peu et commença à défaire la couverture de cuir, en tirant d'abord son gambeson qui était enroulé autour de la cotte.

— Je suis arrivé au château peu après que le roi eut fini de dîner. Il avait déjà mandé Salisbury, qui ne tarda pas. Le roi l'accusa alors d'avoir rompu la paix. Salisbury prit la chose à la légère : à l'entendre, ce n'était qu'une rixe entre quelques têtes brûlées. Il le regrettait, mais il reconnaissait que ses hommes avaient supporté de très pénibles conditions, couchant sous une pluie ininterrompue, dès lors que rien n'avait été prévu pour les loger. Ils en avaient conçu de la jalousie pour l'escorte du comte Alain, peu nombreuse et installée dans une demeure beaucoup trop vaste pour elle.

Bell se tut et regarda son armure, qu'il caressa, l'air absent.

— Il a commis une erreur.

— Qui ?

— Salisbury. Il s'est adressé à Étienne du ton qu'il devait employer quand celui-ci était un jeune homme vivant dans le cocon de la maison du roi Henri. Il s'est voulu affable, compréhensif, comme si expliquer lui paraissait superflu et qu'il préférait se montrer indulgent. Je crois qu'il avait peur et a cherché à rappeler à Étienne les longues années qu'ils avaient consacrées ensemble aux affaires. C'est en cela qu'il s'est trompé. Étienne lui a alors répliqué, non sans morgue, que s'il n'était pas venu accompagné d'une escorte plus nombreuse que celle de son roi, ses hommes auraient trouvé un toit.

— J'imagine que Salisbury a changé de ton ?

— Certes, mais il était trop tard – si tant est que ça ne l'ait pas été avant même qu'il ne se présente à ce maudit conseil… Ensuite, il a affirmé qu'il apporterait réparation aux blessés et s'est excusé avec beaucoup d'humilité. Le roi a répondu qu'il s'était rendu compte qu'il n'était ni séant ni juste qu'un homme de Dieu, évêque de surcroît, et qui avait charge d'âmes, fût obligé de se préoccuper du bien-être de tant de soldats. Il tombait sous le sens qu'il ne parvenait pas à se faire respecter de tous ces laïcs qui se disaient de son parti, et que posséder tant de châteaux dans ces conditions-là ne permettait pas d'en assurer la défense. En conséquence, il a exigé que Salisbury lui remît les clefs de ses châteaux – ceux qu'il tenait du roi et ceux qu'il avait construits avec son argent.

— Acceptera-t-il ? demanda Magdalaine dans un souffle, imaginant déjà Guillaume obligé de se lancer à l'assaut de ces redoutables bastions.

— Je l'ignore. Il a rechigné, atermoyé, mais une chose est sûre – la paix royale est brisée et Oxford a cessé d'être un endroit sûr. Les partisans de Salisbury peuvent tenter de sauver sa cause. On assistera à des affrontements plus sanglants entre hommes d'armes, et à de véritables batailles. Les shérifs, le guet ne sont pas à même de faire respecter la loi. Je me dois de filer chez Winchester, mais je veux que vous m'accompagniez. Je ne doute pas que l'évêque m'accordera de vous conduire à Londres ou de vous fournir une escorte si je dois revenir à Oxford.

La gorge de Magdalaine se serra, et elle se contenta de secouer la tête. C'était la raison de ses pleurs. Elle avait été trop bouleversée par la tentative de meurtre qu'elle avait subie, trop épuisée pour formuler ses pensées, mais elle avait su qu'il faudrait en venir à ce moment-là : Bell devait quitter Oxford et il insistait pour qu'elle le suive. Il y avait du vrai dans ses paroles : dorénavant, la ville était moins sûre. Pourtant, c'était à cause de cette atmosphère empoisonnée que Guillaume l'avait fait venir. Maintenant, Guillaume aurait affaire à des partisans de Salisbury, qui ne voudraient pas que leurs amis sachent qu'ils traitaient avec l'homme du roi. Et pourtant, Guillaume était obligé d'entrer en contact avec eux, d'une manière ou d'une autre, de les amener à parler, de les écouter, s'il voulait éviter l'effondrement du royaume.

Elle réussit enfin à trouver ses mots.

— Ne soyez pas stupide, Bell. Personne ne tiendra rigueur à une femme publique si un conflit éclate entre le roi et son principal serviteur.

— Pas même une femme qui est si intime avec le chef des mercenaires du roi ? Quels hommes, selon vous, se sont assurés que Salisbury se rendrait à la cour ?

— Les miens !

La voix familière était forte et dénuée d'émotion.

Personne au *Soft Nest* n'eût osé adresser la parole à Guillaume d'Ypres en premier – passant devant le bureau de Florete, ignorant Ogden et Rand, il avait ouvert la porte sans un bruit. Il se tenait dans l'encadrement, observant la pièce si bien éclairée.

— Guillaume ! s'exclama Magdalaine. Je n'aurais pas cru que tu trouverais le temps de venir.

— Je ne l'ai pas. J'étais en route vers la porte sud, aussi me suis-je arrêté pour te prévenir que nous serons six à souper, ce soir… je l'espère.

Il se tourna vers Bell.

— Bruno de Jernave m'a appris que vous étiez au cœur de la mêlée devant St Peter. Qu'y faisiez-vous ? Est-ce que Winchester…

— Non ! Bon Dieu, non ! Il ne sait rien de tout cela !

— Vraiment ?

— Guillaume, nous étions là par hasard…

— Tu t'y trouvais, toi aussi ? gronda-t-il d'une voix qui fit vaciller les flammes des bougies.

Magdalaine ne céda pas et garda un ton ferme. Elle sourit.

— Oui. Bell m'avait escortée car nous voulions voir le logis situé en face de St Peter. J'avais appris que le meurtrier de Saint-Cyr y était hébergé.

— Je croyais t'avoir dit que cette affaire ne m'intéressait plus, s'impatienta Guillaume.

— Certes, mais *moi*, elle m'intéresse.

Guillaume maugréa, avant de hausser les épaules, indulgent.

— Veux-tu que je l'interroge… avec un fer chauffé au rouge, afin qu'il se hâte de parler ?

— Il est mort. Il s'agissait de l'homme qui est sorti en courant de la maison d'Alain de Bretagne et a déclenché les troubles.

Le visage de Guillaume se figea et Magdalaine crut voir un éclair douloureux dans ses yeux.

— Je vois, dit-il enfin, d'une voix trop douce. Qui l'a tué ?

— Moi.

— Finement joué ! approuva Guillaume en marmonnant, ses petits yeux se fermant avant de s'écarquiller de soulagement. Au moins ne posera-t-on aucune question à sa tombe. Qui était-il ?

La bouche du chevalier se durcit à cette remarque cynique. Qu'on pose ou non d'autres questions, la piste de la trahison menait droit au trône.

— Sire Ferrau de Surtaine, se contenta de répondre Bell, et il avait déjà cinq morts sur la conscience.

Guillaume réfléchit, puis secoua la tête.

— Jamais entendu ce nom. Peu importe, du moment que le comte Alain a mis un genou à terre, suppliant qu'on lui pardonne. Il assume entièrement le fait que ses hommes aient répondu par les armes, en soulignant néanmoins qu'ils ont été provoqués.

Bell haussa les épaules.

— Il se peut que les hommes de Salisbury aient frappé les premiers… fournissant le prétexte voulu. Ils étaient déjà trempés, ils avaient froid et bouillaient de rage.

Guillaume ne sembla pas l'avoir entendu.

— Sire Bellamy, sourit-il, nous sommes tous trempés, les uns autant que les autres. Je vous sais un fidèle de Winchester, qui vous accorde sa confiance.

— Je l'espère… il a des raisons à cela.

Les petits yeux bleus de Guillaume le fixèrent, puis se mirent à cligner, avant de s'immobiliser.

— Je présume que vous allez courir chez lui et lui faire un rapport sur les événements ?

— Vous présumez à juste titre.

Bell avait durci le ton. Il serrait les mâchoires, une main sur la garde de son épée.

Guillaume fit un geste d'apaisement.

— Loin de moi l'idée de vous empêcher de remplir vos obligations, affirma-t-il avec force. Je désire seulement que vous disiez à votre maître que le roi n'a en rien voulu défier l'Église, non plus que nuire aux pouvoirs que sa fonction confère à Salisbury. Nonobstant, le roi Étienne a exigé que son patrimoine *séculier*, à savoir, les châteaux qu'il avait permis à Salisbury de construire, et les châteaux bâtis par Salisbury sans son accord, lui soit restitué.

— Je rapporterai avec probité ce que mes yeux ont vu et ce que mes oreilles ont entendu, répondit le chevalier.

— Ne soyez pas stupide !

Pour une fois, Guillaume n'avait pas haussé le ton, ce qui n'enlevait rien à sa force de persuasion.

— Rien n'est pire qu'une guerre civile. Qu'une petite rébellion éclate par-ci par-là, c'est une chose… Mais que chacun se dresse contre chacun, c'est une tragédie. Dites à l'évêque de Winchester de calmer les humeurs de l'Église et…

Bell se permit de ricaner, sans aucune ironie.

— Je suis chevalier au service de l'évêque de Winchester. J'ai sa confiance… oui, mais uniquement pour brandir mon épée selon les ordres qu'il me donne. Lui proposerais-je mon avis, il n'en tiendrait pas compte et je ne suis guère enclin à émettre des avis qui vont à rebours du bon sens et de l'honnêteté.

— Vous voulez me signifier qu'il serait plus honnête d'attendre que Robert de Gloucester débarque et que Salisbury utilise ses châteaux, déjà approvisionnés en vivres et en armes, dans le but de renverser un roi qui a été oint ? Étienne a été *sacré* roi et son titre à la couronne a été accepté par le pape il y a à peine trois mois.

— Personne n'a mis en doute son titre à la couronne !

Le visage de Guillaume demeura inexpressif.

— Personne n'a mis en doute la légitimité de Salisbury ! Le roi a pouvoir de changer les administrateurs de son royaume à sa guise. Quand un homme quitte une charge, il doit rendre au roi ce qu'il en a reçu pendant l'exercice de cette charge. Il ne s'est rien passé d'autre. Rien. Voulez-vous le dire à l'évêque de Winchester, en mon nom ?

Bell se détendit et acquiesça.

— Si je peux user de votre nom et me recommander de vous, je m'y plierai volontiers.

— Soyez-en remercié.

Guillaume le salua d'un signe de tête puis se tourna vers Magdalaine.

— Souviens-toi, ma belle, nous serons six, ce soir… Préviens la tenancière qu'elle nous réserve cinq filles. L'un de nous sera-t-il d'humeur à ce genre d'ébats, je l'ignore mais au moins, si une enquête est menée, la tenancière pourra répondre que ces filles étaient avec ces hommes-là.

Sur quoi, il passa devant elle, ouvrit la porte, que surveillaient deux de ses hommes, et sortit. Magdalaine baissa la tête en exhalant un long soupir. *Guillaume sous son plus mauvais jour*, songea-t-elle. Aussitôt, elle se sentit coupable, car elle le savait préoccupé de mille choses… et c'était lui qui mènerait l'assaut contre les redoutes de l'évêque et devrait s'en emparer si Salisbury et ses neveux ne se soumettaient pas.

— Cinq filles ? répéta Bell en s'étranglant. Il a donc l'intention de coucher avec vous !

— Je doute que ces hommes aient la tête aux femmes, ce soir, répondit Magdalaine avec lassitude, bien qu'elle fût à peu près certaine que Guillaume dormirait dans son lit.

Elle se félicita d'avoir déjà pleuré. Désormais, elle avait l'œil sec, mais elle craignait ce qui allait suivre.

— Peu lui importe que ce bordel se fasse remarquer par la présence soudaine d'importants personnages ? Une taverne remplie d'hommes d'armes est juste à côté. Il serait facile de les acheter ou de les pousser à se montrer violents.

— Il s'en soucie, mais, pour l'heure, il s'efforce de calmer les uns et les autres, afin que leur premier mouvement, inspiré par une noble colère, s'apaise et que chacun prenne le temps de réfléchir. Quand un homme réfléchit, il est moins porté à saisir ses armes. Quant aux soldats de la taverne voisine, je les verrais plutôt venir en aide au *Soft Nest* que le contraire. S'il vous plaît, ne vous inquiétez pas de mon sort. Je suis trop insignifiante pour constituer une cible.

— On vous sait la femme de Guillaume d'Ypres… et si ce n'était pas le cas, désormais vous serez considérée comme telle. Certains estimeront que vous pourriez leur dire ce qu'il prépare, et d'autres penseront le forcer à leurs vues en vous retenant comme otage.

Il tendit la main, comme pour la supplier.

— Venez avec moi. Est-ce la peur qu'il ne se venge qui vous retient de me suivre ?

— Non.

Ce n'était pas l'exacte vérité. Guillaume pouvait la punir d'être partie avec Bell, non pour avoir désobéi mais parce qu'elle l'aurait trahi. Par ailleurs, ce n'était point par peur qu'elle restait fidèle à Guillaume. La première raison était qu'il avait besoin d'elle et qu'il lui faisait confiance au point de ne jamais user d'argent ou de menaces pour la garder à Oxford, alors qu'il savait probablement que Bell l'incitait à partir. Seconde raison enfin, si elle choisissait Bell, elle serait à lui et à lui seul, par l'esprit et par le cœur, et elle se sentait incapable de survivre à la douleur qu'il lui infligerait le jour où il la traiterait de catin et l'abandonnerait.

— Alors, pourquoi ? cria Bell.

Elle ne pouvait s'ouvrir de ses craintes et l'écouter prétendre, la main sur le cœur, que jamais il ne la verrait sous les traits d'une ribaude ni ne se détournerait d'elle. Elle choisit donc de biaiser.

— Parce que j'aime Guillaume… aussi. Et parce qu'il a plus besoin de moi, en ce moment, que vous de moi.

— Vous disiez avoir une dette envers lui. Jamais il ne fut question d'amour…

Il déglutit et commença à envelopper son gambeson et son armure dans la pièce de cuir.

Elle le remarqua et des larmes lui montèrent aux yeux, mais elle s'interdit de pleurer.

— Quand vous devez à un homme ce que je dois à Guillaume, et, cependant, ne le haïssez pas de toutes les fibres de votre corps… eh bien, j'appelle cela de l'amour. Vous auriez dû le deviner, sans m'obliger à le dire. Je ne l'aime pas comme… comme je vous aime, Bell, mais il est vrai que je l'aime. Je resterai à ses côtés et lui apporterai toute l'aide dont il aura besoin, que ce soit par mon corps, par mon esprit, ou en lui vouant mon âme… qu'il me le demande ou non… et aussi longtemps que cela lui sera nécessaire.

Le visage de Bell était grisâtre et figé, comme sculpté dans le granit.

— Eh bien, adieu à vous, Magdalaine, dit-il. Que le bonheur vous accompagne et que la Sainte Vierge vous protège.

Il ramassa ses affaires sans les lier et quitta la pièce.

Longtemps, Magdalaine ne put détacher son regard de la porte close. Elle le savait : que l'évêque de Winchester renvoie ou non Bell à Oxford, elle ne le reverrait plus. Elle ne pleura pas ; elle avait par avance noyé son chagrin dans les larmes. Quand elle sortit enfin, elle demanda à Florete un autre tabouret. Guillaume pouvait refuser la chaise à haut dossier s'il avait l'intention de cajoler les amis de Salisbury. Un tabouret serait donc nécessaire, à moins qu'elle ne préfère rester debout. Ensuite, elle nettoya la table et disposa les écuelles qu'elle avait achetées et la bonbonne de vin.

Quand les hôtes de Guillaume commencèrent à arriver, elle sourit à chacun avec un plaisir manifeste, offrant sa main à baiser en signe de bienvenue, baissant les yeux, modeste, devant les hommages rendus à sa beauté par ceux qui ne la connaissaient pas. Elle servit le vin, puis les mets. Au moment où on entra dans le vif du sujet, elle soupira, se donna un air de profond ennui, et se réfugia dans un coin de la pièce, ne le quittant que pour remplir les coupes. Elle sursauta, jouant à merveille l'étonnement lorsqu'un des convives lui adressa la parole, et renouvela sa mimique quand un autre s'avisa de prendre son avis. Elle rit, pour qu'il soit bien clair dans leurs esprits que ce qui se disait à cette table la laissait dans une indifférence complète.

Beaucoup plus tard, après que les invités se furent retirés – certains avaient regagné leur logis, d'autres étaient avec les filles qui les attendaient –, alors qu'elle était allongée auprès de Guillaume dont la respiration avait adopté le rythme du sommeil, des larmes se mirent à couler sur ses joues et elle ne put retenir un sanglot. Un bras puissant l'entoura et la serra.

— Ne t'inquiète pas, ma belle, murmura Guillaume d'une voix endormie. Il reviendra. Combien de fois me suis-je juré que c'en était fini avec toi, que j'étais un idiot d'accorder foi à une catin… Eh bien, j'avais tort, mais je ne le savais pas, à cette époque. Et je suis toujours revenu. Lui aussi reviendra.

POSTFACE DE L'AUTEUR

Sous le règne d'Étienne, les querelles politiques qui agitaient le royaume ne présentaient peut-être pas un caractère aussi complexe que celles qui agitent le monde au début du XXIe siècle, mais, par nombre d'aspects, elles étaient autrement passionnantes, car elles mettaient en jeu moins les forces anonymes défendant des intérêts économiques ou nationaux que des individus doués de très fortes personnalités. Pour ceux que cela intéresse, ou qui se sentent perdus devant l'écheveau des relations personnelles et des conflits, cette postface permettra de mieux comprendre les enjeux auxquels il est fait allusion.

Un très bref aperçu de l'histoire de l'Angleterre, de la conquête normande à l'avènement du roi Étienne, se trouve dans la postface de mon ouvrage précédent, *Le Diable à demeure*. Dans les pages qui suivent, j'aimerais expliquer la succession des événements qui conduisirent Étienne à priver l'évêque de Salisbury et sa parentèle des plus hautes charges du royaume.

En juin 1139, le conseil d'Oxford fut un moment clef du règne d'Étienne. Rappelons qu'Étienne n'avait pas été le seul prétendant possible au trône d'Angleterre quand il succéda à Henri Ier. L'unique fils légitime d'Henri, Guillaume III « Aetheling » (l'Héritier), s'était noyé lors d'une traversée de la Manche, le 25 novembre 1120. Sa disparition ouvrit la voie à trois prétendants, chacun pouvant se réclamer d'une certaine légitimité.

En tout premier lieu, Mathilde, fille d'Henri, dite l'Impératrice. Si les barons avaient été forcés de lui prêter serment, en 1126, Mathilde cumulait deux handicaps : c'était une femme et, détail moins important mais qui joua en sa défaveur, elle avait du caractère et se montrait fort déplaisante. Le deuxième prétendant était l'aîné de ses enfants illégitimes, Robert de Gloucester. Aimé et très respecté de nombreux barons, Robert avait contre lui d'être un bâtard et possédait un sens de l'honneur qui lui interdisait de trop se mettre en avant. Étienne de Blois, enfin, neveu bien-aimé du roi Henri, qui l'avait toujours traité comme son propre fils. Élevé en grande partie à la cour d'Angleterre, doté de riches terres par son oncle, il était généralement bien connu et apprécié de la noblesse.

À la mort d'Henri Ier, Mathilde ne fit rien pour saisir l'héritage, et Robert de Gloucester demeura pieusement auprès de la dépouille d'Henri, organisant des funérailles dignes de lui. Plus prompt à réagir, Étienne quitta Boulogne dès qu'il eut connaissance de la mort du roi, mais, comme on lui interdit d'aborder à Douvres et qu'il fut refoulé à Cantorbéry – deux cités vassales de Robert de Gloucester –, il décida de gagner Londres en remontant la Tamise. Les Londoniens lui réservèrent un accueil enthousiaste. Il leur promit d'« user de tout son pouvoir pour instaurer la paix dans le royaume, et ce au bénéfice de tous » (John T. Appleby, *The Troubled Reign of King Stephen 1135-1154*, New York, Barnes and Noble Books, 1995, page 22).

Entre-temps, Henri de Blois, évêque de Winchester, et plus jeune frère d'Étienne, s'efforçait de convaincre Guillaume Pont de l'Arche, gardien du Trésor royal, d'accueillir Étienne au château de Winchester, ce qu'il finit par accepter. Détail non moins important, l'évêque Henri persuada Roger, évêque de Salisbury et grand justicier de feu Henri Ier, de se rallier à son frère. Salisbury était le serviteur le plus respecté du défunt roi, qui l'avait nommé régent en Angleterre quand il avait dû voyager. Dès que Salisbury reconnut le titre d'Étienne à la couronne, maints barons se rangèrent à ses côtés. Mieux, Salisbury et l'évêque de Winchester joignirent leurs forces pour persuader Guillaume de Corbeil, archevêque de Cantorbéry, de couronner Étienne. Pour un esprit de cette époque, une fois consacré par l'Église, que le roi fût légitime ou non, il *était* le roi.

Dès lors, outre la couronne, Étienne hérita de l'évêque de Salisbury, dont il confirma bien évidemment les titres et les fonctions. Cela faisait nombre d'années que l'évêque avait bâti son pouvoir et, comme il était d'usage, ses proches en avaient bénéficié. Ainsi, Nigel, son neveu, était évêque d'Ely et gardien du Trésor royal ; son fils, Roger le Poer (autrement dit le « pauvre », car il n'était pas encore évêque), avait été nommé Grand Chancelier. À eux trois, ils tenaient tous les leviers du gouvernement. En outre, avec l'approbation du roi – et, parfois, quand celui-ci était à l'étranger, en jouant de sa confiance et de son consentement –, Salisbury nommait la plupart des shérifs, qui avaient en charge l'administration des comtés (*shires*). Salisbury avait donc une influence indirecte sur les instances locales du pouvoir.

Pour Étienne, garder les mêmes hommes lui permettait de garantir une certaine continuité politique dans le royaume. Par contre, il était désavantageux pour le roi – qui n'avait rien d'un grand administrateur – d'ignorer à peu près tout des rouages du gouvernement. Pendant les cinq premières années de son règne, l'avantage de pouvoir s'appuyer sur des hommes expérimentés l'emporta, et de loin. Il y eut cependant quelques rébellions de petits barons insatisfaits de l'échec du roi à redresser les torts qu'ils estimaient avoir subis, et une invasion du roi d'Écosse, qui avait juré fidélité à Mathilde et savait en user pour tenter de grignoter le territoire du royaume d'Angleterre.

Résoudre ces problèmes était vital et Étienne sut les traiter avec assez de bonheur pour accroître son emprise sur le pays. Sans doute, à mesure que les barons se montraient plus nombreux à le rallier, Étienne commença-t-il à croire que les rouages du gouvernement – auxquels il n'entendait rien – n'étaient pas la priorité.

Il faut aussi admettre qu'il n'aurait guère eu le temps, l'eût-il souhaité, de les étudier de plus près. En Normandie, la tension était vive et les problèmes n'avaient toujours pas trouvé une issue favorable. Un des favoris d'Étienne, le chef des mercenaires flamands, Guillaume d'Ypres, avait tenté de le débarrasser de Robert de Gloucester (l'autre prétendant au trône, outre Mathilde). Il avait organisé un guet-apens qui s'était soldé par un échec, ce qui avait aggravé la position du roi et coûté à Guillaume d'Ypres la confiance que le souverain plaçait en lui.

Le chef des mercenaires n'était pas le seul favori d'Étienne, lequel avait renoué avec certaines des relations affaiblies par ses longues années passées à l'étranger à la suite de son mariage avec Mathilde de Bourgogne. Waleran, comte de Meulan et chef de la puissante famille normande des Beaumont, était le plus influent de ses conseillers. Intelligent et bon soldat, il mettait un solide égoïsme au service d'une ambition débridée. Lui aussi était d'une famille désireuse d'étendre son pouvoir, mais, sur sa route, se dressait un concurrent redoutable. L'homme le plus proche du roi n'était autre que son frère, Henri, évêque de Winchester, qui avait tant fait pour lui gagner le trône.

En 1136, Guillaume de Corbeil, archevêque de Cantorbéry, celui-là même qui avait oint le roi Étienne, mourut. Henri, évêque de Winchester (et la plupart des autres évêques du royaume), s'attendait que le souverain le nomme à sa place. Or, il n'en fit rien. Il n'est pas exclu qu'Étienne se fût rendu compte que son frère était plus intelligent que lui – il avait d'ailleurs une personnalité plus forte. Si son frère devenait archevêque de

Cantorbéry, c'est-à-dire chef de l'Église d'Angleterre, le roi Étienne aurait craint d'en faire le deuxième roi du royaume, et, à terme, le seul écouté. Pourtant, Étienne ne pouvait nommer à l'archevêché aucun autre évêque anglais sans s'aliéner sérieusement son frère – en outre, il n'en était pas un seul capable de s'acquitter de cette fonction.

L'archevêché demeura donc vacant pendant deux années, jusqu'au jour où, en décembre 1138, Theobald, abbé de Bec, fut élu alors qu'Henri de Blois, fort opportunément, avait été appelé au loin pour s'occuper des affaires de l'Église. Simple abbé pendant deux ans, Theobald était à peu près inconnu, mais, dans le domaine séculier, il devait obéissance à… Waleran de Meulan. Faut-il en conclure que celui-ci avait proposé Theobald à Étienne, et qu'il avait pour principale qualité de ne *pas être Henri* ?

Rien ne le prouve avec certitude, il n'en reste pas moins que la nomination de Theobald eut une conséquence dont Waleran dut se féliciter : elle creusa un gouffre entre les deux frères. Henri, amer, ne décolérait pas, et Étienne se sentait coupable. La confiance et les rapports cordiaux qui les unissaient appartenaient au passé. Henri de Blois avait cessé d'être le premier confident de son frère le roi.

Cependant, d'autres nuages obscurcissaient l'horizon. L'action de Guillaume d'Ypres en Normandie avait eu des conséquences malheureuses. Robert de Gloucester, qui avait juré fidélité à Étienne en 1136, reprit sa parole en 1138. Et, en 1139, Mathilde commença enfin à réclamer son dû. Elle en appela au pape qui affirma non seulement qu'Étienne s'était montré parjure en violant le serment prêté au roi Henri Ier de l'accepter comme reine, mais qu'il avait aussi usurpé le trône.

Pendant ce temps, Waleran n'était pas resté inactif. En 1138, il devenait comte de Worcester. Son frère jumeau, Robert, était déjà comte de Leicester ; Guillaume de

Warenne, son demi-frère, comte de Surrey ; son cousin germain, Roger de Beaumont, qui avait épousé la demi-sœur de Waleran, était comte de Warwick ; son plus jeune frère, Hugh Pauper – surnommé ainsi parce qu'il n'était pas encore aussi riche que ses aînés –, ne tarda pas à porter le titre de comte de Bedford ; son beau-frère enfin, Gilbert de Clare, reçut celui de comte de Pembroke.

En 1139, quand Theobald partit à Rome recevoir le pallium[1] des mains du pape, accompagné de cinq autres évêques, qui avaient entre autres tâches celle de défendre le roi contre les revendications de Mathilde, Waleran et ses parents proches possédaient six comtés du royaume. Le titre de comte (*earl*) était alors le plus élevé de la hiérarchie nobiliaire anglaise. Les comtes étaient censés superviser l'activité des shérifs et défendre leur comté, mais le gouvernement de Salisbury s'était montré si efficace que le titre était devenu purement honorifique. Pour Waleran et ses proches, un seul obstacle demeurait sur la voie du pouvoir, Salisbury et les siens.

Étienne savait que son oncle, Henri Ier, avait eu assez confiance en Salisbury et son clan pour leur confier la régence du royaume pendant ses absences, et Salisbury avait été un des premiers à prendre son parti. Cependant, l'année qui suivit le revirement de Robert de Gloucester et vit Mathilde en appeler au pape pour récupérer sa couronne, Salisbury avait renforcé les châteaux offerts par le roi ainsi que ceux qu'il avait édifiés – pour la gloire et la sécurité de son diocèse, bien évidemment. Il ne s'était pas privé non plus d'y entreposer de grandes quantités de vivres et d'armements, comme en prévision d'une guerre ou d'un siège.

1. Ornement que portent par-dessus leurs habits pontificaux le pape, les archevêques, dont c'est le signe distinctif, et certains évêques auxquels il est accordé par faveur particulière. *(N.d.T.)*

Il n'est pas impossible qu'Étienne, qui était un chef de guerre de valeur, en ait pris ombrage. On peut aussi imaginer que Waleran ne se fit pas prier pour insister auprès du roi sur les véritables intentions de l'évêque : ne s'apprêtait-il pas à soutenir Robert de Gloucester, dont on craignait qu'il ne débarque bientôt ?

Étienne était devenu très méfiant, car beaucoup de nobles avaient fomenté des rébellions et certains s'estimaient véritablement déshonorés de ne pas avoir respecté la parole donnée à Mathilde. Autre motif de suspicion pour le roi, l'administration des finances du royaume par l'évêque d'Ely (neveu de Salisbury). Les guerres incessantes coûtaient cher et le roi s'appauvrissait alors même que Salisbury s'enrichissait. Deux précautions valent mieux qu'une, dut se dire Étienne, et il décida de se débarrasser de Salisbury. En fait, ses soupçons étaient amplement justifiés. Bien que la façon dont il procéda donnât lieu à des troubles considérables, personne ne chercha à nier que Salisbury et ses affidés complotaient contre le trône.

Néanmoins, écarter l'évêque et ses gens était plus facile à dire qu'à faire. Étienne craignait la réaction de ses barons s'il se contentait d'obliger Salisbury et ses proches à abandonner leurs fonctions sans avancer une raison légitime. Il ne voulait certes pas se justifier en agitant l'idée que Salisbury se préparait à le trahir pour se ranger du côté de Robert de Gloucester. Car, dans ce cas, il était très vraisemblable que beaucoup de nobles suivraient l'évêque, comme ils l'avaient fait en reconnaissant Étienne pour roi.

Étienne redoutait aussi une querelle avec l'Église. Dans le but de renouer avec son frère, Henri, évêque de Winchester, il avait demandé au pape de le nommer légat. Il faut savoir qu'un légat du pape avait autorité, y compris sur le nouvel archevêque, et Étienne espérait que son frère ne lui tiendrait plus rigueur du passé. Las, il se trompait. Henri savait trop bien que le pouvoir d'un légat du pape ne durait que le temps de vie du pape qui l'avait nommé, quand un archevêque ne cessait de l'être qu'à sa mort.

Étienne se retrouva donc sur le fil du rasoir, pris entre les entreprises de Salisbury qui s'estimait libre d'agir à sa guise et le risque de s'attirer la colère de l'Église. Il semblerait qu'un affrontement entre l'escorte de l'évêque et les hommes d'Alain, comte de Bretagne, ait été décidé. Un chevalier y perdit la vie, le neveu d'Alain fut gravement blessé et l'escorte de celui-ci mise en déroute.

Cela constituait une violation de la paix royale, car se battre était interdit pendant la durée d'un conseil. Les évêques furent convoqués à la cour, Étienne leur demandant d'abandonner leurs châteaux en gage de fidélité. Prudent, il ne revendiqua pas les biens de l'Église et ne priva pas les évêques de leur autorité diocésaine. Il fut toutefois réaffirmé, stratagème déjà utilisé par ses prédécesseurs depuis Guillaume le Conquérant, que « ses ministres étaient responsables devant lui de leurs actes, que la disposition des châteaux, étant soumise au bon vouloir du roi, lesdits châteaux devaient être restitués à sa demande, et que les ecclésiastiques qui occupaient des fonctions séculières devaient rendre des comptes sur la manière dont ils s'en acquittaient » (Appleby, *op. cit.*, page 69).

Par malheur pour le roi, Salisbury et son clan n'avaient commis aucun acte répréhensible et on ne pouvait rien reprocher aux évêques dans l'accomplissement de leur charge. Nombreux furent les nobles – quant au clergé, il était unanime – à estimer que le roi abusait de ses prérogatives en se servant d'un motif forgé de toutes pièces. Même si ses soupçons n'étaient pas loin d'être justifiés, et bien qu'il eût le droit de démettre et de nommer les membres de son gouvernement, les méthodes du souverain apparurent violentes et inacceptables. En fin de compte, c'est lui, et lui seul, qui avait rompu la paix royale.

À long terme, les conséquences pour le royaume furent désastreuses – pourtant, on ne peut exclure que la situation aurait empiré même si Étienne n'avait pas manœuvré de la sorte. L'action du *Vent de la trahison* s'achève au moment où le roi fait part de ses exigences à l'évêque de Salisbury et à ses fils. La suite des événements offrira la matière et le décor de nouveaux ouvrages.

Roberta GELLIS,
Lafayette, Indiana

Impression réalisée sur Presse Offset par

BRODARD & TAUPIN

GROUPE CPI

La Flèche (Sarthe), 37474
N° d'édition : 3886
Dépôt légal : octobre 2006

Imprimé en France